徳間文庫

乱丸 上

宮本昌孝

徳間書店

目次

第一章　氷渡《ひわた》り銀狐《ぎんぎつね》

一

仄々《ほのぼの》明けの渓間《たにま》を、風が吹き抜けてゆく。

川面《かわも》に、波は立たず、靄《もや》が動いているように見える。氷の蒸気である。

岸辺の岩場でも、小さな靄が現れては消え、消えては現れている。人、それとも獣の息か。

上流の空に、光の訪れが近い。

岸辺の輪郭が少しずつ明らかになり、大きな岩の陰から対岸を注視する人の姿が、浮かびあがった。

袴《はかま》を着け、浅沓《あさぐつ》を履いた男の子だ。

幼い。前髪を風に揺らしている。

どれほどこの寒気の中に身を置いているものか、唇が真っ青であった。

岩の上には、こんもりと盛り上がるものがある。どうやら漁獲用の投網《とあみ》のようだ。しかし、川は結氷している。

吐く息も真っ白になる寒冷の夜明けに、この童子《どうじ》は、たったひとりで何を捕獲しようというのであろう。

風が歇《や》んだ。

何か気配を察した童子も、息をとめる。

対岸の枯れ木立の中で、影が動いた。かと見るまに、そこから湧き出るようにして、川面の氷上へ、影は音も立てずに現れた。

暗がりにすっかり目の馴《な》れている童子は、影の姿形をたしかに捉えて、円《つぶ》らな眼《まなこ》をさらに大きくまんまるに見開いた。

体長二尺三寸ばかり。黒地の体毛の背中から脚にかけて、白い挿毛《さしげ》の混じる銀狐である。

日本における銀狐は、幻といわれるほど、見ることのできない聖獣であった。だが、この美濃金山《みのかねやま》の地では、古くから、〝氷渡り銀狐〟の言い伝えがある。

冬も深まり、木曾川《きそがわ》の川面に氷が張って厚くなると、月夜に金山邑《むら》から、対岸の和知《わち》邑へ一匹の銀狐が氷渡りをし、渡り了《お》えると、ケーンケーンと鳴く。その鳴き声を聞いたら、人も氷上を歩いて往き来することができる。やがて、春が近づき、氷が溶けて薄くなりはじめると、銀狐は金山邑へ帰り、またケーンケーンと鳴く。そのときから、人が渡ると、氷が割れて川に落ち、死んでしまう。

進退をわきまえた獣というべきで、いつしか近在近郷の武士たちは、これを軍神の使いとして、氷渡り銀狐を見た者はいくさで決して進退をあやまらない、と信じるようになった。かの斎藤道三《どうさん》も、氷渡り銀狐を見たあと、守護の土岐《とき》氏を追放し、美濃一国の覇者になったといわれる。

警戒心が強く、きわめて鋭敏な感覚をもつ獣である。銀狐は、立ち止まり、ちょっと背筋を伸ばすようにして、両耳を立てると、首を振って周囲を見渡した。瞳が曙光《しょこう》を感じて針状に細められる。

童子は、氷上から視線を外して、岩にへばりつき、息を吐き出すのを我慢した。聖獣に気取《けど》られてはならない。

人間も、七つ前は神のうち、という。岩の湿った匂いを嗅ぎながら、銀狐が此岸《しがん》に向かって歩をすすめはじめた、と童子は感じた。

ひと息で岩の上へ躍り上がり、投網の手綱を摑《つか》むやいなや、近づきつつある銀狐めがけて放り投げた。

投網が空中で大きく広がる。

がつっ、という打撃音がした。網口《あみくち》の重《おも》りが氷を叩いたのだ。

素早く左方へ跳んで、網の外へ逃れた銀狐だが、氷で四肢を滑らせ、転がった。

童子は、岩上から跳躍し、結氷の川面へ着地した。氷が音たてて亀裂を走らせたが、夢中だから、それには気づかない。

もういちど投網を用いるべく、氷上を走ってそこまで達した。銀狐の動きは、しかし何倍も速い。入れ代わるように、金山側の岸へ上がっていた。

ちらりと振り返った銀狐が、口角《こうかく》を上げたではないか。嗤《わら》われた、と童子は思った。

聖獣は岩の向こうに消えてしまう。

口惜《くちお》しさに、童子が文字通り地団駄を踏むと、右足の下の氷が割れて砕けた。

右足が腿《もも》のあたりまで嵌《は》まり、恐怖に襲われた。川水の突き刺すような冷たさは、死への恐怖を増幅させる。

ぴしっ、ぴしっ、と幾筋も亀裂が走った。氷上に両手をつき、右足を引き上げようともがく。途端に、両手も左足も支えを失って、躰《からだ》が水中へ落ちた。

死に物狂いで、投網を摑んだ。どうなるものでもない。首から下が、おそろしい冷水に沈み込んだ。上がった飛沫《しぶき》を頭からかぶる。

心《しん》の臓《ぞう》が縮み上がった。

首が浸《つ》かる寸前、なぜか、躰はわずかに浮いた。

投網が向こうへ動いている。金山側の岸辺から、誰かが引っ張っていた。

童子は必死にしがみついた。そのまま、水中から上げられ、氷上を滑ってゆく。その間にも、氷は割れつづける。

岸へ引き上げられた童子は、助け人《びと》を仰ぎ見た。

黒革《くろかわ》包二枚胴具足《づつみにまいどうぐそく》。佩楯《はいだて》に鮮やかな金箔の鶴丸《つるまる》紋。

「父上」

うれしそうに、童子はよんだ。

「乱丸。意気は褒《ほ》めてやろうぞ。なれど、軍神の使いを害してはなるまい」

父の森三左衛門可成《もりさんざえもんよしなり》は、穏やかにそう言ってから、乱丸のずぶ濡れの着衣を手早く脱がせはじめる。

後ろでは、もうひとりの若い鎧《よろい》武者が、こちらも手早く自身の具足を解いているところであった。

三左衛門は、素っ裸にしたわが子の髪と躰から、用意の長手拭《ながてぬぐい》で水気を拭い取る。

その間に、若武者は下帯《したおび》ひとつの裸形《らぎょう》となった。

目を瞠《みは》らせる美男である。

目鼻だちは冴え渡り、細身だが金剛力士像を想《おも》わせる力感溢《あふ》れる肉体。

この若武者が岐阜《ぎふ》城を訪れるときは、城下は見物の女たちで鈴なりになる。〝今源氏《いまげんじ》〟とさえ讃《たた》えられる。

「伝兵衛《でんべえ》」

と三左衛門が、乱丸の小さな裸身を、今源氏へ手渡した。

平たくて低い岩の上で胡座《あぐら》を組んだ伝兵衛は、乱丸を抱き寄せると、その肌を両手でこすった。冷えきった躰は人の体温で温めるに限る。

伝兵衛の肩から背を、三左衛門が陣羽織で被う。

(兄《あに》さま……)

伝兵衛のあごの下からその顔を仰ぎ見ながら、乱丸はうっとりする。大きくて柔らかい手の感触の、なんと気持ちよいことか。

三左衛門の最初の正室が、蒲柳《ほりゅう》の身を顧みず、自身の命と引き替えに産んだのが伝兵衛である。

年は十三も離れているが、大好きな異母兄であった。これほど麗《うるわ》しい人は、きっと来世にもいない。乱丸はそう信じている。

「案ずるな、お乱。氷渡り銀狐より、そなたの思いこそ、わたしの守護神」

本日、三左衛門も伝兵衛も出陣する。生還を期しがたい大きないくさであることは、乱丸も幼心《おさなごころ》に感じられた。だから、軍神の使いといわれる氷渡り銀狐を捕らえて、伝兵衛の供をさせようと思い立った。

城では、乱丸が乳母《うば》にも気づかれず寝床を抜け出して消えたと知れたのは、三左衛門と伝兵衛が出陣支度中のことである。幾日か前に氷渡り銀狐の言い伝えを乱丸に話してやったことを、伝兵衛が思い出し、愛らしい幼弟の心を察して、父とともにこうして駆けつけた次第であった。

「帰陣したら、鬼退治に連れていってやろう」

「ほんとうですか、兄さま」

金山の南東三里足らずのところに、次月《しづき》という土地があり、平安末期、旅人に悪逆の限りを尽くす鬼が棲《す》んでいたという。ちかごろ、同様に旅人が襲われる事件が相次ぎ、次月の鬼が数百年ぶりに復活したと恐れられている。そんな悪い鬼は退治してやる、と乱丸は幼い正義心を湧かせているのであった。

「本当だ。それゆえ、兄が戻るまでに、小弓《こゆみ》をしかと引けるようになっておれよ」

「はい、兄さま。乱は、朝に夕に晩に、小弓のけいこをいたします」

伝兵衛の動かす右手の指が、体温が戻って弛緩《しかん》しはじめた嚢《ふぐり》に触れた。瞬間、乱丸は、ちろりと小水を洩らしてしまう。

「うう……」

乱丸は青ざめた。兄の美しい肌を汚したのである。

「よい。お乱の躰が温まって、血のめぐりがようなったのだ」

伝兵衛が、意に介さず、笑ってくれた。

輝くばかりの笑顔である。ずっとこうしていたい、と乱丸は思った。

ケーン、ケーン……。捕らえることのできなかった聖獣の鳴き声が遠く聞こえた。いまの乱丸の耳には快く響く。

二

広い枯れ野に、軍兵《ぐんぴょう》が勢揃いしている。

金山城の東に広がるこの中野原《なかのはら》より出陣するのが、森軍の通例であった。

馬上、軍団を眺め渡す三左衛門は、発光体のように見える。

〝森三左の大釘《おおくぎ》〟として有名な長さ三尺を超える立物《たてもの》の銀箔と、佩楯の家紋の金箔が、朝の光を照り返しているのである。

三左衛門と馬を並べる伝兵衛の軍装は、上から下まで朱塗りであった。

朱塗りは、目立つ。それだけに、いくさ場《ば》で卑怯《ひきょう》、未練の振る舞いはできない。

伝兵衛の山型兜《やまなりかぶと》の意匠は特異というべきである。険峻な山に見立てた頂《いただき》で、三本足の烏《からす》が羽を広げている。

森氏の居城が築かれた山は、人の手が入る前は無数の烏が棲息していたことから、烏峰《うほう》山《さん》とよばれる。その由来に因《ちな》んで、伝兵衛がみずから考案したものだ。

兜の烏は、当初はふつうの烏であった。

二年前、織田信長が供廻りも少なく、伊勢神宮を参拝した折り、北畠一党の狙撃隊に襲撃されたが、父に従って随行していた伝兵衛は、真っ先駆けてこれを蹴散らした。このとき、烏は銃弾に両足を砕かれて、兜の天辺《てっぺん》から転げ落ちた。それを見た信長より、褒詞《ほうし》とともに、

「三本足にいたすべし」

という一言を賜《たまわ》った。

兜は朱塗りなので、赤い三本足の烏となれば、征旅の途次、熊野山中で迷った神武天皇の道案内のために、天照大神《あまてらすおおみかみ》より遣わされた八咫烏《やたがらす》が想起される。以来、伝兵衛の兜は〝金山の八咫烏〟とよばれる。

「二郎。留守を頼んだぞ」

見送り人たちのいちばん前に出ている者へ、三左衛門が声をかけた。

「畏《かしこ》まって候」

三左衛門の弟の二郎可政《よしまさ》である。

「勝蔵。お乱。お坊。お力《りき》」

伝兵衛は、弟たちの名をよんだ。当主出陣のさい、赤子でない男子は揃《そろ》って中野原まで見送りに出るのが、森家のしきたりである。

よばれた四人が、足早に三左衛門の馬前へ出て居並ぶ。

勝蔵十三歳。

乱丸六歳。

坊丸五歳。

力丸四歳。

勝蔵が、坊丸と力丸を睨《にら》んで、少し後ろに退《さ》がらせる。

その二人の手を、乱丸は自身の両手を後ろへ伸ばして、そっと握った。

勝蔵と乱丸は三左衛門のいまの正室の子だが、坊丸と力丸は妾腹《しょうふく》なのである。それを事あるごとに、異母弟たちに分からせようとする勝蔵に、乱丸はちょっといやな感じをもっている。

居並んだ四人に、軍団の表情がゆるむ。

森家の血筋は、今源氏の伝兵衛ひとりに限らず、どの子も美しい。それも、武人の子らしい凜々《りり》しさと、京の公達《きんだち》を想わせるやわらかさを併《あわ》せ持つ。

烏峰山に最初に城を築いたのは、関白近衛《このえ》稙家《たねいえ》の庶子でありながら、武事を好んで、斎藤道三の猶子《ゆうし》となり、雄偉《ゆうい》な体軀《たいく》と百人力をもって戦場を馳駆《ちく》し、みずから大納言を称した斎藤正義《まさよし》という人である。森三左衛門はこの正義の落胤《らくいん》であるという説が長く伝えられていた。

それを信ずるとすれば、森家の子らの傑《すぐ》れた容貌も納得できる。

「ご武運」

勝蔵が、とても十三歳とは思えぬ逞《たくま》しい体軀の腹から、天を仰ぐようにして大音を発した。すでに声変わりをしており、いっぱしの男らしい厚みがある。

これに、乱丸・坊丸・力丸、三人の幼い声の唱和がつづいた。

「長久」

少し後れた力丸が、ちょうちゅう、と口走ったので、全軍将兵は、可愛らしさとおかしさのあまり、どっと笑ってしまう。

笑われたことの分からない力丸は、自分もきゃっきゃっと笑いだした。勝蔵に睨《にら》まれても、気づかない。

森家に従い、命を投げ出してくれる者らの武運長久を、こうして森家の男子が目に見える形で祈るという出陣の儀式は、三左衛門の代から始めさせたものである。以後、家臣たちは主家との一体感をおぼえ、森軍団では命惜しみをする者が滅多にいなくなった。

「えい、えい、おう」

三左衛門が軍扇を掲げて鬨《とき》をつくると、

「えい、えい、おう」

軍団は声をひとつにして高らかに応じた。

森軍が動きだす。

乱丸は、伝兵衛の馬側《ばそく》へ寄った。

「兄さま……」

「鬼退治、忘れておらぬ」

「はい」

大好きな兄の微笑《ほほえ》みに、乱丸は蕩《とろ》けてしまいそうになる。

「おにたいじ、坊もゆく」

聞きつけた坊丸が、乱丸の袖を摑《つか》んで振った。

「お坊は小さいから、危ない」

乱丸は坊丸の躰を押しやる。

六歳が五歳に向かって、小さい、ときめつけるのもおかしな話だが、兄弟の上下関係とはこうしたものであろう。

「力も、おに、たべたい」

残るひとりも加わった。

「お力。鬼は食べるものじゃないぞ」

あほうだなあ、という顔をしながら、乱丸は諭《さと》そうとするが、四歳児が聞き入れるものではない。

「やだ、たべたい。たべたい、たべたい」

としつこい力丸を、乱丸は突き飛ばした。

ところが、仰《あお》のけにひっくり返ったはずの力丸が、信じられないような素早い動きで跳《と》びかかってきたではないか。

とっさに乱丸は、力丸の首を両手で摑んで押しとどめた。そして、悲鳴をあげた。

摑んだ対手《あいて》は、口を大きく開《あ》けて牙を剝《む》き、針状の瞳から獰猛《どうもう》な殺意を放っている。

力丸ではない。銀狐であった。

乱丸は、銀狐を、力いっぱい地面へ叩きつけた。

すると、代わりに、坊丸が襲いかかってきた。こちらも坊丸ではない。銀狐だ。

「兄さま、助けて」

振り返った乱丸の目に映った伝兵衛は、喉首《のどくび》へ銀狐に食らいつかれ、血を噴出させながら落馬するところであった。

「兄さまあっ」

乱丸がおのれの絶叫に驚いた瞬間、すべてが突然、失《う》せた。

「和子《わこ》さま、和子さま」

女の声で、乱丸は目覚めた。

「怖い夢をご覧になっていたのですね」

乳母の貞《さだ》にやさしく起こされ、その胸のふくらみへ顔をやんわり抱き寄せられる。

「まあ、こんなに汗を……」

布で顔や首の汗を拭われながら、乱丸は、ぼうっ、としていた。夢か現《うつつ》か、まだ判然としない。

明障子《あかりしょうじ》を透かして入る光は、あわあわとしたものである。明け方のようだ。

物音が聞こえてきた。

何やら、あわただしい様子である。

乱丸は、はっ、とした。

「兄さまが……」

貞を突きのけ、舞良戸《まいらど》を開けて、寝所から廊下へ跳び出した。

山若葉の緑がなぜか毒々しく見えた。

その中の、釣鐘形《つりがねがた》の白い花だけが眩《まぶ》しい。

小々《ささ》ん坊《ぼう》だ。秋になると、小さくてまるい実をつけるので、その名がある。去年、初めて、小々ん坊の紫黒色の実を、伝兵衛の手から食べさせてもらった。

殿舎の廊下を走って、物音のしているほうへと向かう。

謁見之間《えっけんのま》の前までやってきたとき、開け放してある戸口から、中が見えた。

上座の母、盈《えい》と目が合った。

盈の隣には、勝蔵。

城主不在の城をあずかる二郎可政の座姿《ざし》も見える。

ただならぬ気の充《み》ちていることが察せられ、乱丸は身を強張《こわば》らせた。

戸口に背を向け平伏する小具足姿の武者へ、視線が吸い寄せられる。武者の前に置かれている兜は、金山の八咫烏ではないか。

「兄さま」

一挙に湧き上がってきた歓喜に押されて、乱丸は謁見之間へ跳び込み、武者の背へ抱きついた。

振り向いた顔は、伝兵衛のものではなかった。血と埃《ほこり》と汗とで薄汚れた、すぐには誰と見定められぬ者である。

ただ、悲痛さだけは伝わってきた。涙を流している。

乱丸は、身を離した。

「お乱」

勝蔵によばれ、上座へ目を遣《や》る。

「伝兵衛兄上は、越前敦賀《えちぜんつるが》の天筒山《てづつやま》の城攻めにおいて、討死なされた」

あっさりと、勝蔵が告げた。さしたることではない、とでもいうように。

途端に、乱丸は泣き顔になる。

顔がくしゃくしゃになってから、涙と声が洩れた。

「うそじゃ。うそにきまってる、うそにきまってる、うそにきまってる」

拳を握りしめ、泣き叫びながら、乱丸は勝蔵めがけて走り、跳びかかった。絶対についてはいけないうそをついた勝蔵を打ちすえるのだ、とばかりに。

だが、勝蔵を殴ろうと拳を振り上げたところで、横合いから伸びてきた両腕に抱きとられてしまう。

「放せ。乱は兄さまと鬼退治にゆく。乱は兄さまと鬼退治にゆく」

母に抱かれたとも気づかぬほど、乱丸は取り乱し、暴れた。

「盈どの。お腹《なか》のお子に障《さわ》りが」

可政が心配し、乱丸を引き離そうと手を伸ばす。盈は身ごもっており、臨月が近い。

「よいのです」

かぶりをふって拒む盈であった。

母に強く抱きしめられながら、乱丸はいつ果てるともなく泣きつづけた。

三

八幡太郎と号した源義家《よしいえ》は、「武略神通の人」とよばれ、東国《とうごく》武士を糾合《きゅうごう》し、源氏を武門の棟梁《とうりょう》の座へ押し上げる礎《いしずえ》を築いた。この義家の六男義隆《よしたか》が、相模《さがみ》国愛甲《あいこう》郡森荘《もりのしょう》を領して森冠者《もりのかじゃ》と称したのを、森氏の始まりとする。

義隆の後裔《こうえい》が美濃国に入って、代々守護土岐《とき》氏に仕え、武勇の家柄として名を馳《は》せた。守護土岐頼芸《よりなり》が、斎藤道三によって美濃を逐《お》われ、尾張《おわり》の織田信秀《のぶひで》のもとへ逃れると、剛毅《ごうき》をうたわれていた三左衛門は、道三に仕えることを潔しとせず、あえて流浪の境涯となった。

やがて、濃尾《のうび》の和議が結ばれ、土岐頼芸が帰国すると、三左衛門も美濃へ戻って、父可行《よしゆき》がかつて住んだことのある葉栗《はぐり》郡蓮台《れんだい》を居所とした。この地は、洪水によって木曾川の流路が変わるたび、属す国が美濃になったり尾張になったりを繰り返すせいか、織田氏への敵愾心《てきがいしん》はほとんどない。

尾張の盟主であった織田信秀が没した年、その葬儀後ほどなく、蓮台にひとりの若者が訪ねてきて、高飛車《たかびしゃ》に命じた。

「うつけの親になれ」

織田信長、十九歳である。

当時の信長は、同族や年長の家臣たちの多くから、うつけと侮《あなど》られていた。そればかりか、生母にも疎《うと》まれ、理解者は亡き信秀ひとりであった。尾張国内には早くも叛旗《はんき》を翻《ひるがえ》す者が出ており、信長が亡父より受け継いだものをすべて失うのは時間の問題とみられていた。

そんな若者から突然、親になれ、と命ぜられたにもかかわらず、三左衛門は腹を立てなかった。同族でも譜代《ふだい》でもなく、かついちども仕えたことすらない者に、かくも重大な頼み事をするのは、信長が表面上は強気でも、内実は切羽詰まっていて、相当の覚悟を必要としたことが察せられたからである。そこには、胸をしめつけられるような孤独の影も垣間《かいま》見えた。

三左衛門とて、自身はなかなかの武名をもつとはいえ、流浪後は一族の力が衰えている。それでも、信長みずから頼ってきてくれたことが心より嬉しく、武者震いがとまらなかった。この若者を磐石《ばんじゃく》の尾張国主にしてみせる、と三左衛門はおのれに誓った。

「親にはなれ申さぬが、いくさでは誰よりもそれがしを頼っていただいてよろしゅうござる。負けぬと約束いたす」

現実に、信長に仕えてからの三左衛門の活躍は、織田の他の部将《ぶしょう》を圧倒するものであった。いくさでは常に信長を教導しながら、みずからも主要な合戦で悉《ことごと》く手柄をたてた。信長の創成期の最大の功労者であったといってよい。

信長も三左衛門の働きに破格の恩賞で報《むく》いた。まだ領国が尾張一国にすぎず、美濃も攻略途上であった時代に、東美濃の要衝《ようしょう》たる金山に、城と、当時七万石の領地を与えたのがそれである。信長の下でこれ以上の厚遇をうけた新参者は、後年の明智光秀と羽柴秀吉ぐらいなものだが、その頃の織田は天下に大版図《はんと》を有していた。信長と三左衛門の絆《きずな》の強さが知れる御恩と奉公であろう。

両人が主従となって十八年後のいま、美濃金山城は雨に烟《けむ》っている。

元気な産声《うぶごえ》が上がった。

「和子さまにございます」

産屋《うぶや》は女たちの歓声で沸き返った。

産褥《さんじょく》の盈は、産衣《うぶぎ》にくるまれた赤子を見せられ、疲れた顔に微笑みを湛《たた》えながら、

「お栂《つが》。近江《おうみ》の殿に使者を」

と老女の栂に命じた。

良人《おっと》の三左衛門は、信長に敵対する朝倉《あさくら》・浅井《あざい》連合軍の上洛路を遮断すべく、近江宇佐《うさ》山《やま》城に在陣中である。

栂が産屋を出ていこうと戸を開けると、いきなり男の子が跳び込んできた。

「お乱さま。ここは男子が入ってよいところではございませぬぞ」

乱丸をたしなめ、押しとどめる栂だが、

「かまわぬ、かまわぬ」

と取揚婆《とりあげばば》の阿茶《あちゃ》が許す。

「七つ前の子は、男でも女でもない」

産屋内のことを取り仕切るのは取揚婆である。乱丸も阿茶に取り揚げられた。

乱丸は、真っ先に、侍女に抱かれる赤子のもとへ行き、その顔をのぞきこんだ。

小さな、小さな顔だ。

指で頬をつついてみた。なぜか赤子は泣きやんだ。

「ほほっ」

阿茶がおかしそうな声を洩らす。

「兄さまと分かったようじゃの」

それを聞いて、乱丸は盈を見た。

母の笑顔とうなずきが返される。

盈の枕許《まくらもと》にちょこんと座った乱丸は、

「仙千代《せんちよ》」

と小首を傾《かし》げながら語尾を上げた。

「仙千代……」

「はい、母上」

にこっ、と乱丸が相好《そうごう》を崩したので、盈は目頭《めがしら》を熱くした。

訃報《ふほう》の届いたあの日から、いちども笑顔をみせなかった乱丸なのである。

大好きな兄を失った悲しみだけが、乱丸から笑顔を奪ったのではない。伝兵衛の死の責《せ》めが自分にある、という思い込みこそが、幼い心を苦しめるいちばんの理由であった。軍神の使いといわれる氷渡り銀狐を害そうとした自分の代わりに、伝兵衛へ神罰が下されたのだ、と。

そのことを、乱丸が口に出さずとも、盈は痛いほどに感じていた。

いま乱丸は、誕生したばかりの弟が、仙千代であるのかどうか、期待をこめて訊《たず》ねたのに違いない。

「そうですよ、お乱。この子は、仙千代です」

亡き伝兵衛の幼名であった。

「兄さまは生まれ変わって、そなたのもとへ戻ってこられました」

すると、栂が口を開きかけたので、阿茶が目で制した。

子の命名は、父親の三左衛門がする。その言わずもがなの苦言を、栂は口にしようとしたのだろうが、もとより盈が承知の上でなしていると阿茶は察したのである。

立ち上がって、ふたたび赤子の顔をのぞきこんだ乱丸は、名をよんだ。

「仙千代」

赤子が、あくびをした。

それが、はい、と返辞をしたように見え、乱丸は、こんどは声を立てて笑う。

歓喜の嗚咽《おえつ》を怺《こら》える盈であった。

盈は、三左衛門宛ての書状の中で、この一件をしたためた。

良人からの返信には、こう記されていた。

「命名　仙千代」

しかし、この年の森家の幸福は、仙千代誕生の一事《いちじ》のみで、その後は不幸が連鎖して起こる。

織田信長は姉川《あねがわ》の合戦で朝倉・浅井を撃破したものの、とどめをさすところまで至らなかったため、両氏はほどなく息を吹き返し、信長が石山本願寺《いしやまほんがんじ》攻めに出撃中、織田勢の手薄となった近江で、宇佐山城に襲いかかってきた。守将の三左衛門は、城下の坂本の町を放火より守るため、二万八千の敵勢に対し、わずか数百騎で打って出て、壮烈な討死を遂げたのである。このとき、有力家臣も多数失った。

先に、姉川の合戦では、乱丸の姉の許婚者《いいなずけ》、坂井久蔵《きゅうぞう》が戦死している。わずか十六歳であった。

久蔵の父の政尚《まさひさ》は、織田軍団において長く三左衛門と手柄を競い合い、ともに同格の重臣となったが、この政尚もまた、息子と僚友のあとを追うようにして近江堅田《かただ》で朝倉勢に討たれてしまうのである。

森家にとっての救いは、三左衛門戦死の直後、ただちに信長が弔慰《ちょうい》の使者を金山へ遣《つか》わしてくれたことであった。

「母を亡くしたごとく」

という主君のことばは、皆を感激させた。

信長が、弟信行《のぶゆき》ばかりを愛した母の土田御前《どたごぜん》と不仲であったことは、織田家中の者なら誰でも知っている。その信長に、三左衛門が宿老として本当の母のような温かさまで感じさせていたとすれば、これは誰にでもできることではない。

三左衛門の遺領はすべて安堵《あんど》され、勝蔵の家督相続も許された。

勝蔵は、信長より偏諱《へんき》を賜わって、名乗りを森長可《ながよし》とし、ここに十三歳の美濃金山城主が誕生した。

他方、良人を失った盈は、落飾《らくしょく》し、号を妙向《みょうこう》とする。

第二章　天下布武《てんがふぶ》の子《こ》

一

「和子《わこ》。旅の無事を祈りましょうぞ」

傅役《もりやく》の伊集院藤兵衛《いじゅういんとうべえ》に促され、乱丸は、うんとうなずいて、小さな水神社《すいじんしゃ》の御前で手を合わせた。

木洩れ日も、木立を抜けてくる川風も、川人足たちの威勢のよい声も、どれもが心地よい。

従者二名も合掌《がっしょう》する。藤兵衛の倅《せがれ》の小四郎《こしろう》に、荷物持ちの小者《こもの》である。十二歳の小四郎は、乱丸の小姓をつとめる。

「皆さま」

後ろから、よばれた。

森氏の船御用をつとめる船問屋《ふなどいや》〈福治《ふくじ》〉の福井治郎左衛門《ふくいじろうざえもん》である。

「船が出るのか、治郎左」

と乱丸が、目を輝かせてたしかめる。

「さようにございますよ」

治郎左衛門も笑顔を返した。

これから乱丸は、川下りをする。

金山湊《かねやまみなと》に碇泊《ていはく》中の船の上で遊んだことはあっても、船旅をするのは初めてであった。

目的地は、岐阜。

岐阜往きもまた初体験、というより、金山の外へ出ること自体が、生まれて初めてなのである。

七歳になったので、母から許しが出た。

岐阜までは陸路でも西へ五里程度。乱丸たちのように軽装で大きな荷物も持たないのなら、徐々に南流して、岐阜からやや遠ざかる木曾川を下るより、馬をとばしたほうが、むしろ早く着ける。

けれど、乱丸は船旅をしてみたかった。

それにまだ、ひとりでは馬に乗れないのである。傅役と二人乗りをするのも、口取《くちとり》に轡《くつわ》を曳《ひ》いてもらうのも、面白くない。

「じょうぼんの初めての船旅の御用をつとめさせていただき、治郎左は果報者にございます」

と治郎左衛門が言った。

金山邑《むら》の住人は、乱丸のことを、親しみをこめて、じょうぼんとよぶ。

斎藤正義亡きあと、十数年も無主であった烏峰山《うほうさん》の城に、森三左衛門可成《よしなり》が入城した年に、乱丸は誕生した。

新しい領主がこの地で初めてもうけた男子であることから、最初は城法師《しろほうし》とよんだ。法師は、坊と同じで、男の子を意味する。それが、いつしか「しろぼし」となり、次に「じょうぼし」、やがて「じょうぼん」に落ちついた。

この呼称を、三左衛門も盈《えい》も気に入り、領民が乱丸へのよびかけとして用いることを許したのである。

乱丸自身も、金山邑の人々からじょうぼんとよばれると、何やら居心地のよさをおぼえる。

水神社を包み込んでいる木立を出ると、目の前に金山湊が広がった。

荷役が上り下りしやすいよう、土手に斜め伏せに敷かれた石畳が、汀《みぎわ》まで延びる。その向こうの川面は、静かである。

このあたりは、木曾川の川幅が狭まって深い谷がつづき、水が深く、流れはゆるやかになる。いわゆる瀞《とろ》で、湊の適地であった。

金山湊は、木曾川舟運《しゅううん》の始発湊で、同時に遡航《そこう》の最終湊。信長も上洛のさい、三左衛門に命じて、京都御所修築の用材を、木曾から馬荷駄《うまにだ》で運び、金山湊で船積みさせた。

乱丸が石畳を下りはじめると、湊で忙しく立ち働いている者らが、

「じょうぼん。岐阜のご城下は人も家も仰山《ぎょうさん》あって、腰を抜かしますぞ」

「愉《たの》しんできなされ」

「旅のご無事を」

などと、まるでわが子を案ずるみたいなようすで、次々とことばを投げてくる。

荷を積みおえた川船が、五艘《そう》。いずれも福治の商い船《あきなぶね》で、犬山《いぬやま》と墨俣《すのまた》へ行く。そのうちの一艘の船上、前半分が空けられている。

そこへ、乱丸の一行は乗り込んだ。

「与助《よすけ》とよんでくだせえまし」

船尾の船頭が、船荷越しに名乗った。

いよいよ初めての船出だ。乱丸の心は高鳴った。

湊の岸から、五艘が次々と離れる。

どの船の船頭も棹《さお》さばきが巧みなので、乱丸は見とれた。

治郎左衛門ら見送りの人々が、笑顔で手を振る。乱丸も手を振り返した。

五艘はすぐに流れに乗ると、縦一列にほぼ等間隔で進みはじめる。乱丸の船は、三番手を往く。

突然、乱丸が船首へ寄って立ち上がったので、

「危のうございます」

と小四郎が後ろから腰を摑《つか》まえた。

「きもちがよいなぁ」

乱丸は、両腕を大きく広げ、口を開ける。

同じ川風でも、地上で受けるのと、船上で浴びるのとでは、何かが違う。船上の風は格別であった。

ピーヒョロロ、ピーヒョロロ……。

上空で声がしたので、振り仰いだ。

鳶《とび》が一羽、円を描いて飛んでいる。

その鳶は、ふいに急降下をはじめた。

船をめがけてくるではないか。

乱丸は、思わず、首をすくめて、しゃがんだ。

頭上近くを掠《かす》めすぎるその動きを目で追った乱丸は、船尾寄りの空中で、鳶が何かを嘴《くちばし》でくわえて上昇していくのを見た。

（虫をつかまえたのかな……）

目が合った船頭の与助が、にこっとする。

与助は、懐《ふところ》に手を入れ、何かを摘《つ》まみ出すと、空中高く放り上げた。

いまの鳶とは別の鳶が、どこからか飛翔《ひしょう》してきて、それを嘴で捕らえ、去ってゆく。

「何をあげてるの、与助は」

「干し魚のかけらにございます」

与助が懐から取り出してみせたのは紙包みで、四隅の端をひねって閉じてあったらしい
その口が開いていた。

「じょうぼんもやってみなさるか」

「やりたい」

紙包みが、小者の取り次ぎで、与助から乱丸へ手渡される。

乱丸は、ふたたび空を仰ぎ見る。

いつのまにか、鳶の数が増えていた。餌《えさ》を求めて集まってきたのであろう。

干し魚のかけらを、思い切り投げ上げた。

鳶たちが、凄い速さで降下してくる。

先陣をきった鳶は、餌をくわえそこね、嘴の先で弾《はじ》いてしまう。それを、次に飛来した
鳶が、川面すれすれのところで見事にさらって、わがものとした。

「見たか、小四郎」

乱丸は、昂奮気味に、振り返る。

「はい。あざやかなものにございます」

「小四郎も」

と干し魚のかけらを、頒《わ》け与えた。

「一緒に投げよう」

乱丸が言い、二人は同時にかけらを空中へ放った。

前方と後方から、示し合わせたように滑空してきた二羽が、一瞬、衝突したと見えたほどのぎりぎりの駆け違いで、いずれも餌をものにした。

乱丸も小四郎も歓声をあげる。

藤兵衛はそのようすを微笑ましげに眺め、船頭の与助は唄いだす。

とんび　とんび　まわれ

二

「…………」

乱丸は、ぽかんと口を開けて、目をぱちくりさせ、首を右から左へ、そして左から右へとゆっくり動かす。

目の前にひろがるのは、見たこともない恐ろしいほどの賑《にぎ》わいである。

真っ直ぐに遠くへのびる広い道の両側には、家々が軒を争って建ち並び、二階家まで見られる。往来する人の数といったら、まるで蟻《あり》の堂参《どうまい》りだ。荷を積んだ馬の数も、半端《はんぱ》ではない。

耳を打つ音の騒々しさも、同様であった。売り買いの声、怒号や笑い声、馬の嘶《いなな》き、槌《つち》音《おと》、そのほか様々な音が、一挙に押し寄せてくる。

見上げれば、乱丸には金山の何百倍も大きいと思える稲葉山《いなばやま》が聳《そび》え、山頂では巨城の白壁が陽《ひ》に輝いていて、はるか山下にいながら眩《まぶ》しいような気がする。

乱丸は、躰《からだ》を後ろへ強く引っ張られ、われに返った。

天秤棒で板を担いだ集団が、乱丸の前を走り過ぎていく。かれらが乱丸にぶつかりそうになったので、藤兵衛が守ったのである。

板売りたちの舞い上げる土埃《つちぼこり》で、乱丸はちょっと咳《せ》き込んだ。

「藤兵衛。きょうは、お祭りか」

と傅役に訊《き》いた。

「岐阜のご城下は、いつでも賑わっているのでございます」

「いつでも」

信じられない乱丸は、問い返す。

「はい。あしたも、このようでございましょう」

「あさっても」

「あさっても、次の日も、次の次の日も」

「てんがふぶとは、お祭りをすることか」

「それは……」

こたえに窮する藤兵衛であった。

織田信長が天下統一の大志を公にした天下布武の印章を用いるのは、美濃を平定し、それまで井ノ口《いのくち》とよばれていた地を岐阜に改め、本拠とするようになってからである。だが、この野望を抱いたのは、それ以前、花押《かおう》に麒麟《きりん》の「麟」の一文字を使用しはじめたときで、乱丸誕生の年であった。

信長の信頼の厚かった森三左衛門は、そのことを信長自身から明かされており、だから、乱丸には赤子のころより子守唄代わりに言い聞かせた。

「そなたは、わが主君のお心に天下布武の志が生まれたのと同じときに生まれた。お役に立てる年齢《とし》になったら、ご主君の手足となって、天下布武のために尽くすのだぞ」

「武」とは何か。

乱暴を禁じ、いくさを治め、大いなる国を保ち、功績をあげ、民を安らかにし、万民を仲睦《なかむつ》まじくさせ、財を豊かにする。この七つの徳を実現するために、世を乱す悪を戈《ほこ》で討つ。それで静謐《せいひつ》をもたらしたのちは、戈を止めて保持しつづけることで、新たな乱を未然に禦《ふせ》ぐ抑止力とする。戈を止める、すなわち「武」である。

その「武」を、「天下」にあまねく行き渡らせる、つまり「布《し》」く。これが信長のめざす天下布武であった。

三左衛門が、子に「乱」と命名したのも、その使命を課したからである。

「乱」の原字「亂」の左側は乱れた糸を両手で分けているさまだが、右側は「司」の古い形が変化したものといわれ、おさめる、が原義という。

乱と治《ち》。一文字で相反する意味を二つながらもつ名なのである。戦国乱世を強く生き抜き、やがては信長の大望に身命を捧げて、乱世を治める。乱丸はそのために生まれてきた子、と三左衛門は信じていた。

それを知る藤兵衛だから、当の乱丸に、迂闊《うかつ》な返答はできかねる。たしかに、天下布武が成就すれば、毎日が祭りになることもありうるやもしれまいが。

藤兵衛は、しかし、往還から上がった声に救われた。

「バテレンが宿所《しゅくしょ》を払うそうじゃぞ」

「まことか」

「はや見物にまいろう」

「おそろしいことを申すな。バテレンは人を食《く》らうのだぞ」

「織田の殿様が会われたが、食われてはおらぬ」

誰もが走りだし、城下町の人の流れがひとつの方向に偏《かたよ》った。

「藤兵衛。バテレンというのは、化け物なのだろう」

たちまち乱丸も昂奮する。好奇心と恐怖心の混じり合った表情である。

バテレンは、雲をつくような巨人で、毛むくじゃら。髪は赤かったり金色に光っていたりし、鼻は天狗《てんぐ》なみに高く、眼《まなこ》が四つあるという。そして、人や獣の生肉を平然と食らうそうな。

「バテレンはポルトガル、イスパニアという異国の僧侶。決して化け物ではありませぬ」

「藤兵衛は見たことがあるのか」

「見たことはありませぬが……」

「見に行こう」

好奇心が恐怖心を打ち負かした。

「和子。何をいたすにも、出屋敷《でやしき》に旅装を解いてからのこと」

岐阜には、山麓の城主館を守る形で、家臣団の屋敷が設けられている。森家の岐阜屋敷は、城主館に近い。

「宿所を払うと申していた。いま見に行かないと、どこかへ行ってしまう」

「これだけ人が多くては、人波に呑まれて危ういことになりましょう。まずは出屋敷……」

藤兵衛が言い了《お》わらぬうちに、乱丸は走りだし、雑踏の中へ小さな躰を紛れ込ませてしまった。

「小四郎、見失うな。お守りいたせ」

「はい」

先に小四郎が乱丸を追い、藤兵衛と小者《こもの》もつづいた。

乱丸は軽捷《けいしょう》である。

金山の野山を毎日駆け回っているので、足腰が鍛えられ、障害となるものの直前で身を躱《かわ》すことも巧《うま》い。人々の腰の間を縫って、ひしめく群衆の前へ前へと進んだ。

だが、ほどなく、乱丸の前進もとめられてしまう。いかに小さな躰でも通り抜けられないほどの人、人、人の重なりにぶつかったのである。

四囲は、尻と腹と足ばかりになった。顔をめいっぱい仰向《あおむ》けても、視線の先は空だけである。

気づいてくれないおとなたちの腕に叩かれ、腰で押され、膝で蹴られ、苦しくてもがく。舞い立つ埃《ほこり》に噎《む》せ返る。

「道をあけい」

「早うあけよ」

「あけよと申すに」

怒号が聞こえてきたかと思うと、前から、急激に強く押され、乱丸は前後左右の足腰に締め上げられるかっこうになった。両足が地面から浮く。

渾身《こんしん》の力で手足を暴れさせ、わずかな隙間《すきま》へ頭から潜り込み、そのまま人海の中を泳いで、懸命に前へ出ようとする。乱丸の動きは周囲の人々とは逆だ。

どういう具合でそうなったものか、にわかに、勢いよく押し出された。

ひとり、転がり出たところは、往来の真ん中である。

目の前で、驚いた馬が棹立《さおだ》った。

蹴られると思い、恐怖に竦《すく》んだ。

後ろから抱き上げられた。

ようやく乱丸を見つけた小四郎が、群衆の中より抜け出るや、その身を抱えて、素早く後退したのである。

「慮外者《りょがいもの》」

乱丸を馬沓《うまぐつ》にかけずに済んだ武士は、その場で輪乗《わの》りして乗馬《じょうめ》をなだめながら、怒鳴りつけてきた。

後続の三騎と、従う足軽たちも、歩みをとめる。

小四郎が、乱丸を背後に庇《かば》って、みずからは折り敷き、馬前を遮《さえぎ》った非礼を詫《わ》びた。

「これなるわがあるじは、いまだ分別をわきまえぬ幼少の身ゆえ、どうかご容赦下されたい」

「ならば、従者のそのほうが責めを負え」

武士の見るからに荒武者という造作の顔が、真っ赤に染まっている。

「立て」

命ぜられるまま、小四郎は立ち上がった。

武士が鞭《むち》を高く振り上げる。

「川崎どの」

最後尾の一騎が制止の声を発した。

川崎とよばれた武士は、上げた右腕をそのままに、そちらへ視線を振る。

「見れば、その従者もまだ子どもではござらぬか。これだけの人中で、頭を下げて詫びを入れた弱き者を打擲《ちょうちゃく》いたしては、かえって川崎金右衛門《きんえもん》どののご武名の障《さわ》りとなりましょう。その障りが、ひいては上様《うえさま》へ及ばぬとも限りますまい」

上様とは、織田信長をさす。

川崎金右衛門は、唇を結んで、鼻から息を吐き出すと、鞭を引っ込めた。信長へ障りがあるやもと脅されては、怺《こら》えるしかない。

金右衛門が乗馬の馬腹を軽く蹴った。

往く手の人々が、わあっと左右へ身を避《よ》ける。

二番手はすぐにつづいた。が、三番手は、この場を収めた最後尾の者へうなずいてみせてから、乗馬を進めた。

「あれが筑紫《つくし》川崎じゃ。抜け駆け金右衛門ともよばれとる」

群衆の中で、誰かがそんなふうに言った。

信長の馬廻《うままわり》の川崎金右衛門は、筑紫出身の豪勇の士だが、戦場においては抜け駆けばかりするので、尾張者・美濃者の多い織田氏では、同僚からあまり好かれていないらしい、と城下でも噂されている。

「あるじどのは大事ないか」

金右衛門をたしなめた若い武士が、馬上より小四郎に声をかけた。やさしげな美男である。

「お助けいただき、ありがとう存じます。おかげをもちまして、このとおり、何事もなく……」

と小四郎は、乱丸を振り返る。

乱丸はといえば、惚《ほう》けたように、馬上の美男を仰ぎ見ていた。

「名は」

訊《たず》ねられても、乱丸は気づかない。

（兄《あに》さまみたい……）

似ている。といっても、容姿が、ではない。醸《かも》し出す空気が伝兵衛《でんべえ》を思い出させる。

「和子《わこ》……和子……。お乱さま」

小四郎に肩を揺すられて、乱丸は我に返った。

「名乗られませ」

「うん……」

「助けていただいたのですぞ」

「美濃金山《かねやま》の森乱丸」

すると、美男はちょっと眼《まなこ》を剝《む》いた。

「森伝兵衛どのが弟か」

「兄さまをご存じなのですか」

たちまち乱丸は目を輝かせる。

「ご生前、一度限《き》りだが、酒盃《しゅはい》を交わし合《お》うたことがある。伝兵衛どのをこそ、好漢というのだと思うた」

「こうかん……」

そのことばの意味を知らぬ乱丸だが、亡き伝兵衛が褒《ほ》められたことは分かった。そして馬上の美男が伝兵衛を好いていたに違いないことも。

「森家には悲しいことがつづいたが、乱世の武家の運命《さだめ》と、そなたも辛抱いたせよ」

温かみのある声でそう言い置いて、美男は乗馬の尻を手で軽く叩いた。

「小四郎。あのお人の名は」

と乱丸が訊《き》く。

あっ、と小四郎も、それを聞きそびれた迂闊《うがつ》に気づき、去ってゆく馬上の美男を追いかけようと、足を踏み出した。が、前へ往けない。いったん四騎に道をあけた群衆が、空《あ》いたところを再び埋め尽くしてしまったからである。

「前をあけて下され。お願い申す」

掻《か》き分けようとしても、どうにもならぬ。

乱丸を振り返った小四郎は、蒼ざめた。

幼いあるじが、また消えている。

「小四郎、和子は」

声をかけてきたのは、なんとかここへ辿《たど》りついた父の伊集院藤兵衛である。小者も随行している。

「申し訳ありませぬ。なれど、あの馬上のお人を見失わなければ、和子を見つけられると存じます」

馬上の美男の姓名を自分で聞き出すべく、乱丸が群衆の中を縫《ぬ》って追いかけていった、と小四郎は察したのである。

三

バテレンの宿所は、岐阜の市外《まち》れの二階家であった。

その周辺は、路上といわず、家々の屋根といわず、木々の枝上といわず、黒山の人だかりである。宿所の屋根に上ったり、壁にへばりつくなどして、窓から中をのぞこうとする怪《け》しからぬ連中までいる。

騒々しさは言語を絶し、様々な訛《なま》りが飛び交う。岐阜城下にバテレン滞在中と聞きつけ、一目見ようとやってきた遠国《おんごく》の人々も少なくないからである。

いましがたの四騎が、宿所の前に馬を繋《つな》ぎとめ、いずれも下馬《げば》した。

「槍」

と川崎金右衛門が足軽に命じる。

すかさず渡された槍をとるや、金右衛門は群衆へ向き直って、石突《いしづき》で地を突き、大音《だいおん》を発した。

「退《さ》がれ。槍先の錆《さび》になりたいか」

人々は、恐れて、わっと後退する。屋根から転げ落ちる者もいた。

金右衛門らは信長からバテレンの警固《けいご》を命ぜられたのである。宿《やど》を払うだけのことだが、四、五千人を数えるであろう群衆に囲まれては、何が起こるか分からない。

足軽たちに宿所の前を固めさせて、四人の武士は中へ入ってゆく。

人と人のわずかな隙間に躰を捻《ね》じ入れては、少しずつ移動していた乱丸は、屋根に上ることを思いつき、周辺を仰ぎ見たものの、どの家の屋根も満席であった。その重さでぎしぎしと軋《きし》み音をたてている家もあり、家主が怒鳴り散らしている。

木々の枝上はどうかといえば、こちらも同様であった。

いや、よくよく見ると、宿所の近くに生える一本の松の木ばかりは、枝上にひとりしか留《とど》まっていないではないか。

登り難《がた》い木とも思えないし、人の腰掛けられそうな太い枝もまだ余っている。

特等の席だ。

乱丸は、また躰を捻じ入れた。

その松の木の下へ達したときには、汗だくで、衿《えり》はひどく乱れ、一方の袖と袴《はかま》の腿《もも》のあたりが裂けていた。

そんなことにはかまわず、乱丸は幹へ手をかけた。

途端に、首根っこを押さえ込まれてしまう。

「何をする」

見れば、対手《あいて》は、素膚《すはだ》に袖無《そでなし》を着け、腰には大刀を二本も差している巨漢であった。

「登りたければ、銭を出せ」

幾つもの刀痕《とうこん》のある顔に凄《すご》まれ、乱丸は怖気《おぞけ》をふるった。

「がきは、一緡《ひとさし》でええ」

仲間であるらしい別の男が、覗《のぞ》き込んでくる。こちらは、左腕がなく、右肩に短槍《たんそう》を担いだ、やはり悪相《あくそう》であった。

緡とは、銭の穴に通して束ねる縄をいう。一緡の量は、時代や地域によってまちまちだが、室町後期の幕府の撰銭令《えりぜにれい》では二十文であったらしい。

「銭がなければ、身ぐるみ、よこせ」

また別の男が顔を近寄せてきた。先の二人に劣らぬ悪人面《づら》で、息の臭い歯欠けである。

これでは、誰もこの松の木に登らないはずであった。だが、ただひとり、登っている者がいる。銭を払ったということなのか。

そこまで乱丸は考えが及ばない。恐ろしくて、小便を洩らしそうであったが、

（負けるものか）

恐怖に負けて闘《たたか》わなければ、馬上の美男が、こうかん、と褒めてくれた亡き兄伝兵衛の

名を汚すことになる。そう強く感じた。

乱丸は、右肘《みぎひじ》を思い切り後ろへ突き上げた。

「ぐっ……」

乱丸の首根っこを摑《つか》まえていた刀痕男が、両手でおのれの股間《こかん》を押さえて、躰をくの字に折る。

解き放たれた乱丸は、刀痕男の巨体の腿を踏んで、その背中へと上がり、そこから松の木の幹へ飛んでしがみつくや、するすると登り始めた。金山で育った身は、木登りが得意である。

「このくそがき」

歯欠け男も幹を伝って追ってくる。

その顔面を、乱丸は上から蹴りつけた。

転落した歯欠け男は、まだへっぴり腰で呻《うめ》いている刀痕男へもろにぶちあたり、二人して地へ転がる。

「がきでも容赦せんぞ」

隻腕《せきわん》男が短槍を投げ上げようと構える。

「やめろ」

声が降《ふ》ってきた。

見上げた乱丸の目に映ったのは、幹と太枝《ふとえだ》の股《また》のあたりに腰を下ろした人である。髪を茶筅《ちゃせん》に巻き立て、湯帷子《ゆかたびら》の袖を外し、縄を腕貫《うでぬき》にし、腰回りには瓢箪《ひょうたん》を幾つも下げて、下は虎革《とらがわ》の半袴という装《なり》であった。瓢箪はいずれも、金やら赤やら青やらに色づけされている。

見たことがあるような気がした。

（信長公のまねだ……）

少年時代の織田信長は、いま乱丸が見上げている者のごときばさらな出で立ちを好んだという。既視感をおぼえたのは、そのことを父の三左衛門《さんざえもん》から聞かされた記憶が湧き出てきたからである。

実際、頭上の人も、遠目では見定め難かったが、こうして間近《まぢか》で見ると、それこそ少年といっていい若さである。たぶん兄の勝蔵長可《ながよし》とさして変わらない年齢《とし》ではなかろうか。

「この小僧の勝ちだ。引き下がれ」

頭上の少年が、隻腕男に命じた。

「八郎《はちろう》さま」

不服そうに何か言いかけた隻腕男だが、少年から睨まれると、しぶしぶ槍を収めた。

「小僧。われもバテレン見物か」

八郎とよばれた少年に訊かれ、

幹にしがみついたまま、乱丸はかぶりを振る。

当初は、数千の群衆と同じようにバテレンを見たかっただけだが、いまは、あの馬上の美男ともう一度ことばを交わし、姓名を知りたい一心なのである。だが、そこまでは明かさない。

八郎のほうも、なぜか、ちがうという一言で充分だったらしい。

「人と同じことをするやつは、つまらん」

と手を差し伸べてきた。

「………」

思わず、乱丸が不審の吐息を洩らす。自分だって信長公の真似をしているじゃないかと疑ったのである。

だが、八郎は、乱丸の不審顔を勘違いしたのか、心外そうに、むっとした。

「おれもバテレンを見たいのじゃない。見たいのは、バテレンの持ち物だ。かねめのものがあれば、道中で襲ってかっさらう」

目的が悪事であることをあっさり明かし、どうだと言わんばかりであった。

(こやつ、盗賊だったんだ……)

乱丸は目をまるくする。

その表情に満足したらしく、八郎はにやりとした。

「どうした、小僧。登らぬのか。それとも、ここに盗賊がいると、信長の城へご注進でもするか」

「小僧ってよぶな」

乱丸は、伸ばされた手を借りずに、自身の力で幹を伝い、八郎の座す太枝より、一枝高いところへ登ろうとした。が、引きずり下ろされ、逆に一枝低いところへ座らされた。

「いちばん上はおれだ」

八郎の足の爪先が、乱丸の頭を小突く。

「和子さま、いずこに」

「乱丸さま、乱丸さま」

喧騒《けんそう》の中に、わが名を呼ばわる声を聞き取り、乱丸は下方の群衆を眺め渡した。

四方に視線を走らせながら、人々を掻き分けて進もうとする藤兵衛、小四郎、随行の小者の姿が見えた。

乱丸は、上体を幹の裏側へ倒した。あの馬上の美男にもう一度会うまでは、この場を離れたくない。

「あやつらが探しているのは、われか」

八郎に上からのぞきこまれ、

「言うのか。言ったら、ここに盗賊がいるって叫ぶぞ」

と乱丸は睨み返す。

「叫ばれても痛くも痒《かゆ》くもないわ。だが、われがここにいることを言うつもりはない」

鼻で嗤《わら》った八郎が、それより、と語を継いだ。

「和子とよばれるからには、いささかは身分ある小僧らしいな」

「小僧じゃない、森乱丸だ」

「森……。金山城の森家の子か」

「そうだ」

すると、八郎は、腰から金色の瓢箪を外して、下へ放った。

股間の痛みの治まった刀痕男が、それを受け取り、歯欠け男、隻腕男ともども、にたりとする。

かれらにとって最上等の獲物になるという意味だが、もとより乱丸には、何のことやら想像できうべくもない。

群衆のざわめきが、ぴたっと収まった。

宿所から、金右衛門ら警固人が出てきたのである。

乱丸も八郎も注視する。

つづいて、野次馬たちのお目当てのバテレンが、ひとり、姿を現した。

イエズス会員の黒い角帽《バレテ》を被《かぶ》り、腰の細帯から垂らしたロザリオとよばれる数珠《じゅず》を左手に握ったその人は、しかし、野次馬たちを拍子抜けさせた。

みすぼらしい着物に包まれた躰は、巨人には程遠い。日本人と変わらぬ背丈だ。右手に杖をついて、やや猫背なので、むしろ小柄に見える。

鼻も、天狗どころか、かなり低い。

何より、人々の興味を最もかき立てていた眼《まなこ》の数が、四つではなかった。ごく当たり前の二つで、それも、片方の眼は半ば閉じられているように見える。

「あほらし。一つ目ではないか」

と誰かが言った。

途端に、どっと哄笑《こうしょう》が湧いた。

群衆の知るところではないが、この僧は日本人なのである。肥前白石《ひぜんしらいし》出身の半盲の琵琶法師で、豊後《ぶんご》山口でフランシスコ・ザヴィエルに出会ったのちに洗礼を受け、イエズス会修道士となって通訳をつとめている。霊名をロレンソという。

松の木の太枝の上から眺める乱丸だけは、笑いもせず、一つ目の僧ではなく、警固人たちを見ていた。

（どうして……）

警固の武士は四人のはずなのに、ひとり足りない。見当たらないのが、あの伝兵衛に似た美男なのである。

ロレンソにつづいて出てきた人には、群衆からどよめきがあがった。

足首まで隠す黒の長い外套《がいとう》に身を包んだその人は、巨人とは言えないまでも、人目を引くには充分な長身である。角帽の裾からのぞく後ろ髪やもみあげは、金色がかっている。顔の造作は、鑿《のみ》で彫ったように凹凸がはっきりとしており、眼は二つでも、その瞳の色は海のそれに似ていた。同じ人間のようだが、日本人とは随分と異なる。

ポルトガル人司祭のルイス・フロイス。

しかし、群衆の大半は、宗教などどうでもよい。異国人という珍奇なものを見た昂奮に沸き立った。

そこへ曳かれてきた黒い馬に、群衆はさらにびっくりしてしまう。

日本の馬とは較《くら》べものにならないほどの巨馬であった。

しかも、馬沓を履《は》かせていない長い脚が一歩踏み出されるたび、乾いた感じの音が鳴るではないか。蹄《ひづめ》に鉄を装着してあるのだが、それを知らない人々には、奇天烈《きてれつ》に聞こえるのである。

乱丸も、伝兵衛に似た美男に会う前なら、人々と同じように目を釘付けにされ、昂奮したであろうが、いまはそれどころではない。あの美男の姿の見えないことに、失望感と焦《あせ》りのようなものをおぼえていた。

フロイスが巨馬に跨《また》がり、ロレンソも日本馬の背に落ちつき、その供の者らも用意ができると、金右衛門たち警固人と足軽衆が周囲を固め、一行は出発した。

群衆は、バテレンの一行についていく者ら、早くも興味が失《う》せたのか去ってゆく者ら、宿所の周辺を離れず談笑する者ら、様々であった。

「バテレンというのは、かねめのものを持っておらんようだな」

イエズス会が質素を美徳としていることなど、知る由《よし》もない刀痕男が言った。

「かねめのものは先に信長へ献上しちまったんだろうよ」

ふん、と歯欠け男は鼻を鳴らす。

「バテレンの馬はよいぞ。大名なら千金を出す」

隻腕男がそう言うと、あとの二人もうなずく。

「あの馬はだめだ」

八郎が樹下の三人を見下ろした。

「なにゆえじゃ、八郎さま。あれほど立派な馬は初めて見申したぞ」

「脚を見たか。長すぎるし、細すぎる。平らかで広々としたところなら、めざましい走りをするだろうが、ちょっと険しい場所では、おそらくすぐに折れる。脚が折れたら、馬は終《しま》いだ」

山と林ばかりで、道は狭くて険しく、平原というものが少ない日本の土地に適しているのは、馬体がずんぐりむっくりで、脚も太くて短い日本馬なのである。フロイスの乗るアラビア種の馬では、使い道がきわめて限定されてしまう。

そのへんのところを瞬時に洞察して、だめだ、と切り捨てた八郎という少年は、いったい何者なのか。

「乱丸さまはいずれに」

「和子、藤兵衛にござる。お姿をお見せ下され」

宿所の周辺の喧騒が収まったので、乱丸の供衆の声がよく聞こえる。

（あのお人だけ、なぜ出てこないのだろう……）

もう会えないのかと思った。途端に、一層会いたくなった。

乱丸も群衆も察せられるはずはないが、宿所内にはまだイエズス会日本布教長のフランシスコ・カブラル司祭が残っている。

実は、バテレンは四つ目という噂も、畿内《きない》より岐阜へ向かう道中のカブラルを見た者らの発信であった。何のことはない、眼鏡をかけていただけなのだが、ほとんどの日本人はまだ眼鏡なるものを知らなかったので、四つ目の化け物と思い込んだのである。

近眼のカブラルは、移動のさいに眼鏡を欠かせない。といって、それをかけて野次馬の前へ姿を現そうものなら大騒ぎになる。そこで、フロイスらを先に出立させ、群衆が宿所周辺から去った頃合いをみて、こっそり出ていくという策を立て、伝兵衛に似た美男がそのさいの警固役をつとめることにしたのであった。

そうとは知らない乱丸は、

（たずねてみよう）

と思い立った。すぐそこに見えているバテレンの宿所の内に、あの人はまだいるのだから。

ここまでくれば、藤兵衛も否とは言うまい。

供衆を呼ばわろうと、両手を口にあてたそのとき、乱丸は首を絞《し》めつけられた。上から伸ばされた八郎の両足に、挟《はさ》み込まれたのである。

そのまま乱丸は吊り上げられた。苦しい。息ができない。

「小僧、おぼえておけ。この真田《さなだ》八郎が盗むのは、銭や物ばかりじゃない」

耳許《みみもと》でそう囁《ささや》かれたあと、乱丸は首に衝撃を浴びた。刹那《せつな》、闇に包まれた。

四

寒い。

乱丸は、瞼《まぶた》を押し上げた。

薄暗い。前方に壁のようなものがあり、その向こうには仄《ほの》かな光の溜《た》まりが見える。

自分の躰に、蓆《むしろ》がかけられている。

（どこだろう……）

上体を起こそうとすると、頭が重かった。

それで思い出した。八郎という盗賊の少年に当て落とされたことを。

蓆をはねのけ、立ち上がった。

背後に何やら気配を感じて、急激に振り返る。

鬼がいた。

悲鳴を上げかけた乱丸だが、両手で口を押さえて怺《こら》えた。

ここは、広い洞窟だ。

最奥の岩壁が高く深く抉《えぐ》られ、そこに蠟燭《ろうそく》の炎に照らされる裸形《らぎょう》の立像《りつぞう》があった。

ざんばらの髪、頭に角《つの》、口から鋭い牙、ぎょろりと飛び出た眼に、大きな鼻。まさしく鬼である。

（鬼の岩屋《いわや》……）

平安末期、金山の南東三里足らずの次月《しづき》という土地で、東山道《とうさんどう》を往来する旅人を襲った鬼は、可児川《かにがわ》の源流の岩屋に隠れ棲《す》んだという。ちかごろ、同様に旅人が襲撃される事件が相次いだことで、鬼が甦《よみがえ》ったと恐れられている。伝兵衛が生きていれば、ともに次月の鬼を退治する約束であった。

もしや、ここが、その次月の鬼の岩屋なのか、と乱丸は疑ったのである。

とすれば、目の前の鬼の立像は、生きていて動きだすのかもしれない。そう思うと、膝が震えた。

鬼の頭上の天井から、黒いものが離れて、向かってきた。蝙蝠《こうもり》だ。

乱丸は、頭を抱えて、しゃがんだ。

その一匹の動きに応じて、夥《おびただ》しい数の蝙蝠が一斉に頭上を飛び交った。

羽ばたきの音が岩に反響して恐ろしく大きく聞こえ、乱丸の恐怖を増幅させる。

蝙蝠たちはまた岩屋内のどこかに止まって、おとなしくなったものの、乱丸は、光の溜まりの向こうで人が動いたような気がしたので、慌てて頭から蓆を引っ被って横になり、まだ眠っているふりをした。

凝《じ》っとしたまま、薄目《うすめ》を開けて、蓆の隙間より覗くと、岩壁の向こうから光の溜まりの中へ人が入ってきた。

その影の形で、誰であるか分かった。八郎の従者のひとり、隻腕の男だ。

短槍を投げつけられそうになったことを思い出し、乱丸の心《しん》の臓《ぞう》は早鐘をうつ。

「飛鼠《ひそ》のあれほどの羽音にも目覚めぬとは、よほどの阿呆《あほう》か、胆《きも》が太いのか」

蝙蝠は鼠の化身という説が中国より伝わって、日本でも飛鼠や天鼠《てんそ》などとよばれた。

隻腕男は岩屋から出ていった。どうやら乱丸の見張り役のようだ。

乱丸は、蓆をとって、洞窟内をあらためて恐る恐る見回した。

出入口は、一ケ所しかないらしい。出ていった途端に、隻腕男に捕まるであろう。

それでも乱丸は、中腰のまま、抜き足差し足に、出入口近くの岩壁まで行き、そこにへばりついて覗き込んでみた。案の定、出入口の前にでんと腰を下ろす隻腕男の背中が見えた。

その右肩に立てかけられた短槍の穂先《ほさき》がきらりと光ったので、乱丸は顔を引っ込める。

外は、夜が明けて曙光《しょこう》が届いたところなのか、あるいは、雲に隠れていた太陽が顔を出したのか。いずれにせよ、日中であることは疑いない。

ひとまず、蓆のところまで戻った。

（どうしよう……）

恐怖に負けそうである。

（兄さま、助けて）

両掌《りょうて》を合わせ、小声で呟《つぶや》いた。すると、頭の中で声がした。

「そなたも辛抱いたせよ」

岐阜城下で助けてくれた馬上の美男の声だ。

少しだけ勇気が湧いて、落ちつきを取り戻した。

微《かす》かに、何かの音が聞こえる。

水の流れる音。外に川があるのか。

しかし、音は出入口より洩れ入る感じがしない。

耳を澄ませると、鬼の立像のほうから聞こえてくるような気がした。

また中腰になり、鬼の顔を仰ぎ見ながら、ゆっくり、ゆっくり近寄っていく。

（そのままだぞ……）

そのまま動くな、と心中で鬼に命じる。

天井から、小さく羽ばたきの音が降ってきた。どきりとして、身を固まらせる。

蝙蝠たちは、こんどは飛ばなかった。

小さく息を吐き、さらに鬼の立像へ近づく。

微かに風を感じる。

乱丸は、立像の足許に立てられている蠟燭を手にとり、その台座の岩と、それに連なる岩壁とのあたりを照らした。

台座の岩の片側が、奥へ少し抉《えぐ》れている。

蠟燭を寄せると、炎が手前へ倒れて消えそうになった。

乱丸の胴ぐらいの大きさの岩が立てかけられている。

蠟燭を傍《かたわ》らに置いて、乱丸はその岩を渾身の力で動かした。

隙間が現れた。岩と岩とが重なり合うところに出来ている。

ひんやりした風が顔にあたった。耳を寄せると、流れの音がはっきり聞こえた。ふたたび蠟燭を手にして、隙間の内部を照らしてみる。が、炎が風に消されてしまい、見ることはできなかった。

隙間は狭い。子どもの躰でも、潜り込めるかどうか。

奥へ行けば、もっと狭くなって行き止まりになるかもしれないし、鬼や化け物が潜んでいないとも限らない。それでも、風の通り道があることは分かったのだから、恐怖心を抑えて、試してみるのが武士の子ではないか。伝兵衛やあの馬上の美男ならきっと試すと思った乱丸は、

（こわいものか）

ついに意を決し、岩と岩の暗い隙間へ、両肩を縮めて頭から潜り込んだ。

最初から窮屈であった。やっぱりだめなのかと気持ちが萎《な》えかけたとき、上体がするりと抜けた。幸運だったのは、躰にあたる岩の表面がつるりとしていたことであろう。つづいて、下半身を引き寄せた。

最初の窮屈な隙間を抜けると、わずかに腰を上げて這《は》えるだけの空間に出た。

上も下も、右も左も、巨岩の一部である。もし地震でも起これば、押し潰されると思ったが、

「こわいものか」

こんどは声に出して、みずからを奮《ふる》い立たせ、先を急いだ。

流れの音が大きくなり、水が匂った。

ひと曲がりすると、あえかな光が昇っていた。岩場の通り道に穴が空いている。穴といっても、岩と岩の隙間のことだが。

這い進んで、穴を覗き込んでみた。

一丈《じょう》ばかり下に、流れが見えた。泡を嚙《か》む急湍《きゅうたん》だ。

乱丸は、ちょっと見とれた。

なんという不思議な景色であろう。巨岩の群れの下に急流が隠れているとは。

急湍に飛び込もうか、と一瞬思った。が、さすがに危険すぎる。流れの速さに抗しきれず、溺《おぼ》れるか、岩に頭でもぶつけるか、いずれかであろう。

穴を越えて、なおも岩場の通り道を這い進む。

かなり明るいところへ出た。

頭を鉢合わせ寸前のところで止めたように聳《そび》え立つ巨岩と巨岩の間から、陽光が洩れ入っているのである。たよりないほど細長い空が見えた。

しかし、手がかり、足がかりにできるような凹凸がないので、いずれも登れるような岩ではない。

この巨岩群の隙間の道を、行き着けるところまで行くしかない。乱丸は、這ったり、中腰になったり、時には立ち上がったりしながら、幾度も曲折し、上下する道に、前へ前へと足を繰り出した。

だしぬけに、広い空間へ出た。

巨岩の重なりが緩《ゆる》い。

苔《こけ》むした自然の石段の下に立つと、そこから、空がはっきりと見えた。

とうとう、脱出だ。

それでも、乱丸は警戒しながら昇った。ここにも見張り役がいないとも限らない。

石段を昇りきった。

人はいない。

それより、乱丸は、目に映る風景にしばし茫然とした。

深い緑の中に、奇怪としかいいようがない姿の大小の岩が無数に重なり合ったり、点在したりしている。

(金山のお城の本丸御殿よりずっと大きい……)

そう見えるような巨岩も幾つもある。

乱丸の思い及ぶところではないが、太古《たいこ》、地中深いところで溶けた岩漿《マグマ》が冷えて固まり、悠久の時の流れの中で、上部の地層や岩石が風化し削られたために、地表へ出現したものが、この地の花崗岩《かこうがん》の群れであった。地表に現れたあと、岩石群は、節理《せつり》に沁《し》み入った雨水で様々な形に割られ、日光によって表面を剝《む》かれて、美しくもあり、恐ろしくもある姿となったのである。

乱丸は、もう一度、あたりを見回して、こんどは道を探した。

ここは、左右に山が迫る巨岩の谷だ。巨岩を伝い下りていけないことはなさそうだが、それでは目立って発見される恐れがある。木々に隠れながら下りていったほうがよい。

乱丸は、山へ入った。

樹間《じゅかん》を縫う獣径《けものみち》を、すぐに見つけて、伝った。傾斜がきつく、滑りやすいが、こういう径は金山にもあるので、慣れている。

次第に川音が大きくなってゆく。

麓《ふもと》へ近づくにつれ、巨岩群の下を潜流している川は姿を現すのである。

突然、大音が発せられ、谷じゅうに響き渡った。

「がきが逃げた。がきが逃げたぞ」

あの隻腕男が気づいたのに違いない。

すると、思いのほかに近くで人声がしたので、ひやりとした乱丸は、急いで獣径を外れ岩陰に身を隠した。

「犬又《いぬまた》めが、へまをしおって」

隻腕男は犬又という名であるらしい。

「おかしらに殺される」

「がきを引っ捕らえるぞ」

梢《こずえ》を揺らす音や足音がして、たったいま乱丸が歩いていた獣径へ、下方から男たちが上ってきた。

五人だ。いずれも、おそらく盗んだものであろう具足《ぐそく》を素膚に着け、兇相の持ち主ばかりである。

五人をやりすごす間、身が竦んでしまった乱丸だが、かれらの姿が見えなくなると、躰は勝手に動いた。恐ろしい巨岩の下を脱するという冒険を成し遂げた自信が、七歳の男子を少し強くしたのである。

獣径へ戻った乱丸は、麓まで走った。

ほどなく平地へ出ると、そこに馬が十頭ばかり繋がれていた。鞍《くら》はつけられていない。

乱丸は、藤兵衛に馬術を習い始めたものの、まだひとりでは馬を操ることができない。

(口惜《くちお》しい……)

馬術を能《よ》くするのなら、馬に乗って逃げるのに。

林で囲まれた平地の一方の外れに、小道が見える。

乱丸は、小道のほうへ向かうべく、馬群の背後を、少し離れて小走りに歩きだした。

ふいに、繋がれた馬と馬の間から、男がひとり出てきた。

馬番《うまばん》がいたのである。驚いた乱丸は、びくっと身を硬くした。

その馬番も、一瞬、驚いて立ち竦んだ。

先に動いたのは乱丸である。数歩、踏み込んで、対手の腰のあたりを両手で押した。

「あ、このがき」

空足《からあし》を踏んで後退した馬番は、背中から栗毛《くりげ》の馬の尻にぶちあたった。

当時の日本では去勢が行われなかったので、日本馬は馬体が小さくとも性質は荒い。その栗毛馬は、反射的に後脚を蹴り上げた。

後頭部を蹴られた馬番は、前へ突んのめって倒れると、それなり動かなくなった。

乱丸は、息を呑んだ。

馬番の横向いた顔の中で、見開かれたままの眼が、恨みを含んで自分を見ているような気がしたからである。

その後頭部から流れ出る血が、じゅくじゅくと地へ吸い取られてゆく。

（人を……）

馬番を殺したのは栗毛馬だが、しかし、乱丸は自分が殺したのだと思った。

殺し殺されるのがならいの武門の子とはいえ、みずからが関わった初めての殺人に平静でいられるはずもない。

胸がしめつけられて、息苦しくなった。顔もひきつる。

泣きたくなったが、そればかりは怺えた。

「がきがいたぞ。あそこだ」

という声に、我に返り、振り仰いだ。

山中から出ている烏帽子《えぼし》に似た巨岩の頂に立つ男が、こちらを指さしている。

乱丸は、自分がなぜそんな行動を起こしたのか、あとになっても分からなかったが、馬番を蹴り殺した栗毛馬の前へ回り込むや、轡《くつわ》をとり、近くに見えた高さ二尺ばかりの岩のところまで曳いていき、それを踏み台にして背に跨《また》がった。

右手を後ろへ伸ばし、栗毛馬の尻を強く叩いた。

栗毛馬は、わずかに前脚を上げて、嘶《いなな》いてから、弾《はじ》かれたごとく駆け出した。

乱丸は、手綱《たづな》を両手でしっかり握り、振り落とされないよう、前傾姿勢で、両腿に力を込めた。

どこへ行くのか、馬まかせである。

一刻も早く、ここから逃げ出したい。その一心であった。

「南無阿弥陀仏《なむあみだぶつ》、南無阿弥陀仏……」

と一向宗《いっこうしゅう》の六字名号《みょうごう》を唱え始める。

乱丸の母の盈《えい》は、良人《おっと》・森三左衛門の戦死後、剃髪《ていはつ》して妙向《みょうこう》と号するようになったが、有髪《うはつ》のころから本願寺に深く帰依《きえ》している。だから乱丸も、一向宗のなんたるかは知らずとも、神仏に祈るときは南無阿弥陀仏と唱えるのが当たり前であった。

栗毛馬は、林の中の小道を抜けて、幹線とおぼしい道へ出たが、鼻面《はなづら》の向いているほうへ、迷うことなく走りつづける。

よほど気象《きしょう》が荒いのか、それとも、力があり余っていたのか、常足《なみあし》でも速歩《はやあし》でもなく、駆歩《かけあし》で疾走してゆく。

実は、この幹線は東山道なのだが、もとより乱丸は気づかない。恐怖心を必死に押し殺しながら、頭を伏せて、きつく目を閉じ、へばりつくように乗っているので、慌《あわ》てて身を避ける旅人らにも気づかなかった。

どれほど走ったものか、ようやく栗毛馬の脚送りが鈍くなったのを感じて、乱丸は目を開け、右に左にこうべを回した。

なんと、家々が軒を並べているではないか。

往還《おうかん》の人々の目が自分に集中している。子どもがひとりで裸馬に乗っているのだから、無理もない。

だが、奇異なものを見ているという人々の視線は、いまの乱丸には安心感を与えてくれた。

栗毛馬がみずから止まった。

「ここは、どこ」

馬上より、路傍《ろぼう》の人に訊くと、

「御嶽《みたけ》にございますよ」

という返辞だったので、乱丸はさらに安堵《あんど》した。

御嶽宿《じゅく》なら、金山から遠くないはずである。

馬沓《うまぐつ》の音が聞こえてきた。

乱丸の総身の膚が粟立《あわだ》つ。追手《おって》がきた、と思ったのである。

振り返った。が、まだ追手の姿は街道上に見えない。

前方へ目を戻して、乱丸は身を強張《こわば》らせた。

五騎、やってくる。

そのうちの一騎は、真田八郎であった。

五

「あ、小僧」

御嶽宿の往還《おうかん》へ西から入ってきた真田八郎のほうも、乱丸に気づいた。

路上の真ん中で、栗毛馬《くりげうま》の裸の背に跨《また》がる乱丸は、後ろへ伸ばした右手で盛んにぺたぺたと馬の尻を叩いている。走れと命じているようだが、しかし栗毛馬は一歩たりとも脚を踏み出さない。

けっけっ、と八郎は笑った。

乱丸がどうやって次月《しづき》の鬼の岩屋《いわや》を脱したのか分からないが、もはやここまでである。そこに姿の見えている七歳の小僧を捕まえるなど、造作もない。

八郎は乗馬《じょうめ》の馬腹を蹴った。

あとの四騎のうち、二騎がつづく。岐阜《ぎふ》城下でも八郎に従っていた顔に刀痕《とうこん》の巨漢と、歯欠けの男である。

残された二騎の一方は、その馬上姿だけで往来の人々を恐怖に縮こまらせずにはおかぬ。鞍《くら》に跨がっているというより、鞍上《あんじょう》の置物《おきもの》みたいに見える矮軀《わいく》であった。それだけなら、むしろ滑稽ともいえるが、この男を嗤《わら》うのは恐ろしい。

容貌が尋常ではない。

伸び放題の蓬髪《ほうはつ》は、頭頂で二つの山を作っている。頭蓋骨《ずがいこつ》がそういう形なのであろうが、角を隠しているようにも思える。

異様に大きくて鋭い両の眼《まなこ》。平たくひしゃげて穴が天を向いた鼻。口の両端からのぞいて、肉食獣の牙と見紛う犬歯《けんし》。

さながら、邪悪な小鬼《こおに》であった。

ちかごろ、次月で東山道の旅人を襲う鬼の正体が、この妖怪じみた男なのである。

名も、真田鬼人《きじん》という。八郎の父であった。

「阿久多《あくた》。小僧の見張り役は」

鬼人が、残る一騎をじろりと見た。喉《のど》が潰《つぶ》れたような掠《かす》れ声だ。

「い……犬又《いぬまた》で」

阿久多とよばれた手下《てした》は、おどおどとこたえる。

鬼人は乗馬をゆっくりすすめた。

その前方で、八郎と手下の二人が、宿《しゅく》内を東西に貫く往還から、北側の小道へ縦に列《つら》なって馬を乗り入れるのが見えた。

栗毛馬が一頭、往還に残されている。乱丸が下馬《げば》して、みずからの足で小道へ逃げ込んだのであろう。

鬼人と阿久多が、栗毛馬のところまで達すると、東からも騎馬が八騎。次月より乱丸を追ってきた鬼人の手下たちだ。

隻腕《せきわん》の短槍遣《たんそうつか》い、犬又の姿もある。

「おかしら」

「早、お戻りに……」

「ご無事で何よりじゃ」

往還上で鬼人と遭遇した手下たちは、一様におもてをひきつらせてしまう。乱丸に乗り逃げされた栗毛馬の手綱《たづな》を、阿久多が乗馬の鞍上より曳《ひ》いているではないか。

（おかしらは、おれたちが小僧に逃げられたことを知っている）

という恐怖であった。

八騎ひとりひとりの顔を眺めてゆく鬼人の視線が、犬又のところでとまる。

両者の間は、五間《けん》余り離れている。

生唾《なまつば》を呑《の》んだのであろう、犬又が喉仏《のどぼとけ》を上下させる。

早くも堪《た》えきれなくなった犬又は、短槍を鬼人に向かって投じた。素早い投擲《とうてき》で、よほど俊敏な者でも避けられまい。

ところが、鬼人は、これを鞍上でひょいと躱《かわ》しざま、前へ跳《と》んだ。

宙を歩いているとしか見えない驚くべき跳躍力、いや飛翔力というべきか。

飛びながら、右手に何か装着した。

慌《あわ》てて馬首を転じた犬又の背へ、鬼人は飛びつくと、左手を回して、そのあごを引き上げる。犬又の喉首が反《そ》り返った。

鬼人の右手の手甲鉤《てっこうかぎ》の鋭利な四本爪が、犬又の喉首を抉《えぐ》り、引き裂いた。

噴出する血が往来の人々に降り注がれ、宿中に響きわたる悲鳴をあげさせた。

鬼人は、無造作に犬又を突き落とし、そのまま鞍の居木《いぎ》に尻をつけると、あらためて、あとの七騎を見やる。

非情の頭目の視線を受けるかれらは、声を失い、膚《はだ》を粟立《あわだ》たせるばかりだ。

「永楽銭《えいらくせん》五百貫文と引き替えの小僧だ。決して逃がすな」

鬼人は、手下たちにそう告げて、八郎らが曲がった小道へ、自身も馬を乗り入れた。

恐怖で蒼《あお》ざめていた七騎の顔に、たちまち赤みがさす。

「永楽銭五百貫文とな」

「やはり大層な獲物であったわ」

「そこまで引き出したおかしらの駆け引きが見事なのよ」

「おう、そうじゃ」

路上でおのれの血の海に沈む犬又のことなどすっかり忘れ、かれらは、我先《われさき》にと鬼人のあとにつづいた。

鬼人は、金山《かねやま》城へ乗り込み、拐《かどわ》かした乱丸の身代金の交渉をしてきた帰途なのである。

この当時の日本では中国の銅銭が広く流通しており、とくに東国《とうごく》では永楽通宝が良銭《りょうせん》として喜ばれた。少し後年になるが、徳川家康は江戸幕府を開いた直後、永楽通宝一貫文を金一両に充《あ》てている。

六

東山道から外れた小道は、すぐに登り坂となって、狭い山路《やまじ》へとつながった。樹冠《じゅかん》に被《おお》われた径《みち》を、乱丸は、振り返り、振り返りしながら、死に物狂いで駆《か》け上がってゆく。

「小僧、逃げ場はないぞ」

後ろに迫る八郎と手下らも、馬を乗り捨て、みずからの足で追ってくる。

乱丸は泣いていた。溢《あふ》れ出る熱いものを怺《こら》えることができない。

恐怖や絶望が理由ではなかった。いちど自分を騙《だま》して拐かした八郎に、ふたたび捕まることの悔《くや》しさを思って、涙がとまらないのである。

だから、乱丸の心は挫《くじ》けていない。送り出す手足が、小さくとも力強いのは、その証《あかし》であった。

木洩れ日と鬱蒼《うっそう》たる樹木。光と影の織りなす径をどれほど登ったものか、息が苦しくて、心《しん》の臓《ぞう》が破裂するかと思ったとき、平らで少し広いところへ出た。

乱丸は目を輝かせた。

奥に、山寺《やまでら》が見えたのである。

だ。


雑役《ざつえき》の寺男《てらおとこ》であろうか、門前を箒《ほうき》で掃《は》いている者がひとり。

駆け込めば助けてもらえる。そんな気がした。

乱丸は、参道であるらしいところを、最後の力を振り絞って走りだした。

だが、半《なか》ばまでも達しないところで、足に衝撃をうけ、もつれさせて、前のめりに転んだ。


痛い。

見れば、足に鎖《くさり》が巻きついているではないか。

乱丸は知らないが、この武器は万力鎖《まんりきぐさり》という。長さ四尺ばかりで、鎖の両端には分銅《ふんどう》が付けられており、敵に投げつけて、顔面を打ったり、足に絡《から》めて倒したりする。

投げたのは、歯欠け男だ。へへっ、と笑いながら、乱丸のもとへ走り寄ってくる。

「手間《てま》をとらせおって」

乱丸の衿《えり》を摑《つか》もうと腰を屈《かが》めた歯欠け男だが、しかし、伸ばした右腕を何かに打たれ、慌てて引っ込めた。

「おのれは何をしやがる」

いつのまにか、寺男がすぐそこに立っていた。白髪まじりで皺《しわ》が目立つ。

「これは、とんだ不調法《ぶちょうほう》を。つい箒《ほうき》を振りすぎ申した」

そう言って、寺男が箒の先をなおも振ってみせるので、歯欠け男は舌打ちしながらあとずさる。

「おれを虚仮《こけ》にするつもりか」

頭に血を上らせた歯欠け男は、腰の差料《さしりよう》の柄《つか》へ右手をかけた。が、抜く前に、箒の先で押さえつけられてしまう。

「こ、こやつ……」

「あ、これは。また振りすぎてしもうた」

寺男が、くるりと箒を回し、その柄《え》で歯欠け男のこめかみを、かつん、と打った。

その場に、歯欠け男は昏倒《こんとう》した。

「じじい、邪魔立てするな」

わめきながら、八郎が駆け向かってくる。刀痕男も巨体を揺らせてつづく。

それにかまわず、寺男は、地に膝をついて、乱丸の足から万力鎖を外しはじめる。

「退《の》け、じじい」

寺男と乱丸の前に立った八郎が、怒鳴りつける。

「年長の者へ、さような口のききかたをしてはなりませぬぞ」

乱丸の足から外した万力鎖を手に、寺男は立ち上がった。

「やるのか」

抜き討ちの構えをみせる八郎だが、

「まかせられい」

と刀痕男が巨体を踏み出させた。その腰には大刀が二本。

両刀を同時に抜くべく、それぞれの柄に左右の手をかけたところで、刀痕男は、あっ、
と眼を剝《む》いた。

一瞬裡《り》に、万力鎖で、両手と両刀を縛りつけられてしまったのである。寺男の何という
迅業《はやわざ》であろうか。

刀痕男は、刀を抜くことも、手を自由に動かすこともできない。

そのこめかみへ箒の一撃が加えられ、巨体は棒倒しのように倒れた。

さすがの八郎も、数歩、跳び退《しさ》って、警戒する。

ただの寺男がこれほど強いわけはない。もしや、名ある兵法者《ひょうほうしゃ》ではないのか。

「名乗れ、じじい」

すると寺男は、憐《あわ》れむような眼差《まなざ》しをみせて、

「父母《ちちはは》はおらぬのか」

と八郎へ訊《たず》ね返した。

「なんだと」

「父母がおれば、教えられたであろう。ひとに名を訊ねるときは、まずは自分から名乗ら
ねばならぬ、と」

「ふん、説教くさいことを言いくさる。おのれは坊主か」

「可哀相な生い立ちのようだの」

「うるさい」

ついに八郎は抜刀した。

寺男が短く何か言った。

「なに」

寺男のことばの意味が、八郎には分からない。

「名乗ったのじゃ。神後宗治《じんごむねはる》と申した」

「じんご……」

聞いたこともない。

「死ねっ」

八郎は大きく踏み込んで突いた。

が、その刀を箒で巻き落とされ、次の瞬間には、どこをどうされたものか見当もつかないが、参道の一方の脇まで投げ飛ばされていた。

それなり、八郎は気を失った。

（なんて強いのだろう……）

まだ立てない乱丸は、神後宗治を、軍神でも崇《あが》めるように仰ぎ見た。

「これは痛かろう。腫《は》れ上がっておる」

分銅による乱丸の足の打撲《だぼく》をみて、宗治は幼い躰を抱えるようにして立たせる。

「身共《みども》が背に乗るがよい。寺で手当てをいたそう」

「自分で歩いていきまする」

「強いの、そなたは」

「それがしは……」

と乱丸はしゃちこばる。

「美濃金山城城主、森長可《もりながよし》が弟、乱丸にございます。危ういところを助けていただき、ありがとう存じました」

ちゃんと言えたので、乱丸はちょっと安堵《あんど》の息をつく。

「なんと森三左衛門《さんざえもん》どのがお子であられたか」

「父をご存じにございますのか」

「いや、面識を得たことはない。なれど、森三左の大釘《おおくぎ》のご武名は、身共の生国《しょうごく》の武蔵《むさしの》国《くに》にまで聞こえており申した」

たちまち乱丸は誇らしい気分になる。

その気分が痛みを忘れさせてくれた。しかし、一歩踏み出した途端、足に激痛が走って乱丸は転んでしまう。

「乱丸どのはご勇気を存分に示された。このうえ傷を悪うしてはなりませぬぞ」

そう言って宗治が背負ってくれたので、乱丸は意地を張らず、素直に躰を預けた。

宗治は細身だが、その背中は乱丸には広く、そして温かく感じられた。

これできっと金山に帰れる、と乱丸が安心できたのは一瞬のことにすぎぬ。門に向かって歩きだしていた宗治が、急激に振り返りざま、しゃがんで、右手の箒を頭上にかざしたではないか。

箒の穂先《ほさき》が、ぱっと飛び散った。

ふたたび宗治は振り向く。

宗治の肩越しに、門を背にして立つ異相の矮軀《わいく》を見て、乱丸は怖気《おぞけ》をふるう。

（鬼だ）

と思った。

真田鬼人は、右手の手甲鉤の爪についた箒の屑《くず》を息で吹き落としてから、参道脇に失神している八郎のほうを、ちらりと見やり、

「殺したのか」

と宗治に訊《き》く。

「なるほど、真田鬼人が父であったか。しつけが必要なのは、子のほうではなかったようだ」

「おれを知っているのか」

「噂どおりの醜い風貌ゆえ」

「おれを怒らせては、よいことはないぞ」

「信濃《しなの》、上野《こうずけ》、武蔵《むさし》、この三州の人々は、おぬしの幾百倍も怒っておる」

信濃真田氏の血筋を自称し、三州にまたがって幾年も人殺し、押込《おしこみ》、追剝《おいはぎ》、人さらいなど、非道の限りを尽くしたが、追捕《ついぶ》の手が厳しくなったことで、しばらく鳴りをひそめ、その後、美濃の次月を新たな根城《ねじろ》として悪事を再開した。それが真田鬼人である。

「いずれまた、その三州へ舞い戻り、もっと怒らせてやろう」

「悪事は身にかえると申す。その日が今日明日やもしれぬと思わぬか」

自分が犯した悪事は自分に戻ってくる、という意味である。

「ほざけ。それより、おれは、殺したのかと訊いたのだ」

「まだようやく十四、五歳であろう」

宗治のそのこたえに、鬼人は侮《あなど》りの嗤笑《ししょう》を浮かべた。

つまりは、八郎を殺していない。老幼男女を問わず平然と殺せぬ者は、乱世でのし上がることもできなければ、みずからの命を永《なが》らえることも叶《かな》わぬ。それが鬼人の絶対の信念であった。

「小僧を渡せ」

「できぬ相談と分かるはず」

このとき乱丸は、後ろに聞こえた足音に、こうべを回した。

阿久多ら、鬼人の手下八人も、参道へ上がってきたのである。

乱丸は、宗治の肩を摑む手に、思わず力を込めてしまう。

「乱丸どの。身共の勝手な申しようなれど、いまいちどご勇気をお示し下さるか」

宗治が囁《ささや》いた。

ただうなずく乱丸であった。恐ろしげな敵を前に、声が出ないのである。

「次にあやつと体《たい》を入れ替えたとき、身共の背より降《お》りて、門の内へ走り込み、寺の衆に助けを求められよ。乱丸どのなら、必ずおできになる」

「はい」

こんどは、声が出た。

この間にも、手下八人が、足音も荒く迫りつつある。

「されば、まいりますぞ」

「はい」

宗治は、箒の先を前へ突き出し、鬼人めがけて走った。

応じて、鬼人も、左腕を後ろへ引き、手甲鉤の右腕を前に出して、素早く足を送る。

先に、箒の突きが放たれた。

宗治の突きは、繰り出したのが早すぎて届かないと見えたが、一挙に伸びた。感覚を研《と》ぎ澄まさねばならぬ斬り合いに不慣れな者なら、まともに顔面を捉《とら》えられていたであろう。だが、鬼人は、一瞬ひやりとしたものの、手甲鉤で篝を受け止めるや、その握りの鉄輪から指を放して、跳躍している。篝の先に手甲鉤が刺さって残った。

武器を失ったまま、鬼人が宗治の頭上を躍り越えてゆく。

これで体は入れ替わったと宗治が思った刹那《せつな》、背が軽くなった。

振り向いた宗治の眼に映ったのは、手足をじたばたさせる乱丸を、右の腕《かいな》に抱え込む鬼人の姿であった。

左手に手甲鉤が装着され、その爪は乱丸の奥衿《おくえり》にひっかけられているではないか。

（不覚……）

おのれの未熟に気づいた宗治である。

鬼人が左腕を背後へ回してから走りだしたとき、その動作を疑うべきであった。鬼人は、右の手甲鉤を篝の先に故意に残して、宗治を油断させておき、空中で左の手甲鉤を猛禽《もうきん》のように乱丸の奥衿にひっかけ、その躰をさらったのである。

宗治は、鬼人のほうへ踏み出そうとして、思い止《とど》まった。馳《は》せつけた新手《あらて》の八人が、それぞれの得物《えもの》を手に、鬼人の前へ進み出てきたからである。

「阿久多は八郎を担いでこい。あとは、まかせた」

手下たちに命じて、鬼人は、二、三歩あとずさってから、くるりと向きを変えた。

鬼人の人生において、これほどの驚愕と玄妙不可思議の一瞬は、初めてであったろう。

二尺ばかりの至近に、人が立っている。まったく気配を感じられなかった。

そして、あろうことか、乱丸の身柄をその人に奪いとられてしまった。これもまた気づかぬうちに。

乱丸も、何が何やら、であった。

助けてくれた人を見れば、宗治よりも高齢そうである。総白髪で、躰も枯れ木のようではないか。

なのに、この人は自分を軽々と抱えている、と乱丸には分かった。

(殺される)

とっさにそう感じた鬼人が、得意の跳躍術で、大きく後ろへ五体を飛ばす。

背中を向けている手下たちは、鬼人の不意討ちを浴びるかっこうになった。二人が、その矮軀の体当たりを食らい、折り重なって転がった。

すかさず宗治が、動揺するかれらの間をすり抜け、乱丸を助けた人のもとへ馳せつける。

「先生。お床《とこ》を払われたのでございますか」

なかば嬉しそうに訊ねながら、宗治は乱丸の躰を抱き取った。

「午睡《ひるね》のあと、よう汗が出て、身が軽うなった」

のんびりと先生は言った。

「それはようございました」

それから宗治は、乱丸に笑顔を向ける。

「もはやご安堵なされよ」

依然として、乱丸にはわけが分からない。

しかし、鬼人ひとり、何かを察したようであった。

「汝《うぬ》は、もしや……」

総白髪の人を凝視する眼に、かすかに怯《おび》えの色を湛《たた》えている。

先生ではなく、宗治が明かした。

「察したか、鬼人。そのとおり、上泉信綱《かみいずみのぶつな》さまである」

七

影流《かげりゅう》の創始者・愛洲移香斎《あいすいこうさい》に学んで、みずから新影流を開くと、剣豪としても知られた将軍足利義輝《あしかがよしてる》より、

「兵法、古今に比類なし。天下一」

という感状を賜り、ついには朝廷より従四位下《じゅしいのげ》・武蔵守《むさしのかみ》に叙任され、兵法を天覧に供す

るまでに至ったのが、上泉信綱である。世人は信綱を〝剣聖〟と讃《たた》える。

七歳の乱丸でさえ知っている。

乱丸が生まれる前、織田信長も、歴遊中の信綱を招いて、仕官を勧めたという。

（この人が天下一の兵法者……）

枯れ木みたいだと思われた老人が、途端に神々《こうごう》しく見え始めた。

いま信綱は、御嶽宿の北、鈴ケ洞《すずがほら》に建つこの愚溪寺《ぐけいじ》に逗留中であった。

愚溪寺は、のちに京都の大徳寺第三十九世となる義天玄詔《ぎてんげんしょう》が、長く住《じゅう》した一庵《いちあん》が始まりで、義天の作という美しい石庭《せきてい》をもつ。洛西龍安寺《りょうあんじ》の石庭の原形といわれるものだ。

信綱は、最初の武者修行の旅で愚溪寺に立ち寄ったとき、この石庭に魅《み》せられた。今回、生涯最後と決めた上洛を終えて、故国の上州《じょうしゅう》へ帰る途次、いまいちど目に焼き付けておきたいと思った。ところが、美濃入りしたあたりから風邪をひき、一昨日、愚溪寺に着いたところでひどく熱を出し、住持《じゅうじ》の好意によって部屋を与えられたという次第であった。

随行の高弟、神後宗治が寺男のように門前の掃除をしていたのは、急ぎ医者《くすし》までよんでくれた寺へのささやかな返礼なのである。

「病を得て、この愚溪寺に逗留しておらねば、真田鬼人と出遇《であ》うことはなかった。こたびの病は、神仏のお導きであったのじゃな」

信綱が宗治へ言うと、

「まことに」

師匠の真意の伝わる高弟もうなずいた。

「乱丸どの。しばし、さがっておりましょうぞ」

宗治は、乱丸を背負って、参道の脇へ退《しりぞ》いた。

ひとり、鬼人と手下どもの前に立つ信綱は、腰に小刀《ちいさがたな》をひとふり、帯びているのみである。

いかに剣聖上泉信綱といえども、刃渡り一尺に満たない小刀だけで、まともに闘《たたか》えるはずはない。鬼人の手下のひとりが、踏み込みながら長剣を振り上げた。

その懐《ふところ》へ、信綱が、小刀を抜きもせず、無手のまま、ふわっと入った。掌《てのひら》と肘《ひじ》を用い、長剣の柄《つか》をとって、それを奪い取りざま、宙に撥《は》ね上げ、対手《あいて》を組み伏せると、一瞬で気《き》死《し》せしめてしまう。

やられたほうは、自分の身に何が起こったのか、まったく分からずじまいであろう。鮮やかというほかない。

乱丸の眼も信綱に釘付けである。

ただ、宗治の箒《ほうき》といい、信綱の素手といい、この人たちはどうして刀も槍も使わないのだろう、と不思議でもあった。超絶の達人には武器など必要ないのであろうか。

ところが信綱が、

「無刀《むとう》取りは新左衛門《しんざえもん》には及ばぬ」

その一言を、自嘲気味に洩らしたので、

（なんだろう……）

と乱丸はさらに訝《いぶか》った。

すると、背中の幼子《おさなご》の疑念を読み取ったかのように、宗治がこたえる。

「あの技は、先生から新影流兵法の第二世を継がれた柳生《やぎゅう》新左衛門宗厳《むねよし》どのが工夫によるものにござる」

信綱には兵法の跡継《あとつ》ぎがいて、その人も達人であると宗治は言ったのだ、と乱丸は理解した。

「くたばれ」

信綱の真後ろの者が、ここぞとばかりに、槍を繰り出した。

「あ、ひきょう」

思わず、乱丸は叫んだ。

だが、背後から襲いかかることを、鬼人の手下たちは卑怯とも何とも思わぬ。

信綱はまた、ふわっと動いた。

槍先が空を切り、卑怯者はたたらを踏む。

信綱は、その槍の柄《え》を摑んで、さらに対手を引き寄せ、手刀を見舞って仆《たお》し、奪った槍は投げ捨てた。

三人目、四人目も、同じく素手で打ち負かしてゆく信綱に、乱丸は、嬉しくなって、拳を握りしめる。

残る手下たちは、さすがにもう襲いかかろうとしない。これだけ歴然たる力の差をみせつけられては、できれば信綱から離れたいと怯えはじめたのである。

事実上、信綱と鬼人の一対一となった。

鬼人は、ぱっと身を翻《ひるがえ》して、走った。が、驚くべきことに、瞬息の間に信綱に追いつかれ、左側に並ばれてしまう。手甲鉤《てっこうかぎ》を振っても、軽く躱《かわ》される。

急激に停まった鬼人は、参道から外れて、杉の木の幹を高さ二丈《じょう》も駆け上がった。人間業《わざ》ではない。

「こんなことが……」

左側に生える、同じく杉の木を、信綱も駆け上がっているではないか。それも、鬼人を凌《しの》ぐ三丈の高さまで。

鬼人は、右側の杉の木へ飛び移った。

同じ木の、鬼人の頭上へ信綱も移ってくる。

信綱は、あいだの一木《いちぼく》を通り越しての跳躍であった。

鬼人の全身から血の気が失せてゆく。

人間離れした脚力と跳躍力はわが武器であり、誰をも驚嘆、恐怖せしめる。その絶対の自信を一挙に崩されたのであった、総白髪の骨張った老人に。

（猿よりすごい……）

ぽかんと口を開けながら見上げる乱丸の心の声は、実は的《まと》を射《い》ている。

信綱は、若き日、師の移香斎より、猿飛《えんび》ノ術を学び、これを会得《えとく》した。その修行というのが、本物の猿の動きを真似、やがて凌駕《りょうが》するというものであった。

闘いの場において、軽捷《けいしょう》であることがどれほどおのれに利するか、会得後から今日まで数多くの合戦や仕合《しあい》の中で、信綱は実感している。兵法の究極の技というべき無刀取りも、猿をも凌ぐ軽捷さを身につけておればこそ可能なのである。

鬼人が地へ降り立った。

吸いつくように、その手の届くところへ信綱も舞い降りる。

「汝《うぬ》があっ」

鬼人は、手甲鉤を突き出した。が、その左腕を逆へ捻《ひね》りあげられ、その痛みから逃れようともがいて、地へ突っ伏す。

「鬼人、そのほうは悪《あく》じゃ。ひとりの悪を殺して、万人を活《い》かす。わが新影流の要諦《ようてい》である」

実は信綱は、鬼人によって愛する者の命を奪われた信濃・上野・武蔵の人々から、鬼人退治を涙ながらに訴えかけられた。しかし、応じて腰を上げたころに、鬼人のほうが行方を晦《くら》まし、鳴りをひそめてしまった。

それゆえに、病を得たことは、ここで鬼人と遭遇させるための神仏の導き、と信綱は言ったのである。

信綱は、腰の小刀を抜いた。

「おれを殺したところで、世の悪は失《う》せはせぬわ」

片頬を地面につけたまま、鬼人はわめく。

しかし、躰を動かすことはできない。それほど信綱の押さえ込み方は巧《たく》みであった。

鬼人の視線の先に、気を失ったまま阿久多に担がれ、参道から狭い山路へと下りてゆく八郎の姿があった。

小刀の刀身が、鬼人の盆《ぼん》の窪《くぼ》へ突き入れられる。

「ううっ……天下一の……」

と鬼人は洩らした。

「兇賊になれ、八郎」

この男らしい遺言というべきか。

信綱が、音も立てずに素早く深く抉《えぐ》り、ほとんど苦しませずに次月の鬼を殺した。

八

足の腫《は》れのひどい乱丸は、愚溪寺で手当てをうけ、住持にすすめられて、一宿《いっしゅく》することにした。

寺のほうも、怪我をした森家の子を、看護もせずに帰すのは憚《はばか》られたのである。

鬼人の手下どもを、信綱の従者と寺男たちの手で縛り上げ、ひとまず御嶽宿に預けた。先に真田八郎とその身を担いで逃げた者については、折悪しく日が暮れてきたので、追手をかけなかった。

その上で、神後宗治が金山城へ急行し、乱丸の無事を報《しら》せて、戻ってきた。

翌日の未明、信綱と宗治は、まだ眠っている乱丸を愚溪寺に残し、上州めざして出立《しゅったつ》した。朝になれば、森家から御礼の使者がやってきて、この機会に高名な上泉信綱を金山城へ招いて引き止めようとすることは必至なので、その煩《わずら》わしさを避けたのである。

明けて、目覚めた乱丸は、二人がすでに発《た》ったことを住持から知らされ、泣きたいくらいがっかりした。眠りにつくとき、信綱と宗治から兵法を学ぶのだと思いきめ、きょう弟子入りを願うつもりだったからである。

愚溪寺に乱丸を迎えにきたのは、傅役《もりやく》の伊集院藤兵衛であった。

「和子《わこ》。よくぞご無事におわした」

ふるえ声で、藤兵衛は喜んだ。

「上泉どのも、お弟子の神後どのも、すごいのだぞ。お乱も、大きな岩の下をくぐったり、ひとりで馬に乗ったりした」

親しい人に再会し、一気に心が解放された乱丸は、岐阜城下でさらわれて以後、自分がどんなに大変な冒険をしたか、順序立てもせず、思いつくまま、息せき切って喋《しゃべ》り出した。

それを藤兵衛は、微笑を湛《たた》え、驚いたり、うなずいたりしながら聞く。

「そうじゃ、藤兵衛。小四郎はどこか」

話している途中で、乱丸は小姓《こしょう》の小四郎の姿の見えないことに気づいた。藤兵衛の倅《せがれ》で、乱丸にとっては、小姓というより、いちばんの遊び対手である。

「小四郎は越前《えちぜん》の縁者の養子となりましてございます」

「越前……」

乱丸にすれば、美濃以外の国は、遥《はる》けし地で、想像もつかない。

それに、養子とはどういうことであろう。そんな話はまったく知らされていなかったし、あまりににわかのことではないか。

「小四郎は越前に行ってしもうたのか」

「養子先の者が迎えにまいり、いますぐにと、たっての願いにござったので」

「そうなのか……」

　途端に、乱丸は、押し黙る。

　あるじが拐《かどわ》かされたというのに、いちばんの近習《きんじゅ》が、その生死をたしかめもせず、勝手によそへ旅立つなど、ありえないことだが、そこまで乱丸には考え及ばない。何もかも話して、誰よりも喜んでもらいたかった人が、突然、いなくなってしまったことが、ただただ、つまらなくて、悲しかった。

　涙が溢れてくる乱丸であった。

「さあ、和子。金山へ帰りましょうぞ」

　藤兵衛は、愚渓寺の住持へ、森家からの謝礼の寄進を申し出て、これをその場で受けてもらうと、乱丸を連れて、御嶽宿まで下りた。そこではすでに、率いてきた兵たちが、宿から鬼人の手下どもの身柄を引き渡されており、一同揃って、金山への帰路についた。手下どもの処刑は数日のうちに行われよう。

　金山城に帰着した早々、乱丸は兄の勝蔵長可《ながよし》のもとへ挨拶にまかり出た。長可は、十四歳の弱年とはいえ、いまや森家の当主なのである。

　藤兵衛と乳母《うば》の貞《さだ》に伴われて、乱丸が主殿《しゅでん》の謁見之間《えっけんのま》へ足を踏み入れるなり、首座の長可が立って、みずから大股に歩み寄ってきた。顔つきが怖い。

「この、くそたわけ」

長可の鉄拳《てっけん》が、乱丸の頭を襲った。

乱丸は、吹っ飛ばされて床《ゆか》に転がった。目から星が飛ぶ。

怒りの収まらぬ長可は、左手で乱丸の胸倉を摑んで乱暴に立たせ、また右拳を振り上げた。

「殿《との》、おやめ下さりませ。乱丸さまはまだ七歳にございます」

長可の右腕に取りすがったのは、貞である。

「七歳であろうと七十歳であろうと、愚行は愚行。思い知らせねばならぬ」

貞をふりほどいた長可は、あらためて拳を振り上げる。

「殿」

藤兵衛が、平伏し、床にひたいをつけた。乱丸を思う心が、その背に見える。

「藤兵衛、そのほう……」

何か言いかけた長可だが、

「なにとぞ」

という藤兵衛の一言に、ようやく思い止まり、乱丸を放した。

最初の一撃でまだ頭がくらくらしている乱丸は、足をよろめかせる。それを貞が抱きとめた。

「乱丸、よう聞け」

長可が、少し息を鎮《しず》めてから、言った。

「そちは、岐阜城下において、傅役の藤兵衛がとめるのもきかず、身勝手な振る舞いをいたした。それが、こたびの騒ぎの始まりじゃ。そちの愚かしい振る舞いのために、どれほど多くの者が迷惑を被《こうむ》ったか、あらためて思うてみよ。元服《げんぷく》した男子なら、真田鬼人なる鼠賊《そぞく》に拐かされたとき、これを恥辱として、腹を切らねばならなかった。そちが切らなんだときは、わしが命じて切らせている。元服前なら、何であれ赦《ゆる》されると思うでない」

長可は、そこでいったんことばを切り、藤兵衛をちらりと見やった。

なおも藤兵衛は平伏したままである。乱丸の傅役として、森家当主からの叱責《しっせき》を受けとめている。

「よって、乱丸には、可成寺《かじょうじ》において謹慎を申しつける」

森三左衛門可成《よしなり》の菩提を弔うため、創建されたばかりの寺が可成寺である。

「乱丸さまのご謹慎の日数は幾日にござりましょう」

と藤兵衛が長可に質《ただ》す。

「三十日じゃ」

門戸を閉じられ、日中の出入りも禁止される謹慎が三十日というのは、じっとしていることのできない七歳の男児には厳しすぎる。

「畏《おそ》れながら……」

罰の軽減を訴えようとした藤兵衛だが、長可から、

「主命《しゅめい》である」

と告げられては、もはや逆らえなかった。

乱丸もまた、頭はまだちょっとぼうっとしているものの、主命の一言ばかりは、はっきりと聞こえた。

武士の子であるだけに、主命については、最も重きものとして、さらに幼いころより周囲に言い聞かされている。乱丸にとっても長可が自分の主君であることを、いま初めて実感として思い知らされた瞬間でもあった。

「藤兵衛。いまこの場より、乱丸を可成寺へ連れてゆけ」

そう命じて、長可は、謁見之間を出ていった。

(兄《あに》さまなら、あんなこと言わない)

亡き伝兵衛《でんべえ》のやさしい顔が浮かんだ。

なぜなら、あの真田鬼人こそ、伝兵衛と一緒に退治するはずの次月《しづき》の鬼であったのだから。伝兵衛ならきっと褒《ほ》めてくれる。頭を撫《な》でて褒めてくれる。

すると、乱丸の胸に、勃然《ぼつぜん》と湧《わ》き起こったものがある。

理不尽ということばひとつでは、表せない。といって、口惜しさなのか、怒りなのか、

あるいは切なさなのか、やりきれなさなのか、それとも悲しみや絶望なのか、またはそれらが一所《いっしょ》くたなのか、七歳の子には説明のつかない感情であった。

乱丸は、貞を突きのけ、走って、長可を追いかけた。

「謹慎なんぞするものか」

すぐに廊下で追いつき、叫んだ。

「なんと申した、乱丸」

「お乱は、悪いやつらと闘《たたこ》うた。悪いやつをひとり殺した。殺したのだぞ」

次月から逃げるさい、突き飛ばした鬼人の手下が、その拍子に馬に蹴られて死んだ。

あれは自分が殺したのだ。武士の子らしく、恐れず敵を殺したのだ。長可など、まだ人を殺したことがないではないか。そう乱丸は心中で胸を張った。

「主命と申したはずだ」

「勝蔵兄上なんぞ、主君じゃない。兄さまが主君ならよかった」

「兄さまだと……」

乱丸が兄さまとよぶのは伝兵衛だけであることを、むろん長可は知っている。

長可にとって六歳上の異母兄であった伝兵衛は、文武に秀《ひい》で、美男で、心根《こころね》も涼やかで、一生超《こ》えられない人だと思い、嫉妬を抑えるのに苦労したものである。母を同じくする弟の乱丸が常に伝兵衛へ憧憬《しょうけい》の目を向けていたことも、気に入らなかった。だから、伝兵衛討死《うちじに》の訃報《ふほう》に接したとき、悲しみは浅かった。正直に明かすなら、悦《よろこ》びが悲しみを凌《しの》いだ。

生きていれば伝兵衛がなるはずであった森家当主の座を得て、いま主命を告げた直後に、乱丸から比較をされるなど、長可には我慢のならないことであった。

「ならば、乱丸、明かしてやる。そちに謹慎を命じた最《さい》たる理由《わけ》を」

そこへ、藤兵衛が馳せつけた。

「殿。それは乱丸さまには明かさぬとお約束下されたはず」

「いずれ知るのだ。いま知るがよい」

「なりませぬ、殿。ご堪忍《かんにん》を」

「もはやきけぬ」

長可は、ずいっと乱丸に寄った。

「小四郎は、小姓としてそちを守れなんだ責めをみずから負うて、腹を切った」

乱丸は、雷鳴に驚いたように、びくっと総身をふるわせた。

「小四郎が、腹を……」

信じられない。いや、信じたくない。

乱丸に伝兵衛の死を告げたのも長可であった。こんな意地の悪いことをする主君など、要《い》らない。

「うそじゃあっ」

乱丸は、長可を拳で打った。

第三章　初恋《はつこい》

一

真っ白な入道雲の湧《わ》く碧空《あおぞら》に、槌音《つちおと》や、木《き》の伐り倒される音や、多勢の懸《か》け声が響き渡っている。

城の改築、拡張普請の始まった烏峰山《うほうさん》は、まことに賑々《にぎにぎ》しい。

この年の正月、織田信長は、新しい居城地を近江国《おうみのくに》の安土《あづち》と定め、丹羽長秀《にわながひで》を奉行に任じて、天下普請を開始した。それを機会《き》に、森長可《もりながよし》も、美濃金山《みのかねやま》城の拡張整備を信長に願い出て、許しを得たのである。

このころの織田軍団では、ひとり森氏に限らず、信長の天下統一に向けて、才を認められた家臣は飛躍的に力を伸ばしつつあった。長可も、長島一向一揆の殲滅《せんめつ》戦、武田勝頼《かつより》に完勝した長篠《ながしの》合戦などで、亡父譲りの強者《つわもの》ぶりを大いに示し、早くも織田の猛将として敵に恐れられている。さらに、信長みずからの肝煎《きもいり》により、その乳兄弟《ちきょうだい》である池田恒興《つねおき》のむすめを妻に迎えて、前途洋々であった。

城普請の喧噪《けんそう》が小さく聞こえる鬱蒼《うっそう》たる杉木立の中で、チンチンと湯の沸く音がしている。

小屋とよぶのも大仰《おおぎょう》なほどのささやかな囲《かこ》いが見える。天井と三方の壁を、枯れ枝で組んだだけのものだ。

開かれた一方の前には、見落としそうなくらい細い流れが横たわる。烏峰山内の谷川から岐《わか》れた一筋である。

細流に向かって穂状に垂れる白い釣鐘形《つりがねがた》の花が、この場所に閑雅の趣を添えている。小々《さ さ》ん坊《ぼう》の花。

囲いの中のあるじが、枯れ枝の亭《あずまや》をここに作った理由は、それであった。

森乱丸、十二歳。

目を瞠《みは》らせるばかりの緑髪紅顔の美少年である。

たんに美しいだけではない。眼許《めもと》になんともいえぬ愁《うれ》いを漂わせている。そのせいか、囲いはむろんのこと、用いている茶道具も粗末なものばかりだが、乱丸がそこにいるだけで、何やら格別のものに見える。

片膝立《かたひざだ》ちの乱丸は、無駄のない手さばきで茶を点《た》てた。

居場所が狭いから片膝を立てているのではない。当時の作法に適《かな》っている。

客がいるかのように、茶碗を前へ差し出した。

そこには、紙に包まれた短い黒髪の束が置かれている。五年前、いまの乱丸と同じ年齢で死んだ小姓、伊集院小四郎《いじゅういんこしろう》のものである。

幼かった乱丸が無分別な行動に走り、そこに小四郎自身の越度《おちど》はなかったにもかかわらず、それでも、あるじの命を危険にさらした責めを負って自決した。年少の身で見事な切腹であったという。

しばし小四郎の遺髪《いはつ》に視線を落としていた乱丸だが、やがて、それを取り上げると、細長い紐《ひも》付きの小さな錦《にしき》の袋に入れ、首にかけて懐《ふところ》へ仕舞《しま》った。馴《な》れた手つきである。

杓《ひしゃく》を立て、釜の蓋をしてから、膝を立て直し、小四郎の遺髪に捧げた茶を喫《きっ》する。

飲み終えて、片付けにかかろうとした乱丸は、手をとめた。

枯れ枝や草を踏み、梢《こずえ》を揺らす音が近づいてくる。

「お仙《せん》か」

乱丸が茶の湯の真似事をするこの亭を知っているのは、いちばん下の弟の仙千代《せんちよ》だけである。

「はい。せんにございます」

若い女人《にょにん》の声ではないか。

ひょい、と現れた笑顔は、たしかにせんのものであった。乱丸の兄で金山城主、森長可の新妻。

名を、千《せん》、という。

十六歳という若さだが、乱丸から見れば、良人《おっと》をもつ身のおとなの女である。

「嫂上《あねうえ》」

乱丸は居住まいを正した。

千の後ろから、七歳の仙千代も顔をのぞかせたが、なぜか不満げに唇を尖《とが》らせている。

「かくれあそびをしていたのにぃ」

と仙千代は言った。

「男がこれしきのことに不平を鳴らすものではありませぬ」

めっ、と千が仙千代を睨《にら》んだ。

「ぼう……じゃ」

「仙千代どの、何と申された」

また千が幼子を睨む。

暴君じゃと言った、と乱丸には分かった。が、黙っている。

おそらく千は、誰かとかくれんぼうをして愉《たの》しんでいた仙千代を、どうかしてつかまえ、乱丸のもとへ案内を命じたに違いない。たしかに暴君ではある。

「もうよろしい。力丸《りきまる》どのたちのところへお戻りなされ」

千がちょっと背を押してやると、仙千代はぱっと身を翻《ひるがえ》し、駆け去ってゆく。その背を見送って、千はくすりと笑った。

「されば、お乱どの。一服《いっぷく》、所望《しょもう》できまするか」

請《こ》われて、乱丸は戸惑った。

どうも、この嫂《あによめ》には、強引というか、奔放なところがある。

鉄炮《てっぽう》を撃つのが好きで、驚くほど上手《うま》い。いちど信長が手を添えて撃たせてくれたことがあるそうで、以来、やみつきとなって、去年、長可に嫁《とつ》いできてからも、たびたび城下の中野原《なかのはら》へ出ては、射撃を愉しむ。

垂髪《すいはつ》も、上流の女は首の下あたりを元結《もとゆい》で結ぶのがふつうだが、千は頭頂に近いところで結《ゆ》っている。まるで、昔の男装の麗人、白拍子《しらびょうし》のようであった。

じっとしているのが嫌いらしく、輿入《こしい》れしてきた当初は、坊丸《ぼうまる》や力丸と相撲をとったりもした。これは、さすがに長可からも、周囲の者からもたしなめられ、しぶしぶやめている。

ただ、困ったことに、千は明るい美貌のうえ人懐《ひとなつ》こいので、振り回されても、誰もが赦《ゆる》してしまう。輿入れのさい、信長その人からの祝いの品が山のようであったから、信長にも愛《め》でられていたことは疑いない。

乱丸自身は、義姉とはいえ、森家当主夫人でもある千に、それなりの距離をおいて接している。

身分を弁《わきま》えるというのは、自分のなすべきこと、してはならぬことを知り、同時に他者を思いやることでもある。それは、小四郎が命に代えて、乱丸に教えてくれた。

「これは茶の湯の真似事にすぎず、嫂上のお口汚しになるだけのこと。どうか……」

と固辞しようとする乱丸におかまいなしに、千は腰を屈《かが》めて囲いの中へ入ってきて、座を占めてしまった。

狭いので、互いの膝頭《ひざがしら》が触れた。

たまらず、乱丸は外へ出た。

「お乱どのは、この千をお嫌いか」

めずらしく、千が少し悲しげに言った。

「森家の皆と仲良うしたいのに、お乱どのだけがわたくしを避ける」

乱丸にすれば、避けているのではない。近づきすぎないようにしているだけである。

「嫂上を嫌《きろ》うておる者などおりませぬ」

と乱丸はこたえた。

「余人《よじん》ではない。お乱どのに訊《たず》ねておる。千をお嫌いか」

「嫂上は森家宗家《そうけ》のご正室。わたしは好き嫌いを申し上げる立場にてはございませぬ」

「さようか」

千の顔つきが、にわかにきついものとなる。

「ならば、森家宗家の正室として命じる。お乱どのはわたくしを好きか嫌いか、はきと申せ」

「何事も黒白《こくびゃく》をつけるのがよいとは限らぬと存じます」

「まあ……」

千はちょっと眼《まなこ》を剝《む》いた。

「十二歳で憎体《にくてい》なことを。学問に励みすぎにございますな、お乱どのは」

乱丸は七歳から、可成寺《かじょうじ》開山《かいざん》の栄巌《えいがん》和尚《おしょう》に学問を授けられている。小四郎を死なせたとき、長可より罰として可成寺に謹慎三十日を命ぜられたのが、きっかけである。乱丸にとって、学問は武芸に劣らぬくらい面白い。

「妙向尼《みょうこうに》さまのおすすめであったのに……」

と千が溜《た》め息まじりに言ったことを、

「母上のおすすめ……」

乱丸は訝《いぶか》った。

「乱丸の茶はやさしい味がする。妙向尼さまはさように仰《おお》せられた」

たしかに乱丸は、いちどだけ可成寺の庫裏《くり》において、母の妙向尼のために茶を点てたことがある。それは、茶を点ててみなさるかと栄巌和尚に言われてやった遊びであった。そのころすでに、ひそかに茶の湯の真似事に馴れていた乱丸であったが、初めてを装《よそお》って点て、母から大いに感心された。

「いつか、この千をまことの姉と思えるようになったとき、茶を振る舞《も》うて下され」

千が、腰を上げ、囲いから一歩出る。

その言いかたがあまりに寂しげであったので、乱丸はつい口走ってしまった。

「お千どのは、わたしの姉にございます」

千は動きをとめる。

「ほんとうに、さようにお思いか」

「二言《にごん》はありませぬ」

「二言なしとは、ことばが大仰にございますな。信じられませぬ」

もう一歩、千は踏み出した。

口に出したそばから、真っ赤になる乱丸であった。本心なのである。

「好きじゃ」

「うれしい」

千が乱丸を胸へ抱き寄せた。

乱丸は、揺れて落ちてきた垂髪の先に左頬《ほお》を撫《な》でられ、小袖《こそで》越しのやわらかいふくらみに右頰を埋めさせられた。若く美しい嫂は日なたの匂いがする。

「乱兄《に》い」

呼ばわる声がしたので、乱丸は慌《あわ》てて千から身を離した。

「仙千代どのじゃ」

振り返った千が、木立の向こうの小径《こみち》で、両手を口にあてているその姿を見つけた。

「にしこおりにくだ流しが着きはじめたって。乱兄い、見にいこう」

見にいこう、というのは、連れて行ってほしいという意味である。

「わたくしも往《ゆ》く」

千が、おもてを輝かせて、乱丸を見た。

千には、いまのことを意に介しているようすは微塵《みじん》もない。義弟が心を開いてくれた、と純粋に喜んだだけなのであろうか。

「よろしいでしょう、お乱どの」

お願い、というように、千が両掌《りょうて》を合わせた。仙千代とかわらぬ子どもではないか。

「されば……お供いたします」

千の拍子に引きずり込まれて、思わず承知してしまう乱丸であった。

二

ぐおぉん、ぐおぉん、ぐおぉん……。

上流から続々と流れ着くたくさんの材木がぶつかり合って、谷間に轟音《ごうおん》を反響させている。

「すごい、すごい」

岩場の高みから見物する仙千代は、大はしゃぎである。

「落ちるぞ、お仙」

岩場の縁《ふち》まで進んだ仙千代の衿首《えりくび》を、坊丸が摑《つか》んで引き戻す。

「下りて、見たい」

仙千代は手足をじたばたさせる。

実は、坊丸も力丸も岸辺まで下りたがっているのが、こちらを窺《うかが》う視線から、乱丸には察せられた。

「三人とも足許《あしもと》をしかとたしかめながら下りるのだぞ」

乱丸が兄らしく忠告を与えると、弟たちは一斉に、歓声をあげて、助け合いながら岩場を下りていった。

木曾川《きそがわ》を金山から一里半ばかり遡《さかのぼ》った地を錦織《にしこおり》という。西流してくる木曾川の本流が、流れをいったん大きく北へ変え、突き出した三角岩によって川幅も狭くなるところで、綱場《つなば》の適所であった。

綱場とは、山から伐り出されて一本ずつ流されてくる、いわゆる管流《くだ》しの材木を、頑丈な留綱《とめつな》を張り渡してせきとめる川湊《かわみなと》のことである。

木曾の深山で伐った材木は、木曾川の各支流を伝って本流に集められ、錦織の綱場まで流して、ここで筏《いかだ》に組み、専門の筏師によって目的の湊まで送られる。

いま綱場に流れ着きつつある材木は、安土城の建材として用いられるものだ。

安土では、長可が材木の到着を待つ。

石山本願寺攻めを開始した織田信長は、この夏に入って、安土城の築城をいったん嫡《ちゃく》男《なん》の信忠《のぶただ》に任せた。長可も、信長から尾張《おわり》・美濃を譲られた信忠の直属になったので、安土へ随行しているのである。

「あの綱は切れぬのか」

綱場役所の役人の武藤孫助《むとうまごすけ》に訊ねたのは、千である。

千も、初めて見る管流しのどこか勇ましい光景に、少し昂奮《こうふん》気味であった。

「まず大事はないと存ずる。あの両岸を結んで渡した本綱《ほんづな》は、楮《こうぞ》の皮と藤蔓《ふじづる》を編み込んで作ったものにござるゆえ」

孫助は、いささかおもてを引きつらせながら、こたえた。金山城主夫人の突然の訪問だから、無理もない。

「楮と藤か。たいしたものじゃな、孫助」

「いや、いや。それがしが編んだのではござらぬ」

「わかっております」

おかしそうに千は笑った。

孫助が赧《あか》くなる。

千のこういうところが、接する者を魅了するのであった。

そんな嫂に見とれそうになった乱丸だが、千の視線に気づいて、あらぬ方向を眺めやった。

「お乱どのは見慣れているのでしょう」

千に声をかけられたので、乱丸は顔を戻し、ちょっと伏目《ふしめ》がちに、かぶりを振る。

「これだけ多くの管流しを見るのは初めてにございます」

千と会話をすると、なぜか乱丸の鼓動は速まってしまう。

「材木は幾本、集まるのか」

千がまた孫助に質問する。

「まだ分かりませぬ」

と孫助はこたえた。

「分からぬとは」

「木曾の各地で伐り出しを終えた材木が、すべてここに流れ着くまで、あと三、四日はかかりましょう。その途中で幾分かは流失することもござる。それゆえ、筏を組むさいに数えることにしており申す」

「筏はどのようにして組むのか」

「二間木《にけんぼく》の末径《まっけい》が八寸から十五寸のものを、七、八本、一列に揃《そろ》えて並べ、帯状に何ケ所も結束して一枚とし、これを二枚繋《つな》ぎにして、一乗《ひとのり》といたすのでござる」

「ことばでは分かりませぬな。見てみたい」

「されば、筏組みの日をお報《しら》せいたしますので、再度ご来臨あそばされては」

「よろしいのか」

「願ってもないことにござる。金山の御台《みだい》さまのご高覧となれば、筏組みの職人衆も一層、仕事に力がこもるは必定《ひつじょう》」

「お乱どの」

と千が乱丸を見る。

「上様《うえさま》は、何事も、話をお聞きになっただけでは納得なさらず、おんみずからお試《ため》しになられるお方《かた》。これは、織田が他氏より抜きんでて強い理由のひとつです。お乱どのも常にそのようにされるのがよいでしょう」

上様とは、信長をさす。

千がなぜ、いまそんな話をもちだしたのか分からない乱丸であったが、言われたことは耳に残った。天下布武《てんがふぶ》をめざして邁進《まいしん》する織田信長は乱丸の憧《あこが》れなのである。いつか上様のお側《そば》に仕《つか》えたい、と希《こいねが》ってもいる。

ただ、もし信長に召しだされる幸運が訪れたとき、乱丸は金山を旅立つことになる。それは、千との別れを意味する。

三

六日後の午頃《ひるごろ》、乱丸はふたたび、ひとりで錦織の綱場へ出向いた。

綱場役人の武藤孫助から筏組みの日の報せが届かないので、みずからたしかめようというのである。

千より先にそのことを知って、乱丸自身で千に報せたいのであった。

それというのも、あの日以来、乱丸は千に会っていないので、会う口実が欲しかった。

いま烏峰山の城郭全体が改築、普請中ということもあって、千は麓《ふもと》の城主屋敷に起居している。乱丸自身は、傅役《もりやく》の伊集院藤兵衛《とうべえ》の屋敷が日常の生活の場である。

義姉とはいえ、森家当主の正室に、こちらから理由もなく気軽に会いにいくのは、気が引ける、というか何やら後ろめたい。

それに、烏峰山中の枯れ枝の亭で初めて二人きりになったあの日は、錦織の行き帰りの道中でも、綱場でもにこやかに接してくれた千だが、城主屋敷の内では同じようにはいかないであろう、とも乱丸は思う。長可が不在だからこそ、なおさらそう強く思う。

だが、訪問のたしかな理由があれば、堂々と会える。まして、千が見たがっていた筏組みのことだから、きっと喜んでもらえる。

学問に精励してきたせいか、同年のほかの子に比べれば、物事をよく識《し》り、思慮もある乱丸だが、いまだ前髪を揺らす十二歳。この抑えがたい感情が何であるのか、よく分からなかった。はっきりと分かるのは、千に会いたいということだけである。

「ちょうど御台さまへ使者を遣《つか》わすところにございい申した」

乱丸が綱場役所を訪れるなり、孫助が言った。

毎日流れ着いていた材木が、一昨日より一本も見られないので、明日に筏組みを行うというのである。

乱丸は、千には自分から伝えるので、使者は無用と孫助に言い置き、金山へとって返すため、いったん乗馬に跨《また》がったものの、思い返して下馬し、綱場を見下ろす岩場に立って、川面《かわも》を埋めつくす材木群を注視した。

千が孫助に、材木は幾本集まるのかと質問したとき、筏を組むときに数えるということたえが返された。明日、千が同じ質問をしたとき、綱場役人より先に精確《せいかく》な数を言いあてれば、きっと千は驚き、褒《ほ》めてくれる。乱丸はそのときのおのれの嬉しさを想像したのである。

ほぼ同じ形のものが、おそらく数百本も、いささか乱雑に川面に浮いているのを数えるのは、ふつうは骨が折れる。

しかし、乱丸は不思議と苦にならなかった。学問精励のおかげであろうか、それとも、千に褒めてもらいたい一心からであろうか。

材木を数え終わった乱丸は、乗馬に鞭《むち》打って、意気揚々と金山へ戻ると、そのまま城主屋敷を訪れた。

ところが、殿舎内へ入れてもらえなかった。

取次《とりつぎ》の侍女の言によれば、千はいま身に障《さわ》りがあるので来客はことわっている、という。

「ご病気なのか」

乱丸はひどく心配になった。

「ご病気ではあられませぬ。ご案じなさりませぬように」

身に障りがあるのに病気ではないとは、どういうことであろう。乱丸はもっと詳しく知りたかったが、奥から何か慌《あわ》ただしいようすが伝わってきて、侍女も早く切り上げたそうなので、仕方なく、明朝より綱場で筏組みが行われることを千に伝えてほしいと告げて辞した。

この日、夕刻から雨が降りだした。

夜が深まるにつれ、日中の好天が嘘だったように、激甚《げきじん》の風雨となった。

このまま降りつづいたら、明日の筏組みは中止であろう。しかし、それより乱丸が気になるのは、千の身である。

(嫂上……)

城主屋敷に馳《は》せつけたい衝動に駆られたが、思い止《とど》まった。小四郎を死なせてしまったころの幼い自分ではないのだ。

翌日も風雨はやまなかった。木曾川は怒れる巨竜のごとく暴れた。

筏組みばかりか、城普請も中止され、金山城下の家々は、武家も商家も寺院も皆、戸を閉ざして、終日、誰も一歩も外へ出なかった。

次の日の朝、雨はあがり、夏の空と光が戻った。

もし千が復調していれば、筏組み見物に一緒に行きたい。

乱丸が伊集院屋敷を出ようとしたところ、城主屋敷から使いの者がきた。

「金山御台、ご懐妊《かいにん》」

の朗報であった。

千のおなかにややこが宿ったということである。

「和子《わこ》。おめでとう存じます」

藤兵衛以下、伊集院家の人々から祝詞《しゅくし》を浴びせられた。乱丸にとって、義姉の懐妊で、甥《おい》か姪《めい》が生まれてくることになるのだから、それは当たり前ではある。

だが、乱丸は、少しも嬉しくなかった。それどころか、いやな思いを湧かせた。

どうすれば赤子《あかご》ができるのか、はっきりとは知らないが、おぼろげに想像はできる十二歳である。千が汚れたというか、千に裏切られたというか、なんとも言いようのない感情であった。

そして、そこには兄であり、千の良人である長可が介在している。

「和子からのご懐妊祝いの品々は一両日中に調《ととの》え申す」

と藤兵衛が言った。乱丸はそれらを持参して明日か明後日には城主屋敷へ祝詞を陳《の》べに参上しなければならない。

途端に、乱丸は気が重くなった。というより、なにやら腹立たしかった。懐妊の報を耳にするまで、あんなに千に会いたかったのに、いまはもう会いたくない。

しかし、祝賀に参上するのはいやだとは言えない。不参は、傅役の面目を潰《つぶ》すことになる。自分の無分別のために藤兵衛の子の小四郎を死なせて以後、乱丸はこの傅役に異を唱えたことはないのである。

「相分かった」

　乱丸はそう返辞をしてから、伊集院屋敷を出た。

　千と一緒でなくとも、綱場へは行きたい。本音は、きょうは金山にいたくないと思ったのである。

それぞれの傅役の屋敷に暮らす坊丸も力丸も、まだ妙向尼の手許《てもと》におかれている仙千代も、筏組みを見物したがっていたが、いまの乱丸は弟たちを誘う気にはなれない。従者のみを引き連れ、ひとりで錦織まで馬をとばした。

綱場に到着すると、まだ筏組みは始まっておらず、武藤孫助が材木商人や筏師らとともに途方に暮れたようすでいた。

「これは、乱丸さま」

「いかがした、孫助」

「いえ。乱丸さまに申し上げても詮《せん》ないことにございますゆえ……」

「わたしを子ども扱いするのか」

きょうの乱丸は、少し気が立っている。

「さようなつもりは毛頭《もうとう》ありませぬ」

「申せ。わたしでも役に立つことがあるやもしれぬではないか」

「されば、申し上げます。実は、昨日、一昨日の激しい風雨にも留綱が切れることはございませなんだが、材木がひどくぶつかり合《お》うて暴れ、幾本も留綱の下をくぐって下流へ流され申した。なれど、すべての本数を数える前のことにて、流されたのが幾本であるのかも分からぬのでございます。流失分の追加を上流の伐り出し場へ伝えようにも、無闇な数を申すわけにもまいらず、いかがしたものかと……」

「なんだ、さようなことか」

拍子抜けしたように言ってから、

「いま綱場には幾本ある」

と乱丸は訊ねた。

「これから数えるところにございます」

「少し待っておれ」

乱丸は、岩場の高みに上って、そこから川面を埋める材木群を一望すると、孫助らが待つほどもなく戻るや、

「流れたのは、三十一本。それゆえ、追加は三十一本」

当然のことのように告げた。

「乱丸さま。どうして流れたのが三十一本であるとお分かりに……」

孫助は苦笑まじりである。乱丸が思いつきの数を口にしたにすぎぬと心中できめつけたからであった。

「管流しが止まったとき、綱場には五百五十五本あった。いまは五百二十四本。差し引き三十一本じゃ」

「いまは五百二十四本とは、たったいまのわずかな時の間《ま》にそれを数えあげられたと……」

「そうじゃ」

「ははあ……」

孫助は、半信半疑どころではない。これはもう子どもの嘘だと思わざるをえなかった。しかし、主君の弟を嘘つきよばわりするわけにも、叱りつけるわけにもいかない。

「乱丸さま。まことに助かりましてございます。されば、ただちに上流の伐り出し場へ、追加三十一本と伝え申す」

「それがよい」

うなずいてから、乱丸は語を継いだ。

「過《あやま》ちなきは度数《どすう》にあり、じゃ。孫助もおぼえておくがよい」

秦《しん》の始皇帝に仕えた兵法家《へいほうか》の尉繚《うつりょう》が説《と》いた敵に打ち勝つ十二の心得、すなわち十二陵《りょう》のうちのひとつが、過ちなきは度数にあり。数量を精確に把握していれば失策を犯さないという意味である。

「畏《おそ》れ入りましてございます」

何のことやら解《かい》せぬ孫助であったが、さも心を打たれたように頭を下げる。

満足した乱丸は、従者を役所にとどめ、ひとりで、ふたたび岩場の高みへ上り、寝転《ねころ》がった。

白い雲の峰と青天が視界いっぱいに広がった。ほんのちょっとだけ気分が晴れた。

それでも、清々《せいせい》とはしない。やはり、千のことが頭から離れない。

さらさらの髪。やわらかい胸のふくらみ。日なたの匂い。凛《りん》として、それでいてまろみのある声。花のような笑顔。

(どうして……)

どうして懐妊などしたのであろう。そんなことが千の身に起こっていいはずがない。

考えれば考えるほど、理不尽である気がする。釈然としないし、悔しいし、苛々《いらいら》する。

胸が苦しくもなる。

乱丸は、仰向《あおむ》けのまま、歯を食いしばり、唇を引き結んだ。

「岱宗《たいそう》、夫《そ》れ如何《いかん》。斉魯《せいろ》、青《あお》、未《いま》だ了《おわ》らず……」

引き結んだ唇の間から、絞り出すように、唐詩を詠《よ》み始めた。何かほかに意識を向けないと、溢《あふ》れてきそうな涙を止められないのである。

造化《ぞうか》　神秀《しんしゅう》を鍾《あつ》め

陰陽《いんよう》　昏暁《こんぎょう》を割《わか》つ
胸を盪《うご》かして曾雲《そううん》生じ
眥《まなじり》を決《けっ》して帰鳥《きちょうい》入る
会《かなら》ず当《まさ》に絶頂《ぜっちょう》を凌《しの》いで
一《ひと》たび衆山《しゅうざん》の小《しょう》なるを覧《み》るべし

杜甫《とほ》の『望嶽《ぼうがく》』。

意味を理解しているわけではない乱丸だが、この詩が醸《かも》す途方もない大きさが好きである。学問の師の栄巌和尚が、烏峰山の山頂より遠方の山々を眺めやりながら詠《えい》じてくれたのが最初であった。

口ずさんでいると、どんなことでもちっぽけに思えてくる。

ついに、涙が溢れた。

いまの乱丸の千への思いは、ちっぽけではない。中国五岳のひとつ岱宗（泰山《たいざん》）よりも大きかった。

そのころ、綱場役所では、孫助が目をぱちくりさせている。

役人、商人、筏師らがよってたかって数えた綱場の材木数が、五百二十四本だったからである。乱丸より告げられた数ではないか。

それでも信じられない孫助は、皆に幾度も数え直させたが、こたえは同じであった。こうなると、管流しが止まった時点で五百五十五本であったことも、因《よ》って流失三十一本ということも、事実と信じないわけにはいかない。

孫助は、こんどは本心からの礼を言うべく、岩場の高みへ上った。が、なぜか乱丸が声を殺して泣いていたので、何も言わずに引き下がった。

乱丸は自分のことばを真剣に聞いてもらえなかったと察しており、それが口惜《くちお》しくもあり、悲しくもあって泣いたのであろう、と孫助は忸怩《じくじ》たる思いを抱いてしまう。

この材木数の一件は、その日のうちに、孫助から金山へ、いささかの潤色を伴い、乱丸の武勇伝として伝えられた。

「乱丸さまのご才気、尋常ならず」

四

懐妊祝いで、乱丸が城主屋敷に参上したとき、あいにく千は気分がすぐれないようすで、対面はあっさりしたものに終わった。乱丸自身も、素直な気持ちになれなかったから、話も弾《はず》まなかった。それでも千が、材木数の一件を持ち出して褒めてくれたことだけは、喜びをおもてに表さなかったものの、内心ではとても嬉しかった。

懐妊後の千は、周囲の者らによって外出を控えさせられたので、乱丸もほとんど会うことができぬまま、夏が終わり、秋を迎えた。

このころの織田信長は、すでに天下一の圧倒的な強盛《きょうせい》を誇ったが、戦う教団とよぶべき真宗《しんしゅう》（一向宗《いっこうしゅう》）とこれを支援する勢力には、手を焼いていた。石山本願寺へ兵糧《ひょうろう》を運んできた毛利《もうり》水軍と、木津川河口で海戦に及んだ織田水軍が大敗を喫したことで、さすがの信長も長期戦を覚悟したのである。

それにより、信忠の下で安土城普請に励みながら、常に出陣に備えていた長可も、いささかのゆとりを得ると、秋の半《なか》ばごろに、いちど金山へ帰ってきて、千の懐妊祝いの宴《うたげ》を開いた。乱丸は、風邪をひいたと仮病をつかい、祝宴に列席しなかった。

秋から冬への季節の変わり目に、事件が起こった。

「金山御台、ご流産」

朝から急激に冷え込んだ日の暮方《くれがた》のことである。

乱丸の心には、いろんな感情が渦巻いた。

懐妊を知った日から、自分は千に対して、理由を自覚できないが、不満をもつようになった。何をされたわけでもないのに、ともすれば、千を避けるような言動をとってきた。

思い返せば、おのれの充《み》たされない気持ちばかりにとらわれ、千の心中を忖度《そんたく》したことなどなかった。

（嫂上のおなかのややこが死んでしまったのは、わたしのせいなのか……）

とまで思えた。けれど、一方で、なぜかほっとする自分もいる。

（分からない）

何が何だか分からない。

乱丸は、庭へ出て、木刀を振った。へとへとになるまで振った。

夜、寝床に就いたとき、涙が溢れ、とまらなかった。

（ごめんなさい……ごめんなさい……）

泣き疲れて、眠りに落ちた。

その後、千はしばらくの間、安静を余儀《よぎ》なくされた。冬季に入ったこともあって、これまで以上に、外出を制限される身となったのである。

乱丸は、みずから見舞いに行かなかった。行くのが怖《こわ》かったのである。

それでも、いちど、藤兵衛に促されて、城主屋敷を訪れた。

少し窶《やつ》れたものの、思ったよりは元気そうな千に、乱丸の心も少し安らいだ。

冬も深まったころ、こんどは乱丸の身に、かねて希《ねが》っていたことが起こった。

岐阜城下の森屋敷にいる長可から、乱丸と藤兵衛宛《あ》てに書状《ふみ》が届き、

「来春より上様に伺候《しこう》のこと」

と書かれていたのである。

信長の側近くで仕えるように、という意味であった。

「わたしが上様のお側に……」

いずれ元服《げんぷく》したところで、信長に謁見《えっけん》できるのは稀《まれ》なことであろうが、それでも森家のいち武将として長可に従って戦い、天下布武の一助になるのだと思いきめていたのである。

それが、よもや、信長に近侍《きんじ》とは。

「おめでとう存ずる」

傅役の藤兵衛も、永《なが》く願っていたことなので、心から喜んだ。

しかも、乱丸の奉公は、その才気煥発の評判を聞いた信長その人が望んだそうな。天にも昇る心地の乱丸であった。

上様のもとへ参上すべき日は追って知らせる、と書状の末尾に記されていた。

早速、乱丸が、長可からの書状をもって、妙向尼の隠居屋敷を訪れ、朗報を報告した。

すると、母から意外なことを言われた。

「乱丸。お千どのに、ようく御礼を申し上げるのですよ」

千に御礼、とはどういうことなのか。

「そなたを上様に推挙《すいきょ》してくれたのは、お千どのなのです」

「え……」

「上様への書状にて、わが弟乱丸は必ず大いに上様のお役に立てる者、と」

「わが弟……」

「お千どのは、そなたをまことの弟と思うておられる。ほんに情愛の濃《こま》やかなお人です」

なんということか。千は、懐妊の日以来、なぜか自分に心を閉ざしてしまった乱丸のことを、ずっと気にかけてくれていたのだ。それは、義弟ではなく、実の弟と信じる心に一点の偽《いつわ》りもないからであろう。

（嫂上に何と詫《わ》びればいいのだろう……）

乱丸は、衝動的に、城主屋敷へ走った。

未明から雪が舞って、おそろしく寒い日だが、乱丸の身も心も熱かった。

訪《おとな》いを入れると、なぜか千の侍女に導かれて、奥へ通された。まるで乱丸の訪問を待っていたかのように。

その一室は、城主屋敷の中でも、少し高台に建てられた棟にあり、城下町越しに木曾川を見下ろすことができるので、川見《かわみ》ノ間《ま》とよばれている。

乱丸が川見ノ間へ入ると、中は暖かかった。風炉《ふうろ》の炭が燃え、そこにかけられた釜の湯が沸いて湯気を発しているためである。傍《かたわ》らに茶道具も用意されていた。

ひとり端座《たんざ》する千が、乱丸に向かって、頭を下げた。

「上様へのご奉公、おめでとう存じます」

千のもとにも長可から書状が届き、その中に乱丸が来春より信長に近侍する旨《むね》が記されていたという。

「嫂上。わたしは……わたしは……」

それ以上、乱丸は何も言えない。ことばを出せば、涙も出てしまいそうである。

「お乱どののお心は、千には分かっております。女として、嬉しゅうございます。なれど、わたくしはお乱どのの姉」

にっこり、千は微笑《ほほえ》む。

「一服、所望できまするか」

夏の枯れ枝の亭で会ったときと同じ声音《こわね》で、千が言った。

(いつか、この千をまことの姉と思えるようになったとき、茶を振る舞うて下され)

枯れ枝の亭でそう言われたとき、乱丸にとって、千は嫂《あによめ》でもなければ義姉でもなく女であった。好きじゃと口走ったのも、本心は女としてである。

いまは、もう違う。

「喜んで仕《つかまつ》ります……」

おもてを綻《ほころ》ばせて、乱丸は、はじけるようによびかける。

「姉上」

躊躇《ためら》いなく、亭主の座に身を移し、千のために心をこめて茶を点てた。

やがて、喫し終えた千が、ふうっと大きく息を吐いた。持ち前の明るい仕種《しぐさ》が戻った。

「やはり、妙向尼さまの仰せのとおりでありました。お乱どのの茶はやさしい味がいたします」

「ありがとう存じます」

するとふと何かに気づいた千が、座を立って、戸を開け、縁《えん》へ出た。

「まあ……」

その驚きとも歓びともつかぬ声に、乱丸もつづいて出る。

空中に、きらきらと無数の小さな光が躍《おど》っているではないか。雪ではない。

別して、木曾川の谷間に躍るそれらは、青や緑の毛氈《もうせん》の上にたくさんの宝玉《ほうぎょく》をちりばめたみたいで、えもいわれぬほど神秘的である。

寒冷地の冬に、晴れて、あまり風のない日、気温がよほど低いときに起こる現象で、空気中に漂う氷の結晶に陽光があたって光るのだが、もとよりこの当時の人々に説明のつくことではない。

金山生まれ金山育ちの乱丸も、こんな光景は初めて見た。

「なんと美しい……」

千が溜《た》め息をつき、

「はい」

乱丸もただうなずくばかりであった。

きらめきに包まれたふたりは、ごく自然に手を繋いだ。まるで、幼いときからそうしてきた姉と弟のように。

第四章　安土《あづち》へ

一

野山は満目《まんもく》、瑞々《みずみず》しい若葉色に被《おお》われている。

銀砂を撒《ま》いたような光を躍らせる広大な湖面や、黄熟《おうじゅく》した麦畑を、風がやさしく撫《な》でてゆく。

「美しいなあ、近江国《おうみのくに》は」

湖水を望む東山道《とうさんどう》の往還《おうかん》で下馬《げば》し、湖国のいち風景を眺めながら、瞳をきらきらさせているのは森乱丸。

十三歳の初夏であった。

「まことに」

傅役《もりやく》の伊集院藤兵衛《いじゅういんとうべえ》がうなずく。

両人も供《とも》の侍や小者《こもの》らも、いずれも旅装である。

乱丸がめざす地は、近江蒲生《がもう》郡安土。

その安土に、織田信長は、天下布武《てんがふぶ》の新たな本拠とすべく空前の巨城を建設中なのである。

昨冬に信長への奉公が決まり、年があらたまったらすぐにでもと逸《はや》っていた乱丸だが、兄長可《ながよし》から出仕《しゅっし》の期日を知らせる書状《ふみ》は、美濃金山《みのかねやま》になかなか届かなかった。

信長その人が、年頭より多忙で、春のうちは紀州雑賀一揆《さいかいっき》の討伐のため出陣中であった。

この雑賀攻めには、長可も信長の嫡男信忠《ちゃくなんのぶただ》に従って参陣している。

雑賀衆というのは日本最強の鉄炮《てっぽう》集団である。信長は、十万余の大軍勢で包囲しながら、武力で屈伏させることはついに叶《かな》わず、講和の形を選んで、晩春に安土へ帰城した。

それでようやく、乱丸のもとへ長可からの書状が届いたのである。

支度が調《ととの》い次第、早々《そうそう》に安土出仕のこと、と。

「安土まであとどれくらいの道のりにございましょうな」

供の侍が、疲れ気味の顔で、誰に訊《き》くともなく言った。同じ距離を進んだとしても、慣れた土地と不案内のところとでは、疲労感が違うものである。

「六里ほどであろう」

こたえたのは藤兵衛である。

「和子《わこ》。この鳥居本《とりいもと》からは、東山道を往《ゆ》くより、湖水寄りの景清道《かげきよみち》という道を往くほうが、いささかでも早く安土へ行き着けるのではないかと存ずるが」

「藤兵衛はその道を往来したことがあるのか」

乱丸が問い返す。

「ござらぬ。土地《ところ》の者に聞き申した」

「わたしの聞いたところでは、景清道というのは曲がりくねった古道《こどう》で、ほとんど聚落《しゅうらく》もない寂しい道らしい。土地の者なら慣れていようが、われらには初めての道。夏の日は長いとは申せ、もし迷えば、日暮れ前に安土へ着くことは叶うまい。それより、いちばんの大道《だいどう》である東山道を進むほうが安心だ。とくに湖東のこのあたりの東山道はほぼ真っ直《ます》ぐだから、迷わずに済むし、迷ったとしても助けてくれる人に事欠《ことか》かないと思う。むろん、安土で上様《うえさま》のお側《そば》近くに仕えるからには、景清道もしかと踏破して知っておかねばならぬし、藤兵衛もそのつもりで勧めてくれたと察しているが、まずは何事もなく安土へ着くこと。いまはそれを最も優先すべきと思うが、どうかな、藤兵衛」

賛否を促された藤兵衛は、眩《まぶ》しげに乱丸を見ている。

（なんと行き届いたお考えか……）

どうやって調べたのか、景清道のことを詳しく知っているとは。しかも、藤兵衛もそのつもりで勧めてくれたと察している、と家臣への心遣いも忘れていない。

乱丸が思慮深くなったというのは、常に身近にいて、誰よりもこの少年をよく知る藤兵衛が、日々感じてきたことではある。しかし、こういう場面に遭遇するたび、驚きを禁じえなかった。それだけ乱丸の成長ぶりがめざましいのだといえよう。

傅役として、これほどの喜びはない。

「得心《とくしん》いたした。和子の仰《おお》せにしたがい申す」

「そうか。ならば、あとはどこで北へ折れるのがよいかだが、それは、しばらく進んでから、土地の者に訊《たず》ねよう」

「それでよろしいかと存ずる」

東山道をこのまま往けば、いずれ安土の南側を大きく外れて通過してしまうので、どこかの道を北へ折れなければならない。安土に至る主要路がまだ開拓、整備されていないため、その点ばかりは注意する必要があった。

「されば、急ごう」

乱丸は、にっこりして、ふたたび鞍上《あんじょう》の人となった。

藤兵衛も自身の乗馬《じょうめ》に跨《また》がる。

だが、東山道から安土へ向かう道を、土地の者に訊ねる必要はなさそうであった。湖東の大道を進むにしたがい、人馬や荷車の往来が繁《しげ》くなってきたからである。大半が安土城建設に関わる人や物であることは、明らかであった。

陽《ひ》が西空の半ばあたりまで落ちたころ、差しかかった三叉路《さんさろ》で、見るからに新しい石の道標《みちしるべ》が目に入った。

〈みぎ　あづち〉と彫ってある。作ってまもないに違いない。

北へ折れるその道へ入ろうとした乱丸だが、東山道を前から駆け向かってくる武家の人馬が見えたので、三叉路の手前にとどまって待った。役目があって安土へ向かう織田の衆かもしれない。それなら、先に往かせるべき、と思ったのである。

先頭の一騎が、あづちみちへ折れ曲がる前で、馬の走りを落としたので、その顔がよく見えた。

乱丸は、声をあげそうになった。

（あのお人だ）

六年前、岐阜《ぎふ》城下の町中で、信長の馬廻《うままわり》・川崎金右衛門《かわさききんえもん》の馬前をはからずも遮《さえぎ》ってしまった乱丸の身代わりに、小姓《こしょう》の小四郎《こしろう》が鞭《むち》打たれそうになったとき、これを救ってくれた若き美男の武士。その佇《たたず》まいが、大好きだった亡兄の伝兵衛《でんべえ》を思い出させ、姓名を聞きたくて、乱丸はあとを追った。が、最終的に小四郎の切腹へと至る衝撃の事件が起こったため、その後は乱丸も美男の武士の姓名を知ろうとすることなく、歳月が過ぎたのである。

馬上のその人は、乱丸の視線に気づいたのか、あづちみちへと折れながら、見返してきた。が、すぐに顔を前へ向け、そのまま走り去った。

後続の者らも折れてゆく。

乱丸も、馬腹《ばふく》を蹴《け》って、あづちみちへ入った。

追いかけるつもりはなかったが、われ知らず、乗馬の走りを地道《じみち》（常歩《なみあし》）から乗り（速歩《はやあし》）に上げていた。

あわてて、藤兵衛ら随従者たちがつづく。

すると、前を往く武家の人馬が、にわかに速度を緩《ゆる》めて停まったではないか。

乱丸も、思わず、乗馬の手綱《たづな》を引いて、その場にとどまった。

先頭のあの人が、馬首を返して、寄ってきた。

乱丸の心《しん》の臓《ぞう》は早鐘《はやがね》を打つ。

だが、信長の直臣《じきしん》であることだけは間違いないと思われる人に対して、これから奉公しようという弱輩者が、同じ馬上での挨拶《あいさつ》は無礼。とっさにそう思い至った乱丸は、下馬して待った。

あるじに倣《なら》って、藤兵衛も下りる。

「そなた、もしや金山の森家の血縁か」

その人から乱丸は声をかけられた。

「はい。わたしは美濃金山の森家の者にございます」

「やはりな。いま、そなたの前を通ったとき、亡き森伝兵衛どのに似ていると思うたのだ」

「伝兵衛はわたしの兄にございます」

「そうであったか。して、名は」

「森乱丸と申します」

「乱丸……」

その人が何か考える顔つきをしたのは一瞬のことで、すぐに、にこっと微笑《ほほえ》んだ。

「大きゅうなったものだ。いちど、岐阜で会《お》うたな」

「はい」

憶《おぼ》えていてくれたとは、なんという感激か。天にも昇る心地とは、これをいうのであろう。

「存じておるやもしれぬが、川崎金右衛門は長篠《ながしの》合戦で軍規に叛《そむ》き、改易《かいえき》となって、その後どこぞへ失《う》せた」

「それは存じませんでした」

抜け駆け金右衛門ともよばれたそうだから、おそらく目に余るほど軍律違反を重ねたあげくの末路なのであろう、と乱丸は察する。

ただ、それよりも乱丸は、その人が六年前の一件を、曖昧《あいまい》でなくたしかに記憶してくれていたからこそ、川崎金右衛門の名を出したのだと思い、さらなる悦《よろこ》びをおぼえた。

「お名をお聞かせ下さいませぬか」

「これは、先に声をかけながら名乗りもせず、無礼をいたしたな。それがしは、上様に近《きん》侍《じ》する者にて、万見仙千代重元《まんみせんちよしげもと》である」

悦びのあとは、衝撃がきた。

(仙千代……)

伝兵衛の幼名《ようみょう》と同じではないか。

乱丸は、伝兵衛が戦死したのと同じ年に誕生した自分の弟へ、産屋《うぶや》で仙千代とよびかけた。失った亡兄への思いが、そうさせたのである。父の三左衛門《さんざえもん》も母の盈《えい》も、当時六歳の幼子《おさなご》であった乱丸の思いを大切にし、弟の名をそのまま仙千代としてくれた。

それほど特別の名であった。

「いかがした」

茫然《ぼうぜん》としたようすの乱丸を、目の前の仙千代が訝《いぶか》った。

「あ……わたしも、これより安土へ参ります。上様より伺候《しこう》せよとの御諚《ごじょう》を賜《たまわ》りました」

「ならば、それがしと同役よな」

「ご同役などと、とんでもないこと。わたしは右も左も分からぬ未熟者にございます」

「お乱、とよぶが、よいか」

「はい。うれしゅうございます」

生前の伝兵衛もいつもお乱とよんでくれた。

「お乱は幾歳《いくさい》になった」

「十三歳にございます」

「いまそこでわれらを見てさりげなく道を譲った致し様《よう》といい、それがしが寄ってゆくとただちに下馬したことといい、十三歳の年少で見事な振る舞いであったと思うが」

「そのようにお褒《ほ》めいただいては、恥ずかしゅうございます」

乱丸は、おもてを赧《あから》めながらも、そういうところを仙千代が見逃さなかったことに、内心、うれしさをおぼえると同時に、ある驚きも湧かせていた。

（嫂上《あねうえ》の言われたのは、こうしたことなのか……）

長可の妻で、乱丸にとっては嫂《あによめ》にあたる千《せん》は、義弟の出仕が決まってから、織田信長の人となりをよく語ってくれた。信長の乳兄弟《ちきょうだい》・池田恒興《いけだつねおき》のむすめという浅からぬ関係により、信長に愛《め》でられた千なのである。

信長は、剛毅《ごうき》である一方、何事も尋常でないくらい細かいところまで気づくし、十年、二十年以上も前のことでも細部にわたって記憶している。そのうえ、時と場合によっては、自身が無駄と思ったことは一切口にせず、きわめて性急でもある。だから、常にその心を読んで、信長より早く気づき、言上するなり、処理するなりができなければ、とうてい近習《きんじゅ》はつとまらない、と。

そして、いまの仙千代は、この場における乱丸の振る舞いを余すところなく注視していたばかりか、六年前の一瞬にすぎないような出会いまで憶えていた。

(このお人こそ……)

信長の理想の近習そのものではないのか、と感じ入る乱丸であった。

仙千代は、信長の使者として、本願寺《ほんがんじ》攻めの総大将佐久間信盛《さくまのぶもり》に大坂《おおざか》で会ってきた帰りだという。

(すごい)

と乱丸は思った。

佐久間信盛といえば、柴田勝家《しばたかついえ》と並ぶ信長の宿老で、麾下《きか》の兵力も織田軍団中、最大であり、本願寺攻めでは尾張《おわり》・三河《みかわ》・近江・河内《かわち》・和泉《いずみ》・大和《やまと》・紀伊《きい》の七ケ国の軍勢を指揮している。それほどの武将への使者にたてられるというのは、仙千代が信長に信頼されている証《あかし》であろう。

「されば、お乱。ともに安土へ参ろうぞ」

「お供をいたしてよいのでございますか」

「よいにきまっておる。上様にはこの万見が取り次ごう」

乱丸が仙千代より好感を抱《いだ》かれたことは明らか、と藤兵衛は感じた。

(この好運《こううん》は和子みずからが引き寄せられたもの……)

鳥居本から景清道をとっていれば、安土到着前に万見仙千代に出会うことはなかったはず。東山道を往くときめたのは乱丸自身であった。

かくして乱丸たちは、万見仙千代の一行に加えてもらったのである。

二

東山道から岐《わか》れたあづちみちは、やがて南腰越《みなみこしごえ》とよばれる峠へと至った。

峠の頂《いただき》から、仙千代が前方を指さした。

「お乱。安土山だ」

（あれが……）

正直、乱丸は拍子抜けした。

琵琶湖の最大の内湖である伊庭内湖《いばないこ》に突き出した安土山は、乱丸の眼《まなこ》には、山というより丘という印象であった。

もっと峨々《がが》たる高峰を想像していたのに、岐阜城の築かれた稲葉山《いなばやま》はいうまでもなく、金山城のある烏峰山《うほうさん》よりも、明らかに低く見える。また、遠目から眺める限りでは、山容も穏やかそうである。

「攻め上るのは容易と思うたか、お乱」

乱丸の心を読んだように、仙千代がちょっと笑った。

「いいえ、そのようなことは……」

図星だったのである。

「天険をたのんだ城造りは、領国を侵《おか》されるのを恐れ、防禦《ぼうぎょ》を必要とする小人《しょうじん》のいたすこと。上様はもはや侵すべからざる御方《おかた》である。それゆえ上様は、戦うための城ではなく、天下にあまねく威《い》をお示しになる大いなる徴《しるし》として、安土城を築こうとしておられる。誰もが知っているような、これまでの城の姿やありようとは異なると思うがよいぞ」

「はい」

思えば、百年もうちつづく乱世において、一代で信長ほど急速かつ圧倒的に版図《はんと》を拡《ひろ》げた武将はほかにいない。だからこそ乱丸も憧《あこが》れつづけてきた。その人が何事であれ既成を踏襲すると考えるなど、これから信長に近侍する者として失格である。

乱丸の気分は、一転して引き締まり、同時に昂揚《こうよう》した。

南腰越峠を下り、安土山へ向かって馬を進めるうち、どこもかしこも靄《もや》がかかっているように見え始めた。

乱丸は咳《せ》き込んだ。

靄ではなく、建設工事によって舞い上げられる砂塵《さじん》であった。

「昼夜を分かたぬ大普請《おおぶしん》なのだ」

そう言って、仙千代が手拭《てぬぐい》で砂塵から鼻口を守った。乱丸も手拭を出して倣う。

それにしても、何という喧騒《けんそう》であろう。

膨大な建材の運搬、宅地の造成に建築、道路の開拓や整備、川の流路の開鑿《かいさく》。壮大な城下町造りの音は、耳朶《じだ》をふるわせるほどであった。

安土の工事には夥《おびただ》しい数の人夫を徴発していることを、仙千代が丁寧に説明してくれた。

農民、漁民はいうに及ばず、出家に至るまで残らず参集させ、相当の理由もなく不参の者は厳罰に処す、というのが奉行人からの通達である。さらに、人夫たちには、棒・畚《もっこ》・古畳《ふるだたみ》・古縄《ふるなわ》・菰《こも》などを持参するよう命じた。

もちろん近江以外の織田領国内の諸侍や、奈良・堺の大工をはじめとして、鍛冶・瓦工・石工・左官・金工・塗師など諸職《しょしき》の当代一流の技術者も召し寄せている。

（やはり、上様のお力は途方もないものなのだ……）

わがことのように、誇らしくなる乱丸であった。

美濃金山でも、城郭と城下町いずれも拡張・整備のさなかだが、安土に比べれば、小屋と小庭《こにわ》を作っているていどだと思えてしまう。

尋常の数でない人馬や荷車が道という道を埋め尽くして往来しているので、乱丸らは遅々《ちち》として進まない。それでも仙千代が、人々に声をかけては、少しずつ前をあけさせる。

決して押し通るような真似をしないその穏やかな処し方に、乱丸はまた伝兵衛の俤《おもかげ》を重ねた。

やがて、安土山の麓《ふもと》へ達すると、そこから仰《あお》ぎ見る景色に、さらに乱丸は昂奮させられた。

人、人、人である。

全山《ぜんざん》、一大築城工事のあちこちに、なぜか舞台が設けられ、稚児《ちご》や若衆《わかしゅう》が踊り、鳴物《なりもの》も奏されているではないか。木材・石材を運搬したり、地を掘ったり、山を削ったりする人夫も、槌《つち》をふるう大工も皆、その鳴物の拍子に合わせて楽しげに動く。

(なんという普請場《ふしんば》だろう)

こんなに華やかで面白い築城工事など、見たことも聞いたこともない。

「お乱。これが上様の大うつけ普請ぞ」

「えっ……」

愚か者、間抜け、ばか。うつけとは、そういう意味である。信長の近習でありながら、仙千代はそれこそなんてばかなことを口にするのであろう、と乱丸は眉《まゆ》を顰《ひそ》めた。

「お若くて、まだ力のなかった頃の上様は、奇矯《ききょう》のお振る舞いが多く、それゆえ尾張の大うつけと嘲《あざけ》られた。なれど、それは、周囲の敵にご自分の抜群の才幹《さいかん》を気取《けど》られぬためのご深慮遠謀であられたことは、いまでは誰もが知っている。上様はいま、天下布武をめざして邁進《まいしん》しておられればこそ、若き日のご苦労を忘れぬようにと、おんみずから大うつけ普請と名付けられたのだ」

「さようにございましたか」

自身の早とちりであったことに、乱丸はほっとした。信長の理想の近習であろう仙千代が、信長を悪《あ》しざまに言うわけがない。

よくよく考えれば、大うつけ普請とは信長らしいではないか。上様は綽名《あだな》をおつけになるのがお好き、という嫂の千の話を乱丸は思い出したのである。

羽柴秀吉《はしばひでよし》をハゲねずみ、明智光秀《あけちみつひで》をきんか頭とよぶらしい。尾張津島《つしま》の出身で、背の低かった馬廻の平野甚右衛門《ひらのじんえもん》なる者は、津島のちびという意で、津島小法師《こぼし》、と。

自身の子らにさえ、奇妙、茶筅《ちゃせん》、大洞《おおぼら》、小洞《こぼら》、酌《しゃく》、五徳《ごとく》などと変わった幼名を与えた信長だから、大うつけ普請という名称には、いたずら心も働いているのであろう。

安土城の工事はただ華やかというだけではなかった。勢いがめざましい。

それは、皆が鳴物と一緒に息を合わせて楽しげであることだけが理由ではなさそうだ、と乱丸は感じた。

町地《まちち》では、仕事をのろのろとする者らや、あきらかに怠けて休んでいる者らなども散見されたが、安土山にはそういう者はひとりもいない。規律を末端の者まで守っているように見える。

安土城の普請奉行《ぶぎょう》は丹羽長秀《にわながひで》でも、信長みずから毎日、普請場へ出て、目を光らせるというから、誰もが緊張を強いられるに相違ない。かつて、足利義昭《あしかがよしあき》のために洛中《らくちゅう》に将軍邸を造営したさい、その工事中、ふざけて女の被《かぶ》り物《もの》へ手をかけた兵の首を、有無を言わさず刎《は》ねたほどの信長なのである。

おだてとおどし。後世にいうところの飴《あめ》と鞭を信長は巧みに使い分けている。そこまで乱丸がはっきりと看破《かんぱ》できたわけではない。しかし、こういうことも信長しか成しえないように思えた。

仙千代は、安土山の麓に建つ絢爛《けんらん》たる屋敷へ、乱丸を伴《ともな》った。

安土の天主《てんしゅ》が竣工《しゅんこう》するまでの信長の仮《かり》の御殿《ごてん》で、足利義昭追放後、放置されたままであった洛中室町《むろまち》の将軍邸の一部を移築したものであるという。

「人々は内府亭《だいふてい》とよんでいる」

昨年、信長は正三位《しょうさんみ》・内大臣《ないだいじん》に任ぜられた。内大臣の唐名が内府である。

「しばし、ここに控えていよ」

仙千代は、乱丸と藤兵衛らを遠侍《とおさぶらい》に留《とど》め、まずは自身の任務の復命をするため、主殿《しゅでん》へ入っていった。

仙千代の戻りを待つ間、乱丸は深呼吸を繰り返した。いよいよ織田信長への謁見《えっけん》が叶うと思うと、昂《たかぶ》りを抑《おさ》えようもないのである。

ところが仙千代は、思いのほかに早く戻ってきた。

「上様は山頂におわすとのこと」

陽は大きく西へ傾いたが、にわかに暮れるという時季《じき》ではない。天主建築を予定している場所から、眼下に広がる琵琶湖を眺めやって微笑む人の姿を、乱丸は想像した。それとも、工事の進捗《しんちょく》状況を見ながら、持ち場のかしらや職人や人夫らを叱咤《しった》しているのかもしれない。

乱丸は、仙千代と並んで、内府亭を出た。

本来なら、上長《じょうちょう》の仙千代の後ろを歩かねばならぬ身の乱丸だが、さきほど馬上にあったときから、話が遠くなるゆえ、と仙千代その人より並んで往くよう促されたのである。

前から、供をつれた身分ありげな武士が、内府亭へ向かってくるのが見えた。

（あ……きんか頭）

思わず声に出しそうになって、辛《かろ》うじて呑み込む。

毛髪がなく、金柑《きんかん》みたいに赤くてつるつると光沢のある頭をきんか頭という。わかりやすく言えば、僧侶の頭である。

その武士は、もちろん法体《ほったい》でもない。しかし、頭髪が随分と薄い上、広い額《ひたい》が赤みを帯び、てかてか光っているので、ほんとうに金柑のように見える。

（となれば……）

た。

明智光秀であろうか。

「これは万見どの」

きんか頭の武士のほうから先に辞儀をしたので、それでは光秀ではない、と乱丸は思った。

明智光秀といえば、織田では新参とはいえ、信長が足利義昭を擁して上洛するきっかけを作り、その後も類《たぐい》まれな将才をもって八面六臂《はちめんろっぴ》の活躍により重臣に列し、羽柴秀吉と並ぶ異数《いすう》の出世頭なのである。信長の近習のひとりにすぎない仙千代とは格が違うはず。

「惟任《これとう》どのか」

と仙千代がその人をよんだ。

（明智光秀どのだ）

乱丸の驚きはひとかたではなかった。

光秀は、信長の奏請によって、惟任日向守《ひゅうがのかみ》と称することを、朝廷より許されている。正式の補任《ぶにん》ではないものの、惟任は九州の古豪族の姓であり、いずれ九州征伐の折りも光秀が大いに活躍してくれるという、信長の期待感がこめられた名誉称号というべきものであった。

しかし、なぜ仙千代は光秀より立場が上と思われるような対し方をするのか。というより、できるのか。

「万見どの。それがしは、丹波《たんば》経略に関わることで、上様のお召しがあって参上いたした。お取り次ぎいただけようか」

湖西の水辺に築かれた坂本《さかもと》城が、光秀の居城である。安土とは船で往《ゆ》き来《き》できる。

それにしても、光秀のほうもあくまで低姿勢に見える。

「上様は、山頂におわす。それがしも、これより挨拶に参上いたすところ」

自分も大坂から戻ってきたばかりであることを、仙千代は光秀に明かした。

「では、それがしは、上様のご下山を、御殿の玄関で待っており申す。安土山は、やさしげに見えて、存外、坂の傾きはきつい。老人にはこたえまするでな」

「老人などと、戯《たわむ》れを」

「老人にござる。訊ねられても、まことの年齢《とし》は明かしませぬがな」

ちょっと光秀は笑ってみせる。

爽やかな初夏の午後なのに、乱丸はなぜか膚《はだ》がざわついた。

（なんだろう……）

光秀のことを、穏やかな物腰で、厭味《いやみ》のない軽口《かるくち》もたたくのに、

（どこか、まやかしのような）

と感じてしまったからかもしれない。

「こちらは……」

少年に見つめられていることに気づいた光秀が、仙千代に訊ねた。

「名乗るがよいぞ」

と仙千代が乱丸を促す。

「美濃金山の森長可が弟、森乱丸にございます」

「金山の森家のお子であるか。それがしが明智にとどまっておれば、隣人になっておりましたな」

「はぁ……」

返辞ともいえぬ返辞をする乱丸であった。なんとこたえればよいのか、分からないのである。

光秀の明智氏は、美濃国可児《かに》郡明智より出ている。居城の明智城は、金山とは目と鼻の先といってよい近さに築かれていた。斎藤道三《さいとうどうさん》が後継者の義龍《よしたつ》に敗れた戦いで、道三方についた明智氏も城を焼かれ、以後、光秀は諸国を流浪する。乱丸の亡父の森可成《よしなり》が金山に入城する以前のことである。

「上様の御小姓となられるのか」

「その心づもりにて参りましたが、まだ上様へ拝謁《はいえつ》できておりませぬゆえ、まことに奉公が叶うや否《いな》や不安にございます」

こんどは、しかとこたえた。

「万見どのがついておられるなら、ご心配には及ぶまい」

ちらり、と光秀は仙千代を見る。

「されば、これにて」

仙千代が軽く会釈《えしゃく》した。

「惟任どのがみえたことは、それがしより上様に伝えておき申そう」

「かたじけない」

それで光秀とは離れたが、大手道《おおてみち》へ出たところで、乱丸は我慢できずにこうべを回して、その後ろ姿を目で追ってしまった。

「気になるか、お乱」

仙千代に訊かれ、あわててこうべを戻した。

「気になるというか、なんと申せばよいのか……申し訳ないことにございます」

「あやまることはない」

仙千代がちょっとおかしそうに笑う。

「惟任、いや、明智光秀という御仁《ごじん》は、何をやっても巧《たく》みで、それはまことに大したものだ。なれど、肚《はら》の内がよめぬ。むろん、肚の内をよませぬからこそ、何事にも巧みなのだともいえるが。お乱が気になったのも、おそらくそういうところであろう」

「わたしにはよく分かりませぬ」

「そなたはまだ十三歳だ。分からずとも仕方ない。なれど、明智どのに初めて会《お》うて、そのように感じたというのは、大したものだ。決して忘れるでないぞ。夜も昼も上様を守りつづける役目の者は、不測《ふしき》の変事に即座に対応できなければならぬ。それには、見えざる何かを察する、感じる、という力が必要なのだ。どうやら、お乱はその力をもっている」

「わたしがそのような大層な力をもっているとは、とうてい思えませぬ」

「この万見仙千代を信ぜよ。お乱は必ず上様のよき近習となろう」

仙千代の温かさに、乱丸の心は蕩《とろ》けた。

木曾川《きそがわ》の岸辺で、乱丸の冷えきった躰《からだ》を、おのれの肌で温めてくれた伝兵衛が、目の前にいる。そんな錯覚に陥《おちい》りそうになった。

ちょうど大手門のところに達した。

といっても、門そのものはまだ作られていない。今後も数多《あまた》の建材を山上へ運ばねばならぬし、人夫の往来もひっきりなしなので、その出入口に門があっては、かえって通行の妨《さまた》げになるからであった。

ここより、大手道は石段の登りとなる。

山の斜面の傾きに応じて作られている石段の長い道を、乱丸は見上げた。

（高い）

急勾配である。

光秀が言ったとおりだと思った。安土山はやさしげに見えて、存外、坂の傾きはきつい、と。

その高々として長い大手道は、山頂のさらに上の天まで昇ってゆくように見える。幅の広い大手道の両側に、石塁が築かれ、雛壇《ひなだん》状に幾つもの郭《くるわ》が造成中であった。重臣や側近《そっきん》ら、それぞれの安土屋敷が、全山に配置される。そう仙千代が教えてくれた。

「万見どののお屋敷はどのあたりに」

乱丸が訊ねると、ここからでは見えぬと仙千代は言う。

「山頂のご天主の普請場の側《そば》なのだ」

「ご天主の……」

またしても乱丸は驚かされた。

天主の側に屋敷地を賜るというのは、ふつうではない。仙千代はよほど信長に必要とされているのだ。

「もう地均《じなら》しはお済みなのでしょうか」

「それがしの屋敷なら、出来上がっている。ありがたくも、いちばんに建てよという上様の御諚により」

「……………」

ついに乱丸は声を失った。

（万見仙千代どのは、上様の随一のご寵臣《ちょうしん》なのだ。そうにきまっている）

内府亭の前で、万見どのがついておられるなら、ご心配には及ぶまい、と光秀は言ってくれたが、あれはたんなる社交辞令ではなかったのである。

仙千代がふいに笑顔を向けてきた。いたずらっぽく。

「お乱。山頂へどちらが早く着くか、駆け競《くら》べをいたそう」

「えっ……」

「上様は気早《きばや》な御方ゆえ、お召しには、われらはただちに応じねばならぬ。よって、足が迅《はや》く、しかも疲れ知らずであるのは、必須《ひっす》のことぞ」

「先にお約束していただきたいことがございます」

乱丸も笑顔を返した。同じく、いたずらっぽく。

「何を約束せよというのか」

「わたしは駆けっこが得意なのです。敗れても、お怒りにならぬ、と」

「申したな、豎子《じゅし》」

豎子とは、幼童《ようどう》のことだが、未熟者や年少者に対して、親しみをこめる、蔑《さげす》む、いずれにも使う。仙千代が乱丸をそうよんだのは、親しみをこめてのことであるのは言うまでもない。

「豎子をして名を成さしむことのなきよう」

と乱丸は返した。

魏《ぎ》の軍師龐涓《ほうけん》が斉《せい》の軍師孫臏《そんぴん》（孫子《そんし》）に負けて自害するとき口にしたことばが、豎子をして名を成さしむ。ばかにしていた者に敗れて悔やむことをいう。

これには、仙千代が目をまるくした。

「お乱は唐土《もろこし》の書物を読んでおるのか」

「ほんの少しばかりにございます。さあ、参りましょう」

「よし」

仙千代も乱丸も、羽織《はおり》や大刀《だいとう》を従者に預けた。腰には脇指《わきざし》のみである。

「合図は、わしがいたそう」

後ろから声をかけられ、ふたりとも振り返った。

「これは二位法印《にいのほういん》どの」

重臣の惟任光秀にすら一目おかれていたようすの仙千代が、その皺《しわ》だらけの入道《にゅうどう》に対しては衿《えり》を正した。

（どなただろう）

思わず、乱丸は見つめてしまう。

「いましがた大坂より……」

そこまで仙千代が言ったところで、二位法印とよばれた老入道は、うるさそうに手を振った。

「話はよい。見物衆を待たすな」

言われて、仙千代と乱丸があらためて周囲を見渡すと、いつのまにか、駆け競べが始まることに気づいた人々が、いったん工事の手をとめて、こちらを注視しているではないか。

二位法印が、石段を五、六段も上がってから、向き直った。

「両人とも石段の最下段に片方の足をかけよ」

仙千代が命ぜられたとおりにしたので、乱丸もすぐに倣う。

「万見仙千代」

二位法印が高らかに競技者の名を宣した。

「はい」

仙千代も大きな声で返辞をする。

「森乱丸」

老入道の口から自分の名も吐かれたではないか。

(なぜご存じなのだろう)

その驚きと疑念で、返辞が後《おく》れてしまい、もういちど呼ばれた。

「森乱丸」

こんどは怒鳴り声に近い。乱丸はあわてた。

「は、はぃぃ」

見物衆はどっと笑った。森乱丸という見目《みめ》の美しい少年武士の返辞が、おかしなくらい甲高《かんだか》いものだったからである。

「両人の山頂までの駆け競べ。皆の衆、煽《あお》りに煽って下されよ」

両腕を高々と掲げた二位法印が、見物衆にそう告げてから、

「それ」

と一気に振り下ろした。

先に地を蹴ったのは、仙千代である。

笑われた恥ずかしさに狼狽《ろうばい》していた乱丸は、最初の反応が後《おく》れた。しかし、

「和子。金山の山野を思い出されよ」

藤兵衛の叱咤に弾《はじ》かれて、猛然と大手道の石段を駆け登りはじめた。

侍も職人も人夫も、石段の両側や石塁上に群がって、拍手し、声援を送る。年少の乱丸への声援のほうが、圧倒的に多い。

舞台の者らは、笛や鉦《かね》や太鼓などで囃《はや》し立てる。お祭り騒ぎである。

乱丸が仙千代に追いつきそうになると、見物衆からどよめきが上がった。大手門下から見上げる藤兵衛も拳《こぶし》を握る。

しかし、仙千代も抜かせない。

このとき、上から必死の形相《ぎょうそう》で駆け下りてくる武士がひとりいた。右手に血刀を引っ提《さ》げ、返り血を浴びている。

仙千代と乱丸に注目している人々は、すぐには気づかない。

最初に気づいたのは、仙千代であった。

それまで石段を踏み外さぬよう足許《あしもと》をたしかめていた視線を、ちらっと上げたとき、武士と目が合ったのである。

前を往く仙千代が急に走るのをやめて立ちどまったので、乱丸も不審を抱きながら足送りを緩めた。

「仙千代おおっ」

その獣にも似た怒号に、乱丸も視線を上げた。

憤怒《ふんぬ》の形相の武士が、血刀を振り上げながら、迫ってくる。

「あれは……」

荒武者《あらむしゃ》そのものの恐ろしげな顔つきを、乱丸が忘れることはなかった。従者のそのほうが責めを負え、と小四郎を鞭打とうとした川崎金右衛門である。

二年前の長篠合戦で信長の勘気《かんき》にふれ、改易処分となって、どこかへ失せたはずではなかったのか。仙千代はそう話してくれた。

あるいは、改易を恨《うら》みに思い、織田へ復讐しにやってきたのであろうか。

「お乱。身を避《さ》けよ」

仙千代が脇指《わきざし》を抜いた。ひとりで、金右衛門を迎え撃つつもりらしい。

（いけない）

と乱丸は思った。

金右衛門の手には、刃渡り三尺以上はあろうかという大刀。対する仙千代は、短い小《ちいさ》刀《がたな》である。

しかも、川崎金右衛門は豪勇で知られた男。斬り合う前から勝敗は決している。

といって、乱丸も脇指しか持っていない。

伝兵衛が最後の出陣をしたとき、六歳の幼子でなかったなら、必ず随行して、

（わたしは兄《あに》さまの身代わりになっていた。いや、なりたかった）

いまでも強くそう思う乱丸である。それはきっと至福の死であったろう。

その伝兵衛の幼名と同じ名の人。仙千代。

（わたしはもう幼子ではない。兄さまの……仙千代さまの身代わりになれる）

金右衛門の巨体が一層、巨《おお》きくなりつつある。仙千代まで、石段をあと十段もない。

乱丸は、ふたたび石段を駆け登り、仙千代を追い越した。

「お乱」

悲鳴のような仙千代の声を背に聞きながら、乱丸は、ひと息で、金右衛門の懐《ふところ》へ跳び

込んだ。その一瞬前に奇跡的に脳裡《のうり》を過《よぎ》った人の動きをなぞらえて。

「こ、こやつ……」

金右衛門は、跳び込んできた少年に、大刀を大上段まで振り上げた両腕の動きを封じられ、膚に粟粒《あわつぶ》を生じさせた。信じがたいことである。

「こんな小僧に……」

いくさで数え切れないほどの敵兵を仆《たお》し、味方からは嫉妬《しっと》まじりに抜け駆け金右衛門ともよばれたほどの自分が、なんという不覚であろう。

金右衛門に不覚をとらせた乱丸の技《わざ》は、おのれの両の掌《てのひら》と肘《ひじ》を使って、対手《あいて》の両肘を、下から突き固めるように押さえるというものであった。

七歳の乱丸が、鈴ケ洞《すずがほら》の愚溪寺《ぐけいじ》の参道で見た剣聖上泉信綱《かみいずみのぶつな》の無刀取《むとうど》り。

もとより、信綱のそれとはどこか違うし、対手の刀を奪い取ることもできない。それでも、わずかな時だが、いまこうして金右衛門をうろたえさせ、動きをとめている。

この機を逃さず、馳《は》せ寄った仙千代が、乱丸に覆《おお》いかぶさるようにして、その頭上で、小刀の切っ先を、金右衛門の喉首《のどくび》へ思い切り深く突き刺した。

「お乱。さがるぞ」

仙千代は、乱丸の躰を後ろから抱き取り、そのまま後退する。

金右衛門は、よろめきながら、おのれの手で、喉首から小刀を引き抜いた。血が噴水となって、あたりに撒《ま》き散らされる。
巨体が横倒しに倒れると、見物衆は、それまで詰めていた息を、一斉に吐き出した。
乱丸は、仙千代に強く抱きしめられ、気遠《けどお》くなってゆく。
伝兵衛の声がする。
(お乱の躰が温まって、血のめぐりがようなったのだ)
ずっとこうされていたい。
恍惚《こうこつ》の中で、馬沓《うまぐつ》の音を聞いた。
「上様」
誰かがそう言ったような気がする。
乱丸の意識は、それなり途絶《とだ》えた。

第五章　山百合《やまゆり》

一

鼻がむず痒《がゆ》い。嚔《くさめ》が出そうだ。
大きな嚔が出た。
わあっ、と笑い声が起こる。
目を開《あ》けた。
天井が見える。
鼻はまだむず痒い。目を瞬《しばたた》かせながら、鼻をぐにゅぐにゅと動かす。
こんどは、くすくす笑いが聞こえたかと思うまに、視界に幾つもの顔が入ってきた。
驚いて、がばっと上体を起こした。
周囲に武家の若衆が端座しているではないか。と同時に、自分が夜具《やぐ》の中にいて、白い寝衣姿であることに、初めて気づいた乱丸である。

若衆は、数えて八人。

いずれも乱丸より年長と見えるが、それでも二十歳をこえる者はいそうにない。共通するのは、頗《すこぶ》る見目《みめ》のよいことであった。

中のひとりが、くっくっと笑いながら、手に持った筆を振っている。

その筆で鼻をくすぐられたのだ、と乱丸はようやく分かった。

「皆々、森乱丸にあやかるべし」

いちばん近くに座す者がそう言って、いきなり身を寄せてくるや、乱丸を抱きしめ、

「高橋虎松《とらまつ》だ。よろしゅうな」

名乗ってから、身を離した。

「魚住勝七《うおずみしょうしち》」

筆で乱丸の鼻をくすぐった者も、虎松と同じことをして名乗った。

寝起きの乱丸にはわけが分からない。

残りの者らも、先の二人に倣《なら》って、次々と乱丸を抱きしめては、名乗る。

「伊東彦作《ひこさく》」

「飯河宮松《いいかわみやまつ》」

「今川孫二郎《いまがわまごじろう》」

「薄田与五郎《すすきだよごろう》」

「山田弥太郎《やまだやたろう》」

「祖父江孫丸《そぶえまごまる》」

乱丸は、微《かす》かに心地よい眩暈《めまい》をおぼえた。八人いずれも佳《よ》い匂いがしたからである。

「森乱丸にあやかるべしとは、上様《うえさま》の仰せぞ」

と虎松が明かした。

「上様がなぜそのようなことを……」

乱丸はまだ混乱している。

「そなたが、剛勇で知られる川崎金右衛門《きんえもん》を討ったからにきまっておろう」

訝《いぶか》って小首を傾《かし》げる乱丸の表情がおかしかったのか、虎松が笑った。

「さすが武勇の森家の血筋」

「たいしたものだ」

「あっぱれ、あっぱれ」

皆が口々に褒《ほ》めそやす。

「川崎金右衛門を討ったのはわたしではなく、万見仙千代《まんみせんちよ》どのにございます」

にわかに心の中で整理のついた乱丸は、かぶりを振った。

「大兵《だいひょう》の金右衛門の懐《ふところ》へ恐れげもなく無手《むて》で跳び込み、動きをとめたのはそなただ」

「されば、高橋どのはあの場に……」

「高橋は堅苦しい。お虎でよい」

「では、お虎どのはご覧になっておられたのでございますか」

「昨日は終日、上様のお側《そば》にいた。上様おんみずから金右衛門を追うて、山上よりお馬で駆け下《くだ》られたさいに、そなたの動きをしかとこの目に入れた」

その話の流れで、虎松は昨日の金右衛門の刃《にん》傷沙《じょうざ》汰《た》の子細《しさい》を語ってくれた。

長篠《ながしの》合戦において軍規に叛《そむ》いたことで改易《かいえき》の身となった金右衛門は、それが万見仙千代の讒言《ざんげん》によるものと勝手に思い込み、恨みを含んだ。その後、信長が安土《あづち》に空前の巨城建設を始め、織田家の益々の発展を傍目《はため》より眺めるうち、自身の境涯の惨《みじ》めさを思い、昨日ついに、恨みを晴らさんと安土へ乗り込んだものの、折悪《おりあ》しく、仙千代は不在であった。それでなおさらに激した金右衛門は、あろうことか信長その人に恨み言をぶつけ、近習《きんじゅ》を数人、傷つけて逃げた。その途中で、仙千代に出くわしたという次第であった。

「つまりは、金右衛門はお仙どのへの想《おも》いが達せられず、逆恨《さかうら》みしたということにございましょう」

と伊東彦作が付け加えた。

（仙千代どのに懸想《けそう》していたのか……）

あのむさ苦しい荒武者《あらむしゃ》を、清潔そのものの美男、万見仙千代が受け入れるはずはあるまい。そう思う一方で、彦作の言ったことが事実なら、嫂《あによめ》の千《せん》に恋した日々の自分になぞらえて、それはそれで金右衛門にもいささかの哀れをおぼえる乱丸であった。

「彦どの。そこまで言うては、死者に鞭《むち》打つようなもの。川崎金右衛門も一時は織田家のためによく尽くした武士にございます」

そう彦作をたしなめたのは、八人の中では最年少にみえる祖父江孫丸である。

「いつもながら、孫丸は坊主みたいなことを申す」

「尾張津島社《おわりつしましゃ》の神職家の出自《しゅつじ》ゆえ、仕方あるまいよ」

飯河宮松と薄田与五郎が笑った。

乱丸の目には、両人が孫丸をばかにしたのではないと映った。可愛い弟をからかっているようなようすである。

他の者も皆、互いを見やる視線に愛情が感じられる。仲の良い八人兄弟という風情であった。

「このお屋敷は……」

乱丸は室内を眺め回しながら訊《たず》ねた。

「二位法印《にいのほういん》どののお屋敷じゃ」

どうやらこの中では最も上席と思われる虎松が、こたえた。

乱丸と仙千代の駆《か》け競《くら》べのさい、みずから合図《あいず》役をつとめてくれた老入道《ろうにゅうどう》の姿を、乱丸は思い出した。

「二位法印どのとは……」

「武井夕庵《たけいせきあん》どののこと。織田家近習衆の長《おさ》にして、上様のご信頼が最も厚い御方《おかた》」

それで乱丸は、二位法印が自分の名を知っていたことも、仙千代に自然に衿《えり》を正させたことも納得できた。

虎松は、乱丸が二位法印屋敷に運び込まれた理由も明かしてくれた。乱丸が気を失った場所に最も近いところで、すでに普請《ふしん》の終わっているのがこの屋敷だったのだ、と。

また、伊集院藤兵衛《いじゅういんとうべえ》ら乱丸の供衆《とも》が、安土山下の武家屋敷町となる地域の普請場で働いていることも、虎松より告げられた。

昨夏、乱丸の兄の森長可《ながよし》が信忠《のぶただ》に従って安土築城に携わったとき、森家も屋敷地を賜ったのだが、そのころの屋敷町はまだ造成の端緒についたばかりであった。いまは区画整備も進んで、家々も建ち始めている。乱丸の安土での奉公が決まったからには、森家の屋敷普請も急がねばならない。

とはいえ、乱丸には不審であった。傅役《もりやく》の藤兵衛だけは、気絶したあるじの側を離れるなどありえない。

「きょうより乱丸はわが手許《てもと》で預かるゆえ、そのほうらは主家の屋敷普請に専念いたせ。さよう二位法印どのがそなたの供衆に言われたのだ」

「二位法印どのがわたしをお手許に、と……」

乱丸の驚きはひとかたではない。

「いま上様のご重用《ちょうよう》並々でない菅屋九右衛門《すがやきゅうえもん》どの、堀久太郎《ほりきゅうたろう》どの、長谷川藤五郎《はせがわとうごろう》どの、そして万見仙千代どのも、年少のころは二位法印どのがお手許でご教導なされた方々。そなた、よほど見込まれたのだ」

少し羨《うらや》ましそうに虎松が言った。

仙千代と同じとは、乱丸には大いなる歓《よろこ》びである。

ただ乱丸は、まだ仙千代の出自さえ知らない。思い切って、そのことを虎松に訊ねたところ、

「上様の御従兄弟のご家系と聞いている」

というのが、こたえであった。

「なぜ姓が織田ではなく万見なのでございますか」

「仙千代どのの万見は、上様より賜りし姓なのだ。ご寵愛《ちょうあい》のほどが知れよう。その仙千代どのを金右衛門の刃《やいば》より救うたそなたなればこそ、上様は森乱丸にあやかるべしと仰せられた」

それを聞いて、乱丸が誇らしい思いを湧かせていると、

「お虎どの、お虎どの」

呼ばわる声が、外から聞こえた。

外廊下との仕切り戸は開け放たれて、庭が見えている。そこへ、若衆がひとり、駆け込んできた。

「いかがした、愛平《あいへい》」

孫丸と同年ぐらいのその若衆、小河《おがわ》愛平に虎松は声をかける。

「上様が遠駆《とおが》けにお出ましになられまする」

息を切らしながら、愛平が告げた。

八人は、すわっ、とばかりに一斉に立ち上がるや、足早に出てゆく。乱丸のことなど一瞬で忘れたかのように。

「わたしも……」

声をあげた乱丸だが、遅い。虎松以下の八人も、庭にいた愛平も、すでに目の前から消えていた。

乱丸は、手早く夜具を片づけるや、室内の隅にある三棹《さお》の長櫃《ながびつ》の前まで行った。いずれも森家の鶴丸紋《つるまるもん》を打ってあり、供衆が美濃金山《みのかねやま》から担いできたものだ。藤兵衛が置いていってくれたのであろう。

衣類を納めてある長櫃の蓋《ふた》を開け、着替えようとしたところへ、二位法印が入ってきたので、ただちに下座へ直って、頭を下げた。

「乱丸。よう眠れたか」

「はい。おかげをもちまして、旅の疲れもとれたようにございます」

「それは重畳《ちょうじょう》」

「二位法印どのには、わたしごとき弱輩《じゃくはい》をお手厚く遇《ぐう》していただき、本当にありがとうございます」

「わしも遠駆けに出てまいる。老齢ゆえとおことわり申し上げたのだが、久々に供をせよとのお申し付けでな」

では、二位法印に随行して、信長の供ができるのだろうか、と乱丸の期待は膨《ふく》らんだ。

ところが、まるで違った。

「留守中、そなたには奥座敷の掃除をたのむ。奥座敷は出来上がったばかりで、まだ木屑《くず》やら何やら落ちているやもしれぬでな」

正直、がっかりする乱丸であった。

いましがたの虎松の話からすると、信長は乱丸を見たと思われるが、そのとき気絶していた乱丸のほうは尊顔を拝していない。寸刻《すんこく》でも早く拝謁《はいえつ》したいのである。

だが、信長はいつも多忙なので、岐阜《ぎふ》在城時代でさえ、京よりわざわざ下向《げこう》してきた公《く》家《げ》といえども拝謁が叶わずに帰ることはめずらしくなかった、と乱丸は嫂の千から聞いている。自分ごときが易々《やすやす》と引見《いんけん》してもらえると期待するなど不遜《ふそん》である、と即座に思い直分《ぶん》ではないか。それ以前に、信長その人が森乱丸にあやかるべしと言ってくれたことだけでも、過《か》分《ぶん》ではないか。

「奥座敷の掃除、あいつとめさせていただきます」

はきはきと乱丸はこたえた。

二

二位法印屋敷の奥座敷というのは、小体《こてい》な庭をもつ離屋《はなれ》である。

乱丸は、掃除道具を借りると、手伝いを申し出る屋敷の若侍や小者《こもの》らに、

「ありがとう存じます。なれど、掃除を申し付けられたのはわたしです。ご無用に」

と固辞して、ひとり離屋へ向かった。

離屋は、中も外も、そして庭も、手入れがよく行き届いていて、掃除など必要なさそうに見えた。が、ひとつひとつ目を皿のようにして注視すると、床や畳のほんのわずかな埃《ほこり》や塵《ちり》、誰もが見落とすであろう柱のちょっとの手垢《てあか》、庭石に付着する砂など、微細《びさい》な汚れというべきものは少なくなかった。

（何事も尋常でないくらい細かいところまでお気づきあそばす）

と千は信長を評した。

ここは二位法印の屋敷とはいえ、そういうところまで気づくのが信長なのだと察する乱丸は、離屋の掃除に励んだ。

信長に見てもらえなくとも、こうしたことを決して疎《おろそ》かにしないのが、近習のつとめなのだとも思った。

きょうも、安土山には城郭普請の人夫たちの懸《か》け声、木《き》を伐る音、槌音《つちおと》、その他様々な音が響き渡っている。仕事を捗《はかど》らせる鳴物《なりもの》の音《ね》もやまない。

だが、それらの喧噪《けんそう》も、いつしか乱丸の耳には届かなくなった。屋根にも上り、床下にも這《は》い、建物の背後の高石垣《たかいしがき》の隙間《すきま》や、庭の芝生の一本一本のそれまで検《あらた》めて、無心で掃除をしつづけたからである。

すべて了《お》えたとき、離屋の廻縁《まわりえん》ににぎり飯《めし》と水入れの竹筒《たけづつ》が置かれていることに、初めて気づいた。掃除の途中、屋敷の者が差し入れてくれたのであろう。そういえば、何も口に入れていない。

竹筒の水を呑《の》んだ。

(おいしい)

たっぷり汗をかいた躰《からだ》には、甘露《かんろ》である。

にぎり飯を頬張《ほおば》って、すきっ腹《ぱら》を落ちつかせた。

それから、井戸端《いどばた》へ行き、諸肌脱《もろはだぬ》ぎになって、井戸水で濡らした手拭《てぬぐい》で汗を拭っていると、女性《にょしょう》が三人通りかかった。

身分ありげな人とその侍女たち、と見当がついた。あるいは、二位法印の室《しつ》か息女《そくじょ》かもしれないと思った乱丸は、急いで腕を袖に通し、目礼した。

三人は乱丸の前で立ちどまった。

「あなたさまが森乱丸どのにございますね」

身分ありげな人が、微笑《ほほえ》みながら言った。

温かい笑顔である。

「はい。わたしが森乱丸にございます」

こたえながら、母親みたいな人だ、と乱丸は感じた。自身の母の妙向尼《みょうこうに》を重ねたのでもなければ、誰かの母親に似ているというわけでもないのだが、なぜかそう思わせる風情をもつ女性であった。

「わたくしは、羽柴筑前守秀吉《はしばちくぜんのかみひでよし》の妻にて、禰々《ねね》と申します」

羽柴秀吉といえば、惟任光秀《これとうみつひで》と並ぶ織田の出世頭ではないか。光秀と同じく琵琶湖畔の長浜《ながはま》という地に、信長より城を賜っている。

「無礼をいたしました」

裸を目に触れさせたことを、乱丸は詫《わ》びたのである。

「無礼なものですか。わずかな時の間《ときのま》でも、美しき男子《おのこ》の裸形《らぎょう》を見ることができて、仕合《しあ》わせにございました」

乱丸が戸惑うようなことを、禰々は言った。

「あ……これは、はしたないことを申しました。なれど、さような意味合いではないのですよ。年少の身で上様へのご奉公の初日に見事なお働きをなされたというあなたさまのことを、さきほど耳にいたし、わたくしにそういう子がいれば、母親としてどれほどうれしいかと思うていたところなのでございます。わたくしは石女《うまずめ》で、子ができませぬゆえ……」

語尾が寂しげであった。

乱丸とて、子を産《う》むことのできない武家の妻がどれほど辛《つら》いかはおおよそ察せられるだけに、慰めのことばが見つからず、目を伏せてしまう。

「重ね重ね愚かなことを申し、お赦《ゆる》し下さいまし」

「いえ……」

「あら、乱丸どの。右のお袖が破れていますよ」

禰々に指摘されて、乱丸が右袖を検《あらた》めると、ほんとうに破れていた。

「お袴《はかま》の裾も」

これも、そのとおりであった。

「いままで奥座敷を掃除しておりましたので……」

「お掃除でしたか。それで、汚れもそんなに」

たしかに、着衣のあちこちが汚れている。乱丸は恥ずかしくなった。

「不躾《ぶしつけ》な願いにございますが、この禰々に繕《つくろ》いと洗《あら》い張《は》りをまかせていただけませぬか」

あまりに思いがけない申し出ではないか。乱丸は困惑しながら、かぶりを振った。

「わたくしはこれで針仕事も洗い張りも得意なのですよ」

「羽柴どの奥方さまにさようなことをしていただくわけにはまいりませぬ」

「ご遠慮は無用にございます。わたくしは、こうしたことを、織田家やご重臣方の奥方衆に頼まれていつもやっているのですから」

きょう、禰々が長浜から船で安土へやってきた目的も、山内の羽柴邸普請の家来や人夫衆に食べ物の差し入れをして励ましがてら、裁縫と洗い張りを済ませた奥方衆の着物を届けるためであったという。いまも二位法印の妻に届けて辞去するところだったのである。

「お着替えのお召《め》し物《もの》はおありですか。なければ、すぐに持ってこさせましょう」

「それは持っておりますが……」

「乱丸どのはこの二位法印どののお屋敷に一間《ひとま》を与えられたと聞きました。お召し物はそちらに」

「はい」

「では、まいりましょう」

最後はいささか強引な禰々であったが、ふしぎと乱丸は悪い気がしなかった。

主殿内のあてがわれた部屋へ戻って、長櫃から新しい着物を取り出すと、禰々が着替えを手伝ってくれた。母親みたいな人と感じた最初の印象が消えないせいか、乱丸はそれを拒まなかった。子が産めないという禰々への同情も影響したかもしれない。

「できるだけ早く返しにまいります」

結局、禰々は、乱丸の汚れた肌衣《はだぎ》まで持っていった。まさしく母親である。

（なんとかお子を授かりますように……）

禰々が辞去したあと、心からそう願った。

すると、ふと思いついたことがあって、乱丸はふたたび離屋へ行き、座敷に上がってみた。

（やっぱり……）

きれいに掃除した座敷には、まるで温かさがなかった。

床も柱も桟《さん》も磨き上げて、舐《な》めてもよいくらいきれいにしすぎたことが、かえって冷たさを与えてしまったに違いない。禰々の温かさに触れなければ、思いつかなかったことであろう。

乱丸は、脇指《わきざし》だけを帯びて、また井戸端へ行き、竹筒に水を入れて腰に提《さ》げると、二位法印屋敷を出て、安土山内を歩いた。

普請場とは離れたまだ手つかずのところへ分け入った。

伊庭内湖《いばないこ》に面した斜面で、自生する大輪の白い花に出会った。花びらの内側には紅色の斑点《はんてん》が見える。

（山百合だ）

近づくと、高い香りが漂っていた。

脇指の刃で一輪を伐り取り、用意の竹筒に挿《さ》し入れた。

そうして二位法印屋敷に戻った乱丸は、奥座敷の床の間に、竹筒ごと山百合の花を置いた。

それだけで部屋の景色も空気も一変した。

美濃金山の烏峰山《うほうさん》内で、ひそかに茶の湯遊びをするために乱丸が選んだ場所も、小々《ささ》ん坊《ぼう》の花咲くところであったが、やはり花は佳い、とあらためて自得した。

これで、ほんとうに掃除が終了したという気もして、充実感が湧いてきた。

あとは、二位法印の帰りを待つばかりである。

乱丸は、廻縁に端座した。

初夏の夕暮れが、そろそろ訪れようとしている。気持ちのよい頃合いだ。

知らず知らず、船を漕《こ》ぎはじめる乱丸であった。

三

広野《ひろの》を埋めつくして白い山百合の花が咲いている。なんという壮観か。
その中に、美しき武者がひとり。
(万見仙千代どの……)
呼ばわった。が、幾度呼ばわっても、仙千代は気づいてくれない。
突然、花の色が一斉に変じた。黄赤色に黒紫の斑点。鬼百合だ。
仙千代が苦しそうに悶《もだ》えはじめた。
鬼百合の花が紅蓮《ぐれん》の炎に変わったのだ。
空から何か降ってきた。
水色の何か。
水であろうか。水ならば、炎を消してくれる。
だが、それら水色の何かは、仙千代にまとわりついたかとみるまに、炸裂《さくれつ》した。
仙千代の躰が炎上する。
(仙千代どの、仙千代どの、仙千代どの)
呼ばわるだけで、助けにいけない。なぜ助けにいけないのであろう。

「仙千代どのおっ」

声を限りに叫んだ。

「お乱」

「仙千代どのおっ」

「お乱。起きよ、お乱」

乱丸は、はっ、と目覚めた。

目の前に、美しいままの仙千代。自分はその人に両肩を摑《つか》まれ、躰には夜具がかけられているではないか。

「悪い夢を見ていたようだな」

仙千代が微笑んだ。

離屋の廻縁の床に座って、壁に背を凭《もた》れさせて居眠りしてしまったのだ、と乱丸はようやくにして気づいた。

廻縁には他にも信長の近習衆が居並び、また、篝火《かがりび》の焚《た》かれた庭にも控えている。伊東彦作や魚住勝七ら、朝方に会った者らも幾人かおり、かれらは乱丸のほうを盗み見ては笑いを怺《こら》えていた。

「居眠りなどいたし、申し訳ありませぬ」

夜具を脇へ避《よ》け、乱丸は仙千代に謝った。

「無理もあるまい。この奥座敷を、たったひとりで、かくも美しゅうしたのだから、よほど身も心もすり減らし、芯《しん》まで疲れたのであろう。さあ、これへまいれ」

仙千代が立ち上がる。

「いよいよ、上様よりご引見を賜るときぞ」

「上様に……」

はい、と乱丸も立ち上がった。

すかさず、近くにいた飯河宮松が、夜具を片付けはじめる。

「宮松どの。かたじけない」

「よいのだ」

と宮松が微笑み返す。

仙千代が、明かり障子の前まで進み、そこに折り敷いて、中へ声をかけた。

「仙千代にございます」

すると、返ってきたのは二位法印の声であった。

「乱丸が起きたようだの」

「これに控えております」

稍《やや》あって、内から、いきなり、障子が音立てて左右に開かれた。

仙千代以下、近習衆は一斉に頭を低くしたが、乱丸だけは思わず顔を上げてしまった。

そのため、敷居際《しきいぎわ》に立ったその人の姿が、火明かりに照らされて目に入った。

面長《おもなが》の顔に高い鼻梁《びりょう》と大きな耳、炯々《けいけい》たる眼に涼しげな切れ長の眉、よく調《ととの》えられた鼻下とあごのひげ。躰は細身だが強靱そうで、胸の厚さが際立つ。

バテレンの着用する襞衿《ひだえり》のついた白い肌衣に、裾口の締まった短い革袴《かわばかま》が、なんと板に付いていることか。

（この御方が、織田信長公……）

乱丸の鼓動は速まった。あこがれの武人にとうとう会えたのである。

信長は首の後ろに何か挿している。それを見定めようとしたとき、信長の視線が、仙千代から、その後ろに控える乱丸へと向けられた。

乱丸は、あわてて平伏した。

「よい、乱丸。おもてをあげよ」

初めて聴く信長の声は、高くて、よくとおる。

「はい」

おもてをあげると、信長が首の後ろに挿していたものを抜いて、眼前に突きつけてきた。

乱丸が床の間に飾った山百合の花である。

（お気に召さなかったのだろうか……）

乱丸は身を硬《かた》くした。

「手柄《てがら》である」
と信長は言って、口許《くちもと》に笑みを刷《は》いた。
平伏している仙千代には、信長の表情を見なくとも、その大いなる満足感が伝わってきた。

塵ひとつなき奥座敷に花一輪。これを成し遂げるために乱丸がどれほど努めたか、察するに余りある。そこには近習が必要とする多くの美質も垣間見《かいまみ》える。

目に見える結果から、そうしたことを思い描くのは、信長にとってさして難しくない。それほど、信長というのが、物事を瞬時に把握する鋭敏な感覚の持ち主であることを、仙千代は知っている。

「褒美《ほうび》をとらす。望みあらば、申せ」
信長が乱丸に言った。
(お乱。正念場《しょうねんば》ぞ)
と仙千代は思った。

いまの信長は上機嫌である。ここは、褒美を頂戴できるようなことは何ひとつついたしておりませぬと謙遜すれば、かえって信長を苛立《いらだ》たせよう。素直に望むものを口にするのがよい。むろん、身分を弁《わきま》えぬものを望んではならぬが。

「お手にある山百合の花を頂戴いたしとうございます」

乱丸のこたえは、それであった。

「この花をどうする」

「美濃金山に送り、亡き父と兄の仏前に供えたく存じます」

「三左《さんざ》と伝兵衛《でんべえ》か」

「はい」

乱丸はおもてを輝かせた。信長の口から父と兄の名を出してもらえたことに、感激したのである。

（上出来だ、お乱）

乱丸のために、仙千代は心中で快哉《かいさい》を叫んだ。

「法印」

信長が座敷のほうへこうべを回した。

「乱丸はそちが育てるまでもない。明日より小姓《こしょう》としてわが側に置く」

「畏《おそ》れながら、まだ右も左も分からぬ小僧っ子にございますぞ」

二位法印は賛成しかねるようである。

「右も左も分からぬ者が、連日、手柄を立てられると思うか」

連日というからには、乱丸が川崎金右衛門へ果敢に立ち向かった手柄も含まれている。

「偶々《たまたま》ということもござる」

「年齢《とし》をとりすぎたな、法印。老人は若き者のすることを認めたがらぬものだ」

「上様とて、いずれは老人になられる」

余の者では口にしがたいことを、二位法印は平然と言える。

若き日の信長が、唯一、敬意を払った武将は美濃の斎藤道三《さいとうどうさん》だが、この稀代《きたい》の梟雄《きょうゆう》に最も重用された側近《そっきん》が二位法印であった。信長は、斎藤氏を滅ぼしたとき、道三の旧臣の中から二位法印を真っ先に迎えて、道三流の政事《せいじ》・軍事を授かっている。

だから二位法印は、いまでも信長に対して諫言《かんげん》することを厭《いと》わないし、信長自身もそれを許している。

「なればこそ、若き者を登用するのだ。天下布武《てんがふぶ》を成し遂げるためには、織田は常に若々しくあらねばならぬ」

「では、この法印めはもはやご不要と」

すると、信長は、ふっと笑って、こうべを戻し、庭の向こうの暗い城下を眺めながら、恐ろしいことをさらりと言った。

「そちが不要になったときは、首を刎《は》ねる」

ところが、二位法印の声はなぜか少しうれしそうである。

「名誉にござる」

このやりとりの真意は、乱丸には察せられなかった。

「お乱」

と信長が乱丸をそうよんだ。

「はい」

「三左と伝兵衛は見事な武人であった。なれど、お乱は見倣《みなろ》うてはならぬ」

「………」

どういうことだろう、と乱丸は訝《いぶか》る。

ふいに信長が腰を落とし、手をとってくれたので、乱丸は身を縮こまらせた。

「そちは予《よ》が小姓となる。予に常に近侍《きんじ》する者が討たれるときは、予も討たれるときじゃ。ゆえに、父と兄を見倣《みなら》うべからず」

手ずから乱丸の右手へ山百合の花を持たせると、信長は立ち上がった。

そのまま信長は、廻縁から庭へ跳び降り、大股に歩き去ってゆく。

近習衆も、後《おく》れじとつづいた。

「お乱。おつとめは未明《みめい》より始まるぞ。心せよ」

仙千代も、言い置いて、その場を離れた。

乱丸は、手のうちの山百合を凝《じ》っと見つめた。

（わたしの摘《つ》んだ花を、上様がお気に召してお衿のところに挿しておられた……。明日より小姓としてわが側に置く、とまで仰せられた）

自分はなんという果報者《かほうもの》か。昂奮が冷めやらぬ。

座敷より二位法印が出てきたので、乱丸は居住まいを正した。

「乱丸」

「上様の仰せゆえ、明日より近侍いたすがよい」

「はい。二位法印どのには、まことにお世話になりました」

「昨日と今日だけのことではないか。わしの手許よりこれほど早《はよ》う巣立つのは、乱丸が初めてじゃ」

苦笑する二位法印である。

「申し訳ありませぬ」

「何も謝ることはない。なれど、いま上様がお気に召してくれたからというて、ゆめゆめ油断いたしてはなるまいぞ。上様のご勘気《かんき》に触れて、追放された者、みずから逐電《ちくでん》いたせし者、あるいは死を賜った者らを、わしは幾十人となく見てきたのじゃ。川崎金右衛門もそのひとり。そなたのことも、明日にはもうお気に召されぬやもしれぬ。毎日、粉骨砕身のおつとめをしなければ、必ずそうなる。このことは、肝《きも》に銘《めい》じておくのだぞ」

「はい」

もとより信長へ身命を捧げることに躊躇《ためら》いのない乱丸である。粉骨砕身は望むところであった。

「いつも万見仙千代を見ていよ。お仙のやることに間違いはない」

この助言もまた願ってもないものである。

そして、二位法印の忠告と助言から、さきほど察せられなかったことを、乱丸は思い出した。

信長と二位法印のやりとりの真意である。そのことを訊ねると、老入道は毛のない頭を撫《な》でながら、しかし、真面目な顔つきでこたえてくれた。

「上様は、過分にも、わしを才覚者《さいかくもの》と思うておられる。それゆえ、上様には不要になったとしても、他家にとってはそうではない、敵に回せば厄介《やっかい》である、と。なればこそ、首を刎ねると仰せられ、わしはそれを名誉と喜んだ」

真意を明かされた乱丸は、二位法印を眩《まぶ》しげに見ずにはいられなかった。

（やはり、すごい御方なのだ……）

織田軍団といえば、柴田勝家《しばたかついえ》や惟任光秀や羽柴秀吉など、合戦で活躍する部将《ぶしょう》たちばかりの名声が巷間《こうかん》に轟《とどろ》いており、二位法印の名も万見仙千代の名も、知る人は少ないであろう。だが、表舞台に立たないかれら近習こそが、信長からまことの信頼と評価を得ている、と乱丸は感じた。

（わたしも法印どのや仙千代どののようになりたい）

心よりそう欲した。

同時に、安堵《あんど》もしている。信長が二位法印を不要になったとしても、ほんとうに刎首《ふんしゅ》するつもりはなく、あれは水魚《すいぎょ》の交《まじ》わりの君臣の戯《ざ》れ言《ごと》なのだ、と。

「そなた、思い違いをしておる」

乱丸の表情から、その心を読んだように、二位法印が言った。

「思い違いとは、何がでございましょう」

「上様がわしの首を刎ねると仰せられたのは、ご本心じゃ」

「まさか、そのような……」

「わしの忠告をしかと心に刻《きざ》まなんだようじゃな」

二位法印が、いきなり帯から扇《おうぎ》を抜いて、ぴしりと乱丸の頸根《くびね》を打った。

脳天まで走った痛みに、乱丸はおもてを歪《ゆが》めた。が、二位法印のあまりに怖《こわ》い顔に、痛みは一瞬で忘れてしまう。

「そういうお人なのだ、織田信長さまは」

第六章　二条御新造《にじょうごしんぞう》

一

澄んで高い空に、雲の白片が鰯《いわし》のように群れて、ゆったりと流れている。

（京《みやこ》というのは……）

人々が繁く往き来する洛中《らくちゅう》の往還《おうかん》に、ゆっくり乗馬《じょうめ》を歩ませながらも、鞍上《あんじょう》できょろきょろしているのは、乱丸である。

洛中の各町は、通りの出入口に釘貫《くぎぬき》とよばれる木戸が設けられ、狭い地域に板葺《いたぶき》、石置《いしおき》という粗末な作りの平屋が軒を接して密集する。町屋《まちや》でも二階建てがめずらしくなく、喧《けん》噪《そう》も昼夜を分かたず熄《や》むことのない岐《ぎ》阜《ふ》城下のほうが、京よりも発展している。

にもかかわらず、乱丸の心は浮き立って仕方がなかった。京というのは何かが違う。

何かとは、戦《せん》禍《か》によって縮小を余儀なくされたとはいえ、八百年の都会が醸《かも》し出す洗練された華やぎというものであろう。それは、若者の心を虜《とりこ》にする。

「やはり、お乱も心が昂《たかぶ》るか。初めて京を訪れた者は誰でも、お乱のような顔をする。われらも皆、そうであった」

乱丸のすぐ前を進む高橋虎松《とらまつ》が、振り返って笑っているではないか。

「あ、いえ、わたしは……」

乱丸が同行の同僚たちを見渡すと、馬上の全員がくすくすと笑っている。

「百年前なら、人も家もいまの十倍ぐらいであったとか」

祖父江孫丸《そぶえまごまる》が言った。

洛中を焼き尽くし、曠野《こうや》と化さしめたのは、応仁・文明の大乱であり、その終熄《しゅうそく》後にどうにか形を留《とど》めた市街地は、ごくわずかなものでしかない。以後も京は戦乱の巷《ちまた》でありつづけたので、旧状に復することは叶《かな》わず、洛中といえば、いまもって上京《かみぎょう》と下京《しもぎょう》の一部の聚落《しゅうらく》だけが、それぞれいくつかの町に分かれて存続するのみであった。そして、上京と下京をつなぐ南北の縦貫路も、室町《むろまち》通一筋というありさまなのである。

「上様《うえさま》なら都《みやこ》の復興をおできになるのではないでしょうか」

広い敷地をもつ寺社や屋敷が多いのに、それらの荒廃ぶりの目立つことにも驚いている乱丸であった。

「どうであろうな」

虎松が言った。

「京は、攻めるに易《やす》く、守るに難《かた》い。敵に攻め入られ、火をかけられれば、また元の木阿《もくあ》弥《み》だ。その繰り返しであればこそ、百年もの間、このままなのだ」

信長自身も、かつて足利義昭《あしかがよしあき》と京で武力衝突したさい、禁裏《きんり》とその近辺の町を除いて、上京の市街地を悉《ことごと》く焼き払っている。このとき灰燼《かいじん》に帰《き》したところについては、のちに復興させたが、それ以上のことはしていない。

「上様が天下布武《てんがふぶ》を達せられ、敵がひとりもいなくなれば、なせるのではありませぬか」

「お乱はよいことを申すなあ」

感心したのは飯河宮松《いいかわみやまつ》であり、

「まったくだ」

と薄田与五郎《すすきだよごろう》が同調する。

ふいに、先頭を往く万見仙千代《まんみせんちよ》が乗馬の脚《あし》をとめたので、後続も手綱《たづな》を引いて留まった。

仙千代の馬前を遮《さえぎ》った者らがいる。

若い女性《にょしょう》ばかり、二十人余りであった。

「また愛仙組《あいせんぐみ》の女子《おなご》衆か」

魚住勝七《うおずみしょうしち》が声を落とした。溜め息まじりである。

どうやら余の者らも知っているようだが、

「あいせん、ぐみ……」

乱丸ひとり、わけが分からない。

「仙千代どのに懸想《けそう》する京女《きょうおんな》たちを、われらがそうよんでいるのだ」

説明してくれたのは、伊東彦作《いとうひこさく》である。

信長に随従して上洛する機会の多い仙千代は、その美男ぶりが早くから京女たちの評判をよんでいた。そのため、信長上洛の報が伝わるたび、洛中の沿道で待ち受ける京女たちが、仙千代へ衣類やら花やら恋文《こいぶみ》やらを贈ることが、慣例みたいになったのである。

いまも、馬前を遮った二十人余りは、仙千代へ贈物を渡そうとするところであった。

「いわれもなく戴《いただ》けぬ」

と仙千代に固辞されても、かまうものではない。うっとりした眼《まなこ》で、馬上の仙千代を見つめながら、贈物をなかば押しつけようとしている。

「分かった、分かった。仙千代どののひとりでは持ちきれぬゆえ、われらが預かる」

「それより、馬前は危ないゆえ、脇へ避《の》かれよ」

今川孫二郎《いまがわまごじろう》と山田弥太郎《やまだやたろう》が整理をかって出る。

「なれど、こたびは、仙千代どののご上洛がようも分かったものだ」

「女子の勘と申すものであろうよ」

宮松があきれ、与五郎は訳知り顔をする。

仙千代を筆頭に、新参の乱丸まで、この十人は、信長上洛の日取りを京都所司代《しょしだい》・村井《むらい》貞勝《さだかつ》に報《しら》せる先乗り隊である。

先乗り隊の上洛日など、京女たちが知りえるはずはない。それでも、こんなことになるのだから、たしかに与五郎の想像どおり、女の勘のなせるわざなのであろう。

「美男は仙千代どのおひとりではないのだがなあ……」

彦作が、すまし顔で、おのれの頬やあごを撫《な》でてみせたので、同僚たちは皆、噴き出しそうになる。

信長の若い近習衆は、美男揃《ぞろ》いであった。その中でも群を抜く万見仙千代なのである。

（すごいなあ、仙千代どのは……）

いつものことだが、乱丸は仙千代の馬上姿を眩《まぶ》しげに見た。

「不躾《ぶしつけ》ながら……」

間近《まぢか》で聞こえた声に、乱丸が視線を振ると、町屋の軒下に立っていた女人がひとり、側《そば》へ寄ってくるではないか。

「お名をお聞かせくださりませぬやろか」

年齢《とし》も見定め難い凄艶《せいえん》な女ぶりに、乱丸は気押《けお》され、どぎまぎしてしまい、

「わたしは……」

声も喉奥《のどおく》に絡《から》まった。

「伊東彦作と申す」

とすかさずでしゃばる彦作を、

「阿呆《あほう》、おぬしじゃない」

宮松が笑って咎《とが》めてから、女に向かって、森乱丸と告げた。

「森乱丸さま」

復唱した女は、微笑《ほほえ》みながら深く頭を下げ、上げると同時にくるりと背を向け、足早に小路へ消えた。

「無礼な女子《おなご》です、おのれは名乗りもせず」

生真面目な孫丸が眉をひそめた。

「まあ、よいではないか。これでお乱にも京女の信徒がついたということだ」

宮松はむしろ面白がっている。

「さしずめ愛乱組《あいらんぐみ》か。ああ、羨《うらや》ましい」

口惜《くちお》しそうに、馬上でおのれの腿《もも》を叩いたのは彦作である。

当の乱丸は、ただ戸惑うばかりであった。

二

織田信長は、夏の間、安土《あづち》に留まって、城郭普請をみずから指揮し、城下町建設の視察も頻繁に行った。それで工事が著しく進捗《しんちょく》したことに満足すると、前関白近衛前久《さきのかんぱくこのえさきひさ》の要請に応じ、晩春以来の上洛をきめたのである。

前久の要請というのは、子の明丸《あきまる》の元服式を二条御新造で行い、信長には加冠《かかん》の役もつとめてほしいというものであった。

信長は、上洛時には、妙覚寺《みょうかくじ》など法華宗《ほっけしゅう》の本山寺院を宿所《しゅくしょ》とするのが常であったが、それでは何かと不都合ということで、一年以上前から京における宿館造営を開始している。それが二条御新造である。

竣工《しゅんこう》まであと二、三ヵ月を要するが、主要なところは出来上がっているので、元服式を執《と》り行うのに支障はない。

仙千代ら信長近習の先乗り隊の役目も、二条御新造における元服式の準備が主であった。

村井貞勝の居館は、下京の東洞院三条《ひがしのとういんさんじょう》に所在する。

「何事も長門守《ながとのかみ》どののお指図を受けるようにと上様より命ぜられており申す」

村井屋敷の会所で、仙千代は貞勝に、信長の上洛予定日を伝えてから、元服式の次第などを確認した。貞勝は長門守を称する。

「そなたに指図の必要はあるまい。気づいたことがあれば、いちいちわしに報告などせずただちにやってくれてかまわぬ」

貞勝が皺《しわ》深いおもてを綻《ほころ》ばせた。

（どこか二位法印《にいのほういん》どのに似ておられる……）

末席より貞勝を見やりながら、乱丸はそう思った。仙千代が、二位法印に対するのと同様、おおいに敬意を払っているようすなので、なおさらそう思えるのかもしれなかった。

もとはさしたる身分ではない貞勝だが、信長の尾張《おわり》時代に早くも近習に抜擢《ばってき》され、以後、期待に応《こた》えて抜群の行政能力を発揮し、信長政権初の京都所司代に任命された出頭人《しゅっとうにん》である。その役目は、洛中・洛外における政務全般に、朝廷、公家《くげ》、寺社との折衝という気苦労の多いものだが、貞勝はそうした京の旧勢力にもうけがいい、と乱丸は聞いている。

（あ……）

貞勝と目が合ってしまったので、乱丸は慌《あわ》てておもてを臥《ふ》せた。

「初めて見る顔じゃな」

貞勝のほうは視線を外さない。

仙千代に促され、乱丸は名乗った。

「美濃金山《みのかねやま》の森長可《ながよし》が弟、乱丸にございます」

「そなたが森乱丸か。これへまいれ」

貞勝に手招きされ、乱丸は仙千代の近くまで進んだ。

「川崎金右衛門《かわさききんえもん》を討ったと聞いておったゆえ、どれほどの大兵《だいひょう》かと思うていたのだが……」

まだおとなの躰《からだ》になっていない細身《ほそみ》なのに、名の知れた強者《つわもの》に勝ったことが、貞勝には信じられないようだ。

「わたしは何もしておりませぬ。川崎金右衛門を討ったのは、万見どのにございます」

正直に乱丸が明かすと、

「お乱。そなたの捨て身の助けがなければ、それがしは斬られていた。そなたが討ったと申してよいのだ」

と仙千代に訂正された。

「乱丸はお父上譲りじゃな」

貞勝が微笑んだ。

「この村井貞勝の今日があるのは、稲生原《いのうはら》で森三左《もりさんざ》どのに命を助けて貰《もろ》うたおかげであるとは、そなた、知るまい」

「は……」

稲生原とは、若き日の信長が尾張統一の過程で、弟の信行《のぶゆき》の軍と激突し、寡兵《かへい》でこれを打ち破った戦いの地であり、父三左衛門が従軍したことも、乱丸は伝え聞いている。だが、その合戦で父が貞勝の命を助けたというのは初耳であった。

「やはり、その顔は、聞いておらなんだようだ。三左どのらしいことよ。織田随一の武辺《ぶへん》でありながら、それをひけらかすことを決してしなかったお人じゃ」

白兵戦で刀が折れ、敵三人の槍に突かれそうになったとき、三左衛門どのが馳《は》せつけ、たちまち斬り伏せて下された、と心よりありがたそうに言って、

「あらためて、礼を申す」

と貞勝は頭を下げた。

「わたしに御礼など……」

乱丸は、貞勝より深く頭を下げながら、心中は誇らしさと感謝でいっぱいであった。自分がいま、ここにこうしていられるのも、亡き父と兄の伝兵衛《でんべえ》のおかげなのだ、と。

「されば、仙千代。そなたら、早速、二条御新造へまいるがよい。むこうには作右衛門《さくえもん》が行っておる」

作右衛門というのは、貞勝の子である。貞勝の輔佐役として京と安土を頻繁に往来するので、信長の近習衆とは顔なじみであった。

造営中の二条御新造は、妙覚寺に近接する関白二条晴良《はれよし》邸の跡地にあり、村井屋敷から十丁《ちょう》と離れていない。足利義昭のために築いて、決裂後に破却した二条城とは、城地も造

「ようまいられた」

すでに貞勝の使いの者より信長近習衆到着の報を受けている村井作右衛門が、玄関で出迎えた。

ここでも乱丸は、信長流の邸宅造りに目を瞠《みは》った。

一万五千坪近い広さをもつ屋敷地には、関白邸の美しい泉水庭がそのまま残されている。かと見れば、信長より早く居城の宮殿化を行った松永久秀《まつながひさひで》の多聞山《たもんやま》城の主殿や櫓《やぐら》などを移建してある。それらと新築の寝殿や茶座敷などが見事に調和して、住むというより見せるための屋敷という趣であった。

これは、普請奉行をつとめた村井父子の尽力によるものでもあろう。

作右衛門は、元服式の列席予定者の一覧を見せたり、信長がつとめる加冠役を仙千代に演じさせるなどして、近習衆がなすべきこと、注意すべきことなどを、事細《ことこま》かに説明してくれた。

その間、近習衆は持参の筆紙でそれぞれの覚書《おぼえがき》を作ったのに、乱丸だけがそうしなかったので、作右衛門が訝《いぶか》った。

「乱丸、覚書は」

「作右衛門どののお話は大層分かりやすくて、憶《おぼ》えようとせずとも、しぜんと頭の中へ入りも異なる。

ってまいりますので」

「しぜんと、な……」

と半信半疑のようすである作右衛門を見て、仙千代が笑った。

「森乱丸はいちど見聞したことを子細《しさい》に記憶してしまうという異能《いのう》の持ち主にござる」

「異能などと……」

乱丸は俯《うつむ》いてかぶりを振った。

「先般も」

と口を挟んだのは高橋虎松である。

「上様がわが脇指《わきざし》の鞘《さや》の刻《きざ》みの数をあててみよと仰せられたとき、皆々《みなみな》こたえはしたものの、ひとりもあてられなんだ。乱丸ひとりが黙っているので、上様がなぜこたえぬかとお訊《き》きあそばした。すると、乱丸は、以前に幾度も数えて存じておりますゆえと申した。それでもこたえよと上様が仰せになると、乱丸はいささか困った顔をしながらも、見事に刻みの数を言いあててみせた。ところが、これは後日に皆が知ったことにござるが、そのお脇指は、上様がその日初めてお腰にされたもの。つまり乱丸は、いちどちらりと見ただけで、刻みの数を正しく記憶したのでござる」

「ほう……」

作右衛門は感嘆の声を洩らす。

「乱丸のよきところは、自分はすでに数えて知っていたのだから言いあてられたところで褒《ほ》められたものではない、と偽《いつわ》ったこと。おのれの異能をひけらかさず、同時にまた、言いあてられぬ他の近習衆を気遣《きづか》ったのでござる。その心根の涼やかさを、上様は多《た》とされ……」

そう言って、虎松は手を、乱丸の左腰へ差し伸べてみせた。そこには脇指がある。

「なんと、上様のお脇指を賜ったのか……」

作右衛門が眼を剝《む》いた。

「さようにござる」

可愛い弟の自慢話でもしたように、虎松は微笑んだ。

「こやつが、こやつが」

横から、伊東彦作が、からかうように乱丸の頭《つむり》を軽く小突《こづ》いた。

「彦どの。乱丸の頭を叩いてはなりませぬ」

たしなめたのは、祖父江孫丸である。

「乱丸の頭の中には上様のお役に立てるものがたくさん詰まっております。彦どのの空っぽの頭とは違うのでございますぞ」

言われた彦作のほかは、皆、笑いだす。

「孫丸。おのれは、いちばん年下の分際で、いつも小癪《こしゃく》なことばかり申しおって」

「いちばんの年下は乱丸にございます」

「どっちでもよいわ」

彦作が孫丸に跳びかかり、ともに庭へ転げ落ちた。

「よせ、彦。おとなげないぞ」

「そうだ。おぬしの頭が空っぽなのは本当なのだから」

「なんだと」

止めに入った者らにも彦作は摑《つか》みかかり、わあわあと大騒ぎになった。

だが、仙千代は放っておく。こうしたことは、仲の良い十代の近習たちのじゃれ合いであり、そのうちほどよいところで収まり、皆で屈託なく笑い合うのが常であった。

「いつもながら元気のよろしいことよ」

と作右衛門も苦笑するばかりである。

「作右衛門どのにひとつ訊《たず》ねたき儀《ぎ》がございます」

庭の騒ぎをよそに、乱丸が言った。

「何であろう」

「前関白家は、お子の元服式を、なにゆえこの二条御新造でお挙げになりたいのでございましょう」

「それが不審であると」

「はい。摂関家《せっかんけ》のお子の元服式ともなれば、清涼殿《せいりょうでん》の殿上《てんじょう》の間《ま》にて行うこともめずらしくないはず。それでなければ、ご自邸で行うのがまずは至当かと。上様におかせられても再三固辞あそばしたと聞いておりますし、何事も先例を重んじる方々の致《いた》し様《よう》ではないと思えるのでございます」

「ううむ」

感心して唸《うな》る作右衛門であった。

「摂関家の元服式の先例まで持ち出すとは、大層な物知りであるな」

「いいえ。聞きかじりにございます」

「どうやら、曖昧《あいまい》なことを言うては乱丸には看破《かんぱ》されそうゆえ、有体《ありてい》に申そう。これは、上様と前関白近衛前久どのが打たれる大芝居なのだ」

「大芝居……」

驚いて、乱丸が仙千代を見やると、小さくうなずき返された。それで、仙千代も知っていることなのだ、と分かった。

「上様の天下布武は、武家を従えただけでは成し遂げたことにならぬ。平相公《へいしょうこう》も源家《げんけ》も北条氏も足利氏もままならなんだ朝廷まで従えてこそ成るもの」

平相公とは平清盛をさす。

「いま乱丸が言うたように、先例を法として物事を進めるのが朝廷の、いわばいくさと申せよう。いかに上様でも、無闇にこの法を犯《おか》せば、公家、寺社などの旧勢力はむろんのこと、武家でも上様のような新しき考えを持たぬ者らは、決して上様の天下を望むことはあるまい。朝廷に対しては、時には強き鞭《むち》を揮《ふる》うことも必要だが、まずはじっくり時をかけて懐柔《かいじゅう》せねばならぬのだ」

わが子明丸の元服式を、信長の京の居館となる二条御新造で行いたい、と近衛前久みずから言いだした。表向きはそうでも、実は裏で信長が命じたことであった。

前久というのは、いちどは反信長勢力に加わって、石山本願寺《いしやまほんがんじ》を頼ったりしたが、信長の奏請《そうせい》によって帰洛を許されて以後は、親しく交わっている。

前関白家の子の元服式を二条御新造で行い、加冠役をつとめるということを、信長が再三固辞してみせたのも、打ち合わせどおりであった。先例にないことであり、武家の自分には畏《おそ》れ多い、と。

これに対して、前久は、織田信長は正三位内大臣《しょうさんみないだいじん》という公卿《くぎょう》でもあるのだから、なんの差し障《さわ》りもないとの考えを示した。それに、いまの近衛邸は、幾度も戦火をうけたせいで、規模が小さく、元服式の品格に欠けるので、立派な内大臣邸を代用することは、むしろ適当である、と。

これで、先例を蔑《ないがし》ろにすることなく、なおかつ内外ともに納得のゆく形で、請《こ》われて信長が公家方の大事な儀式の主役となった。

「なればこそ、さきほど一覧を見せたとおり、摂関家、清華家《せいがけ》を初め、高位高官の公家衆が挙《こぞ》って列席なさるのだ」

つまり、今回の近衛家の元服式は、信長の朝廷対策の大いなる前進を意味するものなのである。

「腑《ふ》に落ちたか、乱丸」

と作右衛門は話を結んだ。

「はい。上様が天下布武に向けてどれだけお心を砕いておられるのか、いささかでも知ることができて、気持ちが引き締まりましてございます。お教えいただき、ありがとう存じ、あっ……」

言いおわらぬうちに、下から伸ばされた同僚の手に帯を摑まれ、乱丸の躰は庭へ引きずり下ろされた。

「勝負だ、お乱」

いつのまにか近習衆は相撲を始めていたのである。

「京都所司代に欲しいものだ」

作右衛門が、彦作と四ツに組んだ乱丸を眺めながら、小さくかぶりを振って、仙千代に言った。

「さようなことは、戯《ざ》れ言《ごと》でも上様には申し上げぬほうがよい。乱丸がここでのつとめを覚えれば、幾年か後、作右衛門どのは輔佐のままで、乱丸が長門守どのの代わりになっておるやもしれませぬぞ」

「まさか……」

否定しようとして、できずにいる作右衛門の表情がおかしくて、仙千代は笑った。

「森乱丸はいずれ、上様近習衆の筆頭となる者にござる」

三

京の東郊、寺院と貴顕《きけん》の山荘が目立つ山科《やましな》の街道沿いに、この日は人が溢《あふ》れている。大半が京の公家、高僧、有徳《うとく》人らであった。

信長上洛の報が伝わるや、かれらが山科、粟田口《あわたぐち》あたりまで出迎えるのは、恒例行事といえた。信長が岐阜から上洛したころは大津《おおつ》、坂本《さかもと》まで出迎え人数が繰り出された。

(すごいものだなあ……)

仙千代に従ってやってきた乱丸は、初めて見るその光景に昂揚《こうよう》感が湧《わ》いた。都もひれ伏す信長の近習であることの誇らしさと言い換えてもよい。

京都所司代からは村井作右衛門が出てきている。貞勝は老齢ゆえ出迎え無用、と一、二年前に信長より申し渡された。

「かれらの顔をよく見てみよ」

と仙千代が言った。

「どのようだ、お乱」

「どの顔も大層にこやかにございます」

「では、上様を心より歓迎していると」

「それは……」

返答に詰まった。自身は誇らしさをおぼえたものの、織田の家臣以外の人々の表情には最初から違和感をおぼえていたのである。

「やはり、お乱は見えざる何かを感じることができるのだな」

満足そうに仙千代は微笑んだ。

初めて惟任光秀《これとうみつひで》に会ったとき、その穏やかな物腰や笑顔を、まやかしのような、と乱丸は感じた。そのときも、仙千代からいまと同じことを言われている。

「お乱。京の公家も僧侶も有徳人も軽々《けいけい》に信じてはなるまいぞ。かれらはその時、その時の実力者に靡《なび》くだけのこと。もし上様を凌《しの》ぐ勢力が台頭してくれば、たやすくそちらへ転ぶ。また、そうであればこそ、永《なが》きにわたるこの戦乱の巷《ちまた》で生き残りつづけられる。これは、京の者に限らず、堺《さかい》の商人なども同じ。皆々、武家よりもしたたか。さよう思うておくことだ」

「はい。しかと肝に銘じます」

仙千代からこうした教えや助言をうけるたび、乱丸は二位法印のことばを思い出す。

(いつも万見仙千代を見ていよ。お仙のやることに間違いはない)

それがなかったとしても、乱丸は仙千代のすべてを信じ、敬愛している。

やがて、馬沓《うまぐつ》が地を嚙《か》む音も高らかに、騎馬の一団が現れた。

先頭に立つのは、ソンブレイロとよばれるつばの広い南蛮帽《なんばんぼう》を被《かぶ》り、カーパという立襟《たてえり》の長套《ちょうとう》の裾を風に翻す、颯爽《さっそう》たる武人。織田信長である。

(上様……)

いつもながら、主君のあまりの煌《きら》びやかさに、乱丸は陶然《とうぜん》となった。

馬上の信長が、にやりとした。時折見せるいたずら小僧の顔つきである。

「上様は出迎えの挨拶をお受けあそばすおつもりはないようだ」

ふふっ、と仙千代もおもてを綻ばす。

「お乱。後《おく》れるな」

仙千代が、馬をつないである近くの山荘に向かって走りだした。

「はい」

乱丸もつづく。

沿道や家の軒下などに居並んでいた出迎えの人々は、路上へ移そうとしたわが身を、わあっと慌てて元の場所へ戻した。信長が乗馬の脚を止めず、それどころか、さらに速さを増して向かってきたからである。

信長は、馬上で南蛮帽を脱ぎ、それを右に左に流すように振ってみせた。わざと気取って、背筋を伸ばし、あごをつんっと上げている。

一部で歓声と拍手が起こった。

キリシタンであろう、幾人かが数珠《ロザリオ》を手にしているのが見える。

イエズス会の布教を許している信長は、キリシタンに人気があった。

信長は、何かに気づいて、ちらりと後ろを見やった。横合いから、馬を駆る仙千代と乱丸が騎馬群に合流するところである。

また信長の表情が緩《ゆる》んだ。

信長とその従者たちが、大勢の出迎えの人々を置き去りにし、京へ向かって砂塵《さじん》を舞い上げる。

乱丸は、子どもじみたことをやって面白がる信長が何やらうれしくて、前を往く者らを次々と追い越していった。

四

二条御新造に入った信長は、翌日には早くも、邸内の茶屋びらきの会を催した。この下準備も、仙千代ら先乗り隊が手伝っている。

千宗易《せんのそうえき》が茶頭をつとめ、津田宗及《つだそうぎゅう》・天王寺屋道叱《てんのうじやどうしつ》・松江隆仙《まつえりゅうせん》が客として招かれた茶屋びらきは、信長が終始機嫌よく、上出来といえた。

上洛時の信長というのは、いつも多忙をきわめる。

村井父子から京における仕置《しおき》の報告を子細に受け、いちいちに指示を与える。引きも切らない訪問者を引見し、時には頼み事にも応じる。そして、参内《さんだい》して帝《みかど》に拝謁する。等々、どれも欠かすことはできない。

それでも、在京六日目、参内後にいささかの余裕ができたので、信長は南蛮寺を訪れた。

乱丸も、他の近習衆とともに随行した。

信長の許可を得て、下京の四条坊門通室町姥柳町《うばやなぎちょう》に建てられた南蛮寺は、和風三階建てという、きわめてめずらしい造りである。

「上様ご来臨の栄に浴し、わが心は歓《よろこ》びでうちふるえておりまする」

抑揚や区切り方などはおかしいが、伝わりにくいということはなく、礼も忘れぬ日本語で出迎えたのが、ひょろりと背の高い南蛮人であったことに、乱丸はびっくりした。

「バテレンのウルガンどのだ」

と高橋虎松が教えてくれた。

正しくは、オルガンティーノ。イエズス会のミヤコ布教地区長として、南蛮寺を拠点に、京畿《けいき》に教勢を拡《ひろ》げつづけるイタリア人宣教師である。永く信長の寵遇《ちょうぐう》をうけ、昨年末に豊後《ぶんご》へ去ったポルトガル人司祭のフロイスの指導を受けて、早くから日本の風俗習慣に適応し、日本語の習得にも熱心なので、信徒によく親しまれている。

信長もオルガンティーノを気に入っていた。

だが、オルガンティーノの日本語よりも、もっと乱丸を驚かせたのは、信長も会話の中で南蛮のことばを幾度も口にしたことであった。

イエズス会ではバテレン同士はポルトガル語を用いると聞いたことがあるので、きっとポルトガル語なのであろう。

フンダール、エドカール、セミナリヨ。意味不明である。

それでも乱丸は、信長とオルガンティーノの会話を注意深く聞きつづけた。

（安土にキリシタンの学舎《まなびや》を建てるとか、建てたいとか……）

そのような内容ではないか、と自信はないものの見当をつける。

信長は、ひとしきり談笑したあと、同宿《どうじゅく》の日本人キリシタンに、必要なものがあれば京都所司代まで申し出るよう言い置いて、異邦の宗教家のもとを辞去した。

乱丸は、一行の中で最後に南蛮寺の門を出た。そのとき、すぐ後ろから小走りに出てくる者に気づいた。

（あのときの……）

乱丸が上洛した日、洛中で声をかけてきた女人ではないか。こちらは名乗ったが、むこうは名を明かしていない。

呼びとめようかどうか迷っているうちに、あの日と同じように、女人は小路へ走り込んで消えてしまった。

「いまの女人は」

と乱丸は、オルガンティーノとともに信長の見送りに出ていたキリシタンに訊ねた。

「さあ。たまに見かけまするが、身共《みども》は存じませぬ。申し訳のないことでございます」

「いえ、よろしいのです」

すると、思いがけず、オルガンティーノが教えてくれた。

「アンナ」

キリシタンの洗礼名というものであろう。

「まことの名は、なんと……」

それを訊ねようとしたところ、虎松に呼ばれた。

「お乱、何をしておる。往くぞ」

「はい」

やむをえず、乱丸は南蛮寺をあとにした。

折しも、洛中の空が茜色《あかねいろ》に染まり始め、珍奇というべきキリシタン宗門の寺を、ひときわ浮き立たせていた。

五

爽《さわ》やかな秋晴れの朝。

摂関家・清華家をはじめ、多くの公家衆、近隣の国々の貴顕、大名・小名まで、二条御新造は門前市《いち》をなす賑々《にぎにぎ》しさであった。

いよいよ、前関白近衛前久の子明丸の元服式の挙行当日を迎えたのである。

かねて公家衆の応接を仰せつかっている乱丸は、担当の公家を出迎えて名と人数を確認し、そのあるじと侍臣《じしん》を控えの間へ、従者らは遠侍《とおさぶらい》へ誘導するという仕事から始めた。

緊張はするものの、自身の役目だけでなく、式全体の流れや段取りもすべて頭に入れてあるので、すぐに慣れて、落ちついてこなすことができた。

先乗り隊ではなく、信長に随行して上洛した近習衆の中で、元服式の大要しか分からぬ者は、式の進行中でも、急ぎ乱丸に教えを受けにきたりした。その異能は、すでに織田家の近習衆の誰もが知るところなのである。

乱丸は、遠目ながら、式場の信長の姿を見ることができた。

礼冠《らいかん》、大袖《おおそで》、表袴《うえのはかま》、玉佩《ぎょくはい》、笏《しゃく》。どれもこれも囃《はや》し立てたくなるほどよく似合う。信長というのは、何を身につけても、華やかであり、艶《つや》があった。

加冠の役というのは、元服式において最も重んぜられる人がつとめるもので、それだけにその一挙一動に注目が集まるため、経験のある者でもまったく平静ではいられない。信長にはさしたることでもないようであった。よどみなく美しい身ごなしで、鮮やかにつとめあげたのである。

そして、明丸は加冠役の偏諱《へんき》を受け、名乗りを信基《のぶもと》とすることになった。織田信長の威《い》が満天下に示された瞬間であったともいえよう。

式はまだつづくが、信長の加冠のつとめを見終えたので、乱丸は遠侍へ向かった。

幾つもの家の従者たちが一ケ所に集まると、公家の奉公人はおおむね穏やかにしているが、武家の者らは主家のいくさ自慢など始めて喧嘩沙汰《ざた》を起こしやすい。そこのところは注意を怠らぬように、と近習衆は作右衛門から忠告を受けている。

ただ、二条御新造は信長の屋敷である。信長が風紀に厳しいことは、たいていの者が知っているから、喧嘩沙汰が起こるとは考えにくい。

それでも乱丸は、念のため、遠侍のようすを見ておこうと思い立ったのである。

行ってみると、遠侍は大勢の人間がいるとは思われないほど静かなものであった。

ほっとした乱丸だが、自分の担当する公家のひとつ、万里小路《までのこうじ》家の侍がひとり欠けていることに気づいた。

「ひとり足りませぬが、厠《かわや》へでも往かれましたか」

と万里小路家の従者らに訊ねると、最初からこの人数にござる、というこたえが返ってきた。

（いや、ひとり足りない）

信長に脇指を賜るほどたしかな記憶力なのである。

（もしや……）

他家の侍を間違えて勘定してしまったのであろうか。門の内外は列席者とその従者たちで溢れていたから、ありうることだ。それならば、ひとり足りないからといって、何の障りにもならぬ。

しかし、混雑の時を狙って、それとなく紛れ込んだ者がいたとしたら、どうであろう。悪意をもって二条御新造に侵入したと考えねばならない。もしそうならば、乱丸の失態でもある。

（上様への刺客《しかく》……）

を、まずは思った。

が、織田家の腕の立つ武士が大勢いて、目を光らせているから、信長に近づくことすらできないであろう。むろん、信長以外の誰かを狙う刺客であれば、別だが。

(盗人《ぬすっと》だ)

そう乱丸は断定した。

誰もが元服式に気をとられているので、屋敷内でも式に無関係のところは、ほとんど人がいないはずである。白昼、しかも周りに人が多ければこそ、かえって盗みに入りやすいのではないか。

二条御新造の屋敷内でかねめのものといえば、何か。

(上様の茶道具)

真っ先にそれを思い浮かべた乱丸は、茶道具を納めてある離屋《はなれ》へ、ひとりで向かった。

離屋は、式場となっている主殿や他の殿舎とも渡殿《わたどの》でつながっているが、乱丸はなるべく人目に立たぬよう、庭の外れを回り込んだ。大事な式典で騒ぎを起こしてはならないのである。

裏手より離屋へ上がり、茶道具専用の納戸《なんど》の前に着いた。そこでは、警固《けいご》役の武士が二名、倒れていた。

納戸の中で物音がする。

信長拝領の脇指の柄《つか》に手をかけた。公家の式典のさなかだから、大刀を帯びていない。

いちど深呼吸してから、引き戸を開けると、薄暗い室内で振り返った者が、思いのほか素早い動きで、先に体当たりを食らわせてきた。

辛《かろ》うじて、乱丸は避けた。

賊は、そのまま背を見せ、離屋の縁《えん》から跳び下り、裏の木立の中へ走り込んだ。左の腕《かいな》に、木箱をひとつ抱えている。茶道具が入っているのは間違いない。

ただちに追った乱丸は、賊が塀まで達する前に、回り込んで往く手を塞《ふさ》ぎ、脇指を抜いた。

公家侍の装《なり》をした賊が、なぜか満面を笑み崩したではないか。

(どこかで見たような……)

と乱丸は思った。

「久しいな、森乱丸」

知っているとは、驚きである。

「汝《うぬ》は何者か。なぜわたしを知っている」

「われが上洛した日、偶然見たときは、半信半疑だった。だから、女にたしかめさせた」

「女に……」

「すると、森乱丸だというではないか。驚いたわ」

女と言われて、乱丸は気づいた。

「そうか、アンナか」

「名を知ったか。きのう、南蛮寺でも会《お》うたようだな」

「汝の名を訊いている」

「石川五右衛門《いしかわごえもん》だ」

「五右衛門……。わたしは知らぬ」

「いまはまだ無名よ。なれど、これから売り出す、天下一の大盗《たいとう》としてな。織田信長の茶器を盗めば、一気に名を轟《とどろ》かせられるというものだ」

「返せ」

「返すはずがなかろう、小僧」

にたっ、と五右衛門は笑った。

(小僧……)

幾度もそう呼ばれて、小僧ってよぶな、と乱丸は言い返したことがある。

「汝は……」

何者であるか、分かった。

「真田八郎《さなだはちろう》」

「やっと気づいてくれたか。うれしいぞ」

かつて信濃《しなの》・上野《こうずけ》・武蔵《むさし》で非道の限りを尽くした兇賊・真田鬼人《きじん》の子で、七歳の乱丸を拐《かどわか》して森家から身代金をまきあげようとしたのが真田八郎である。

その事件のせいで、乱丸の小姓であった小四郎《こしろう》がみずから責めを負って自害した。勃然《ぼつぜん》と怒りを湧かせた乱丸は、鋭く踏み込んで、突きを見舞った。

横っ飛びに、五右衛門は躱《かわ》す。

「もう小僧じゃないようだな。だが、おれには勝てんぞ」

五右衛門も脇指を抜いた。

「それがしは勝てると思うが……」

と木立の中へゆっくりと歩み入ってきた者がいる。

「兼松《かねまつ》どの」

百人力を得た思いの乱丸であった。

信長の馬廻《うままわり》、兼松又四郎《またしろう》は、越前《えちぜん》の刀禰坂《とねざか》において、朝倉《あさくら》勢でも指折りの勇士中村新兵衛を、血まみれの裸足でどこまでも追いかけ、ついに討ち取ったという猛者《もさ》である。

又四郎は、持っている棒切れを肩に担ぐや、いきなり足送りを速めて、五右衛門へ迫った。

その尋常でない強さを感じたのか、五右衛門はおもてをかすかにひきつらせた。しかし、決断が早かった。盗みの成功より、おのれの命を救う道を選んだ。

五右衛門は、木箱を高く放り上げると、くるりと背を向け、走りだした。

又四郎も、この瞬間、何が大事か分かっている。五右衛門を追わず、落下してくる木箱を受けとめた。

五右衛門は、乱丸へ斬りつけながら、その横を駆け抜け、そのまま塀《へい》に跳びつき、ひと息に上って、外へ消えた。

二条御新造には深い濠《ほり》がめぐらされている。水音が聞こえた。

乱丸も、追って、塀をのぼり、狭い瓦屋根の上に立った。

眼下の水面の一部が、波紋を広げ、その中心がまだ少し泡立っている。五右衛門の姿は見えない。

足が竦《すく》んだ。高所なのである。

(木曾川だ。ここは、木曾川だ)

金山では、そこそこ高い岩の上から木曾川へよく飛び込んだものである。

「やめよ」

又四郎の制止の声が聞こえたが、乱丸は身を躍《おど》らせた。憎き真田八郎に負けたくなかった。

足を揃えて着水し、いったん深みへ沈んでから、両の手足を掻《か》いて水面へ浮かび上がるや、立ち泳ぎをしながら周囲を見渡した。

（どこにいる……）

しばらくそうしていたが、五右衛門は水中から現れなかった。

溺れたということはないであろう。信じがたいことだが、どうかして逃げ去ったとみるほかない。

それでも、信長の茶道具を守った安堵《あんど》感が先に立ち、乱丸はほうっと息を吐いて、空を仰いだ。

第七章　北国《ほっこく》の風雲《ふううん》

一

京の信長の邸宅、二条御新造《にじょうごしんぞう》で挙行された近衛《このえ》家の元服式の式典中、乱丸は信長馬廻《うままわり》の兼松又四郎《かねまつまたしろう》とともに、盗賊石川五右衛門《いしかわごえもん》より名物茶道具を守った。

そのさいの乱丸の計らいが、信長から手放しで褒《ほ》められた。

念のため遠侍《とおさぶらい》のようすを見にいった。自身の担当する公家衆《くげ》の随行人数をしかと記憶していた。ひとり少ないというだけの小事から、大事に至ることを危惧し、ただちに動いて、盗賊を発見した。場所柄を弁《わきま》え、決して騒ぎ立てなかった。

状況を考えれば、盗賊を取り逃がしてしまったことはいささかも咎《とが》められるべきではなく、まことに上々の出来である、と。

「つぎに盗賊に出遇《でお》うたときは、まずはこれを投げつけて機先を制せよ」

信長は、乱丸への褒美《ほうび》として、手ずから金銀象嵌《ぞうがん》の副子《そえご》を与えた。刀の鞘《さや》に指し副《さ》《そ》える小刀を、副子という。

だが、褒美の品よりも乱丸を感激させたものは、信長が又四郎に告げた一言であった。

「そちの手柄はお乱を賊に討たせなかったことぞ」

いまや信長にとって乱丸はかけがえのない家臣である。その思いを明かした一言にほかならぬ。

列座の近習衆《きんじゅ》の大半が、乱丸に羨望の眼差《まなざ》しを向けたことはいうまでもない。

「乱丸に切腹の作法を教えなくてよかった」

と又四郎が笑ったので、誰もが訝《いぶか》った。

「その儀は……」

ひとり乱丸だけが困惑する。

「よいではないか。乱丸のご奉公への覚悟のほどが知れて、われらも見倣《みなら》うべきことだ」

又四郎は、盗賊が逃げ去った直後の乱丸のことばを皆に披露した。

「乱丸はこう申した。兼松どの、切腹の作法をご教授下さい、と」

盗賊を目の前にしながら討つことができず、取り逃がしてしまったのは、自分の失態であるから、切腹を命ぜられても仕方ない。そう乱丸は考えたのだ、と又四郎は明かした。

「そうであったか」

　信長がさらにおもてを綻《ほころ》ばせた。

　兼松又四郎というのは、その武勇伝もさることながら、公平かつ謙虚な人柄でも知られていた。

　ある合戦で、敵の勇将と渡り合う味方の武士の苦戦をみかね、助太刀してこれを仆《たお》したのに、自分はいささかの手伝いをしただけだから、と兜首《かぶとくび》をその武士に惜しげもなく譲ってしまったような男である。

　そういう好漢《こうかん》だから、自分だけが知った乱丸のよいところを皆にも知ってもらいたいと思うのである。

「して、又四郎。そちは、お乱になんとこたえた」

　信長が訊《き》いた。

「ゆるしてくれ、と」

「なにゆえか」

「盗賊を取り逃がしたことでは、それがしも同罪にござる。乱丸が腹を切るのなら、この又四郎も切らねばなり申さぬ」

「兼松又四郎ほどの勇士が切腹を怖がるか」

「それがしの刀は織田家の敵を斬るものにて、おのれの腹ごときを切るものにはあらず」

「こやつ、うまく逃げおったわ」

「はは」

と又四郎はことさら大仰《おおぎょう》に平伏してみせ、

「お褒めにあずかり、恐悦至極に存じ奉りまする」

「うつけが。褒めておらぬぞ」

「なんと。うつけと申せば、お若き日の上様《うえさま》のこと。重ね重ねのご褒詞《ほうし》を賜り……」

「もうよいわ、厚かましいやつじゃ」

とうとう信長が腹を抱えたので、満座も明るい哄笑《こうしょう》で揺れた。

乱丸の好運は、兼松又四郎という誰からも認められている好漢が信長に仕掛けたこの座興のおかげで、皆の羨望の眼差しが嫉視《しっし》に変わらなかったことであろう。

年少の身で、またしても男をあげた乱丸である。

信長は、元服式の翌日には乱丸ら近習衆を従えて離京し、瀬田《せた》城に一泊して、次の日、安土《あづち》に帰城した。

天下布武《てんがふぶ》をめざす信長には、敵が絶えなかったが、このころ、石山本願寺《いしやまほんがんじ》と並んで最大の障害は、越後《えちご》の上杉謙信《うえすぎけんしん》である。

謙信は、関東管領《かんれい》として、相模《さがみ》北条氏、甲斐《かい》武田氏という宿敵との合戦のため、永年、関東出兵を繰り返してきたが、その状況はいまや大きく変化した。北条氏では名将氏康《うじやす》が卒し、武田氏も信玄《しんげん》を失ったあと長篠《ながしの》合戦で織田・徳川連合軍に壊滅的打撃をうけたことで、謙信はその力を西へ向ける余裕を得たのである。

一方の信長も、朝倉《あさくら》氏を滅ぼしたあと、柴田勝家《しばたかついえ》を越前《えちぜん》に据《す》えて、北進をつづけた。

ただ、上杉も織田も北陸の一向一揆の頑強な抵抗に手を焼き、謙信は越中《えっちゅう》で、勝家も加賀《かが》で苦戦を強《し》いられた。そして、ここまでは上杉と織田は同盟を結んでいた。

ところが、昨年の夏、本願寺法主《ほっす》の顕如《けんにょ》から和議をもちかけられた謙信は、これを受諾し、信長と断交してしまう。これにより越中平定に成功した謙信の矛先《ほこさき》は、いまや能登《のと》・加賀へと向けられている。いずれ上杉と織田が激突することは避けがたいのである。

信長は、謙信みずから能登の七尾《ななお》城を包囲したという報を受け、謙信不在の越後へ攻め入る手だてを記した書状を、奥州の伊達輝宗《だててるむね》へ送った。

折しも、その夜、建設中の安土城下で小火《ぼや》さわぎが起こった。幸い大事には至らなかったが、北陸が風雲急を告げているときだけに、

「鞆《とも》のお人が何やら画策しておらぬとも限らぬゆえな」

と信長は、城下の警戒を厳重にするよう木村次郎左衛門尉《じろうざえもんのじょう》に命じた。近江《おうみ》の国人《こくじん》で、以前は六角《ろっかく》氏に仕え、安土とその周辺の事情をよく知ることから、安土町奉行に任命されたのが、次郎左衛門尉である。

また、信長の言う鞆のお人とは、京より追放されたものの、毛利《もうり》氏の援助によって、備後《びんご》の鞆に臨時の幕府を開いている将軍足利義昭《あしかがよしあき》をさす。

打倒信長にかけるその思いは、最も期待をかけた武田信玄が死に、朝倉氏が滅ぼされても、いささかも萎《しぼ》んでいない。東国《とうごく》最強を謳《うた》われる上杉謙信が反信長連合に加わり、上洛をめざしているいま、義昭が一層の勇気を得たことは想像に難《かた》くなかった。謙信の西上を助けるため、安土へ間者《かんじゃ》を放って、信長の本拠を火の海にするぐらいのことは、謀略好きの義昭なら思いついても不思議ではない。

信長は、二ヵ月ばかり前に、安土の城下町に宛《あ》てて十三ケ条の掟書《おきてがき》を発し、その中で楽市楽座《らくいちらくざ》を宣言し、また他所からの新規転入者にも従来の居住者と同様の待遇を与えると明記して、人口増加策を打ち出した。そのため、このところ安土への流入者は急増している。いま敵の間者《かんじゃ》が入り込んだとしても、これを見定めて捕らえるのは、容易なことではないのである。

城下の警固《けいご》は町奉行の任だが、安土山のそれは、山内に屋敷地を賜った織田家部将《ぶしょう》らの兵が日頃から受け持つ。船で侵入する者がいるやもしれぬので、湖水側への警戒も厳重にしている。

馬廻、小姓《こしょう》ら信長の近習衆も、夜は交代で、内府亭《だいふてい》とその周辺はもちろん、城下も見廻ることにした。

馬廻は主君の警固、小姓は主君の身の回りの世話というのが本来の役目なのだが、信長というのは、若いころからそういうことにこだわらず、家臣を見る目が柔軟で、個々の能力を活《い》かそうとした。馬廻でも吏僚《りりょう》的才覚があればその任に就かせたし、小姓でも軍事的才幹《さいかん》の持ち主とみれば一軍の将に抜擢することを躊躇《ためら》わないのである。

そのせいか、自身の役目ではなくとも、許されればすすんで経験を積み、切磋琢磨しながら能力向上につとめたのが、信長の近習衆であった。尾張《おわり》を統一するまでの信長が、兵数で劣る合戦を幾度も行いながら常勝であったのも、そうして育った精鋭揃いの近習衆を手足として迅速に動かしたからといえる。

「待て、待て、待て」

いずれも小具足《こぐそく》姿の乱丸、祖父江孫丸《そぶえまごまる》、小河愛平《おがわあいへい》、柏原鍋丸《かしわばらなべまる》の四名が、松明《たいまつ》持ちの中間《ちゅうげん》らを先に立てて、内府亭の門を出ようとすると、後ろから呼びとめられた。

小走りにやってきたのは、伊東彦作《いとうひこさく》、飯河宮松《いいかわみやまつ》、薄田与五郎《すすきだよごろう》の三名である。こちらも皆、小具足姿だ。

「おぬしら、ご城下へ見廻りに出るのであろう。われらも同道いたそう」

と彦作が言った。

「お三方《さんかた》のお見廻りは明夜《みょうや》のはずでは……」

乱丸が訝る。

「いや、いや、おぬしらはなにせ四人とも年少者ゆえ、案じられてな。何か起こったとき、年長の者がついておらねば危うい」

「お気遣い、ありがとう存じます」

「うむ」

彦作ら三名は、うなずき返す。

「なるほど……」

と彦作らに冷やかな視線を向けたのは、尾張津島社《つしましゃ》の神職家出身の孫丸であった。何かにつけ冷静なので、年長者たちから愛されながらも、時に煙たがられる。

「な……なんだ、孫丸」

途端に年長組はうろたえた。

「幾度も手柄を立てている乱丸のそばにいれば、ご自分たちもそういう僥倖《ぎょうこう》に恵まれるかもしれない。さように思惑なされましたな」

「孫丸。おのれは、われらがそのように小賢《こざか》しきことをすると思うているのか」

「けしからんことを申すやつだ」

宮松と与五郎が憤慨したものの、

「そうだ。われらはただ、森乱丸にあやかるべしという上様の仰《おお》せを……」

そこまで言って、慌《あわ》てておのれの口を塞《ふさ》いだのは彦作である。

語るに落ちてしまった。

「阿呆《あほう》が」

「だから、彦と一緒はいやだと申したのだ」

宮松と与五郎は、彦作の頭を撲《なぐ》り、尻を蹴り上げる。

「彦どの、お宮どの、与五どのがおられれば、心強うございます。あらためて、ご同道をお願い申し上げます」

乱丸にそう言われて、年長組は、恥ずかしそうに頭を掻《か》いた。

「どちらが年長か分かりませぬな」

また孫丸から皮肉を口にされても、乱丸の爽《さわ》やかさに、年長組は返すことばもない。

「われらは須田《すだ》へまいるつもりでおります」

乱丸が年長組に告げた。

「なにゆえ須田なのか」

不審げに彦作が訊《たず》ねる。

安土の城下町は、二つの地区に建設中であった。山下の南西に広がる平地と、東の北腰《きたこし》越《ごえ》峠を隔てて広がる一帯である。後者の須田地区には、内湖《ないこ》に注ぐ天井川《てんじょうがわ》の須田川が流れているが、その付け替え工事をして居住区や馬場を築いた。

須田には、おもに馬廻衆や弓《ゆみ》衆が住む。

しかし、もし敵の間者が放火するとして、安土山と町の中心となる南西地区が炎上しなければ、信長に打撃を与えたことにならない。須田に放火したところで、火が北腰越峠を越えてゆくなど考えにくいし、今夜の風が西から吹いていることも思えば、なおさら実現不可能であろう。

そのため、町奉行の木村次郎左衛門尉も、須田の見廻りには兵を割《さ》いていない。彦作の不審はもっともなことなのである。

「わたしは、敵の間者が須田に入り込むとも、火つけをするとも思うておりませぬ」

と乱丸は言った。

「ならば、見廻る必要はないではないか」

彦作が拍子抜けの顔になる。

「わたしが案じているのは、敵の火つけより、各戸の不始末による失火にございます。それゆえ、火のご要心《ようじん》をなさるよう、呼びかけながら、須田を歩くつもりでおります」

「火のご要心って、お乱……」

宮松もあきれる。

「おぬしら、それで納得いたしたのか」

与五郎が、孫丸、愛平、鍋丸の顔を眺め渡す。

「はい。火の要心を呼びかけるのはよきことにございますから」

孫丸がそうこたえ、あとの二人もうなずいた。

「それは、そのとおりだが……」

「おい、与五。この者らが年少だからと申して、いつまでも甘やかしてはなるまい」

「何を申しておる、彦」

「われら年長の者が同道いたしては、お乱たちもつい頼りがちになろう。それでは、成長せぬ。ここは、われらは心を鬼にして、この四人を夜のご城下へ送り出そうではないか」

「そうだ。それがよい」

宮松が同調し、彦作につねられた与五郎も、意を察して、乱丸らに手を振った。

背を向けた年長組を、孫丸がかぶりを振りながら見送る。

乱丸ら四名は、打ちそろって内府亭を出ると、下街道《しもかいどう》を東へ向かった。

下街道といっても、まだ整備の途中なので、路傍に土が盛られたりしている。

乱丸が須田で火の要心を呼びかけようと思い立ったのには、理由がある。

馬廻衆や弓衆の多くが、すでに安土に屋敷を賜っているにもかかわらず、いまだ妻子を尾張に残して呼び寄せようとしない。そう兼松又四郎より聞いたからであった。

乱丸は幼いころ、男たちの出陣中、森《もり》家の家臣の妻が城下の屋敷で小火を出したとき、母の盈《えい》がこの妻をよびつけ、恐ろしい形相で叱りつけているところを目撃したことがある。

「良人《おっと》の出陣中に火の不始末を起こすとは、なんという不覚者。家を守るとは、武士の妻にとっていくさと心得よ」

ふだんはやさしい母であるだけに、乱丸はびっくりしたものだ。

だが、成長した乱丸には、母の言い分はまったく正しいと分かる。妻も命懸けで家を守ってくれていると思えばこそ、武士は戦場で後顧《こうこ》の憂いなく戦える。

ところが、いま須田に居住する馬廻衆、弓衆の大半は、家を守るはずの妻がいない。男だけでは日常の当たり前のことが疎《おろそ》かになりがちでないか、と乱丸は憂えたのである。

下街道は、北腰越峠を越えたところから、繖山《きぬがさやま》の北西麓と内湖の湖岸に挟まれた東西に細長い土地を通り、そこを抜けると、須田へ入る。

徐々に家屋敷が見えてきたので、乱丸ら四人は声を張り上げた。

「火、危うし」

「火のご要心」

秋の月が、若者たちの清《さや》けき声を吸って、一層の輝きを増したように見える。

火の要心をよびかけながら、ゆっくりと須田の東外れまで達した乱丸らは、そこで向きを転じようとした。

そのとき、前方で一瞬、小さく散った火花を、四人とも見逃さなかった。

目を凝《こ》らすと、また火花が散った。

耳を澄ましてみる。

鋼《はがね》を叩く音と人声と足音が聞こえた。

「斬り合いだ」

乱丸がそう見当をつけると、松明持ちの中間らが足を竦《すく》ませた。

「どうする、お乱」

愛平がやや不安そうに訊いた。

四人の中で、しぜんと乱丸がかしらになっている。

乱丸は、中間のひとりから、松明を取り上げるや、

「おぬしらは、ここにいよ」

と命じておいて、孫丸、愛平、鍋丸には、

「わたしにつづきなされ」

そう告げて、早くも走りだした。

孫丸がただちに、乱丸に倣い、同じく松明を手にして、足を送りだす。

いささか後《おく》れたものの、愛平、鍋丸もつづいた。

「わたしは織田内府さまが家臣、森乱丸である。内府さまのご城下において狼藉《ろうぜき》をいたす者は、ゆるさぬ」

大音《だいおん》を発しながら、乱丸は火花の出所へ迫った。

斬り合いをする者らの動きがとまったのを、気配で察せられた。

「引け」

という声が聞こえた。

松明の火明かりの届くところで、武士が刀を振り上げた。

その足許《あしもと》で、尻餅《しりもち》をついて、顔を仰向けている者は、右手の刀が鐔元《つばもと》から折れている。

「ぬくいどの、早う引くのだ」

火明かりの届かないところから、再度、撤退を促す声が湧《わ》いた。刀を振り上げているのが、ぬくいという者なのであろう。

そのぬくいへ松明を投げつけてから、乱丸は腰の陣刀を鞘走らせた。

ぬくいは手錬者《てだれ》であるらしい。松明を斬り払った刀の返す一閃で、乱丸の突きも払い上げて、これを躱《かわ》した。

だが、間髪を容《い》れず投げつけられた孫丸の松明までは避けきれず、炎を顔に浴び、たまらずに、だだっと後ろへ退《さ》がった。

抜刀した孫丸が、ぬくいへ斬りつけようとすると、闇の中から湧き出た別の武士が刃を繰り出してきた。

斬られる、と孫丸が血の気を引かせたとき、その武士の腕へ乱丸が切っ先を送りつけた。

「くっ……」

武士は、呻《うめ》いて、刀を取り落とす。が、それでも、ぬくいの躰《からだ》を抱えて、遁走《とんそう》にかかった。

孫丸と、ようやく馳《は》せつけた愛平と鍋丸が、逃げる二人を追いかけようとするのを、

「追うてはなりませぬ」

と乱丸は制した。

闇の中に、こちらを警戒する幾つかの銀光を見たからである。まだ刀をかまえている者が、あと四、五人はいて、落ちつきがある。

負傷した二人を先に退《しりぞ》かせ、残りの者は闘《たたか》いながら撤退する覚悟が感じられる。

これ以上、斬り合えば、敵味方ともひとりとして無事では済むまい。

そういう緊迫の気は、孫丸らにも伝わったのか、その場に固着《こちゃく》した。

すると、闇中の人影が、ゆっくり、ひとつずつ後退しはじめた。

もはや、乱丸たちも追わぬ。

やがて、人影がすべて闇の彼方に没し去ると、乱丸らは、まだ尻餅をついたままの者へ歩み寄った。

ひどく臭《にお》う襤褸《ぼろ》をまとい、履物《はきもの》のない足は傷だらけで、顔も汚れきっていて人相もよく分からぬ男である。髪の毛は、ごく短くぽつぽつと疎《まば》らに生えているが、あるいは出家《しゅっけ》であろうか。

「拙僧《せっそう》は……」

と男は喘《あえ》ぎ喘ぎ言った。やはり出家のようだ。

「孝恩寺宗顒《こうおんじそうせん》と申す者。能登国七尾城の畠山《はたけやま》家の宿老《おとな》、長綱連《ちょうつなつら》の弟にござる」

二

能登守護で七尾城を居城とする畠山氏は、戦国期に至って急速に衰え、その実権は老臣たちに握られて久しい。わけても、遊佐《ゆさ》氏と長氏が勢力を二分していた。

昨年、上杉謙信が能登へ侵攻してきたとき、遊佐続光《つぐみつ》は上杉を頼るべきと主張し、長続連《つぐつら》・綱連父子は織田につくべし、と意見が対立した。結果、長父子に与《くみ》する者が上回り、挙げて上杉との戦いに突入した。

難攻不落の堅城として名高い七尾城は、上杉軍の猛攻をよく堪《た》えて、謙信を能登で越年させるまでに追い込んだ。折しも、相模北条氏が軍事行動を起こし、関東の諸将より援軍要請が相次いだため、謙信もやむなく、能登の諸城に守将を配して、みずからはいったん越後へ引き上げた。

だが、この春から夏にかけ、足利義昭や毛利輝元《てるもと》から早々の上洛を要請する密書が届くに及んで、謙信は再び、能登へ出陣し、守兵二千の七尾城を三万の大軍で包囲、攻撃を再開したのである。

多数の領民を収容している七尾城では、永《なが》きにわたる籠城により、すでに兵糧《ひょうろう》が底をつき、士気も衰えてくると、追い打ちをかけるように伝染病が発生して、幼君の畠山義春《よしはる》をはじめ、名ある将も次々と病魔に屈した。夥《おびただ》しい数の死体と糞尿の放つ恐ろしい臭気に被《おお》われた城内は、いまや地獄絵の惨状なのである。

「それでもなお、わが父と兄は、兵を叱咤激励し、死に物狂いで城を守っておりまする。内府さまには、早々にご援軍をお遣《つか》わしいただきまするよう、なにとぞ、なにとぞ……」

さいごは嗚咽《おえつ》で声にならず、宗顓は床にひたいをこすりつけた。その両肩がふるえている。

宗顓は、兄綱連より、信長へ七尾城のようすを伝えるようにと秘命をうけて、ひとりひそかに能登を脱してきたのだが、なぜか上杉方の露見《ろけん》するところとなって、追手《おって》をかけられたため、必死の密行《みっこう》であった。途中、加賀平定戦を遂行中の柴田勝家や、江北《ごうほく》の長浜《ながはま》の羽柴秀吉《はしばひでよし》のもとへ駆け込むこともできないではなかったが、宗顓はそうしなかった。必ず織田内府さまへ直《じか》に伝えなければ、お心を動かしてはもらえない、という兄のことばを肝に銘じていたからである。めざすは、安土の地のみであった。

燭台《しょくだい》の明かりの中で、内府亭の会所に居並ぶ信長近習衆は、誰もが痛ましい思いを抱いて、宗顓を見つめている。

わけても乱丸は、図らずもではあるが宗顓の命を救っただけに、その願いが信長に聞き容《い》れられるよう祈らずにはいられない。

平伏した宗顓を眺める信長だけが、何やら沈思の風情であった。

信長の思っていることは、乱丸にも幾らかは察せられる。

七尾城の救援に向かえば、織田は上杉と真っ向から激突することになる。だが、信長も恐れた武田信玄ですら、ついに打ち負かすことのできなかった合戦の天才が、上杉謙信なのである。織田の総力を挙げて戦わねばならない。

しかし、対上杉に力を傾けすぎると、その隙《すき》に本願寺や毛利らの反信長連合が一斉に動きだす恐れがある。それらの成り行きによっては、織田に面従腹背の者がにわかに叛旗《はんき》を翻すことも警戒しなければなるまい。

天下布武をめざす信長にとって、切所《せっしょ》のひとつというべきであろう。

ただ、そうした難所《なんしょ》を幾つも乗り越えてきたからこそ、いまの織田信長がある。信長なら、援軍派遣をするはず。そう信じつつも、宗顗のために何か少しでも後押しができないものか、と思いめぐらせる乱丸であった。

実際、乱丸は、須田で宗顗への追手と斬り合ったとき、いささか気にかかったことがある。しかし、宗顗自身がそのことについて何も言わないので、自分の考えすぎなのか、あるいは聞き違えなのか、と思い直し始めてもいた。

「お乱」

ようやく口を開いた信長の最初に発したことばがそれだったので、乱丸はびくっとした。

「何か思うところがあるようじゃな」

なんと上様はご鋭敏なのであろう、と乱丸は内心、畏《おそ》れ入ってしまう。

「わたしの思い過ごしやもしれませぬゆえ……」

「これへまいって申せ」

信長が、自身のすぐ前の床を、扇《おうぎ》でとんと叩いた。

信長に申せと命じられたからには、もはや躊躇《ためら》ってはならない。乱丸は進み出た。

「されば、まずは宗顕どのにたしかめたいことがございます」

言われた宗顕が、おもてを上げ、拳《こぶし》で涙を拭《ぬぐ》った。

「何でござろう」

「上杉方が追手をかけるについては、その中に宗顕どのの人体《にんてい》を知る者がいなければなりませぬ。追手の中に宗顕どのと面識ある者がおりましたか」

「追手の者らの顔はしかと見ており申さぬ。さきほど、ご城下で追いつかれ、襲われたさい、森どのが投げられた松明の明かりで、辛《かろ》うじてひとりだけ見ることができ申したが、知らぬ男にござった」

「あの者は、ぬくいと呼ばれておりました」

「それは気づきませなんだ」

斬られる寸前で、恐慌をきたしていた宗顕には聞こえなかったのであろう。

「ぬくいと申せば、能登畠山氏のご重臣の姓と存じます」

温井と書く。

「さようにござる。なれど、温井の姓をもつ者は、すでに上杉に降《くだ》った能登の支城にも、たぶん越中あたりにもいようかと存ずる」

「仏門で励まれる宗顗どののお顔を知る温井姓の者は、どこにでもいるわけではござりますまい」

「それは、そうでござろうが……」

「温井玄蕃《げんば》」

と乱丸は言った。

途端に、宗顗が顔色を変えた。

「あれは温井玄蕃であったのか」

「べつの者があの者を抱えて去っていくとき、小声でしたが、玄蕃どのと呼びかけたのが聞こえたのです」

「玄蕃は、ご重臣温井兵庫助景隆《ひょうごのすけかげたか》どのの甥にて、武芸自慢の者。一度会《お》うたことがござるが、そのとき玄蕃は目ノ下頬当《めのしたほおあて》を着けていたので、しかと面体《めんてい》が分かり申さなんだ」

「では、温井玄蕃のほうは宗顗どののお顔を知っている」

「そういうことになり申す。なれど、玄蕃は兵庫助どのに従い、七尾城に籠城中であったはず……」

宗顒は混乱する。

「上様」

乱丸は信長へ向き直った。

「お乱。もはや説《と》くまでもない。宗顒に追手がかかったのは、温井兵庫助が玄蕃に命じて上杉方に報《しら》せたからよな。なれど、これは温井の一存ではあるまい。おそらく遊佐が首謀者である。彼奴《きゃつ》らはいずれ城内で事を起こし、謙信を招き入れるつもりであろう。その前に……」

信長は、ひと呼吸置いてから、宣言した。

「われらは七尾城へ馳せつける」

それを聞いて、宗顒は感激のあまり号泣してしまう。

乱丸も、宗顒のために喜び、と同時に、信長の熱情を感じて血を滾《たぎ》らせた。

信長の熱情は、その場で口にした援軍の陣容の凄《すご》さから、皆にも伝わった。

「柴田を総大将に、羽柴、滝川《たきがわ》、惟住《これずみ》も遣わす」

北陸平定戦を展開中の柴田勝家が総大将に任じられるのは当然ではあるものの、羽柴秀吉、滝川一益《かずます》、惟住(丹羽《にわ》)長秀《ながひで》といえば、このうちの誰がその任に就くとしてもおかしくないほどの錚々《そうそう》たる部将である。

信長が勝家に、当初は目付《めつけ》として、いまでは与力《よりき》としてつけている前田利家《まえだとしいえ》・佐々成《さっさなり》政《まさ》・不破光治《ふわみつはる》ら越前府中《ふちゅう》の三人衆、豪勇で知られる佐久間盛政《さくまもりまさ》、稲葉《いなば》・安藤《あんどう》・氏家《うじいえ》ら美濃《みの》衆なども加えるという。

それら参陣部将たちへの陣触《じんぶれ》の使者を、信長は近習衆に名指《なざ》しで命じてゆく。

使者は、いずれも経験を積んだ者らに振りあてられた。

「御長《おなが》。洩《も》れはないか」

信長が菅屋九右衛門《すがやきゅうえもん》にたしかめる。御長は九右衛門の幼名《ようみょう》である。

「羽柴どのへの使者がまだ」

「であるか……」

なぜか惚《とぼ》けたような信長の言いかたであった。

「羽柴筑前守《ちくぜんのかみ》への使者は、森乱丸」

その信長のことばに、乱丸はきょとんとしてしまい、

「森乱丸。返辞をせぬか」

九右衛門に叱られた。

「よい、御長」

信長は微笑《ほほえ》んだ。

「お乱。こたびも大手柄であったぞ」

「いいえ、わたしは……」

「今後は、必要とあらば、上長《じょうちょう》の者でも手足として用いよ。予《よ》が許す」

乱丸にとって破格というほかない信長の一言であった。

あまりのことに、さしも聡明な乱丸も、どんな御礼のことばを言うべきか思いつかない。

だが、そんなことを信長が気にしているようすはなかった。

九右衛門をはじめとする上席の近習衆、堀久太郎《ほりきゅうたろう》、長谷川藤五郎《はせがわとうごろう》、大津伝十郎《おおつでんじゅうろう》、矢部《やべ》善七郎《ぜんしちろう》らは、なんともいえぬ顔つきになった。ひとり万見仙千代《まんみせんちょ》ばかりが、にこやかに乱丸を見ている。

かれらは、いま二十代半《なか》ばから三十代だが、信長に仕えたのは乱丸と同じく十代からである。しかし、乱丸のように十代で目立った手柄など立てたことはなかった。それも十三歳という若さは、かれら以前の近習衆にも例がない。

信長に格別に重用されているかれらだからこそ分かる。森乱丸は数年のうちに必ず随一の寵臣《ちょうしん》になる、と。

「使者は夜明けに発《た》て。それまでに触状《ふれじょう》をしたためておく」

信長は、そう言いおくと、座を立った。

上席の者、宿直番《とのいばん》の者、乱丸以外の使者を命ぜられた者らも、次々と会所をあとにする。

宗顒の世話係を仰せつかった孫丸と愛平も、僧の疲れ切った躰をささえながら、出ていった。

すると、先刻、乱丸の城下見廻りに同道しようとして、結局はやめてしまった三人が、乱丸を取り囲んだ。

「この果報者《かほうもの》めが」

「わしの弟にならんか」

「存分にあやからせてもらうぞ」

などと言いながら、飯河宮松、伊東彦作、薄田与五郎は乱丸に襲いかかり、躰をくすぐり始めた。

「お、おやめ下さい」

と言われてやめる三人ではなかった。

三

翌日未明、支度を調《ととの》えた乱丸が会所へ出向くと、そこには楠《くすのき》長諳《ちょうあん》が待っていた。平安時代の三蹟《さんせき》のひとり、藤原行成《ふじわらのゆきなり》を祖とする世尊寺《せそんじ》流を学んだ当代一流の書家で、信長の右筆《ゆうひつ》をつとめる。

このころの信長の発給文書の多くは、長諳筆のものであった。

「乱丸は初のお使者の役じゃな」

眉に白いものが混じる長諳は、孫の年齢《とし》というべき少年に微笑みかける。

「さようにございます」

「気張りすぎて、落馬などせぬようにな」

「はい。道中、よくよく気を配ります」

長諳は、触状を状箱《じょうばこ》に納めると、それを乱丸に差し出した。

恭《うやうや》しく受け取った乱丸は、状箱を持参の打飼《うちかい》に入れる。

筒型に縫われた布袋《ぬのぶくろ》を打飼という。当座の食料その他、諸々の物入れとして、軍陣用に士卒ともに用いた。

「長諳どの。ひとつ、お手伝い願えませぬでしょうか」

「何かの」

「打飼の紐《ひも》をわたしの背で強く結んでいただきたいのです」

「易《やす》きことじゃ」

「されば、御免」

乱丸は長諳に背を向けると、状箱を入れた袋の部分を胸につけ、両端の紐をそれぞれ右肩と左腋《わき》の下から後ろへ回した。

「胸に抱えてゆくか」

乱丸の背で紐をきつく結びながら、長諳はまた微笑んだ。

「常にわが目の見えるところに置いておきたいのでございます」

「よき心掛けであるぞ」

向き直った乱丸は、ありがとう存じました、と礼を陳《の》べた。

「長諳どのも夜通しのお役目でお疲れと察します。風邪など召しませぬように」

「これは、やさしいことを言うてくれる。わしもよくよく気をつけようぞ」

「これにて」

しかし、乱丸は、会所を出ようとしたところ、なんと信長に出くわし、急ぎ、その場に折り敷いた。

信長というのは、朝が早い。睡眠の時間《とき》が極端に短いのである。天下布武を成し遂げるためには、やらねばならないことがそれほど多いということであった。

「発つか、お乱」

「はい。これより、ただちに」

「そちが往けば、お禰《ね》も喜ぼう」

信長がお禰とよぶのは、羽柴秀吉の妻の禰々《ねね》である。

乱丸が初めて安土へやってきた日の翌日、破れた小袖《こそで》と袴《はかま》に、汚れた肌衣《はだぎ》も持っていって、後日、どれも新品のようにして返してくれたのが禰々であった。そういえば、あれから乱丸は会っていない。

「なれど、お乱、お禰めに籠絡《ろうらく》されるでないぞ。あれは、口にこそ出さねど、そちを養子にと望んでおるゆえな」

信長はちょっと笑った。

「まさか、そのようなこと……」

禰々からは、石女《うまずめ》であることを、初対面の折りに告白された乱丸だが、だからといって、養子話は飛躍のしすぎだと思う。

「子のない羽柴家には、いずれは予が子をくれてやりたいと思うていたが、残念ながら、筑前ほどの器量に見合う者はおらぬ。凡庸の子を押しつけるのは、いささかな……」

語尾を濁す信長の表情から、乱丸は秀吉・禰々夫妻に対する愛情をみた。と同時に、主君信長がここまで私的なことを自分に話してくれたという事実に、喜びと誇らしさもおぼえずにはいられなかった。

「では、行ってまいります」

乱丸は、内府亭を出た。

門前で、森家の士とともに待っていた傅役《もりやく》の伊集院藤兵衛《いじゅういんとうべえ》が、状箱を胸に抱える乱丸を見て、満足げにうなずいた。

馬上の人となった乱丸は、空を見上げる。

夜が明け、光が射《さ》してきた。

「まいろう」

乱丸は、馬腹《ばふく》を蹴った。

安土城下を抜けて東山道《とうさんどう》へ出た乱丸ら三騎は、昇る朝日に向かって疾走し始めた。

よい日になりそうだ、と心が浮き立つ。

初めて使者として訪れる羽柴家が、その後、信長の逆鱗《げきりん》に触れることになろうとは、夢想だにせぬ乱丸であった。

第八章　猿《さる》の綱渡《つなわた》り

一

越前北庄《えちぜんきたのしょう》に集結した織田《おだ》軍は、三万余。

柴田勝家《しばたかついえ》を総大将に、羽柴秀吉《はしばひでよし》、滝川一益《たきがわかずます》、惟住長秀《これずみながひで》ら名ある精鋭部将が打ち揃《そろ》って、北庄より出陣したのは、秋も半ばのころである。

命懸けの密行で、能登七尾《のとななお》城の惨状を安土《あづち》まで告げにきた孝恩寺宗顓《こうおんじそうせん》も従った。

信長その人は、戦況次第で、みずから大軍を率いて出馬する意向を固めた。

軍目付《いくさめつけ》として従軍した大津伝十郎《おおつでんじゅうろう》が、急ぎ安土に戻ったのは、それからほどなくのことである。

軍目付というのは、将士の戦陣における勇怯《ゆうきょう》、功名《こうみょう》を監察して、主君に報告するのをその任とする。

折しも、信長は寝所に入ったばかりで、乱丸も奥の宿直番《とのいばん》のひとりとして控えの間《ま》に腰を落ちつけた頃合いであった。

表から、薄田与五郎《すすきだよごろう》が走ってきて、万見仙千代《まんみせんちよ》に伝十郎の帰陣を伝えた。

「火は」

仙千代が与五郎にたしかめる。

「二位法印《にいのほういん》どのがただちにお指図を」

「まだおられたか」

二位法印はいましがたまで信長と話し込んでおり、辞去したばかりである。内府亭《だいふてい》を出ようとして、伝十郎に出くわし、とどまったのであろう、と察せられた。

仙千代は信長に取り次いだ。

「伝十郎は会所か」

「さようにございます」

信長は気早《きばや》である。夜具《やぐ》をはねのけ、寝所を出た。

（何があったのだろう……）

信長に従って廊下を足早に進みながら、乱丸は事の重大さを思った。進攻を開始したばかりの軍より、軍目付が離脱して戻ってくるなり、夜中にもかかわらず、信長に拝謁を求めたのだから、よほどの緊急事態であることは疑いない。

会所に着くと、早くも火が入っていて、明るくなっていた。二位法印の指図に抜かりはない。

「申せ」

座に着くや、信長が伝十郎に命じた。前置き抜きで本題に入れという意である。

「羽柴筑前守《ちくぜんのかみ》が軍令に叛《そむ》き、陣を払《はろ》うて、長浜《ながはま》へ引き上げましてございます」

近江《おうみ》長浜が羽柴秀吉の居城である。

驚天動地というべき変報ではないか。誰もが耳を疑った。

（まさか、そんなことが……）

乱丸にも信じがたい。

「子細《しさい》は」

と信長に促され、伝十郎が事の顚末《てんまつ》を語り始めた。

織田軍三万余の目的は、七尾城の救援にあるが、越前から能登をめざすには加賀《かが》を抜けていかなければならない。しかし加賀は、金沢御堂《かなざわみどう》を政庁として、まるごと一向一揆の国であり、これまでも柴田勝家は散々に悩まされている。羽柴、滝川、惟住らの勇将が投入されたからといって、ただちに滅ぼせるような対手《あいて》ではない。

だから、勝家は、拙速《せっそく》を避けて、一揆勢の出方をみながら、慎重な侵攻策戦《さくせん》をとることにした。

この総大将の策戦を、秀吉は真っ向から否定したのである。

敵の出方に応じるというのは場当たり的ともいえる消極策であって、それではいつ七尾城へ到着できるか分からない。ここは、多少の犠牲を払ってでも一挙に能登入りを果たすべきである。そのための大兵力ではないか、というのが秀吉の異見《いけん》であった。

「兵を多く損じては、能登入りできたとしても、上杉謙信《うえすぎけんしん》には勝てまいぞ」

勝家がそう反論すると、

「上様《うえさま》がおんみずから後詰《ごづめ》をなさるおつもりにあられる。兵の数で劣ることはない」

秀吉も負けじと再反論し、さらに語を継いだ。

「謙信に七尾城を奪《と》られては、上杉の南下を容易ならしめることになり申そう。そうなれば、われら織田は、武田信玄《たけだしんげん》の西上以来の苦境に陥るは必定《ひつじょう》。七尾城を救うことは織田を救うことにござる」

「筑前。さようなことは、おぬしに言われずとも分かっておるわ」

「ならば、それがしの異見をお容《い》れいただきたい」

「おぬしは、加賀の一揆勢の粘《ねば》り強さも、狡猾《こうかつ》さも知らぬのだ。いささか時を要しても、一揆勢の城砦《じょうさい》をひとつひとつたしかに潰《つぶ》してゆかねば、必ず手痛い反撃を食《く》らうぞ」

守護大名の富樫《とがし》氏を滅ぼし、九十年の永《なが》きにわたって「百姓の持ちたる国」を維持しつづけてきた加賀一向一揆のしたたかさは、たしかに侮れないものであった。

「いくさでは、拙速か巧緻《こうち》、いずれかを選ばねばならぬ時がござる。七尾城の窮状を思えば、拙速をもって処するのが、この筑前は至当と存ずる」

「猿に兵法《へいほう》を説《と》かれるとは、みくびられたものよ」

猿、と信長が秀吉をよぶときは主君の愛情が滲《にじ》むが、余の者がそうよぶときの心情はまるで異なる。素生《すじょう》も怪しい卑賤《ひせん》の身より織田の重臣にのしあがったことで、そういう蔑《さげす》みから逃れられないのが秀吉である。

「上様より総大将を命ぜられたは、この柴田勝家である。わが采配《さいはい》に従わぬと申すのならば、上様への謀叛《むほん》とみなす」

「それがしが上様に叛くと言われるか。羽柴筑前は稲生原《いのうはら》のどなたかとは違う」

二十余年前、柴田勝家が信長の弟信行《のぶゆき》を擁立すべく、林佐渡守《はやしさどのかみ》らと語らって、信長軍と合戦に及んだのが尾張《おわり》の稲生原である。それで敗れた勝家は、信長に服したばかりか、かえって信行の誅殺《ちゅうさつ》に一役買《ひとやく》っている。

「猿。汝《うぬ》は……」

「これにて、御免蒙《こうむ》る」

どちらも、言ってはならないことを口にした挙げ句の物別れであった。

右が、伝十郎の報告である。

「それがし、軍目付として、上様のご裁可を仰いでのち進退いたすべしと申しつけたのでございますが、筑前守は聞き容れず、加賀を陣払いいたしましてございます」

伝十郎が秀吉を筑前守と呼び捨てにするのは、織田軍将士の監察の任をまだ解かれていないからである。

（筑前どのが……）

乱丸は、秀吉のこの先を案じた。

秀吉への陣触《じんぶれ》の使者をつとめただけに、他人事《ひとごと》ではない。禰々《ねね》のことはさらに気がかりである。

いくさの策については、宗顒のためにも秀吉の考えのほうに賛成したいものの、問題はそれではない。

（上様の許しを得ずに陣払いされたのは、あまりのご軽挙）

信長のおもてが朱に染まっている。

この一件を、信長の一代記『信長公記《しんちょうこうき》』はこう記す。

「羽柴筑前御届をも申上げず帰陣仕候段、曲事《くせごと》の由御逆鱗《げきりん》なされ」

逆鱗というのは、龍の喉許《のどもと》に逆さに生じた一枚の鱗《うろこ》をいい、これに触れた者を怒って殺す。そこから、天子《てんし》や王の立腹のさまを表すことばとして用いられた。つまり、貴人のこれ以上はない激怒である。

「筑前を誅殺する」

と信長が言いだせば、誰にもとめられはしない。

乱丸は、固唾《かたず》を呑んで、信長の唇を見つめた。

「そのほう、何を見てまいった」

突然、仙千代が声を荒らげたので、皆が注視する。

誰よりも驚いたのは、乱丸であった。仙千代から怒りの矛先《ほこさき》を向けられたのが自分だったからである。理由《わけ》が分からない。

「長浜への陣触の使者をつとめたのは、お乱、そのほうであろう」

「はい……」

「そのさい、筑前どののご様子は、どのようであったのか」

いったい仙千代は何を言いたいのであろう。そして、自分に対してなぜ腹を立てているのか。混乱する乱丸であった。

「筑前どのは、きたる西国《さいごく》攻めのため、播磨《はりま》への下工作《したこうさく》に日夜奔走しておられる。それでも上様の御下知《おんげち》とあらば、筑前どのは喜び勇んで北国《ほっこく》でも関東《かんとう》でもどこへでも軍を率いて往《ゆ》かれよう。なれど、人は、あまり疲れすぎると、当人も気づかぬうち、身にも心にも障《さわ》りの生じることがあるものだ。もしや筑前どのにそうした兆《きざ》しがおありだったのではないか。おありだったとしたら、これをしかとみて、上様にご報告申し上げるのも、そのほうの任。上様が、陣触の使者だからというて、陣触をいたすだけでよいのなら、三歳の童《わらべ》でもつとまる。上様が、織田家ご重臣の筑前どのへの使者に、わざわざそのほうを選んだのは、森乱丸は年少でもそうした目配りのできる者、とご期待なされればこそ。こたびの筑前どのらしからぬ不行跡《ふぎょうせき》の因が、そうしたところにあったとすれば、そのほうも同罪と心得よ。分かったか、お乱」

ほとんどひと息の、仙千代から乱丸に対する激しい叱責《しっせき》である。

仙千代が乱丸を日頃より引き立てているのは、近習《きんじゅ》衆の誰もが知るところであるから、思いもかけない成り行きというほかない。会所の空気は張り詰め、皆、息を殺したままであった。

「分かったかと訊《き》いたのだ。返辞をいたせ、森乱丸」

仙千代の鋭い声がまた響き渡る。

「相分《あい》かりましてございます」

唇を噛《か》み、声をふるわせながら、乱丸は床にひたいをつけた。叱責の内容よりも、敬愛してやまぬ仙千代にここまでひどく怒鳴りつけられたことが辛《つら》い。

（わたしはもはや、仙千代どのに嫌われた……）

涙が溢《あふ》れそうであった。

「お乱」

信長によばれた。

乱丸はおもてを上げる。

信長の顔から朱色が薄れているが、いまの乱丸にはそれに気づく余裕はない。

「明日、長浜まで使いをし、筑前に伝えよ」

乱丸の心はさらに乱れた。

（上様はきっとわたしを罰せられるのだ）

仙千代から、秀吉の勝手な陣払いに関わって同罪ときめつけられた直後なので、そう思うしかなかった。

「出仕《しゅっし》に及ばず。長浜に謹慎」

その命令をのこして、信長は会所を出ていった。

今夜の奥の宿直番である仙千代らが随行する。

表の宿直の者たちも、座を立ってゆく。

だが、乱丸は立たなかった。いや、立てなかった。

「お仙どのはどうかしている。そなたへの叱責は理不尽にすぎよう」

乱丸の肩に手をおいて慰めたのは、与五郎である。

「わたしは、謹慎に……」

茫然《ぼうぜん》と乱丸は口にした。

「何を申しておる。謹慎はそなたではない、筑前守どのだ」

「筑前どのが……」

「お手柄つづきの森乱丸でも動転いたすことがあるのだな」

ちょっと笑った与五郎は、気を落とすな、と言い置いて会所をあとにした。

(わたしは罰せられないのか……)

ぼんやりと思いながら、会所内を見渡した。

自分のほかにのこっているのは、ひとりだけである。

乱丸は、二位法印に頭を下げると、のろのろと立ち上がった。

「見事な役者ぶりであったな」

と二位法印が言ったので、乱丸は動きをとめる。

「あの、二位法印どの……仰《おお》せの意が……」

「仙千代のことじゃ」

ますます乱丸には分からない。

「上様は、伝十郎の復命を聞き終えられた直後、腸《はらわた》が煮えて、筑前を切腹、もしくは追放刑に処すつもりにあられた。上様が激昂《げっこう》のあまり家臣を弊履《へいり》のごとくお捨てになるのは、めずらしゅうない。そのことは、以前わしが、そなたに申し聞かせたとおりじゃ。なれど、いまは、先に仙千代がそなたをあまりにきつう叱りつけたことで、お気を殺《そ》がれてしもうた。それも、仙千代の叱責はむちゃな言いがかりであった。翻《ひるがえ》って、ご自分の筑前への怒りはどうか。それで、切腹も追放も行き過ぎと思い直された」

「されば、お仙どのがわたしをお叱りになられたのは……」

すべては、信長の秀吉への怒りを和らげるための、仙千代の狂言だったのである。

「そういうことじゃ」

乱丸の心を被《おお》っていた暗雲が、みるみる吹き払われてゆく。

「仙千代も、対手がそなたなればこそできたことであろうな。お乱ならば、その場は決して取り乱さぬ、と。取り乱されては、上様があらたにお苛立《いらだ》ちを募らせる恐れがあるゆえな」

「もし何かひとつでも違《たが》えれば、お仙どのこそ上様のお怒りを……」

「申したはずじゃ。お仙のやることに間違いはない、と」

「お仙どのは、筑前どのを守るため、身をお捨てになられたのでございますね」

「上様を守るためである」

「えっ……」

「羽柴筑前の力なくして、上様の天下布武《てんがふぶ》は成し遂げ難《がた》い」

そうであった、と乱丸もあらためて思い起こす。

暴を禁じ、兵を治め、大を保ち、功を定め、民を安んじ、衆を和せしめ、財を豊かにする。これが、中国より伝わる「武の七徳」である。しかし、信長自身は、異朝の史書に学んで天下布武を標榜《ひょうぼう》したのではない。まだ美濃斎藤氏と戦っていたころに沸き起こった思いが、図らずも武の七徳に合致した。その思いを汲み取って、明快なことばにしたのは、信長の名付け親の禅僧、沢彦宗恩《たくげんそうおん》であった。沢彦は、幼少年期の信長に影響を与え、天下布武の印文を撰したことでも知られる。

右のことを、三左衛門より聞かされた幼い頃は、頭では理解できなかった乱丸だが、心は感じた。織田信長という御方《おかた》は凄いのだ、と。

学問に精励するようになり、中国の歴史も学ぶうち、頭でも理解し、心はなおさら感じた。なにものに学ぶこともなく、天下に武の七徳を布《し》くと決意し、これを阻《はば》まんとする者とは断固戦う信長の天才性と強靱《きょうじん》さに。

そして、信長の心に天下布武の志が生まれたのと同じとき、わが身がこの世に誕生したという至福には、いまでは陶酔すらおぼえる乱丸なのであった。

二位法印の言うとおり、天下布武の障害となる者を討つのに、秀吉ほど得難《えがた》い武人を、乱丸もほかに思いつかない。

「天下布武のため。上様の家臣たるわれらの思いは、何事もそこから発せられねばなるまいぞ」

「はい」

乱丸の顔にも声にも生気が戻った。

「火の始末をしてゆけ」

会所をあとにする二位法印を、深々と頭を下げて見送ってから、乱丸は火を消し、明かり道具をすべて片づけた。

ところが、信長の寝所の控えの間へ戻ると、仙千代にやんわりと廊下へ押し戻された。

「明日は長浜へのお使者ではないか。もう寝《やす》むがよい」

いつものやさしい仙千代である。

「会所でのご叱責の理由、二位法印どのがお説き明かし下されました」

「そうか。敵《かな》わぬ、あのお人には」

「お仙どの。わたしは……」

「辛い思いをさせたな」

仙千代が、乱丸の手をいちど握ってから、身を離し、控えの間へ戻った。

「兄《あに》さま……」

われ知らず、乱丸は喘《あえ》ぐように洩《も》らした。

亡き兄の伝兵衛《でんべえ》の俤《おもかげ》は、いまでは心より失《う》せかけている。乱丸にとって、兄さまは仙千代であった。

二

近江長浜城は、同じ琵琶湖畔でも、山城《やまじろ》の安土城と異なり、平地に築かれ、すべての濠《ほり》が湖水で満たされた水城《みずじろ》である。

大津《おおつ》・坂本《さかもと》と結ぶ湖上交通の要衝《ようしょう》たる朝妻湊《あさつまみなと》を抱え、堺《さかい》と並ぶ一大鉄炮生産地の国友《くにとも》を掌握する領地を、信長が秀吉に与えたのは、その信頼の大きさを示す。

乱丸にとって二度目の訪問である。

今回も、伊集院藤兵衛《いじゅういんとうべえ》と森家の家士を一名随行させている。

いまだ拡張普請の槌音《つちおと》の喧《かまびす》しい城下町を抜けて、大手門の前へ達すると、そこには若い武士が二人立っていた。

いずれも見覚えのある二人は、乱丸の姿を発見するや、待っていたかのように、頭を下げて出迎えたではないか。

「こたびも森乱丸どのがお使者とは、あるじ筑前守も悦《よろこ》びましょう」

石田佐吉《いしださきち》が如才なく言った。

秀吉の近習で、十八歳。諱《いみな》は三成《みつなり》である。

「あるじの奥方はさらに悦び申そう」

同じく近習の大谷紀之介《おおたにきのすけ》が付け加える。こちらは十九歳。諱《いみな》は吉継《よしつぐ》。

「筑前守どのは上様のお使者を予期されていたのでありましょうか」

と乱丸はたしかめる。

「あのような愚行を犯せば、まずは詰問《きつもん》のお使者がまいられ、そののち切腹か追放を命ぜられるは、当然の報《むく》いにござる。まことに困ったあるじと申すほかなし」

溜《た》め息《いき》まじりにかぶりを振る佐吉であった。紀之介もうなずく。

乱丸は、詰問使ではないのだが、それを告げることより、秀吉の家臣の予想だにしなかったようすに戸惑うばかりであった。

加賀陣における秀吉の勝家に対する献策は、充分に納得できるものであったように思われる。乱丸が秀吉の家臣ならば、信長の許可なく陣払いしたことについては支持できなくとも、困ったあるじとあきれることなど、決してありえない。むしろ、七尾城の籠城《ろうじょう》勢を一刻も早く助けたいという秀吉の情け深さを、好もしく思ったであろう。

「されば、城内へ。筑前守がお待ち申し上げております」

佐吉と紀之介に案内されて、乱丸らは大手門より入った。

乗馬《じょうめ》を預け、随行の家士を遠侍《とおさぶらい》にのこし、乱丸主従は導かれるまま本丸のほうへ進んだ。

長浜城内は、広々として整備が行き届き、吹き渡ってくる湖風も心地よい。

「なんとも奇異と申すほかなし」

藤兵衛が、小声で乱丸に言った。

「うん……」

軍令に背《そむ》いて勝手に陣払いしたのだから、重い処罰を受けるのは必至、と羽柴家の君臣一同が容易に察せられよう。となれば、信長の沙汰《さた》を待って神妙の態《てい》というのが、まずは穏当《おんとう》な対処法である。もしくは、逆に、秀吉は間違っていないと皆が信じて、軍装を解かず、場合によっては一戦も辞さぬというかまえをみせるか。いずれにせよ、長浜城は緊迫感でぴりぴりしていなければおかしい。

ところが、佐吉と紀之介は言うに及ばず、乱丸らがすれ違う城内の者らに、そうしたところはまったく見られないのである。それどころか、至極のんびりとしたものであった。

前回、陣触の使者として訪れたときのほうが、少しは城内に緊張感があったように、乱丸は思う。藤兵衛が奇異に感じるのも無理はない。

あまつさえ、歓声と拍手が聞こえてきたではないか。

乱丸主従が連れていかれたのは、本丸天守の下に広々と設けられた馬場であった。

そこでは、相撲が行われていた。

「あるじは、あれに」

と佐吉が腕を伸ばして示す。

この当時の相撲に土俵はない。見物人の囲いの最前列が土俵の縁《ふち》代わりで、その中で取り組みは行われた。

見物人の中に、ひとりだけ肩車をされて、片肌脱ぎで拳《こぶし》を振り回しながら、力士に声援を送っている小男がいる。

「あ……」

思わず、乱丸は声を洩らした。

小男は秀吉である。

ちょっと高いところではしゃぐ秀吉を、こうして遠目に眺めると、本物の猿に見える。これが間近《まぢか》で顔を見ればハゲねずみに似ているのだから、信長というのは本当に綽名《あだな》をつけるのがうまい。

ちょっとおかしくなってしまった乱丸である。

こちらに気づいた秀吉が、肩車を下りて、みずからの足であたふたと駆けつけてきた。

顔は笑っている。

「やあ、乱丸どの。それがし、次の相撲会《すまいのえ》では、なんとしても羽柴家より一番の力士を出すべく、日々奮励させているのでござる」

信長は熱狂的といえるほどの相撲好きである。みずから取ることはないものの、たびたび相撲会を開催しては、身分の上下にかかわらず取り組ませて観戦した。成績優秀者には、褒美を与え、家臣として召し抱えることもめずらしくない。

「なれど、なかなか強くなり申さぬ。できれば、それがしが出たいくらいなのでござるが、背が足りませぬでな、五尺ばかり」

「五尺は大げさにございましょう」

笑いたいのを怺《こら》えて、乱丸は言った。

「なら、四尺」

「それも……」

「では、正直に言うて下され、乱丸どの」

「あと一尺あれば充分にございましょう」

「さようか、一尺も足らぬか。さまでそれがしはちんまいのでござるな」

しょんぼりしてしまう秀吉であった。

「あ、いえ……」

いかに信長から猿だのハゲねずみだのと笑われる秀吉だからといって、いち近習にすぎぬ自分までがからかってよいものではない。羽柴秀吉は織田家重臣なのである。

「つい、はずみで無礼を申しました。お詫《わ》びいたします」

乱丸が頭を下げると、

「なんと乱丸どのはおやさしい」

秀吉は声を湿《しめ》らせた。

同僚や、以前はおのれより身分の上だった者らから、身体的な引け目を陰《かげ》に日なたに嗤《し》笑《しょう》されても、いつもにこやかな秀吉である。だが、本当は傷ついているはずだ、と乱丸は感じた。

「こたびのことで、羽柴家では、一族郎党こぞって、それがしに冷《つめ》とうござってな。ご上使が遣《つか》わされる前に、それがしの首を安土に届けるべしと申した者さえおる」

「加賀陣の経緯がどうあれ、そのように主君を蔑《ないがし》ろにする家来を、筑前どのはお赦《ゆる》しになられたのでしょうか」

乱丸は秀吉のためにちょっと憤慨した。

「赦すほかない。申したのは、お禰《ね》ゆえ」

「えっ……」

秀吉の正室の禰々のことだが、乱丸の印象では、母性を強く感じさせる女性《にょしょう》で、一時の怒りにまかせてそんなことを口走るようには見えない。それに、秀吉と禰々は鴛鴦《おしどり》夫婦として知られている。

「ともあれ、それがしに引導《いんどう》を渡すお人が乱丸どのであったことは、筑前はまことに仕合《しあ》わせ者にござる」

やはり秀吉は切腹を覚悟していたのであろうか。そう察すると、乱丸は、自分が善《よ》いことをしにきたように思えた。

謹慎刑は、信長の勘気《かんき》が解けるまでのことである。むろん、何かまたしくじりを犯せばその限りではないものの、切腹を覚悟していたのなら、この処罰を秀吉も禰々もむしろ歓迎してくれるであろう。

三

「お待たせいたしましてございます」

石田佐吉が乱丸を迎えにきた。

上使の任は、儀式をもって行わなければならないので、あらためて、乱丸は城中の最上の部屋で持参の正装に着替え、秀吉もまた別室で容儀を調《ととの》えている。

先に乱丸は、自分は処罰の上意書だけを渡しにきたのであって、今後も安土から詰問使が来ることはないと伝えてある。

佐吉の案内で、乱丸が長浜城の本丸御殿の広間へ入ると、秀吉以下、羽柴家の主立《おもだ》つ者らに平伏して迎えられた。禰々の姿も見える。

乱丸の上段之間への着座を待って、随従の藤兵衛が命じた。

「一同、おもてを上げられよ」

状箱より書状を取り出した乱丸が、「上」と記されている表を皆に向け、

「上意である」

と宣するや、ふたたび一同、平伏する。

乱丸は、恭《うやうや》しい手つきで書状を披《ひら》いた。

「羽柴筑前守秀吉、其ノ方儀《そのほうぎ》……」

一字一句、よどみなく、はきはきと乱丸が読み上げてゆく。その声の聞き取りやすさと落ちつきぶりに、藤兵衛は心中で微笑《ほほえ》んだ。

書状の文言は、秀吉が勝家と衝突した策戦の是非については言及せず、無許可で陣払いをしたことのみを咎《とが》めるものであった。

「……仍《よ》ッテ、長浜城ニ謹慎ヲ申シ付クル者也《ものなり》」

読み了《お》えた乱丸は、披いた書状の文面側を秀吉に向けて示す。

秀吉のほうは、恐懼《きょうく》して処罰を受ける旨《むね》を口頭でこたえた。

乱丸が畳んだ書状は、藤兵衛の手を経て秀吉に渡される。

役目を了《お》えた乱丸は、上段之間を下り、秀吉らが平伏する中、広間を出た。

あてがわれた部屋へ戻って、着替えを済ませたころ、秀吉と禰々がやってきた。両人も正装を解き、日常の装《よそお》いに戻っている。

「早まってこの人の首を刎《は》ねなくて、ようございました」

禰々が笑った。

「よもや、本気でそのようなことを……」

戯《ざ》れ言《ごと》だったのであろうと思いつつ、乱丸は訊き返す。

「わたくしは、これほどの大事に戯れ言は申しませぬ」

本気だったのである。

「それは、お禰どの。羽柴家のお取り潰しだけは避けたいとの思いからにございますか」

「大恩ある上様のお怒りをかったのです。筑前が命《いのち》をもって詫びるのは当たり前。なれど、筑前の首を差し出したあとは、上様には柴田どのも処罰していただきます。そのときもし柴田どのはお咎めなしと仰せであれば、われら羽柴家は挙げて、上様に叛き奉り、筑前の弔《とむら》い合戦をいたします」

にこやかに語った禰々に、乱丸は全身が総毛立つのをおぼえた。

「そ、そなた……そんな恐ろしいことを考えておったのか」

乱丸以上に、秀吉が驚き、おもてをひきつらせている。

「あら、お気づきかと思うておりましたのに」

禰々はちょっと肩をすくめてみせた。

「乱丸どの。いまお禰の申したことは、上様にはお伝え下さるな。お願い申す。このとおりにござる」

乱丸に向かって両掌《りょうて》を合わせる秀吉であった。

「決して伝えませぬ」

するとと、禰々が、今度は喉首《のどくび》を反らして笑いだす。

「お二人とも、お気の小さいこと。お伝えしたところで、上様なら必ず大笑いなされましょう」

「お禰。そなた、むこうへ行っておれ。わしは乱丸どのと話がある」

「わたくしも乱丸どのとお話がしとうございます」

「あとにいたせ」

「はい、はい。せいぜいちんまいお話でもなされませ」

出てゆく禰々の後ろ姿を追いながら、乱丸はしかし、まったくいやな気にはならなかった。それどころか、初めて会ったときの温かい母性を、いまのやりとりの中で、より強く感じたのである。

(居心地のよい人だなあ……)

と心より思った。

「乱丸どの。上様のご勘気はすぐに解けるとお思いか」

「わたしには分かりませぬ。上様のお心次第にございましょうゆえ」

「それ。それなのじゃ。上様のお心は、なかなか一筋縄《ひとすじなわ》では……」

「小僧が生意気を申すようですが、わたしは、筑前守どのがおらねば、上様の天下布武は成り難しと思うております」

二位法印の受け売りだが、そればかりではない。乱丸は、信長自身の口から発せられた秀吉への情愛を、今朝になって思い出し、得心したのである。

「ほんに乱丸どのはおやさしい。お禰が養子にしたいと望むのも……あ、これは、愚かなことを申した」

「わたしが過日、陣触の使者としてこちらへまいる日の朝、上様は仰せられました。子のない羽柴家には、いずれ予《よ》が子をくれてやりたいと思うていた、と」

「まことか、乱丸どの」

「はい、まことにございます。そして、こうも仰せられました。残念ながら、筑前ほどの器量に見合う者はおらぬ、凡庸の子を押しつけるのは、いささかな、と。これが上様の筑前守どのへのご本心とわたしは思いました」

秀吉の猿顔がみるみる笑み崩れてゆく。

「よかった、よかった。やはりお使者が乱丸どのでよかった」

乱丸の両手をとって、秀吉は幾度も揺さぶった。

乱丸も何やら心地よくなってしまう。

藤兵衛の表情が、目に入った。なぜか、少し不機嫌そうである。

藤兵衛は、おのれの唇に、人差指をあててみせた。

（お口が軽うございますぞ）

とでも言いたげではないか。

そうかもしれない、と乱丸自身も思う。しかし、禰々と秀吉の前ではなぜか舌が滑らかになってしまうのを、止めようがないのであった。

四

秀吉の謹慎に前後して、もうひとつ信長の逆鱗に触れる事件が起こった。

本願寺《ほんがんじ》攻めの主将・佐久間信盛《さくまのぶもり》に与力《よりき》として従っていた松永久秀《まつながひさひで》・久通《ひさみち》父子《おやこ》が、居城の大和信貴山《やまとしぎさん》城に籠城し、叛旗《はんき》を翻したのである。

ひそかに本願寺に通じ、北国の上杉謙信の動きに呼応したことは明らかであった。

信長にすれば、かつて足利義昭《あしかがよしあき》に与《くみ》して刃を向けてきたにもかかわらず、その能力を買って罪を赦し、用いてきた松永父子である。いちどは、外交に長《た》けた松井友閑《まついゆうかん》を遣わし、翻意の最後の機会を与えようとした。だが、父子が友閑との会見を拒否したので、信長は、岐阜《ぎふ》の信忠《のぶただ》に久秀の誅伐を命じた。

北国の織田軍が加賀一向一揆の前に進軍を阻《はば》まれ、能登七尾城の救援にはほど遠い苦境に立たされていることが、松永父子を強気にさせたといえよう。

そして、とうとう謙信が七尾城を陥落せしめる。籠城勢の中でもともと親上杉派であった遊佐続光《ゆさつぐみつ》、温井景隆《ぬくいかげたか》らが謙信に内応し、長続連《ちょうつぐつら》・綱連《つなつら》父子を筆頭とする親織田派を謀殺し、上杉軍を城中へ引き入れたのである。

長一族は皆殺しにされた、と安土まで伝わった。孝恩寺宗顓の無念を思いながら、乱丸は北へ向かって掌《て》を合わせた。と同時に、秀吉の身が案じられた。秀吉が陣払いをして織田軍の動揺を招いたことが、七尾城の悲惨な結末と無関係とは言えないからである。

（もはやご謹慎は解けないのでは……）

そのころ、秀吉は、無為《むい》に謹慎していたわけではない。長浜にいながら、播磨へ調略の手を伸ばしていた。

秀吉の智慧袋《ちえぶくろ》として名高い竹中半兵衛《たけなかはんべえ》が、姫路城《ひめじ》の小寺官兵衛《こでらかんべえ》（のちの黒田官兵衛）に播磨経略の先鋒《せんぽう》となることを約束させ、あわせて、その一子松寿丸《しょうじゅまる》を人質に差し出させることに成功したのである。

半兵衛は、十歳の松寿丸を安土へ連れ帰り、信長に拝謁した。

「小寺官兵衛は播磨の国人衆《こくじん》の間で一目置かれる才幹《さいかん》の持ち主。わがあるじ羽柴筑前が官兵衛の力を用いれば、播磨一国を近々に平定できようかと存ずる」

竹中半兵衛の武名は、同じ美濃《みの》生まれということもあって、乱丸も幼いころから伝え聞いていた。

信長ですら永年落とせなかった美濃稲葉山城《いなばやま》を、わずかな人数を率いて乗っ取り、佞臣《ねいしん》に惑わされて不行状のやまなかった主君の斎藤龍興《さいとうたつおき》を諫《いさ》め、半年後に城を返したという武略は、伝説と化している。

秀吉の異数《いすう》の出世も、半兵衛がもたらしたものと言う人は少なくない。それで、どんな豪傑であろうかとあれこれ想像していた乱丸は、陣触の使者として初めて長浜城を訪れたとき、半兵衛に会って、とても信じ難《がた》かった。青白い顔で、ひょろりとして、息をするのさえ大変そうな優男《やさおとこ》だったからである。

いまの半兵衛は、あのときよりもっと痩《や》せたように見える。播磨で苦労したのに違いない。

「そちならば、小寺官兵衛をしかと用いることができよう」

と信長は言った。謹慎中の秀吉の代わりに半兵衛がやればよいという意味である。

(上様のお怒りはまだ……)

乱丸は溜め息が出そうになった。

秀吉の命《めい》をうけて、半兵衛が播磨経略のたしかな道筋をつけたという大手柄なのに、それでもならぬというのであろうか。

「あるじ筑前守の奥方より、上様に願いの儀がござる」

ふいに半兵衛が、話を変えた。

「お禰が……。申してみよ」

「あるじが永く謹慎の身で、羽柴家の者は、畏《おそ》れながら上様へのご奉公に何かと不安をおぼえており申す。よって、筑前守から子へ家督を譲り、その子を当主とすることをお認めいただきたい」

「お禰は異《い》なことを申すものかな。羽柴家には子がおらぬではないか」

「奥方は、養子を立てるつもりにて」

「いずれの子を養子に立てる」

するど半兵衛は、さらりと言ってのけた。

「於次丸《おつぎまる》さまを賜《たまわ》りとう存ずる」

列座の近習衆がどよめいた。

於次丸は、信長の四男である。

乱丸だけが、息苦しさをおぼえた。

信長がそれを望んでいることを、秀吉に明かしてしまったのは自分である。

「筑前のあとを継げると思うのか。凡庸《ぼんよう》であるぞ」

信長は半兵衛をひたと見据えた。

「まだ十歳のご若年《じゃくねん》。筑前守の導き次第と存ずる」

半兵衛の口許が微《かす》かに綻《ほころ》んだように見えた。

「猿め」

信長が吐き捨てた、苦笑と一緒に。

「半兵衛。筑前に伝えよ。急ぎ、北国へ進発いたすべし」

秀吉の謹慎が解かれた瞬間である。

乱丸は、素直に喜べない。べつに秀吉に騙《だま》されたわけではないのだが、どこか釈然としない思いであった。

この一件のあと、秀吉は羽柴軍を率いて北国へ発《た》ち、ふたたび柴田勝家と合流して、加賀一向一揆と戦った。

しかし、七尾城を落として、能登をほぼ掌握した謙信が加賀へ入ったという報が伝わると、勝家は味方に全軍撤退を命じた。これには秀吉も賛成であった。一揆勢に上杉軍が加わっては、織田軍は不利になる。

折しも初冬の季節を迎えようとしている。謙信は越後《えちご》への帰陣の時期を考えて、さらなる進軍を控えるに違いないから、いまは無理をして加賀で上杉軍を食い止めなくとも、むこうがみずから南下を停止するであろう。

俗説では、織田軍は撤退のさい、手取川《てどりがわ》で上杉軍に大敗を喫し、多数の死傷者を出したという。だが、それはありえない。この北国遠征軍は、休むことなく、挙げて大和へ向かい、信忠の松永父子誅伐軍と合流しているのである。上杉と織田が戦ったのだとしても、小競《こぜ》り合い程度だったのではないか。

さらに、佐久間信盛、惟任《これとう》（明智）光秀《みつひで》、細川藤孝《ふじたか》、筒井順慶《つついじゅんけい》らも参じて、信貴山城へ寄せた。

勝家と秀吉の思惑どおり、謙信は織田軍の撤退を知っても、加賀にとどまって追撃せず、ほどなく軍を返した。

ひとまず謙信の南下を案ずる必要のなくなった信長は、織田軍を松永父子誅伐に専念させた。

「お乱。そなたも、そろそろ見ておかねばならぬものがある。京へ往け」

仙千代に申しつけられ、乱丸は、自分と年齢がほとんど変わらぬ十四歳と十二歳の男子を、京へ護送する任についた。この二人は兄弟で、人質として差し出されていた松永久通の子らである。

京では、所司代《しょしだい》・村井貞勝《むらいさだかつ》の屋敷を宿所とした。

そこで、はじめて、兄弟が処刑されることを知った乱丸は、心の臓が早鐘《はやがね》を打った。

処刑当日の朝、兄弟が何やら書いているので、乱丸は訊《たず》ねた。

「親兄弟へのご遺言であろうか」

ところが、かぶりを振られた。

「美作守《みまさかのかみ》どのへの礼状にございます」

と言われて、返すことばがなかった。

美作守とは、佐久間家勝《いえかつ》。佐久間信盛の居城・近江永原《ながはら》城の城代で、信長の命により、兄弟を預かっていた者である。

「懇《ねんごろ》の情くれぐれも有難《ありがた》し」

そう書かれていた。

兄弟は、六条河原に曳《ひ》き出されても、いささかもうろたえず、西に向かって合掌《がっしょう》し、念仏を唱えた。

二人が斬られるとき、奉行《ぶぎょう》をつとめた信長の近習衆の上席、矢部善七郎《やべぜんしちろう》と福富平左衛門《ふくずみへいざえもん》は無表情であった。

しかし乱丸は、両拳を固く握り、唇を強く噛んで、身を強張《こわば》らせた。武門のならい、と口で言うのはたやすいが、酷《むご》すぎると思った。

といって、乱丸に制止できることではない。信長に敵対する者が絶えてしまうまでは、同様のことがつづくのである。

これは、仙千代から与えられた試練なのだ。

(上様の天下布武《てんがふぶ》のため)

おのれに言い聞かせようとしたが、涙はとまらなかった。

兄弟の父久通と祖父久秀の籠《こ》もる信貴山城は、それから数日後、織田軍の総掛かりによって落城する。松永父子は、天守に大量の玉薬《たまぐすり》（火薬）を運び入れ、みずから火をかけて、信長が欲した天下の名物茶器・平蜘蛛《ひらぐも》の釜《かま》とともに自爆した。

事情は異なるものの、どちらも覇者の逆鱗に触れた秀吉と松永父子。前者は鮮やかな綱渡りで信頼を取り戻し、後者はわれから綱を斬って奈落へ転落していったのである。

第九章　信長《のぶなが》の烈火《れっか》

一

大和《やまと》で松永久秀《まつながひさひで》討伐の総大将をつとめた信忠《のぶただ》は、その足で上洛し、従三位《じゅさんみ》左近衛権中将に叙任され、父信長と同じく公卿《くぎょう》に列した。

また、謹慎を解かれた秀吉《ひでよし》は、松永攻めを終えるや、勇躍、播磨《はりま》へ出陣する。

そして、信長には、朝廷より、従二位《じゅにい》右大臣叙任の内示があった。

折しも、安土《あづち》城天主の屋根の葺《ふ》き合わせが成って、外装はほぼ整い、信長は上機嫌である。

「皆々、こたびの上洛では、京 雀《きょうすずめ》の耳目《じもく》を驚かせてやろうぞ」

京雀とは、京に住み慣れた人々、つまり都会人というほどの意味である。

「思うさま華奢《きゃしゃ》風流《ふりゅう》の出《い》で立ちにて随行せよ」

乱丸は、困った。そういう衣類を持っていない。

城下の森屋敷へ戻って、傅役《もりやく》の藤兵衛《とうべえ》に相談したが、

「華奢風流にございますか……」

同じく戸惑いの表情をみせられただけであった。

「金山《かねやま》の御台《みだい》さまにお支度を頼まれては」

乱丸の兄長可《ながよし》の妻、千《せん》のことである。

千は、信長の乳兄弟《ちきょうだい》の池田恒興《つねおき》のむすめであることから、信長その人にもむすめ同然に可愛がられた。だから、信長の好みをよく知っており、また千自身が装《よそお》いの美醜というものを心得ている。

（嫂上《あねうえ》なら……）

いや、よそう、とすぐに思い直した。

（きっと兄上がよい顔をしない）

長可が松永攻めの信忠に従って安土へやってきたとき、乱丸は久々に兄弟の再会を果たしたのだが、そのさい口論をしている。

「上様《うえさま》の近習《きんじゅ》衆は、諸将に対して横柄であると聞こえている。そちは虎の威を借《か》るような真似をゆめゆめいたすなよ」

長可のこの一言がきっかけであった。

たしかに、信長の近習衆の中にはそういう誤解を招きかねない者もいないではない。が、長可のきめつけるような言いかたが、乱丸の癇《かん》に障《さわ》った。

「虎の威を借るとは聞き捨てなりませぬ。われらは、上様の使者として、あるいは奏者《そうじゃ》として諸将に会うことが多いのです。そのさいは、上様のおことばを伝えるのですから、上に立つ形をとるのが役儀《やくぎ》であることぐらい、兄上もお分かりにございましょう」

「対手《あいて》は人だ。心というものがある。永《なが》く命懸けのご奉公をしてきた武人なら、いちども戦塵《せんじん》にまみれたことのないような白面の小僧に、あれこれ指図されるのは気持ちのよいものではあるまい。役儀とて、それなりの接し方を工夫いたすことだ」

「兄上のご忠言をいただくまでもなく、心を砕いて勤めております」

「そういう物言いが、武人には小面憎《こづらにく》く思われるのだ」

「兄上は武人、武人と言われますが、わたしも武人にございます」

「笑止ぞ、乱丸。武門《ぶもん》では、初陣《ういじん》を果たしてはじめて武人となるのだ」

すでに幾度も合戦に出て、織田軍団の若き猛将として勇名を馳《は》せつつある長可は、鼻で嗤《わら》った。

「武人の勤めはいくさをすることのみにてはありませぬ」

「それは、万見仙千代《まんみせんちよ》の受け売りか」

「ならばどうだと言うのです」

「森乱丸は万見仙千代のお稚児《ちご》と噂されておる」

稚児とは、ふつうには赤子《あかご》、童児、小児をさすが、男色の対象となる少年も意味する。

「兄上はわたしをそのように……」

脇指《わきざし》に手をかけそうになった乱丸だが、そのとき偶々《たまたま》、信忠の使者がやってきたので、事なきを得たのである。

乱丸は、座を立ったあと、怒りと口惜《くちお》しさと情けなさとで、涙が溢《あふ》れそうになった。

幼いころから、なぜか長可とは反《そ》りが合わない。森家の当主が、長可ではなく、戦死した異母兄の伝兵衛《でんべえ》であればよかったのに、といまでも思っている。そういう心は長可にも伝わっているのかもしれない。だからといって、歩み寄って仲良くする気はさらさらなかった。

自分をまことの弟と思ってくれている千に頼み事をするのは、むしろ心地よいが、それが長可に伝わることを考えると、気分が滅入《めい》ってしまう。

「嫂上に頼むのはやめよう。美濃《みの》金山との間でやりとりして、支度をしていただくとなれば、それなりの時を要する。上洛日まで幾日もないのに、かえって嫂上に迷惑をかけることになる」

ほんとうは、仙千代に相談すれば話は早いのだが、長可にあのようなことを言われてから日が浅いので、躊躇《ためら》いがあった。

「されば、ご城下でおもとめになられては」

と藤兵衛が別の案を出す。

安土の城下町も、城と同じく、いまだ建設の途中だが、信長が住民や商工業者への優遇策を打ち出したことで、人は続々と集まって、京や堺の呉服商も見世《みせ》を出し始めている。

「そうしよう」

乱丸は、ひとりの供も連れずに町へ出ることにした。供がいては、何を選ぶにしても、つい異見《いけん》をもとめてしまうであろう。

（上様のように……）

政事・軍事だけでなく、何につけみずから即決するのが信長であった。自分もそうありたい。

ところが、町へ出てみると、誰しも考えることは同じで、呉服商などの見世には、早くも信長の馬廻衆《うままわり》、小姓衆《こしょう》、弓衆《ゆみ》ら、上洛の随行を命ぜられた者たちが殺到していた。

「おお、お乱。どうだ、似合うか」

見世先にいた伊東彦作《いとうひこさく》が、自身の躰《からだ》に反物《たんもの》をあててみせた。

「よくお似合いです」

「そうであろう。一緒に選ぶか」

「いえ、わたしはあとで」

まだ日が高いので、ちょっと時をおいてから、再度、呉服商めぐりをしようと思い直し、乱丸は常楽寺湊《じょうらくじみなと》のほうへ向かった。

安土の城下町の内と琵琶湖とを舟で往来できるよう、湖水を内陸に引き込んだ水路がほぼ出来上がっており、その発着港が常楽寺湊である。

舟着場《ふなつきば》では、荷の積み下ろしに立ち働く人々の掛け声が喧《かまびす》しい。

天下布武《てんがふぶ》をめざす信長の本拠は、日々刻々と発展している。信長の近習として、この地でいままさに呼吸し、生きている喜びを感ぜずにはいられない乱丸であった。

大路《おおじ》と大路を連絡する小路《こうじ》、あるいは、その小路を中心とした地域を図子《ずし》というが、乱丸は、湊の近くの図子の一角に、小さな見世を見つけた。

軒先に、長套《カーパ》と見える形の小さな板が吊るされ、そこに〈なんばんや〉と記されていた。

(何の見世だろう……)

なんばんやと称するからには、南蛮の珍奇な品を売っているのであろうか。売っているとしても、まがいものとも考えられるが。

興味は湧《わ》く。信長の南蛮好みを思えば、華奢風流の出で立ちに見合う何かをもとめることができるかもしれない。

玄関の戸も蔀戸《しとみど》も閉じられたままなので、中が見えない。

いや、玄関の戸は、わずかに開いている。

ひと声かけながらも、乱丸は戸を恐る恐る開けた。

「御免」

中は、薄暗く、人けがない。

ふいに、ぼうっと火が灯《とも》され、愡《ぎょ》っとした。

狭い見世土間に、人がひとり立っていたのである。小柄な老婆で、頭髪が薄い。

老婆は、にいっと笑った。すると、唇が皺《しわ》だらけになって、口の中へ吸い込まれた。歯がないらしい。

老婆の右手が、板の間に置かれた陳列台へ差し伸べられている。

そこには、帽子・砂時計・簾《すだれ》・食籠《じきろう》・手巾《しゅきん》・財布・匣《はこ》・撚糸《よりいと》など、ちょっと見にはポルトガル、イスパニア、明《みん》などからきたのではないかと思える品々が並んでいるが、どれもこれも粗雑な印象で、いかがわしいことこの上ない。

法外な値をふっかけて売るのであろうか。それとも、逆に、どうせまがいものだから、安値でも売れさえすれば儲《もう》けが出るのか。

老婆も不気味であるし、こんなところは早く退散したほうがよい。

「じゃまをした」

と老婆に背を向けた乱丸だが、

「奥へどうぞ」

思いのほか若い声によびとめられ、驚いて振り返った。

板の間の奥、狭い廊下の出入口に、べつの人が立っている。

見憶《みおぼ》えがある。

乱丸が初上洛した日、洛中の往還で声をかけてきて、その後、室町姥柳町《むろまちうばやなぎちょう》の南蛮寺でも見かけたキリシタンの女。

（アンナ……）

乱丸は、左手を差料《さしりょう》の栗形《くりかた》に添え、身構えた。この女は、石川五右衛門《いしかわごえもん》の手下。

女が、ちょっとあごを引き、指先で口許《くちもと》を軽く押さえ、上目遣《うわめづか》いの視線を返しながら、ほほほ、と笑った。

最初に声をかけられたときもそうであったが、その凄艶《せいえん》な女ぶりに気押《けお》され、乱丸はどぎまぎしてしまう。

「あのときは偶々《たまたま》、誰とも知れぬ男より、あなたさまのお名をたしかめてくれと頼まれ、銭を貰《もろ》うて、声をかけました。なれど、どうやら、あなたさまには不快なことだったようにございますな」

乱丸の少し殺気立った反応から、心をよんだものか、アンナがそう言った。

「そこもと、アンナと申すのであろう」

「まあ、よくご存じで」

「誰とも知れぬ男、石川五右衛門のほうは、そこもとの名を知っていた。偶々頼まれたというような浅い関わりではないはずだ」

乱丸は警戒心を解かない。

「人に知られたくないことであれば、銭を払うほうは名を明かしますまい。逆に、銭を渡した対手の名はしかとたしかめておく。そういうものではありませぬか」

なかば諭《さと》すようなアンナの説明であった。

言われてみれば、そのとおりである。乱丸は、差料から左手を離し、ふうっと小さく息を吐いた。

「乱丸さま、とお呼びしてもよろしゅうございますか」

「それは、よいけれど……」

「乱丸さまも、こたびの右府《うふ》さまのご上洛のお供をなさるのでしょう」

右府とは、右大臣をさす。正式の叙任は信長が上洛、参内《さんだい》したときになされるが、安土城下の人々は早くも内府《だいふ》（内大臣）さまから、右府さまへと呼びかたを変えている。

「お供衆には、華奢風流の出で立ちにて随行せよ、とのお達しがあったと伺《うかご》うております」

こうしたことは、城下には瞬《また》く間に伝わるものであった。

「乱丸さまのご装束《しょうぞく》、わたくしにお任せ願えませぬか」

「なにゆえ、そのようなことを」

乱丸の心に、ふたたび警戒心がもたげる。

「商《あきな》いのためにございます」

「商い……」

狭い見世内と陳列台のいかがわしい品々を、乱丸は思わず見てしまう。商いというには、ほど遠いように思える。

「ここは、初手《しょて》にすぎませぬ。まことの商いは、これからのこと。なれど、織田家の皆さまにお気に召していただかねば、安土での商いは成り難しと存じます。右府さまご近習衆の乱丸さまのご贔屓《ひいき》を得られれば、これに過《す》ぐる悦《よろこ》びはございませぬ」

「わたしは、上様の近習衆の中でもいちばんの新参者。わたしごときの贔屓を得たところで、利にはなるまいぞ」

「わたくしは、乱丸さまの前途を見据えております」

「わたしの前途がどうだというのか」

「眩《まぶ》しいばかりに光り輝いております」

「そこもと、巫女《みこ》か」

「そのようなものと思《おぼ》し召されてかまいませぬ。わたくしの予言《かねごと》はそのとおりになることがしばしばなのでございます」

予言とは、あらかじめ言っておくことば、約束のことば、あるいは先行きを予想していうことば、などのことである。

アンナが、土間に下りて、折り敷き、頭を下げた。

「わたくしの誂《あつら》える装束がお気に召さねば、この見世を焼き払うなり、わたくしを斬り捨てるなり、いかようになされても恨《うら》み言《ごと》は申しませぬ。なにとぞ」

アンナのようすは、人を騙《だま》そうとしているようにはとても見えない。それどころか、真剣さが伝わってきた。

まだ戸惑いを隠せない乱丸だが、しかし、

「こたびの一度限りなら……」

ついに受け入れたのである。

二

冬も半《なか》ばだが、陽射しの明るい日であった。

洛中の沿道は、京雀が切れ目なく群がって、かれらの歓声、驚声、拍手でまことに賑々《にぎにぎ》しい。

京雀たちが仰ぎ見るのは、二条御新造《にじょうごしんぞう》より出てきた騎馬の行列である。

きらびやかな狩《かり》装束の信長の前後を固める数百騎のお供衆は、ひとりひとりが異装であった。それぞれが興趣を凝《こ》らし、「ありとあらゆる花車《きゃしゃ》風流」で「京都の貴賤《きせん》耳目を驚かし候」と『信長公記《しんちょうこうき》』は記している。

「あのお人は……」

「なんとも美々《びび》しい限りや」

沿道の貴賤上下に一様に息を呑《の》ませ、わけても女たちの眼《まなこ》を釘付けにした者がいる。頭頂に金銀箔をちりばめた真っ赤な羽飾りを立てた、白い綿雲のような帽子。両肩を尖《とが》らせ、胸部は膨らませ、胴回りを細く絞って、前開きの金釦《きんボタン》が光る真紅の胴衣には、天鵞絨《ビロード》の立衿《たてえり》。短い括《くく》り袴に似たカルサンも、金筋の入った赤である。沓《くつ》も赤だが、左右とも甲のあたりに白い造花を付けている。

この赤と白に金の輝きという、ひときわ目立つ装いが、奇をてらったふうには見えず、むしろ常の着衣のように似合って、南蛮の貴公子とはこのようではないかと思わせる。

乱丸であった。

長い睫毛《まつげ》を風にふるわせ、白く艶《つや》やかな頰を幾分、上気させているせいか、乱丸は少年とも少女ともつかぬ妖《あや》しげで中性的な美しさすら漂わせている。

乱丸を目にした女たちは皆、その姿が通りすぎてしまうと、ざわついた。名を知りたい、と誰もがまわりに訊《たず》ねるからであった。

突然、ひとりが、路傍から前へ出て、なかば喘《あえ》ぎながら叫んだ。

「森乱丸さまあっ」

その女は、そのまま腰砕けに頽《くずお》れ、気を失ってしまった。

すると、沿道のあちこちで、森乱丸さま、森乱丸さま、と女たちがたしかめるように、小声でその名を口にしはじめた。

「お仙」

信長が、最も近くで随従する仙千代を見やって、ふふっと笑った。

「こたびの一番槍、いや、一番装束はお乱にきまりである」

「上様がさよう仰せあそばした、とあとでお乱に伝えてよろしゅうござりましょうや」

「伝えよ。お乱には褒美《ほうび》をとらす」

機嫌のよい信長であった。

信長の華麗な騎馬行列は、内裏《だいり》まで進むと、一同、下馬ののち、装いはそのままに日華《にっか》門《もん》より入った。

「お乱。そちも供をせよ」

小御所《こごしょ》の庭へ入るときは随行人数が限られたが、信長みずから乱丸に供を命じた。

そのさい乱丸は、仙千代から、一番装束の手柄はお乱であるという信長の褒詞《ほうし》を伝えられ、天にも昇る心地になった。

（アンナのおかげだ……）

と感謝せざるをえない。

小御所では、信長が、持参した自慢の鷹を帝《みかど》の叡覧《えいらん》に供した。

乱丸ら、庭に折り敷いてこうべを垂れていなければならぬ供衆は、座敷奥の御簾内《みすうち》の龍顔《りょうがん》を拝することなどむろん叶《かな》わない。それでも多くの者は、身のふるえを抑えられないようすである。

だが、乱丸ばかりは、帝が近くにおわすという信じがたい現実にも、さしたる昂奮をおぼえなかった。それよりも、信長から褒詞を賜ったことの感動が勝《まさ》ったのである。

参内後、信長はそのまま東山《ひがしやま》へ向かい、鷹狩《たかがり》を愉《たの》しんだ。

翌々日、正式に右大臣に任ぜられた信長は、なお十日余り、京に留まった。

その間に、播磨出陣中の秀吉から、美作《みまさか》国境に近い上月城《こうづき》への攻撃を開始したことが報告された。

信長が安土に帰城した日には、早くも秀吉より吉報がもたらされた。上月城を落とし、毛利《もうり》氏に逐《お》われて織田を頼っていた尼子勝久《あまごかつひさ》・山中幸盛《やまなかゆきもり》主従を、その守備につかせたのである。

「猿め。やりおる」

信長は満面を笑み崩した。

すでに秀吉は、信長の四男の於次丸《おつぎまる》を養子に迎えて、秀勝《ひでかつ》と名乗らせ、自身の軍規違反の一件を帳消しにしてもらったどころか、かえって主君信長との絆《きずな》を一層強めている。

信長はまた鷹狩に出かけることにした。こんどは三河国《みかわのくに》吉良《きら》の地。

どんな苦境のさなかでも、終生、鷹狩だけはやめなかったのが信長である。この娯楽に淫《いん》していたといってよい。

「お乱。こたびは残れ」

信長が、そう命じて、乱丸に名物茶道具をひとつ預けた。

「予《よ》の留守中、筑前《ちくぜん》が参上いたすであろうから、渡してやれ」

「しかと承りましてございます」

信長が出立して数日後、播磨での戦果を報告するため、羽柴《はしば》筑前守秀吉が安土に登城してきた。

「上様より、筑前どのへは、但馬《たじま》・播磨経略の褒美としてこれを渡すよう、仰せつかっております」

乱丸は信長の言いつけどおりにした。

「なんと、乙御前《おとごぜ》の釜ではござらぬか」

織田の部将《ぶしょう》にとって、信長より名物茶道具を賜ることは至上の栄誉である。

「ああ、ありがたや、ありがたや」

秀吉は、涙を流して悦び、

「これもみな、乱丸どののおかげにござる。なんと御礼を申せばよいのやら」

乱丸の手をとって、幾度も振った。

秀吉が主君の怒りを解き、さらなる信頼を得るに至ったのは、信長の洩らした一言を乱丸が秀吉に伝えたことがきっかけである。だが、乱丸自身は意図してやったことではないし、秀吉にうまく利用されたというのが実際のところであった。

それでも乱丸は、こんなに感激する秀吉を見ると、何やら心地よくなってしまう。

三州吉良で鷹狩を行った信長は、その前後に美濃岐阜、尾張清洲《きよす》にも逗留してから、安土へ戻った。

三

年が、あらたまった。

元日、織田軍団の諸将が各地より出仕《しゅっし》し、安土は覇者の地に相応《ふさわ》しい活況を呈する。

信長は、嫡男《ちゃくなん》の左中将信忠以下、十二名の有力部将と吏僚《りりょう》を座敷に招いて、朝茶《あさちゃ》を振る舞った。

朝茶のあと、かれらが信長より盃《さかずき》を拝領するさい、お酌の役を、近習の上席の矢部《やべ》善《ぜん》七郎《しちろう》・大津《おおつ》伝十郎《でんじゅうろう》・大塚又一郎《おおつかまたいちろう》らがつとめた。

正月四日には、名物茶道具の披露が万見仙千代邸で開催され、ここでは乱丸も、客のもてなしの手伝いを命ぜられる。

重臣筆頭の林秀貞《はやしひでさだ》をはじめ、羽柴秀吉・惟住長秀《これずみながひで》・滝川一益《たきがわかずます》・二位法印《にいのほういん》・松井友閑《まついゆうかん》ら織田家の錚々《そうそう》たる部将・吏僚が列席し、信長と親しく語らう場で、仙千代の指図によってもてなしの手伝いをすることは、緊張感を強《し》いられるものの、愉しくもある乱丸であった。

正月の半ば、信長は、尾張清洲で鷹狩をするため、安土を発《た》った。乱丸も随従した。

今回は、鷹狩だけが目的ではない。信長は三河岡崎《おかざき》で徳川家康《とくがわいえやす》と会見する予定であった。

近江柏原《おうみかしわばら》を経て、岐阜に到着した日、乱丸は仙千代からすすめられた。

「上様は明日は岐阜にご逗留あそばす。お乱は金山へ参って、久々にお母上の顔など見てきてはどうか。上様もお許し下されよう」

やさしい心遣いであった。

「ありがとう存じます。なれど、たとえわずかな時でも、母の顔を見れば、里心がついて、お役目の障《さわ》りとなるは必定《ひつじょう》にございます。わたしは強くありませぬゆえ」

「そなたは充分に強い」

仙千代は笑った。

「時には息抜きも必要だぞ、お乱」

「新参者が息抜きなどしてはならぬと存じます」

「相分《あいわ》かった。お乱がそこまで申すのなら、もはやすすめまい。なれど、その気が起こったら、いつでも申せ。それがしが必ず上様のお許しをいただく」

「重ね重ね、本当にありがとう存じます」

乱丸の本音は、母に会いたい。弟たちの顔も見たい。そして、嫂《あによめ》の千とも再会したい。だが、金山へ行けば、当然、森家当主の長可に挨拶せねばならぬ。それが煩《わずら》わしいのである。

（お仙どの。ごめんなさい……）

心の中で、乱丸は謝っていた。

岐阜に逗留後、清洲へ入った信長は、そのあと吉良へ出て、四日間を鷹狩三昧《ざんまい》で過ごしてから、いよいよ岡崎に立ち寄った。

居城のある遠江浜松《とおとうみはままつ》から先に岡崎城へ赴《おもむ》いていた家康が、城主で嫡男の信康《のぶやす》を引き連れ、城下で信長を出迎えた。

「三河どの。長篠《ながしの》以来よな」

と信長のほうから声をかけた。家康は三河守に任ぜられている。

三年前の夏、織田・徳川連合軍は、三河長篠の設楽ケ原《したらがはら》で、甲斐《かい》の武田軍に壊滅的打撃を与えた。世にいう長篠合戦である。信長と家康はそれ以来の対面であった。

「織田さまには、右大臣ご任官、まことにめでたく存じ奉る」

家康が、にこにこしながら言った。

(このお人が徳川家康どのなのか……)

乱丸には、想像していたのとはまるで違う家康の風貌が、ちょっとおかしかった。

わずか三河一国の領主にすぎないのに、信長が臣従を強いることもなく、すでに十六年の永きにわたって、唯一の同盟者として遇《ぐう》しているのが家康である。となれば、きらびやかな才気を感じさせる鋭い顔だち、あるいは逆に、大人然《たいじん》とした佇《たたず》まいの持ち主であろうと乱丸は思っていた。だが、そのどちらでもない。

どこか気弱そうな童顔《どうがん》で、やや小肥《こぶと》り。大きな商家の苦労知らずの跡取《あとと》りと言われれば、さもありなんと信じられる風貌であった。

しかし乱丸は、今川義元《いまがわよしもと》が桶狭間《おけはざま》で信長に討たれるまで、家康が十数年もの間、今川氏の本拠・駿府《すんぷ》で人質時代を過ごした苦労人であることを聞いている。

(見た目とは異なり、したたかなお人なのかもしれない……)

乱丸にとって、惟任《これとう》(明智《あけち》)光秀《みつひで》とはべつの意味で、家康も気になる人になりそうであった。

「三郎どのか」

父親と違って端整《たんせい》な美丈夫《びじょうふ》である信康へ、信長はちょっと眩しげな視線を向けた。

「はい、三郎にございます」

信康の通称を、岡崎三郎という。

「しばらく見ぬうちに、男ぶりをあげられたな」

「いまのご一言《いちごん》、なにとぞわが妻にお聞かせ下されたい」

「ほう。なにゆえに」

「五徳《ごとく》はいつもこう申します。男ぶりのよさでわが父にかなう者はおりませぬ、と」

五徳（徳とも）とは、信康に嫁《とつ》いだ信長の愛娘《まなむすめ》である。

「さもあろう」

と悦に入ったようすで、自分の顔を撫《な》でてみせたのは家康であった。

「父上のことではござらぬ」

信康が苦笑まじりに家康を叱りつけ、織田・徳川両方から、どっ、と笑いが起こる。

信長も腹を抱えている。

乱丸も、声を立てて笑いながら、戦国乱世にこれほど良好な同盟関係は稀有《けう》ではないかと思われ、心より嬉しくなってしまう。

岡崎城では、信長は五徳とも久々の対面を果たし、終始、笑顔で過ごした。それでも、長居《ながい》はせず、遠江・駿河《するが》における対武田の軍略について、家康との協議を終えるや、翌日には清洲へ戻る。

それから信長は、再度、岐阜へ寄ってのち、安土に帰城した。

四

月末に、安土城下で事件が起こった。

須田《すだ》に住む弓衆の福田与一《ふくだよいち》という者の屋敷より出火騒ぎがあったのである。

幸い、発見が早かったので、大事には至らなかったものの、城下に忍び込んでいるやもしれぬ反織田方の間者《かんじゃ》の仕業《しわざ》かと緊張が走った。

調査によって、与一自身の火の不始末が原因と分かったが、同時に、福田宅には家族が住んでいないことも知れた。与一はいまだ妻も子も尾張の本領に残したまま、わが身ひとつで安土に暮らしていたのである。

家を守るべき役の妻が不在の男所帯《おとこじょたい》では、いつでも火の不始末は起こりうると誰もが思った。

「御長《おなが》。福田与一の首を刎《は》ねよ」

信長は、怒りを露《あら》わにした。

命ぜられた菅屋九右衛門《すがやきゅうえもん》が、

「承知仕りました」

ただちに座を立とうとしたところ、

「上様。しばらく」

列座のひとりが上座に向かって少し膝《ひざ》を進めた。

弓衆の指揮官、中野又兵衛《なかのまたべえ》である。

「不服か、又兵衛」

信長が睨《にら》みつける。

「与一は、若輩《じゃくはい》とは申せ、御弓衆の中でも、よく強弓を引く者にてござる。いずれ必ず、いくさでお役に立てましょう」

「中野どの」

代わりに、九右衛門が言った。

「上様は、妻子を連れて安土へ移るよう、随分と前に皆へお申しつけあそばした。福田与一は上様のそのご命令に叛《そむ》き奉《たてまつ》った。厳罰は当然にござろう」

「又兵衛どのは上様に申し上げておられる」

九右衛門を叱りつけたのは、又兵衛の次席に座す平井長康《ひらいながやす》であった。長康も弓衆の指揮官である。

「な……」

満面を朱に染めた九右衛門だが、それでも引き下がった。

中野又兵衛は、信長の父信秀《のぶひで》の代から織田家に仕え、小豆坂《あずきざか》合戦で七本槍に数えられた剛《ごう》の者で、いまも信長側近のひとりとして重きをなしている。平井長康も、敵から賞賛されるほどの弓の名手であり、奉行人としての役目も十全《じゅうぜん》にこなす。信長の寵臣《ちょうしん》たる菅屋九右衛門でも、蔑《ないがし》ろにはできない両人なのであった。

「畏《おそ》れながら、上様……」

こんどは、馬廻衆の兼松又四郎《かねまつまたしろう》が声をあげた。

「安土に妻子をよびよせておらぬことで福田与一を罰せられるとなると、ほかにもご処罰なさらねばならぬ者が多数おり申す」

「どういうことか、又四郎」

「実を申せば、今日までよく大火《たいか》が起こらなかったものと、それがしは思うており申す。これはひとえに、あれなる森乱丸が、宿直番《とのいばん》でないときは毎夜、城下の武家地を、火のご要心《ようじん》と声に出しつつ回っているからにござる」

「なに……」

信長がちょっと眉を顰《ひそ》めて乱丸を見た。

「お咎《とが》めなされますな。福田与一が出火を見つけるのが早かったのも、乱丸の声を聞いて火の元をたしかめたからにほかなり申さぬ」

「お乱。そちはなにゆえ、さようなことをしておる」

と信長に訊《き》かれて、乱丸は目を伏せてしまう。

「申し上げよ」

又四郎が乱丸を促す。

「はい。最初は、火のご要心をつづけるつもりはございませんでした。なれど、福田どののように妻子不在のお人があまりに多いと知りましたので、これはつづけたほうがよいと思い直したのでございます」

「あまりに多いとは、幾人か」

信長のこの質問に、乱丸はまた伏し目になった。口にしてよいものかどうか、躊躇《ためら》われるのである。

「御馬廻衆六十名、御弓衆六十名にござる」

こたえたのは、乱丸でも又四郎でもなく、又兵衛であった。

「………」

一瞬、声を失った信長だが、

「よもや、又兵衛、そちも妻子を尾張にのこしておるのか」

と詰問《きつもん》する。

「断腸《だんちょう》の思いにて、安土へよび寄せ申した」

「断腸の思いじゃと」

「武士にとって、先祖伝来の本貫地《ほんがんち》を一家をあげて離れることは、おのれの根というものを捨てるに同じ。根無《ねな》しの矢では、いくさには勝てますまい」

鏃《やじり》のついていない矢を、根無矢《ねなしや》という。

「せめて、妻なり子なりが本貫地にのこっておれば、心を安《やす》んじていくさに臨めると申すもの」

苗《なえ》を植える田畑の字《あざな》をみずからの苗字《みょうじ》とし、一族郎党でその土地に密着、武装をして文字通り一所懸命に守りながら、収穫物を増やしていくのが、武士というものである。

戦国時代になってようやく半士半農が当たり前になったものの、それでも武将もその被官も自身の本拠を余所《よそ》の地へ移すということはなかった。ひとり信長だけが、家臣を農事から切り離して専業武士団を作るべく、本拠を幾度も変えてきた。

織田家の中心となる家臣の大半は、尾張者で形成されているから、尾張の那古野《なごや》・清洲・小牧山《こまきやま》、美濃の岐阜までは、不満はあってもまだ怺《こら》えることができた。しかし、近江安土は違う。

当時の日本は、関ケ原《せきがはら》を境に、東国《とうごく》と西国《さいごく》に分かれる。東国の尾張武士にすれば、西国の近江安土は、地理的にも感情的にも本貫地から遠く、まったく別の天地なのである。そこへ一家で移住するというのは、決して大げさでなく、おのれの存在証明の喪失すら意味する。

信長も武士であるからには、そういうことは分かっている。分かっていて、徹底的な兵農分離を実現しようとした。だから、半士半農より抜け出せない他の武将たちを圧倒することができた。後世、革命児とよばれることになる所以《ゆえん》である。

（わたしは愚かなことをしたのだろうか……）

ひとり乱丸は困惑した。

皆は安土城が完成したら妻子をよび寄せるつもりなのであろう、とみていた乱丸なのである。それまで火の要心の見廻りをするぐらい、なんでもない。それに、この件を信長に報告するのは、何やら讒言《ざんげん》めいていて、武士らしくないとも思った。

（この場にお仙どのがおられれば、わたしは叱られるのだろうか……）

いま仙千代は、信長の使者として近江高島《たかしま》郡の磯野《いその》員昌《かずまさ》のもとを訪れている。員昌と養子に迎えた信長の甥・信澄《のぶずみ》との仲が険悪と伝わっており、その真偽を直《じか》にたしかめるためである。結果的に、員昌は信長への不満を抱いて逐電《ちくでん》することになるのだが。

「上様」

それまで黙していた二位法印が、はじめて口を開いたかと思うと、とんでもないことを言った。

「百二十人ぐらい、一度のいくさで死に申そう。いまのご当家にとって、さしたる数ではござらぬ。ご成敗《せいばい》なされよ」

しばし黙った信長だが、やがて、ゆっくりと二位法印へ視線を向けた。

「法印。差し出がましいぞ。百二十人は予の家来である。どうするかは、予のきめることじゃ」

「年齢《とし》をとりすぎたせいか、気短になりましてな。あれこれ論ずるより、殺してしまえば、上様もお楽かと思うたまでにござる」

信長が意に適《かな》わぬ家臣を一時の怒りにまかせて殺してしまうことがめずらしくないのは、近習たちのよく知るところである。近いところでは、昨年末、吉良で鷹狩をして岐阜へ戻る途次、些細《ささい》な越度《おちど》のあった軽輩《けいはい》をみずから手討ちにしている。

二位法印のことばは、そういう信長への非難ともとれる。余の者が口にすれば、とてもそのままでは済まされない。

「殺さぬわ」

吐き捨てるように言った信長は、

「長諳《ちょうあん》をよべ」

と九右衛門に命じ、ほかの者らには退《さ》がれと一度だけ腕を振った。楠《くすのき》長諳は信長の右筆《ゆうひつ》である。

その夜、乱丸は、九右衛門によばれ、

「御朱印状《ごしゅいんじょう》である。岐阜の左中将さまに届けよ」

長諳の筆による信長の朱印状と、九右衛門自身の書いた副状《そえじょう》の納められた状箱を渡された。副状というのは、朱印状発給の経緯《けいい》や、より詳細な内容を記したものである。

「明朝、発て。よいな」

それだけであった。

朱印状の内容も、なぜ自分が使者に選ばれたのかも、九右衛門が語らぬからには、問い質《ただ》すことはできない。

「承知仕りました」

翌日早朝、乱丸は、藤兵衛と森家の家士二名を供にして、馬で安土を発った。

その次の日、岐阜城に到着すると、折しも兄の長可が出仕中で、信忠に従って会所《かいしょ》に座していた。

信長の朱印状を渡す役なので、乱丸は上座につく。信忠ばかりか、長可も眺め下ろすのは、何やら妙な気分であった。

「委細《いさい》、承りましてござる」

朱印状と副状を読み了《お》えると、信忠は頭を下げた。

その後に起こったことは、乱丸を茫然《ぼうぜん》とさせる。

信忠の命をうけた家臣たちが、にわかに軍装を調《ととの》え、幾隊にも分かれてどこぞへ向かっていった。

「お使者どの。しかと見届けられよ」

と乱丸は長可に促されて、どこへ行くのか分からぬままに同行した。

着いた先は、尾張領で、信長の弓衆のひとりの屋敷であった。

長可率いる森隊は、居住者をすべて戸外へ出させるや、植えてある竹木《ちくぼく》などをことごとく伐《き》り取ってから、屋敷に火をかけたのである。

「兄上。何をなさるのです」

「何を驚いている。上様の御下知《おんげち》ではないか」

信長から信忠への命令は、安土に妻子をよび寄せていない弓衆の尾張の家屋敷を全戸焼き尽くせ、というものだったのである。

もとより、乱丸が制止できることではない。

この日のうちに、弓衆六十名の尾張の家屋敷は完全に焼失せしめられた。

結果、かれらの妻と家族は、着の身着のままで、大慌《おおあわ》てで安土へ向かったのである。

その無残な姿が安土へ現れたとき、弓衆六十名はもとより、まだ妻子を尾張にのこしたままの馬廻衆六十名も仰天した。かれらは、大急ぎで家人《けにん》を遣わし、妻子に一刻も早く安土へ移住するよう申しつけたのである。

信長は、百二十名の本人たちには、城下の新しい道路建設に従事させ、昼夜を分かたず働かせることで、命令違反の罪を償《つぐな》わせた。

乱丸は信長のために憂《うれ》えた。

（このような厳しいなされようは、家臣の恨みをかうのでは……）

安土に戻った乱丸は、その思いを、仙千代へ正直に伝えた。

「上様は、天下布武を成し遂げるには、時間《とき》はいくらあっても足らぬとお考えだ。ゆえに、何事も速やかに運ばねばならぬ。そのためには、暴君となることも必要なのだ。だから、われら近侍《きんじ》の者だけは、決して上様を疑《うたが》うたり、迷いを抱いたりしてはならぬ。何があっても上様を守り奉る。それのみであるぞ、お乱」

仙千代からそう言われると、おのれの心が揺れたことを恥じるほかない。

（そうだ。わたしは、上様の天下布武のために生きる者なのだ）

思いを新たにする十四歳の森乱丸であった。

第十章　名月相撲《めいげつずもう》

一

「早《はや》、競《きそ》え」

爛漫《らんまん》と万朶《ばんだ》を彩る花王《かおう》の下で、その懸《か》け声が放たれるや、肉弾相搏《あいう》つ音につづいて、どっと歓声が湧き起こった。

相撲会《すまいのえ》が行われている。

人方屋《ひとがたや》の周囲にも見物人は鈴なりである。

相撲《すもう》をとる力士と行司から三、四間《けん》ほど離れたまわりに、控え力士や見物人らで作る円形の相撲場を、人方屋という。人垣だから動く。ために、力士の動きに応じて伸縮自在である。

信長《のぶなが》は、一段高いところに設《しつら》えた桟敷《さじき》席からの観戦だ。熱烈な好角家《こうかくか》だけあって、子どものように眼《まなこ》を輝かせ、身を乗り出している。

織田《おだ》の女房衆もやんやの喝采《かっさい》を送る。

近習《きんじゅ》衆も、年少者は燥《はしゃ》いでいるが、年かさの者らは静かであった。微動だにしない者すらいる。

信長には常に暗殺の危機がつきまとう。安土《あづち》城内とはいえ、屋外において力士三百人、見物衆はさらに多いという状況では、不測の事態が起こらぬとはいえない。そのとき即座に対応できるよう、かれらは注意を怠らぬのである。

上長《じょうちょう》のそういうところを見ている乱丸だけが、年少者の中でもひとり浮かれてはいなかった。

乱丸は、別して、万見仙千代《まんみせんちよ》を注視している。

（やはり、お仙どのはすごい……）

信長の最も近いところに席を与えられた仙千代は、硬軟自在とみえた。

信長から話しかけられれば、熱のこもった感想を述べて、ともに相撲を愉《たの》しんでいる。いまの技を見たかと言わんばかりに、信長が急に視線を振ってきても、ほとんど同時に目を合わせることすらできる。それでいて、異変に備えて、それとなくまわりに気を配っているのであった。

大きなどよめきが上がった。人方屋の内で投げ技がきまったところである。

信長も、立ち上がって、囃《はや》している。

結局、相撲会は、異変が起こることもなく、盛会のうちに終了し、二十三人が撰相撲《えりずもう》、すなわち優秀力士と認められて扇《おうぎ》を賜った。中でも、近江蒲生郡日野城主《おうみがもうひの》・蒲生賢秀《かたひで》のお抱え力士、日野長光《ひののちょうこう》を気に入った信長が、特別に骨に金銀泥《きんぎんでい》で彩色された扇を、手ずから下賜した。

蒲生家の召しだした力士がいずれも強かったので、信長は賢秀にその秘密を訊《たず》ねる。

「近頃は、人方屋ではなく、土俵《どひょう》というものを設けて闘《たたか》うことが行われ始めており申す」

と賢秀は言った。

人方屋の相撲では、力士が人垣の中へ倒れ込むのはめずらしくないので、怪我人が出やすい。それを避けるため、土を詰めた俵《たわら》を円形に敷き並べて区切りとするのである。差し渡しの長さはまちまちだが、対手《あいて》をこの土俵場の外へ出してしまえば、もちろん勝ちとなる。必ずしも倒して砂まみれにさせる必要はないのである。となると、小兵《こひょう》でも、俊敏さを活《い》かして、うまく躱《かわ》したり、誘い込んだりすれば、大兵《だいひょう》を負かすことは難しくない。

そこに、いままでになかった技が生まれる。つまり、遊戯性の強い相撲である。

「こたび、蒲生家が出場させた力士どもは、長光をはじめ、土俵場の相撲に馴《な》れており申す。そのぶん技を多く持っているがゆえの強さであったかと存ずる」

「おもしろい」

　信長は膝を打った。

「その新しき相撲ならば、力士でなくとも闘えよう」

　相撲場を土俵で区切ることを創始したのは信長だという説が後世に伝わるが、これは正しくない。相撲は諸国で盛んに行われており、土俵も自然発生的に誕生したものであろう。

ただ、一日の最後の勝者に褒美《ほうび》として弓を与える、いわゆる弓取り式を最初に行ったのは、信長であるらしい。

「次回の相撲会では、われと思わん者は誰でも出《いで》よ。勝者には褒美をとらす」

　上機嫌の信長であった。

　それから半月ばかりのち、信長をさらに悦《よろこ》ばせる出来事が起こる。

　越後《えちご》の上杉謙信《うえすぎけんしん》が突然死したのである。

　関東出陣を前にして、家臣たちと酒宴のさなか、ふらりと立った厠《かわや》の中で倒れ、人事不省《じんじふせい》に陥《おちい》ったあと、いったんは意識を取り戻したものの、ふたたび昏睡《こんすい》し、そのまま帰らぬ人となった。

「謙信坊主め、大酒が祟《たた》ったな」

　何事につけ禁欲的な謙信が、唯一、手離せなかったのが酒である。戦陣の馬上でも盃を呷《あお》るほどであったから、いずれこんなことが起こるであろう、と実は信長は予測していた。

信長自身は酒を嗜まない。

関東平定後、石山本願寺《いしやまほんがんじ》及び足利義昭《あしかがよしあき》を擁する毛利《もうり》氏と連携して上洛し、信長に真っ向勝負を挑んでくるはずであった最大の敵が、戦わずして失《う》せてくれた。これほどの吉報《きっぽう》はないといえよう。

しかも、謙信が跡目《あとめ》を決めずに逝《い》ってしまったから、今後家督《かとく》争いで揺れるに違いない上杉氏は、能登《のと》・越中《えっちゅう》・加賀《かが》に兵を向ける余裕もなくなる。

信長は早速、越前《えちぜん》の柴田勝家《しばたかついえ》へ北国《ほっこく》攻めを急にするよう命じると、みずからは上洛し、二条御新造《にじょうごしんぞう》に入った。東の脅威が去ったので、京より石山本願寺攻めを指揮することにしたのである。

織田信忠《のぶただ》を総大将に、尾張《おわり》・美濃《みの》・伊勢《いせ》・近江・若狭《わかさ》・五畿内《きない》の大軍勢を大坂表《おおさかおもて》へ出陣させ、麦苗をことごとく薙《な》ぎ捨てさせた。すでに兵糧《ひょうろう》欠乏中の石山本願寺を、なおも追い詰めるためである。

信長はまた、この上洛で、周囲を唖然《あぜん》とさせることをしてのけた。右大臣《うだいじん》・右大将《うだいしょう》の両官をみずから辞したのである。辞したというより、弊履《へいり》のごとく捨てた。天下布武《てんがふぶ》に向けて、他者への権威の誇示として利用してきた官位も、いまの自分の圧倒的な実力の前にはもはや必要ない。どころか、朝廷のまったりした儀式や無力の公家たちとの交わりなどは、やるべきことの絶えない身にはかえって障《さわ》りとなる。そう信長は判断したのである。

仰天した朝廷は、辞官を思いとどまるよう信長に懇願した。朝廷の官でない信長に、天皇は上から命ずることができないし、公家たちもかれらの論理の中に取り込めない。逆に、信長の力に屈伏することでしか生き長らえられないであろう。

「朝廷がさまで叙官《じょかん》をお勧《すす》めになるのなら、織田左中将《さちゅうじょう》に与えられてはいかが」

朝廷からの使者に対する信長の返辞は、それであった。子の信忠の昇叙はむしろ歓迎するというのである。

信長の真意を測《はか》りかねて恐れた朝廷は、おとなしく引き下がるほかなかった。

この直後、西国《さいごく》の戦況に変化があった。

いったんは織田につきながら叛旗《はんき》を翻して三木《みき》城に籠もった東播磨《ひがしはりま》随一の実力者、別《べっ》所長治《しょながはる》。これを討つべく、羽柴秀吉《はしばひでよし》が姫路《ひめじ》から出陣したために、西播磨が手薄となっていたのだが、その隙《すき》をついて、毛利輝元《てるもと》・吉川元春《きっかわもとはる》・小早川隆景《こばやかわたかかげ》ら毛利の主力が、織田方の上月《こうづき》城への攻撃を仕掛けてきたのである。

謙信の急死により、織田勢が本格的に西国攻めを開始するのは明らかとなったので、毛利も必死の戦いに突入したというべきであった。

これに対して、信長も、いちど安土へ帰城したものの、数日して再上洛すると、みずからただちに播磨へ出陣すると宣言した。が、重臣挙《こぞ》っての諫言《かんげん》にあう。

毛利が総力を結集して領国防衛に乗り出してきたいま、播磨奪取を焦《あせ》って出陣すれば、敵の術中《じゅっちゅう》に嵌《は》まり、命を危険にさらすことにもなりかねない。秀吉ら織田の先陣が毛利とその支配圏の事情をよく知って、戦いでも明らかに優位に立つまでは、信長は出陣すべきではないのである。

やむなく自身は断念した信長だが、まずは惟任光秀《これとうみつひで》・惟住長秀《これずみながひで》・滝川一益《たきがわかずます》らを出陣させる。次いで、織田信忠・北畠信雄《きたばたけのぶかつ》・神戸信孝《かんべのぶたか》という信長の伜《せがれ》たちに、佐久間信盛《さくまのぶもり》・細川藤孝《ほそかわふじたか》・織田信包《のぶかね》らも播磨へ向かわせた。

それら錚々《そうそう》たる部将《ぶしょう》を派遣しても、播磨戦線は好転せず、業《ごう》を煮やした信長は、ふたたび出馬を決意し、その日取りまで報じた。

折しも、梅雨時《つゆどき》である。京にも雨が降りつづいていた。

信長出陣予定の二日前の朝、霖雨《りんう》はにわかに激甚《げきじん》の降りとなった。

「明後日までに止《や》むであろうか」

「大事あるまい」

「そうじゃ。上様《うえさま》ご出陣の日は、天も必ず祝福してくれる」

二条御新造の殿舎《でんしゃ》の庇《ひさし》の下から、昏《くら》い空と篠突《しのつ》く雨を眺めながらも、近習たちの多くは楽観的である。

（止みそうにない……）

ひとり不安をおぼえているのは、乱丸であった。

庭はとうに泥濘《でいねい》と化した。

このまま降り止まなければ、河川が道まで溢《あふ》れて、通行に支障をきたす。あるいは、二条御新造から外出するのさえ覚束《おぼつか》ないであろう。それに、いったん河川が氾濫《はんらん》すれば、雨が止んだからといって、水はそう簡単には引かない。

（こたびは、何があっても、上様はご出馬あそばすご所存）

重臣たちの諫言を容《い》れても、進展がみられないのでは、自身が播磨に赴《おもむ》いて陣頭指揮をするほか打開の道はない、と信長が思い決《けっ》しているのは明らかであった。同じ件で信長に二度もつづけて翻意《ほんい》させることは、誰にもできないのである。

となれば、信長の近習たる身としては、まずは、いかなる悪天候でも出陣可能の策を用意しておかねばなるまい。

こういうことは、仙千代に進言して、異見《いけん》をもとめるのがよい。

乱丸は、あたりに仙千代の姿を探した。

「どうした、お乱」

と薄田与五郎《すすきだよごろう》に呼びとめられる。

「仙千代どののお姿が見えませぬので……」

「ああ。昨夜は宿直《とのい》をつとめられたゆえ、まだ寝《やす》んでおられるのではないか」

「さようにございますか」

納得したように言った乱丸だが、内心では、妙だなと思った。

仙千代が昨夜の宿直番頭《ばんがしら》であったことは、乱丸も知っている。だが、不眠の朝でも、仮眠は長くても一刻《いっとき》ていどに済ませ、あとは常とかわらぬ涼しげなようすで信長に近侍《きんじ》するのが、万見仙千代という人であった。

昨夜の宿直番たちが役目を了《お》えてから、すでに二刻《ふたとき》が経《た》っている。まだ起き出してこないのは、余《よ》の者ならともかく、仙千代らしからぬ。

(もしやお躰《からだ》の加減がお悪いのでは……)

心配になった乱丸は、足早に仙千代の居室の前まで行くと、折り敷き、すぐに声をかけようとして、しかし思いとどまった。

もし寝んでいるのなら、睡眠を妨《さまた》げてはならない。

息を殺して、気配を窺《うかが》ってみる。

寝息は聞こえない。それ以前に、人けがまったく感じられなかった。

「お仙どの。森乱丸にございます」

声をかけてみても、返辞がない。

「御免」

戸を開《あ》けた。

案の定、仙千代は不在であった。

塵《ちり》ひとつ落ちておらず、いつもながら仙千代らしい清潔そのものの部屋である。

（いずこにまいられたのだろう……）

宿直の役を了えたあと、いちども寝床に就《つ》くことなく、どこかへ出かけた。そんな気がした。

何やら秘密めかしている。とすれば、信長の命令なのかもしれない。騒ぎ立ててはならないと感じた。

烈《はげ》しい雨音の中に、人声が混じったように思い、耳を欹《そばだ》てた。

「お乱。お乱」

誰かが呼ばわっている。

乱丸は、戸を閉《た》てて、立ち上がり、その場を離れた。

呼びにきたのは、小河愛平《おがわあいへい》である。

「お召《め》しであるぞ」

信長が年少の近習衆だけを会所《かいしょ》に集めて、枇杷《びわ》の実《み》を振る舞ってくれるという。

信長というのは、多忙のさなかでも、近習衆との交わりを大切にする人であった。きようのように、雨で身動きのとれないときなどは、なおさらである。

愛平とともに、会所の外縁の廊下まで往くと、中から声をかけられた。

「お乱。端《はし》の蔀《しとみ》を下ろせ」

信長である。

薄板の両面に格子《こうし》を組み、長押《なげし》から蝶番《ちょうつがい》で吊るして、開けるときは、はね上げるという建具《たてぐ》を蔀、あるいは蔀戸《しとみど》という。戸と窓を兼ねた。

乱丸が下ろせと命じられた蔀は、上下二枚に分かれており、上の戸板だけを廊下側にはね上げて垂木《たるき》から吊る半蔀《はじとみ》である。

すでに会所内に集まっている近習衆が、一斉に乱丸を注視する。

乱丸は、蔀の押し上げ、引き下げに用いる棒を手にすると、その背丈では見ることのできない戸板の上へ伸ばして、右から左へゆっくりと動かしてゆく。

かつん、と何かに当たった。

いったん廊下の床に棒を置いて、会所内へ入り、一隅《いちぐう》に置かれている踏み台を抱えて戻る。

その踏み台に立って、蔀の戸板の上をのぞいてみると、そこには茶碗がひとつ置かれていた。中に水が入っている。

腕をいっぱいに伸ばし、それを慎重に引き寄せて手の内に収め、踏み台を下りる。

茶碗を壁際に置いてから、乱丸はようやく蔀を下ろした。

会所内から、溜《た》め息が洩れた。

「お乱。近《ちこ》う」

中へ入った乱丸を、信長が手招く。

乱丸は、御前へ進むと、空の茶碗を恭《うやうや》しく捧《ささ》げ持って、床に置いた。廊下から会所へ入るまでのごく短い間に、水を庭へ捨て、手拭《てぬぐい》で茶碗を拭っている。

「蔀に仕掛けがあると、いかにして察した」

信長に訊ねられ、乱丸は正直に明かす。

「上様が蔀をお下ろしになりたい理由が、わたしにはすぐには思いつかなかったのでございます。日中とはいえ、厚い雨雲に被われて光があまり届きませぬのに、蔀を一枚でも下ろせば、会所の内は一層暗くなります。では、少し梅雨冷《つゆびえ》がいたしますゆえ、それをお厭《いと》いあそばしたのかとも思うたのでございますが、それならば端の一枚だけではなく、すべての蔀を下ろせとお命じになられるはず。そのように考えたとき、皆さまのお顔が目に入りました。ただ蔀を下ろすだけのわたしを、どの方もご覧になっておられる。それで、やっと思いついたのでございます。上様がいたずら好きであられることを」

「ううむ……」

信長が唸《うな》った。

「こちらが計略を立てれば、敵も計略を立てる。浅き考えでは危うい。お乱のように深き知を用い、濃《こま》やかな目配り、心配りができてこそ、初めていくさで勝利を得られるものぞ。

皆、しかと肝《きも》に銘じよ」

ははっと年少の近習衆が一斉に平伏し、信長は満面の笑みでうなずいた。

「お乱。枇杷は好きか」

「はい。大好きにございます」

「大好きか。ならば、褒美じゃ。籠《かご》ごと、そちにとらす」

信長の傍《かたわ》らに置かれた大きな竹籠には、溢れんばかりに枇杷の実が盛られている。

信長が機嫌のよいまま会所を出ていった途端、入れ代わるようにして、年かさの近習衆が踏み込んできた。

伊東彦作《いとうひこさく》・薄田与五郎・飯河宮松《いいかわみやまつ》・魚住勝七《うおずみしょうしち》・山田弥太郎《やまだやたろう》らである。

「お乱。こやつ、またまた手柄《てがら》を立ておって」

「まことに怪《け》しからん」

「こたびも、あやからせてもらうぞ」

かれらは、わっ、と竹籠に群がった。

「さもしいことはおやめなされ」

「枇杷はお乱が賜《たまわ》ったものじゃ」

「恥ずかしくないのか」

祖父江孫丸《そぶえまごまる》・柏原鍋丸《かしわばらなべまる》・小河愛平たちを筆頭に、年少組が一斉にこれを引き剝《は》がそうとするが、彦作らはかまうものではない。その場で、枇杷にかぶりつき始めた。

「お乱。何とか申せ」

くんずほぐれつの中から、孫丸が振り返る。

「皆さまで頒《わ》けて召し上がり下さい」

乱丸がそう言ったものだから、奪い合いに拍車がかかった。

こうしたことは、近習衆のじゃれ合いにすぎないので、乱丸も意に介さない。

誰かが放り投げた枇杷の実がひとつ、飛んできた。それを空中で摑《つか》んだ乱丸は、皮を薄く剝《む》き、ひと口、食べてみた。

（甘い……）

にわかに、仙千代の分を確保しなければと思いついた。乱丸も争奪戦に加わった。

二

仙千代は、乱丸の気づかないうちに、午後には二条御新造の内にいた。

どこへ出かけていたのか、あるいはずっと邸内にいたのか、いずれとも分からなかったが、乱丸はあえて訊ねず、

「お仙どの、これを」

と枇杷を差し出した。争奪戦で何とか五つ確保できた。

「いましがた、孫丸から聞いた。大層な手柄であったな」

それと分かるほど感情を込めて褒《ほ》める仙千代に、乱丸は頬を赧《あか》めた。

「大層な、などと……」

「いや。大層な手柄ぞ、お乱」

「お仙どのにさように褒めていただけるのは、何より嬉しゅうございます」

「そなたの致《いた》し様《よう》がひとつでも間違《まちご》うておれば、あるいは上様は、怒りにまかせて、誰かをお手討ちあそばしていたやもしれぬ」

「まさか、そのような……」

そんなことは、乱丸は夢想だにしていなかった。

「上様は、もはやわが力の前には必要なしと朝廷の顕職《けんしょく》をお捨てになられた。その矢先、播磨における毛利とのいくさがままならなくなり、さらにはご出陣の障りとなりかねぬこの雨。ひどくお苛立《いらだ》ちを募らせておられた。そのお苛立ちを散じるには、血をみるよりほかなかったのだ、上様の意に叶《かの》うたお乱の見事な振る舞いがなければな」

仙千代は微笑《ほほえ》んでくれたが、総毛立つ乱丸である。

そこまで思い及ばずに立てた手柄など、怪我の功名みたいなものだから、また同じことができるとは限らない。

（お仙どのならきっと、いつも同じことがおできになるのだ）

もっと深く信長のことを知り、もっともっと仙千代から学ばねばならない、と乱丸は心中でみずからを叱咤《しった》した。

「お仙どの。ひとつ申し上げたき儀《ぎ》がございます」

上様の意に叶うた、という仙千代の一言が胸に落ちて、乱丸は、この朝に憂《うれ》えていたことを伝えた。このまま雨が止まず、河川が溢れて道が泥田《どろた》のようになったとしても、信長が出陣できる策を用意しておくべきではないか、という。

「お乱。よう思い至ったな。それでこそ、上様の近習がつとまると申すもの。この先も、常にそのように思考し、動くことだ」

「はい」

「なれど、こたびは動かずともよい」

「それは……」

「よいのだ、お乱」

「もしや……」

あとのことばを、乱丸は呑《の》み込む。

（お仙どのはすでに策を講じられたのだ。それも、上様にはお告げにならずに……）

告げていれば、信長の苛立ちも和《やわ》らげられていたはずである。

しかしながら、何であれ、仙千代が信長の諒解《りょうかい》を得ずにやってしまうということがありえようか。あるとすれば、どんな理由からなのであろう。

「雨が止むことを祈ろうではないか」

やんわりとその話を打ち切った仙千代である。

翌日も、終日、土砂降りであった。

明けて、ついに出陣の日を迎えても、豪雨はつづいていた。

二条御新造へ、続々と災害の報がもたらされた。

賀茂川《かもがわ》、白川《しらかわ》、桂川《かつらがわ》が溢れて、洪水が起こり、洛中の往還《おうかん》は水浸《みずびた》しである。上京舟橋《かみぎょうふなばし》の町が押し流されて、数多《あまた》の溺死人《できしにん》も出ている。京都所司代《しょしだい》・村井貞勝《むらいさだかつ》が新しく架《か》けさせたばかりの四条大橋《しじょうおおはし》も流失した。

これでは、乱丸が案じたとおり、信長軍は播磨へ向かうどころか、京を出ることすら困難である。

午《ひる》ごろ、雨は上がり、晴れ間がのぞいた。

だからといって、洛中洛外とも、とても行軍がゆるされるような状態ではない。水が引き、道の往来が可能になるまで、数日を要するであろう。

この折り、村井貞勝の輔佐《ほさ》役をつとめる子の作右衛門《さくえもん》が、五人の地下人《じげびと》を伴って、二条御新造へ参上した。

「火急《かきゅう》の用向きにて、早々《そうそう》に上様のご引見《いんけん》を賜りたい」

取次《とりつぎ》の者からそれを伝えられた信長は、

「作右衛門がさように申すのなら、よほどの大事であろう。会所で待たせるまでもない、予《よ》からまいる」

と早くも書院を出て、走るように玄関へ向かった。信長流である。

信長がみずから足を運んできたので、地下人たちは仰天し、土間《どま》にひたいをすりつけた。

「申せ、作右衛門」

「この者どもは、淀《よど》・鳥羽《とば》・宇治《うじ》・真木嶋《まきのしま》・山崎《やまざき》の漁師《すなどり》、川並《かわなみ》などのかしら分《ぶん》」

川並とは筏《いかだ》乗りをさす。

「この水害では、上様がご出陣に難儀《なんぎ》されておられるだろうと思い至ったようで、せめて織田の皆さまを淀川下りで山崎あたりまではお送り申し上げたいと、舟を列《つら》ねて上《のぼ》ってまいった次第にございます」

「この者らが舟を……」

信長は、五人を眺めやった。

「舟はいずこか」

「先頭は三条油小路《あぶらのこうじ》に」

近くである。

信長は、ただちに、仙千代や乱丸など近習十名ばかりを連れて、二条御新造を徒歩で出た。

冠水の洛中を、深いところでは膝のあたりまで水に浸《つ》かりながら足を送り、めざす三条油小路へ達した。

おおっ、と近習の誰かが感嘆の声を洩らす。

初めて見る水景が広がっている。

浸水の寺院、邸宅、軒《のき》を接する町屋《まちや》などの間に、夥《おびただ》しい数の舟が浮かんでいるではないか。洛中の大路小路《おおじこうじ》は川であった。

「数は」

と信長が作右衛門に質《ただ》した。

「寄せ集めにて、しかとは数えられぬようにございますが、百、二百ではなく、数百艘《そう》かと」

「小さき舟ばかりのようじゃな」

「どれも川舟にございますゆえ」

「そうよな」

人馬と武具・馬具だけでも大変な数と重量だが、ほかにも設営具やら工事具やら食糧やら、戦陣に必要なものは山ほどある。それらすべてを運ぶには、数百艘といっても川舟では必ず無理が生じよう。

「予のために、ようもここまで来てくれた。幾重《いくえ》にも礼を申すぞ」

五人のかしらに向かって、信長が言った。めずらしく声が湿《しめ》っている。

「なれど、川はまだ流れが速く、流された木々や家々など、障りとなるものも多く浮かんでいよう。そのほうらと、そのほうらの大事なる舟を、さような危うきにさらすことはできぬ。志《こころざし》だけ、ありがたく受け取っておく」

「畏《おそ》れながら……」

かしらのひとりが口を開いた。

これを作右衛門が制しかけたが、信長は直答《じきとう》を許す。

「われらは皆、少しでも織田さまのお役に立ちたいと、おのれの意志にて参上いたしたものにございまする。どうぞお心置きなく、お用《もち》いなされまするよう」

「嬉しきことを言うてくれる」

信長が心を動かされているのは、誰の目にも分かる。乱丸ら近習衆も胸を熱くしていた。

「なれど、やはり、そのほうらは帰って、それぞれの生業《なりわい》に励むがよい。その働きが物や銭を動かし、巡《めぐ》り巡って、大いにわが織田の、ひいては天下の役に立つのだ」

「よく分かりませぬでございます」

「分かる必要はない。ただ、そういうものだと思うてくれるだけでよい」

信長は踵《きびす》を返した。

直後、五人のかしらがちらりと仙千代へ視線を向けたのを、乱丸は見逃さない。笑みを浮かべて、五人へ微《かす》かな目配せを返すと、仙千代は信長につづいた。

(お仙どのが仕組まれたのだ)

乱丸の中に眩《まばゆ》い閃光が走った。

二日前の朝、二条御新造に仙千代の姿が見えなかったのは、ひそかにかしらたちに会いに行っていたからに違いない。あるいは、それ以前から、こうした場合に備えて、かれらに命じていたとも察せられる。

京が水害に見舞われ、万一、在京中の信長の身動きがとれなくなったときは、舟で助けにきて、そのさいは、誰に命ぜられたのでもなく、自発的に参上したという形をとるように、と。そうであればこそ、仙千代はひとり隠密裡《おんみつり》に動いたのであろう。

近頃の乱丸は、覇者《はしゃ》信長の孤独というものを、近侍者だけに膚《はだ》で感じることができるようになった。力で屈伏せしめられた武将たちが心服しているや否《いな》やは測りがたいし、譜代《ふだい》の家臣たちですら信長に恐怖を抱く者が少なくないと知ったからである。

その信長が民《たみ》は自分を敬愛していると分かれば、一時でも孤独感は拭われ、天下布武への道筋は間違っていないと強く信じられもする。それは、心に潤《うるお》いを生み、冷静さを取り戻させる。

「お仙」

信長が穏やかな顔つきで言った。

「いましばらく京、安土より播磨のようすをみる。予は出陣を見合わせたと皆に伝えよ」

「畏《かしこ》まりましてございます」

仙千代の表情はいつもと変わらない。

（なんというお人だろう……）

仙千代の仕掛けのいちばんの目的が、乱丸はいま分かった。信長みずから播磨出陣を取り止めると口にするよう、仕向けることだったのである。

天下布武をめざす信長を何があっても守るという仙千代の強い思いが、今回はその判断をさせたのだ、と乱丸は頭でも心でも納得できた。

（わたしもいつか仙千代どののようになれるのだろうか……）

なれるとしても、百年も二百年も先のことのように思われ、おのれの未熟さが恨《うら》めしい乱丸であった。

三

雨は近江でも水害をもたらしたので、琵琶湖《びわこ》までの陸路の通行に支障がなくなってから、信長は安土に帰城し、被災箇所を視察した。幸い、洛中洛外に比べれば被害は小さかった。それでも、あれこれと復旧の指示を出して、しばし安土に留《とど》まってのち、また上洛した。祇園会《ぎおんえ》見物のためである。

京の町衆《まちしゅう》というのは逞《たくま》しい。戦国の世であっても、洪水に見舞われたばかりでも、その心意気の象徴である祇園会だけは、毎年催していた。

祭りの当日、信長は供衆に、武器の携帯を禁じた。

無粋《ぶすい》であるというのも理由のひとつだが、それよりも、京は安全と信長が信じたからである。水害のさい、近郊の漁師や川並らが数百艘の舟を列ねて助けにきてくれた事実が、信長の心に変化をもたらしたといえよう。

無腰《むごし》の覇者と供衆を、京の人々は笑顔で歓迎した。

供衆も祇園会を大いに愉しんだが、乱丸ばかりは居心地が悪かった。去年の冬、随一の華奢風流《きゃしゃふりゅう》の出で立《いた》ちで京雀《きょうすずめ》を魅了したこの織田家中きっての美少年のまわりに、若い女たちが群がって、熱い視線を送りつづけていたからである。

乱丸は無表情を保った。

「無愛想だな、お乱は」

「女たちに笑いかけてやれ」

「ほれ、ほれ」

れいによって、年かさの彦作、宮松、与五郎らにちょっかいを出されたが、堪《た》えた。笑えば顔がひきつると分かっていた。

信長の在京中、秀吉がひそかに播磨陣を離れて、上洛し、めずらしく追い込まれたようすで、指示を仰いだ。

「羽柴筑前の智略をもってしても、毛利方とのいくさは容易ではないようだな」

「面目ないことにござる」

「別所長治はなかなかの者とみゆるゆえ、ひとまず三木城攻めを中断し、支城である神《かん》吉《き》・志方《しかた》の両城を先に落とすことだ。その上で、あらためて三木城攻略にかかるがよい」

播磨へ帰陣した秀吉は、織田の部将たちの力をかりて、神吉城へ火の出るような猛攻を繰り返して落城せしめると、余勢を駆って志方城も総掛かりで攻め、これも落とすことに成功する。

ただ、その間に、織田方の城も落とされてしまった。備前《びぜん》・美作《みまさか》国境に近い西播磨の上月城である。結果として秀吉に見捨てられた尼子勝久《あまごかつひさ》は自刃《じじん》し、降人《こうじん》となった山中幸盛《やまなかゆきもり》も護送途中で殺害された。

織田にとって前途多難を思わせる播磨戦線であった。

そうした中、安土へ戻っていた信長へ、待ちに待った朗報が届いた。織田水軍を統率する志摩《しま》の九鬼嘉隆《くきよしたか》が、六隻《せき》の大安宅船《おおあたけぶね》をついに完成させたのである。

瀬戸内海の村上《むらかみ》海賊を中心に、毛利は強力な水軍を擁している。それに比せば随分と見劣りのする織田の水軍は、二年前の木津川《きづがわ》沖の海戦で、毛利水軍に惨敗を喫した。信長が嘉隆に、かつて見たこともない無敵戦艦の建造を命じた理由である。ほかに、滝川一益にも一隻、造らせた。

これら大安宅船は、巨大であるだけでなく、船体のほとんどを鉄板で装甲《そうこう》し、いずれも船首に大炮《たいほう》三門を備え、船腹には大鉄炮《おおでっぽう》用の銃眼《じゅうがん》が蜂の巣のごとく穿《うが》たれているという、いわば海上の要塞であった。

その巨大鉄甲船《てっこうせん》の威力は早速、発揮された。七隻が伊勢《いせ》湾から大坂湾をめざして回航中、紀州《きしゅう》沖で、本願寺と結ぶ雑賀《さいか》・淡輪《たんのわ》の一揆《いっき》衆の船隊に襲撃されたのだが、瞬く間《またま》に蹴散らしてしまったのである。

「毛利との船軍《ふないくさ》が愉しみよ」

悦《えつ》に入《い》る信長であった。

仲秋《ちゅうしゅう》八月十五日は、初穂《はつほ》を祝い、夜は名月を愛《め》でる日でもある。そのめでたい日に、信長は安土城内で相撲会を開催した。

前回の相撲会をはるかに上回る千五百人の力士が集められた。

人方屋ではなく、土俵場における相撲は新鮮であった。力自慢の武士たちも参加したので、時には面白おかしくもあり、見物人を飽かず沸かせた。

朝から始まった取り組みがすべて終了したのは、東の空に名月を眺めることのできる薄《はく》暮《ぼ》の頃合いであった。

「最後に奉行衆《ぶぎょう》の相撲が見たいぞ」

と信長が言いだした。

今回の相撲奉行は十一名。仙千代も名を列ねていた。

「上様。それがしは、どなたと相撲をとりましても、万に一つも勝ち目がありませぬ」

もっともな苦情であった。

九名は、いくさの経験者ばかりで、剛力《ごうりき》で恐れられる者もいる。残る一名も、青地与《あおじよ》右衛門《えもん》といって、八年前の近江常楽寺《じょうらくじ》の相撲会で最も活躍し、信長の家臣に取り立てられた力士。戦場で敵と闘ったこともなければ、力士でもないのは、仙千代だけなのである。

「臆《おく》したか、お仙。土俵場ゆえ、ここの使いようじゃ」

信長は、自身の頭を指でついてみせた。ちょっと面白がっている。

合戦で手柄を立ててこそ本物の武士と信じる者は少なくない。見物衆の中のそういう手《て》合《あ》いが、仙千代を嗤笑《ししょう》をもって眺めているのが、乱丸には分かった。

「畏れながら、上様」

乱丸が進み出た。

「お乱か。何じゃ」

「わたしが仙千代どのと相撲をとりたく存じます」

「それはまた、なにゆえか」

「近習衆の中で、仙千代どのはご上席、わたしは末席にございます。いちどぐらい、下剋《げこく》上《じょう》をやってのけたいと思うておりました」

「下剋上と申したか」

「はい」

はきと乱丸は返辞をした。

「おもしろきかな」

「おもしろきかな」

奉行衆のうちのふたりが、ほぼ同時に声をあげた。村井作右衛門と堀久太郎《ほりきゅうたろう》である。

仙千代に恥をかかせたくないという乱丸の思いを察したものだが、むろんそれは口にしない。

呼応したように、見物の近習衆の中から拍手が起こった。

「ならば、お乱。見事、下剋上を成し遂げてみよ」

信長の許しを得て、乱丸と仙千代は、それぞれ東西の控えの間へ入り、そこで上衣を脱ぎ、袴の股立《ももだち》をとった。力士ではないので、まわしは着けない。

その間に、土俵下の四隅《よすみ》に篝籠《かがりかご》が用意された。

土俵に上がった乱丸と仙千代は、桟敷の信長に向かって一礼してから向き合った。

当時は、文字通りの立ち合いであり、立ったままで仕合《しあい》が始まる。

「早、競え」

行司の合図を受け、両人は、互いに躱すことなく、四つに組んだ。

見物衆から拍手と歓声が湧く。

「ほかの奉行人に投げつけられるくらい、どうということもなかったのだぞ」

耳許で仙千代から早口に告げられて、

「わたしがいやだったのです」

乱丸も正直に吐露《とろ》した。

「そうか。ならば、これでよかった。お乱がいやがることをせずに済んだ」

乱丸の目の前に、ある光景が現れた。

氷渡《ひわた》り銀狐《ぎんぎつね》を捕らえよう、と木曾川《きそがわ》の畔《ほとり》で待ち構えて失敗し、結氷《けっぴょう》の川面《かわも》を突き破って恐ろしいばかりの冷水で死にかけた六歳の乱丸。兄の伝兵衛《でんべえ》が、厳寒の中、素裸となって乱丸をきつく抱き寄せ、みずからの肌で温《あたた》めてくれた。

あのときの伝兵衛の大きくて柔らかい手の感触は、いまも消えずに乱丸の躰を恍惚とさせ、疼《うず》かせる。

その手は、しかし、安土にきてからは、いつの頃からか、仙千代のものになっていた。

いま仙千代と本当に躰を合わせている。吸いつく肌から伝わる、えも言われぬ快感。かぐわしい汗の匂い。至福の時であった。永遠につづいてほしい。

「上様は鋭き御方《おかた》ぞ。本気でまいれ」

仙千代に促され、乱丸は我《われ》に返った。

「されば、まいります」

懐《ふところ》に潜り込んだ乱丸は、仙千代を土俵際まで追い詰めると、そのまま押し出すとみせて、肩に対手の躰を引っ担《かつ》ぐなり、後ろへ身を反《そ》らした。

小兵の工夫によるその大技《おおわざ》に、どよめきが起こった。

仙千代は、空中で身をひねり、辛うじて足から着地したものの、よろめいて膝をついてしまう。

ところが、行司の軍配は、乱丸にではなく、仙千代に上げられる。

行司の差し違えと誰もが思ったが、信長だけはつぶさに見ていた。

「軍配どおりである」

乱丸が反り投げをするために踏ん張ったさい、左の爪先《つまさき》が土俵を割っていたのである。

「お仙は、あの形からようも諦《あきら》めず、身をひねって逃れたものよ。お乱も、敗れはしたが、天晴《あっぱ》れな技をみせてくれた。いずれ下剋上は成ろうぞ」

信長は、愛する新旧の近習に褒詞《ほうし》を与えた。
土俵場で一礼をし合う乱丸と仙千代に、欠けることなき月が微笑みかけている。

第十一章　龍《りゅう》の玉《たま》

一

澄明《ちょうめい》で奥深い碧色の空に、小さな白雲の群れが流れ往く。

ゆるやかな波の襞《ひだ》が織りなす海に、船印《ふなじるし》、吹貫《ふきぬき》、幟《のぼり》、幕などで美々《びび》しく飾りつけられた七隻《せき》の黒い巨船が浮かんでいる。

信長《のぶなが》が九鬼嘉隆《くきよしたか》と滝川一益《たきがわかずます》に建造させた鉄甲《てっこう》船団である。

当時、ヨーロッパでも鉄板で装甲された軍艦は登場しておらず、日本がその先駆けである。とはいえ、天下のいずこの水軍も鉄の装甲は一部に限った。信長が造らせたこの七隻のように、船体のほとんどを鉄板で被《おお》った軍船は、史上初である。

どぉおん……。

一発の炮声《ほうせい》が轟いた。近くで雷鳴が起こったかと聞き紛《まが》うほどの大音響である。

大海に舳先《へさき》を向けて居並ぶ七隻には、いずれも船首に備えつけの大炮が各三門ずつあるが、最左翼の鉄甲船の一門から白煙が上がっている。

その鉄甲船の残る二門も、つづけて火を噴いた。

それらの残響が消えぬうちに、隣の鉄甲船の三門も筒口《つつぐち》から炎を吐く。

その隣の鉄甲船も三門の大炮を射放《いはな》つ。

最右翼の鉄甲船まで、総計二十一発の祝炮が大坂《おおざか》湾に響き渡った。

撃ち終わると、歓声と鳴物《なりもの》の音が湧いた。鉄甲船団の周りに集まった大小数多《あまた》の軍船から、武士や水夫《かこ》たちが祝福しているのである。

湊《みなと》にも堺《さかい》じゅうの僧俗、男女が群がり、喝采を送っている。

中央の鉄甲船の最上層に立つ信長は、湊に向かって手を振った。喝采が一層、盛り上がる。

(あの船、盗んでやろうか……)

群衆の中で、ひとり、そんなとんでもないことを思いながら、信長を眺めている者がいた。

石川五右衛門《いしかわごえもん》である。

(口惜《くちお》しいが、いまはまだ、おれにそんな力はない)

あれほどの巨大な軍船を盗むには、それなりの人数を必要とする。ほとんど手下《てした》を持たぬ身では、いかんともしがたい。

去年、京の二条御新造《にじょうごしんぞう》から、近衛《このえ》家の元服式のさなかに信長の茶器を盗み出すことに成功していれば、天下《てんが》にその名を轟かせ、手下になりたがる者も集まったであろう。

(小僧め、得意げではないか……)

信長の傍《かたわ》らに控える近習《きんじゅ》衆の中に、遠目でも五右衛門が見誤ることはない因縁《いんねん》の宿敵の姿がある。

二条御新造でのしくじりは、その森乱丸のせいであった。

(いずれ、小僧を慌《あわ》てさせてやる)

五右衛門がそう心に期したことなど知る由もなく、乱丸は船上で頰《ほお》を上気させている。

「お仙《せん》どの。わたしは、この船が毛利《もうり》水軍と戦うところを見とうございます」

沸き上がる思いを口にせずにはいられぬ乱丸であった。

「そうだな。それがしも見てみたい」

仙千代《せんちよ》も同調すると、

「お仙。お乱。見てもつまらぬぞ」

信長が二人を振り返って、にやりとする。

「圧勝ときまっておるゆえな」

カーパの長い裾を海風に翻《ひるがえ》らせながら、立襟《たてえり》越しに横顔をのぞかせる主君の立ち姿に、乱丸は見とれてしまう。信長ほどの颯爽《さっそう》たる男子に仕えている悦《よろこ》びを、あらためて実感した。

この日の信長は、鉄甲船の視察を了《お》えたあと、茶頭《さどう》の今井宗久《いまいそうきゅう》の茶会に出席し、さらに紅屋宗陽《べにやそうよう》、津田宗及《つだそうぎゅう》、天王寺屋道叱《てんのうじやどうしつ》ら堺の豪商の私宅を次々と訪れ、終始、上機嫌であった。

その後も、京で相撲会《すまいのえ》を催したり、近江《おうみ》に鷹狩《たかがり》をするなど、遊興のうちに過ごしていた信長のもとへ、変報が届いた。荒木摂津守村重《あらきせっつのかみむらしげ》に逆心の疑いあり、というのである。

信長から手討ちにされることを恐れて、居城の有岡城《ありおかじょう》に籠《こ》もって出てこないそうな。

「なぜ予《よ》が弥介《やすけ》を手討ちにいたすのか」

報告をうけた信長には、わけが分からなかった。村重の通称が弥介である。

実は、毛利の大軍に包囲された播磨上月城《はりまこうづき》の後巻《うしろまき》として、羽柴秀吉《はしばひでよし》と村重が出陣したさい、いちど荒木勢は敵に付け入る好機を得たのだが、村重が躊躇《ためら》ってそれを逸《いっ》している。結果、上月城を毛利に奪われた。だが、この件で信長は村重を咎《とが》めていない。

その後、兵糧《ひょうろう》の欠乏する石山本願寺《いしやまほんがんじ》に、中川清秀《なかがわきよひで》の配下の者が米を売ろうとしたという風説が流れ、その釈明のために村重が信長のもとへ赴《おもむ》くという知らせが、安土《あづち》へ届いた。

茨木《いばらき》城主の清秀は、以前は摂津の豪族池田《いけだ》氏のもとで村重とは同僚であったが、いまはその麾下《きか》として働く。

その知らせに対しても、無用、と信長は一笑に付している。

ところが、それがかえって、村重に疑心暗鬼をもたらした。信長は村重を油断させておいて殺すつもりだ、と清秀がふきこんだらしい。

「くだらぬ」

信長は溜め息をついた。

池田氏のいち家臣にすぎなかったのを、その力量を認めて取り立て、ついには摂津一国の仕置《しお》きを任せるほど、信頼を寄せてきた村重ではないか。村重自身、その期待に充分に応える働きをみせている。であればこそ、今年の元日、安土城の朝茶会に招いた有力部《ぶ》将《しょう》の中に、信長は村重の席も当然のものとして用意した。

また、それほどの男だから、毛利からも再三、誘いの手が伸ばされていることは、信長も承知していた。しかし、村重の裏切りを示す確たる証拠は、これまでも挙がっていないのである。

信長の命令により、村重が羽柴秀吉の副将格として西国《さいごく》攻めを進めているいま、両者の関係は必ずしも良好ではないのだが、これも実力者同士が上下関係となった場合にはめずらしいことではない。

「お仙」

信長は仙千代に命じた。

「宮内卿法印《くないきょうほういん》、惟任日向守《これとうひゅうがのかみ》とともに、有岡へまいり、荒木摂津守に真意を糾《ただ》した上、異心《いしん》なくば、早々《そうそう》にいちど安土へ出仕《しゅっし》せよと伝えよ。予が茶を振る舞うゆえ、とな」

「承知仕りました」

早速、出立《しゅったつ》の準備をするため、万見《まんみ》屋敷へ戻ってゆく仙千代を、乱丸は追いかけた。

「いかがした、お乱」

「少しいやな予感がいたしますので……」

「荒木どのの寝返りはまことではないか、と思うているのか」

「では、お仙どのも……」

「糾問使《きゅうもんし》をつとめる者が憶測や予断を口にしてはなるまい」

「愚かなことを申しました」

「ただ、いまの上様《うえさま》は何事もお思いのままにあられる。そのことを恐れるあまり、離反《りはん》する気はなかったのに、些細《ささい》な出来事や気持ちの揺れから、そうせざるをえない立場に、みずからを追い込んでしまう者は、これからも出てまいろう。こうして糾問使が遣《つか》わされること自体、荒木どのにとっては心の負担が大きいはず。とすれば、荒木どのがそこから解き放たれたいと望んだとしても、咎めることはできまい」

「されば、糾問使を遣わされるのを思いとどまるよう、上様をお諫《いさ》めなさったほうがよろしいのではありませぬか」

乱丸の中では、有岡で仙千代に災いが降りかかるのでは、という危惧《きぐ》も拭《ぬぐ》い切れなかった。

「お諫めせねばならぬようなことを、上様はしておられぬぞ。荒木どのに茶を振る舞いたいと仰せられたのだ。格別のお計らいと申すほかない。そのお心に偽《いつわ》りはあられぬ。上様のお心を荒木どのにしかと伝えること、これがそれがしの役目である」

村重の心情を忖度《そんたく》するものの、しかし、信長の近習としてなすべきことをなす。そんな仙千代の思いが伝わり、乱丸はあらためて、このかけがえのない上長《じょうちょう》への敬愛を深めた。

「お仙どのがお役目を首尾よく果たされ、恙《つつが》なく有岡よりお戻りになられるよう、祈念いたしております」

「案ずるな、お乱。荒木どのは、ご返答は測《はか》りかねるが、卑怯なことをなさるお人ではないゆえ、それがしの身が危うくなる恐れは些《いささ》かもない」

かくて、安土を出立した仙千代は、摂津で惟任日向守光秀《みつひで》、宮内卿法印を称する松井友閑《まついゆうかん》と合流し、三人で村重と会った。

会見の場は、予定では城外の寺であったが、仙千代があとの二人を説得して、有岡城内《けつ》に移された。信長が村重をまったく疑っていないことを示すには、そうすべきと思い決したのである。

この対応に村重が感激したことを、表情から仙千代は読み取った。

「少しも野心御座《やしんござ》なき」

と村重は、謀叛《むほん》の噂《うわさ》が事実無根であることを縷々《るる》、弁明し、おのが母親を人質として差し出すことを約束した。

「されば、荒木どの。上様が荒木どののために茶会を開きたいと仰《おお》せゆえ、早々に安土へご出仕なされよ」

「恐悦至極《しごく》に存じ奉る」

三人の糾問使が有岡城を辞去するさい、村重は城門まで付き添った。

「万見どの」

城門を出るとき、仙千代ひとり、村重によびとめられ、深々と腰を折る一礼をもって見送られた。

安土へ戻った仙千代は、問われない限り、おのれの異見《いけん》や感想はまったく口にせず、事実のみを信長へ細大《さいだい》洩《も》らさず報告した。

そのようすに微《かす》かな違和感をおぼえた乱丸は、復命《ふくめい》を了えて別間《べつま》へ退《さ》がった仙千代に、無事帰還の祝詞《しゅくし》を述べてから、何かあったのでは、と訊《き》いた。

「お乱の目は欺《あざむ》けぬようだな」

疲れたように、仙千代は吐息をついた。

「荒木どのはまだ迷うておられる」

「やはり、謀叛」

「謀叛のお心はもつまい。ただ、上様にどうお仕《つか》えすればよいのか、荒木どのはそれがお分かりにならなくなったのだ」

「摂津一国を束《たば》ねられるほどの荒木どのが、そのような……」

「上様は常人《じょうじん》の考えや心では到底、測れぬお人。と申すより、上様は、おんみずからを人とは思わぬようにしておられる」

「どういうことにございましょう」

「お乱は知るまいが、上様はご書状に、第六天魔王《だいろくてんまおう》と署名されたことがある」

「………」

乱丸は声を失う。

「学問に通じるそなたなら、存じておろう」

「はい……」

色欲、食欲など本能的な欲望の世界を欲界と称するが、ここに属す六つの天を六欲天といい、その最上位の第六位たる他化自在天《たけじざいてん》の王が魔王である。第六天に生まれた者は、他の作りだした楽事を自由におのれの楽事とすることができる。そして、第六天魔王は、常に正法を害し、衆生《しゅじょう》が仏道に入るのを妨《さまた》げるのであった。

「第六天魔王と記されたのは、いたずら好きの上様の戯《ざ》れ言《ごと》だったのではないのでしょうか」

「戯れ言ではない」

仙千代はかぶりを振った。

「百年をこえる乱世を畢《お》わらせ、天下をひとつにするなど、人にできることではない。そうと知っておられる上様ゆえ、おんみずから魔王になるというお覚悟をもたれた。比叡山《ひえいざん》の焼き討ちも一向一揆《いっこういっき》のなで斬りも、魔王であればこそ為《な》せたご所業《しょぎょう》。そこのところが、常人には分からぬ。常人というは、分からぬものを恐れる。荒木村重どのも、よき武将だが、常人なのだ。それゆえ、迷うたあげく、結句《けっく》は上様より離れてゆこう」

「されば、お仙どの。こういうとき、われらはいかがすればよろしいのでしょうか」

するとと仙千代が、乱丸の肩に手を置いた。

「いついかなるときも、われら近習は上様を敬い、信じ、守り奉る。ほかになすべきことはないのだぞ、お乱」

「はい」

仙千代の手とことばから伝わる愛情を、乱丸は全身で感じた。

二

荒木村重が出仕命令を無視し、有岡城に籠もったままでいる間、毛利方同士でやりとりされた書状《ふみ》の中に、村重の内通を匂わせる内容のものがあることを、織田方は探りあてた。

それによれば、村重に叛心が芽生えたのは、昨日今日のことではなく、しばらくは織田と毛利を天秤《てんびん》にかけていたらしかった。

もはや裏切りは明らかである。

ただちに上洛《じょうらく》した信長は、それでもいちどは怒りを押し殺し、秀吉、光秀、友閑に命じて、ふたたび調停にあたらせた。それというのも、村重が毛利への忠節を示すため、石山本願寺に対する付城《つけじろ》に目付《めつけ》として派遣されている信長の近習衆を皆殺しにする、という風聞が伝わったからである。

村重の謀叛により、摂津衆の動向が予断を許さない中、大坂表《おもて》の織田方が窮地に陥る危険性は大きい。しかし、付城の守将たちが、それら近習衆を早々に信長のもとへ送り返したので、事なきを得た。

「恩知らずめが」

信長はついに村重誅伐《ちゅうばつ》を決意する。

折しも、本願寺へ兵糧を入れるべく、毛利方の強力な水軍六百余艘《そう》が、瀬戸内海を東航してきた。

これで織田との形勢は逆転すると毛利方は昂揚《こうよう》した、信長が建造させた巨大鉄甲船団の凄まじい炮撃を浴びる前までは。

村上《むらかみ》海賊を中心とする毛利水軍と、九鬼嘉隆率いる織田水軍の木津川《きづがわ》沖海戦は、後者の完勝に終わった。信長が仙千代と乱丸に告げた予言《よげん》どおりになったのである。

石山本願寺も摂津衆も信長の強大な力をあらためて思い知らされ、動揺する。

この機を逃さず、信長は、摂津の織田勢へ上意を伝える検使《けんし》として仙千代と堀久太郎《ほりきゅうたろう》を先乗りさせたあと、みずから摂津へ向けて出陣した。乱丸も、身の回りの世話を命ぜられて随行する。

織田勢は、大軍をもって中川清秀の茨木城と、高山右近《たかやまうこん》の高槻《たかつき》城を包囲した。清秀と右近は、村重の両腕と目されている。

それと同時に、信長は、朝廷に本願寺との和睦を仲介するよう要請した。村重を孤立させようというのである。

右大臣、右大将の官を弊履《へいり》のごとく捨てたばかりなのに、朝廷を頼るのは臆面もないといわねばならぬが、乱丸はそうは思わなかった。

（常に正法を害する魔王となられた上様には、ゆるされること）

信長は、本陣へ、バテレンのオルガンティーノをよび寄せた。日本語の発音では、ウルガンという。

信長の許しと、村井貞勝《むらいさだかつ》の援助を得て、洛中に南蛮寺《なんばんじ》を建立《こんりゅう》し、イエズス会の京畿《けいき》における布教長をつとめている。乱丸も一年余り前、南蛮寺でその姿を初めて見た。

「ウルガン。そのほうの才覚で、高槻城の高山右近を誘降《ゆうこう》せよ」

右近は、隠居した父の図書《ずしょ》ともどもキリシタンであった。

「上様。それはなしえぬと思います。ドン・ダリヨが決して承知なされませぬ」

ダリヨは図書の洗礼名である。ドンとは、貴顕紳士《きけんしんし》への敬称で、日本語の「殿」に相当しよう。

かつて図書は、当時の高槻城主であった和田惟長《わだこれなが》と争って殺されかけたのを、村重に助けられて、逆にその城を手に入れることができた。その大恩ある村重を、裏切れるはずはない。となれば、図書を敬う右近も、わが子を有岡城に人質として差し出していることでもあり、村重を裏切れない道理であった。

そのことを、オルガンティーノは、時折、通辞《つうじ》の者の助けをかりながら、信長に懸命に説明した。

オルガンティーノにすれば、イエズス会が〝都地方《みやこ》の杜〟とよんでいるほど、会への支援を惜しまぬ高山父子とは、関係を悪くしたくないのである。

「シレンシオ」

信長が声を荒らげた。

ポルトガル語だ、と乱丸は思った。

(きっと、黙れ、うるさい、というような意味だ……)

そのとおり、オルガンティーノが口を鎖《とざ》して、恐懼《きょうく》、平伏した。

「予の命じたことを見事してのければ、そのほうらの望むまま、天下いずこの地でも南蛮寺を建てることを差し許す。しくじれば、宗門断絶《しゅうもんだんぜつ》じゃ」

宗門断絶という一言に、オルガンティーノのおもては蒼白《そうはく》になってゆく。信長による越前《えちぜん》や伊勢《いせ》の一向宗徒の大虐殺は、イエズス会でもよく知るところなのである。明日はわが身と言わねばならない。

「ウルガン。織田信長はいつでもサタナスになると心得よ」

信長は床几《しょうぎ》を立った。

他の近習らとともに付き従う乱丸は、サタナスの意を想像できた。というより、確信をもって察せられた。

(魔王)

この乱丸の推測は、ほぼ正解である。サタナスとは悪魔をさす。

信長は、秀吉と松井友閑を付き添わせて、オルガンティーノを高槻城へ送り込んだ。

「上様はなにゆえ、かような大事をバテレンにお命じあそばされたのでしょうか」

と乱丸は仙千代に訊いた。

「敵とかけあうさいに僧を用いるのは、よくやることではないか。異邦《いほう》の者とはいえ、バテレンも僧であることに変わりはない」

「それはそうでございますが……」

オルガンティーノは日本語を能《よ》くするが、それでも完璧には遠い。通辞を介しての交渉など、うまくゆくものであろうか、と乱丸は案じるのであった。

「上様は以前、こう仰せられた。バテレンが、おのれは弓矢も槍も剣も鉄炮も持たぬのに、この日本に限らず、ことばも通じぬ多くの異邦の地で布教をなしえているのは、なにゆえか。それは、伝えたい思いを伝えるおのが顔つき、身振り手振りを、巧《たく》みに操《あやつ》ることができるからである、と。心の内を見透《みす》かされることを恐れ、むしろ何も表情に出さぬよう腐《ふ》心《しん》するわれら日本人には、なかなか難しきことだ」

「バテレンは嘘をつくのがうまいということでしょうか」

「そうともいえようし、そうでないともいえような。それほど巧みなのだ。なればこそ、交渉事に向いている。まして、ウルガンどのは高山右近にとって宗門の師。必ず右近を翻意させることができる、と上様は見通しておられる」

信長のことを話している仙千代が、乱丸には信長その人と重なった。

（お仙どのは上様と一心同体なのだ……）

他の武将の近習ならば、ひたすら誠心誠意をもって仕えるだけでよいのであろう。魔王にもサタナスにもなる信長の近習は、それでは到底足りない。仙千代のように信長に同化できる才が必要である。仙千代にはまだまだ教えてもらわねばならない、と乱丸はあらためて悦びを伴《ともな》って実感した。

オルガンティーノと右近の会見の結果は、信長の見通しどおりとなった。

右近は、他のあらゆるものを犠牲にしても、宗門断絶だけは受け入れ難く、降伏をきめたのである。骨の髄《ずい》までキリシタンと言わねばならない。

ところが図書は、村重への恩義を重んじ、右近と袂《たもと》を分かった。宗門ではなく武門の道を選んだのである。自身が先にのめりこみ、子もキリシタンに改宗させた父のほうが、最後は武士の矜持《きょうじ》を第一としたというのは、皮肉というべきか。

右近は高槻城を開城して信長に拝謁し、図書は逃れて村重の有岡城へ移った。

こうなると、茨木城も平静ではいられない。

城主の中川清秀というのは、機をみるに敏《びん》な男である。織田方の従兄弟の古田左介《ふるたさすけ》を通じて、ひそかに信長へ寝返るや、夜半《やはん》に織田の軍兵《ぐんびょう》を城中へ引き入れ、村重から遣わされていた部将たちを追い出してしまう。

かくて、茨木城も信長の軍門に降《くだ》った。

信長は、有岡城攻撃の陣頭指揮をすべく、城にほど近い小屋野《こやの》という地まで本陣をすすめた。

そこへ、物見《ものみ》の報告が入った。

「甲山《かぶとやま》に、近在の農民どもが多数、山上《やまあ》がりをいたしおりまする」

いくさ場《ば》とその付近の村々は、敵の乱妨狼藉《らんぼうろうぜき》、放火、人取《ひとと》りなどの惨害《さんがい》を被《こうむ》るのが常なので、城主の許可を得て城中に避難させてもらうか、近くの山中に逃げ込むかする。前者を城上がり、後者を山上がりという。

山上がりでは、事前にできるだけ要害の地を選んで、急拵《きゅうごしら》えの砦《とりで》を築いておき、そこに籠もるのである。戦国期の農民は、自衛を余儀なくされたので、それなりの武器、武具も持っていた。

たいていの武将は、こうした山上がりの者らを、それと分かる敵対行動を起こさぬ限りは放っておく。農民が対手《あいて》とはいえ、闘《たたか》えば時をとられるし、多少なりとも損害を受けるからであった。

だが、信長というのは、こうした農民の行為を、

「曲事《くせごと》」

と切り捨て、嫌う。

いくさ場の近くに、さしたる造りではなくとも、敵の領民の籠もる砦があるなど、信長

には目障《めざわ》りであった。また、かれらは、いくさには傍観者であっても、夜陰《やいん》に紛《まぎ》れて、戦死者、戦傷者から武具、馬具、銭などを盗むのを常とする。

いま有岡城の西の甲山に、そういう手合《てあ》いが集まっているという。

「お仙。久太郎」

信長は、仙千代と堀久太郎に命じた。

「乱妨人《らんぼうにん》を引き連れ、山上がりの者どもを成敗《せいばい》せよ」

信長の傍らに控えていた乱丸は、思わず、おもてを上げてしまう。

（お仙どのの任ではない……）

これまで仙千代がこなしてきたのは、吏僚《りりょう》の仕事のみである。乱丸が知る以前でも、敵と刃《やいば》を交える実戦指揮官の任に就いたことはないはずであった。

乱妨人を引き連れ、というのも、さらに仙千代には似合わない。

戦場における殺戮《さつりく》、強奪、強姦などを専《もっぱ》らとするのが乱妨人で、正規の兵ではなく、傭兵《ようへい》である。

もしこちらが傭《やと》わなければ、敵方についてしまう。傭ったからには、寝返りを防ぐ手として、かれらには厳しい軍規を押しつけない。だから、いくさ場におけるかれらの乱妨狼藉は酸鼻《さんび》をきわめた。

いくさに勝つために、武将たちはこういう無法者を必要悪として用いたのである。

乱妨人のほうも、おのれの兵法《へいほう》や才覚を披瀝《ひれき》して仕官《しかん》を望む者もいないわけではないが、たいていはそんなものは望まない。雇主《こしゅ》の武将が戦場稼《かせ》ぎという利さえ与えてくれれば、しゃにむに敵を殺し、奪う。武門の名誉とは無縁の輩《やから》であった。

果たして、仙千代にかれらの指揮がとれようか。

いくさ経験のある久太郎の表情はそれまでと変わらない。仙千代の面持《おもも》ちには緊張感が漲《みなぎ》っている。

座を立った仙千代を、追って声をかけたかった乱丸だが、陣中では許しがなければ片時《かたとき》も信長のそばを離れることはできないので、去ってゆくその後ろ姿をただ見送るばかりであった。

「お乱。まいれ」

ふいに、そう言って歩きだした信長が、有岡城とその周辺を見渡せるところまで進んで、そこに立ち止まった。

乱丸は、傍らに折り敷く。

「実力ある守護《しゅご》大名衆の援《たす》けによって政《まつりごと》をすすめようとしたのが、足利《あしかが》将軍家の最大の過《あやま》ちである。信頼できる直属の精鋭軍を大きく育てていさえすれば、守護どもを意のままに従わせることができ、凋落《ちょうらく》することもなかった」

有岡城を眺めながら、信長は話しはじめた。

主君が何を言おうとしているのか、まだ乱丸には分からない。静聴するのみである。

「いま織田家においても、佐久間右衛門《さくまうえもん》、柴田修理《しばたしゅり》、惟任日向、羽柴筑前《ちくぜん》は、予を脅《おびや》かせるほどの力を持っておる。いずれ滝川左近《さこん》もそうなろう。その力は予が与えてきた。天下《てんが》布武《ふぶ》を成し遂げるには、抜きん出た才幹《さいかん》をもつかれらに力を与えることが必要であるゆえな。なれど予は、この者らの幼少年期を知っているわけではない。日向などは、美濃明智《みのあけち》の出自《しゅつじ》というが、それすら怪しいものだ。予に仕えるようになったときには、いずれもすでに独特の性質の成ったひとかどの者らであった。それゆえ、一点の曇りもなく信じられるかと問われれば、否《いな》と申すほかない。結句、まことに信じられるのは、予が幼きころからともに過ごした者か、お仙やお乱のように年少より仕える子飼《こが》いの者らじゃ」

乱丸の膚《はだ》に粟粒《あわつぶ》が生じている。覇者の孤独を、信長みずから初めてことばにしたのであり、あまりに重大というべき告白であった。

「されど、難しいものよ。人の才というは、決して等しゅうない。別して、将才はな。ともに過ごした者では惟住五郎左《これずみごろうざ》、池田勝三郎《いけだかつさぶろう》、少し年下の子飼いでは前田又左《まえだまたざ》あたりがまずまずの将となったが、とても日向や筑前には及ばぬ」

惟任光秀や羽柴秀吉らの実力者を掣肘《せいちゅう》できるだけの力をもつ将を、信長は信頼できる子飼いの近習衆の中から育てたいのである。究極的には、謀《はかりごと》への備えともいえる。

去年の春の雑賀《さいか》攻めで、吏僚であった堀久太郎に、軍を率いての戦闘を初めて体験させた理由も、それであったろう。久太郎に将才ありとみたのか、もしくは思い切って試したのか、いずれかであったに相違ない。

(こたびは、お仙どのの番なのだ……)

ようやく乱丸は腑《ふ》に落ちた。信長が山上がりの者らの成敗を命じたのは、その手始めと考えてよい。

とすれば、信長の意を誰よりも的確に汲《く》むことのできる仙千代なら、自身にもいずれこういう日が訪れる覚悟をもっていたはずで、動揺はしていないであろう。

そう思うと、大いに安心できた乱丸である。

「予はいずれ、そちたちへ、近江の近国《きんごく》を委《ゆだ》ねよう」

政権の都《と》、近江安土の周囲を、子飼いの若き将らで固めるという意であった。

「お仙ともども励めよ、お乱」

信長がちょっと微笑《ほほえ》んだ。

「はい」

乱丸は涙を怺《こら》える。

仙千代の身を案じる乱丸を安心させるため、命令の意図するところを、信長は明かしてくれた。それは、自分ごときが知ってよいような軽いものではなく、織田政権の根幹にかかわるというべき意図であった。まことに信じられるのは年少より仕える子飼いの者らということばどおり、乱丸を信じて明かしてくれたのである。

（わたしは、天下布武の子なのだ。何があろうと、決して上様を裏切らない。上様の御為《おんため》に生きて死ぬ）

その思いを強くもつと、自然と仙千代の説諭も思い起こされた。

（いついかなるときも、われら近習は上様を敬い、信じ、守り奉る。ほかになすべきことはないのだぞ、お乱）

この日、信長が命じた殺戮は、山上がりの者らのそれだけではない。滝川左近将監《しょうげん》一益と惟住五郎左衛門長秀《ながひで》を兵庫《ひょうご》へ討ち入らせ、一帯の寺社を悉く《ことごと》灰燼《かいじん》に帰し、僧俗、男女の別なくなで斬りにした。一国を任せた者の裏切りがどれほど無惨な結果をもたらすか、信長は内外に示したのである。

甲山から戻った仙千代は、山上がりの者らが隠していた兵糧やら武具やらを山のように押収してきた。

膝から力が抜けそうなほどに安堵《あんど》した乱丸は、復命を了えて退がる仙千代と、信長とを交互に見やる。

信長から目配せで許しを得られたので、素早く仙千代へ寄って告げた。

「無事のご帰陣、嬉《うれ》しゅう存じます」

その甲冑《かっちゅう》には無数の黒い染みが付着している。返り血に相違ない。みずからも戦闘に参加したのは、明らかであった。

おもては蒼《あお》ざめ、唇も紫色で、微かに震えているようにも見える仙千代だが、それでも微笑み返してくれた。

「お仙どの。お躰《からだ》が……」

「少し寒いのだ」

冬も半《なか》ばを過ぎたから、このところ寒気がきつい。しかし、仙千代のふるえの原因は、そればかりではない、と乱丸には思える。痛々しかった。

「お乱。土産《みやげ》だ」

仙千代が何か投げてよこしたので、乱丸は両手に受けた。

それは、掌《てのひら》の上で弾《はず》んで、こぼれ落ちかける。乱丸は素早く空中ですくい取った。

美しい碧《あお》い玉である。

「龍の玉にございますね」

山野に自生する龍のひげとよばれる植物の実であった。細い葉を龍のひげに見立てたのが命名の由来という。

花は初夏に咲くが、龍の玉とよばれる実は冬に熟す。よく弾むので、はずみ玉という異称もあって、子どもがこれで弄《たわむ》れる。

「甲山の砦にいた幼子《おさなご》より貰《もろ》うた」

それと聞いて、乱丸は一瞬、よもやと鼓動を速《はや》めてしまう。仙千代はその幼子を斬ったのではないか、と。

「お乱。口にすべきではないが、それがしには向かぬ任であった」

もういちど、仙千代は力なく微笑んだ。

それで乱丸の動悸《どうき》も収まった。仙千代は幼子を斬ってはいない。

だが、どう労《ねぎら》えばよいのか、乱丸には分からなかった。

「火にあたってくる」

仙千代が遠ざかる。

その後ろ姿に、乱丸はと胸《むね》を突かれた。

（兄《あに》さま……）

幼きころ、大好きな義兄の伝兵衛《でんべえ》から小々《ささ》ん坊《ぼう》の実を食べさせてもらった。乱丸のかけがえのない思い出である。

仙千代からは龍のひげの実。

（あるわけがない。あるわけがない。お仙どのは兄さまではないのだから……）

心に湧いた不吉な思いを打ち消すように、乱丸は強くかぶりを振った。

三

師走《しわす》に入ると、また村重の腹心《ふくしん》が信長に寝返り、織田勢の有岡城包囲は万全のものとなった。さらに、城内の内通者も得た。

「総掛《そうが》かりをいたす」

信長は、一挙に落とすつもりであった。

「お仙。久太郎。それに、御長《おなが》」

近習上席の三名が、信長の御前《ごぜん》によばれた。御長は、菅屋九右衛門《すがやきゅうえもん》である。

「そちたちは鉄炮隊を指揮せよ」

乱丸は少し驚いた。

子飼いの近習衆の中から秀吉や光秀に匹敵する将を育てたいという、信長の思いを知ったものの、仙千代の山上がり成敗から十日ばかりしか経っていないのに、つづけて九右衛門まで、とは。この優秀な吏僚もまた、実戦指揮官に任ぜられるのは初めてである。

しかし、九右衛門のことは措《お》いて、乱丸にはひたすら仙千代が心配であった。

以前は、こんなとき、本願寺に深く帰依《きえ》する母の盈《えい》の影響で、南無阿弥陀仏と唱えて、神仏に祈った。が、それは信長が忌《い》み嫌う一向宗の六字名号《ろくじみょうごう》である。

いまでは乱丸は、おのれのことばを唱えることにしている。

（お仙どのは上様と一心同体。上様に勝てる者などいるはずがない。お仙どのは必ず生還される）

有岡城総攻撃は、仙千代らの鉄炮隊による城へめがけての一斉射撃で始まった。

これを受けて、中野又兵衛《なかのまたべえ》らの指揮する弓隊が城下に火矢《ひや》を放ち、町を焼いた。

ところが、内通者からの合図が、暮方《くれかた》というきわめて半端《はんぱ》な頃合《ころあ》いであった。

冬も深まった時季《じき》である。急速に降りてくる夜の帳《とばり》が、すべてを包んで見えなくしてしまう。籠城勢《ろうじょうぜい》の士気もまだ衰えていないであろうに、総攻《そうぜ》めにはまったく適さない時機《とき》というほかない。

さりながら、内通者に呼応して攻めなければ、かれらはたちまち城内で始末されてしまい、以後、籠城勢の警戒はより厳しいものとなろう。

裏切り者を一日でも生き長らえさせるのは、信長には我慢のならないことである。まして、総攻めと決して戦端を開いたとき、村重に対する怒りはあらためて沸点《ふってん》に達している。

「総軍、掛かれ」

信長の号令一下、織田勢の雲霞《うんか》の如き大軍が、ひしめいて有岡城へ突撃を敢行した。

仙千代の一隊は、先駆けて石塁《せきるい》にとりついた。

仙千代自身には負い目がある。山上がりの掃討戦では、終始、躊躇《ためら》いを拭えず、信長の期待に充分に応えられなかった。今回は、一番乗りの手柄をもって報いたい。

好運《こううん》にも守りの手薄なところがあって、石塁をよじ登った仙千代の手は、塀《へい》に届いた。越えれば、城内である。

腕の力でおのが躰を持ち上げたとき、塀の内側から、眼前にぬっと敵兵が現れた。

「汝《うぬ》は、森乱丸の念者《ねんじゃ》よな」

にたりと笑いながら、敵兵は言った。

念者とは、衆道《しゅどう》において、若衆を愛する側をさす。

長刀《なぎなた》を構えていた敵兵は、ほとんど反《そ》りのない鋭い刃を、仙千代の喉首《のどくび》へずぶりと突き刺し、盆《ぼん》の窪《くぼ》まで貫《つらぬ》かせた。

仙千代の両の眼《まなこ》が、飛び出しそうなほどいっぱいに見開かれる。

敵兵は、刃を引き抜いた。

血が噴出する。

力を失った仙千代は、後続の味方の兵たちを巻き込んで、塀から石塁へと滑り落ちていった。

その無惨な光景を一瞥《いちべつ》してから、塀際《へいぎわ》を離れた敵兵が何者なのか、乱丸ならば見定められる。石川五右衛門であった。

仙千代の亡骸《なきがら》が信長の本陣に運ばれたのは、半刻《はんとき》後のことである。

「お仙、お仙、お仙」

信長は、魂の失《う》せた肉体を掻《か》き抱いて、あたり憚《はばか》らず泣きわめいた。

これほど取り乱す信長を、誰もが初めて見る。万見仙千代は最愛の近習であったことを、いまさらながら皆が思い知った。

他の近習たちも、慟哭《どうこく》せぬ者はいない。

ひとり乱丸だけが、ぼんやりしている。

（あるわけがない、こんなこと……）

仙千代が死んだなど、現実とは思えなかった。不吉な予感があったのに、それでも、とても信じられない。いや、信じたくない。

（やさしきお仙どのが、どうしてわたしを残して逝《い》ってしまわれるものか。きっと朝になれば……そうだ、朝になれば……ねえ、お仙どの……）

ねえ、お仙どの、と乱丸はわれ知らず、声にしていた。

「馬」

信長が怒鳴った。

即座に曳《ひ》かれてきた乗馬《じょうめ》に跨《また》がるや、

「荒木は皆殺しじゃ」

めに。

鞭《むち》を入れ、信長は駆けだした。有岡城の近くまで寄せて、みずから織田勢を督戦《とくせん》するた
乱丸をのぞく近習たちも、涙を拭いながらつづく。

「お乱。後《おく》れるな」

誰かが馬上より叱咤《しった》した。

ようやく立った乱丸は、仙千代に声をかける。

「行ってまいります。明日また」

鞍上《あんじょう》に身を置いた乱丸は、近習衆の最後尾について、本陣をあとにした。

顔にあたる夜風の冷たさが、乱丸に正気を取り戻させてゆく。

いつのまにか左手に握りしめていたものにも、いま気づいた。

開いてみると、掌《てのひら》に何かべっとりとついている。

仙千代から貰《もら》って大切にしていた龍の玉を、握り潰《つぶ》してしまったのだと分かった。

「お仙どの……」

信長という龍が、天下布武への力を生む玉をひとつ失ったように思えた。

「わたしが龍の玉となって、上様を敬い、信じ、守り奉ります」

震えた。

何も見えなくなった。

溢《あふ》れ出る涙の滴《しずく》が、次から次へと後ろへ飛んでゆく。
乱丸は、左の拳《こぶし》を血が滲《にじ》むほどに強く嚙《か》み、声を殺して哭《な》いた。

第十二章　乱丸《らんまる》、変貌《へんぼう》

一

乱丸は、安土《あづち》城下の森《もり》屋敷の寝所で、目覚めた。
未明である。
出仕《しゅっし》の刻限までまだ随分と余裕があるが、床《とこ》を払った。喉《のど》に違和感をおぼえている。
白い息を吐きながら台所へ行き、水甕《みずがめ》から水を掬《すく》って、嗽《うがい》をした。
だが、違和感は消えない。
喉に力を入れたり、咳《せき》払いをしたり、唾《つば》を飲み込んだりしてみても、効果なしである。
戸外に仄々《ほのぼの》と明かりが広がりはじめた。
「和子《わこ》。お早いお目覚めにございますな」
起き出してきた傅役《もりやく》の伊集院藤兵衛《いじゅういんとうべえ》に声をかけられた。

藤兵衛はすでに、寝衣姿ではない。見るからに、真新しい直垂《ひたたれ》、袴を着《つ》けている。元日の朝なので、あるじへの挨拶は、おろしたての服装で行う。

「藤兵衛」

呼んだそばから、乱丸はちょっとうろたえた。自分の口から発したとは思えない、別人のような声だったからである。艶《つや》がなく掠《かす》れた声であった。

藤兵衛は破顔《はがん》した。

「十五歳になられたその日に、お声変わりをされましたな。祝着《しゅうちゃく》至極に存じ上げ奉る」

「変わったのか、わたしの声が……」

男子は十代の初めか半ばあたりで声が変わる。そのことは、乱丸も知ってはいた。しかし、いざ自分の身に起こってみると、童《わらべ》から男になった証《あかし》と思えば誇らしい気もするが、何やら切なくもあり、気味悪くもあり、ちょっと恐ろしくもあって、何とも言えぬ妙な心地であった。

「しばらくはお声の調子が定まらぬと存じますが、ほどなく落ちつきましょうゆえ、いささかもご懸念《けねん》には及びませぬ」

「うん……」

それから、着替えた乱丸は、奉公人たちの新年の挨拶を受け、朝餉《あさげ》をとったのち、以前は内府亭《だいふてい》とよばれていた信長《のぶなが》の屋敷に出仕した。

信長がすべての官を辞したことで、内府亭の呼称も廃されたが、もともと安土城の天主《てんしゅ》閣《かく》完成までの仮住まいである。夏には竣工予定なので、そうなればこの信長屋敷も取り壊される。

元日というのに、年賀の挨拶に登城《とじょう》する織田の諸将の姿は見られない。大半が摂津《せっつ》の陣中で過ごしており、かれらに対しては、年賀の登城無用、と信長自身からの通達がなされている。

昨年末、謀叛人《むほんにん》荒木村重《あらきむらしげ》を討つべく、居城有岡《ありおか》城を総攻撃し、かえって随一の寵臣《ちょうしん》万見仙千代《まんみせんちょ》を失った信長は、いったんは激怒のあまり、さらなる無理攻めを命じかけた。だが、重臣らに諫《いさ》められ、冷静さを取り戻すや一転、長期戦を覚悟して多数築いた付城《つけじろ》に、精鋭の諸将を城番として置いたのである。

「近々、屋敷替えをいたすゆえ、さよう心得よ」

会所《かいしょ》において、近習《きんじゅ》衆打ち揃っての新年の挨拶をうけた信長が、その場で告げた。

これは、仙千代の死により、皆も予想していたことである。

山頂の天主、本丸、二の丸、三の丸という安土城の主郭《しゅかく》は、南に出入口の黒金門《くろがねもん》を構え、他の三方には、これを警固《けいご》する形で、東に堀久太郎《ほりきゅうたろう》邸、北に菅屋九右衛門《すがやきゅうえもん》邸、西に万見仙千代邸が配されている。つまり、この三名こそ信長の絶大な信頼を得る近習であった。

仙千代亡きいま、その万見邸を信長は誰に与えるのか、列座全員の大いに気になるところといえよう。

別して、乱丸は気になる。

といっても、自分が万見邸に入りたいわけではなかった。ようやく奉公三年目の新参の身で、そんなだいそれたことは考えていない。ただ、仙千代の暮らした屋敷が他人の手に移るのだと思うと、何となく嫌悪感をおぼえてしまうのである。

「お乱。近《ちこ》う」

信長によばれて、進み出た。

「荒木村重は極悪人。大きな声で、さよう申してみよ」

いきなりの思いもよらぬ命令だが、信長の表情から、これが戯《ざ》れ言《ごと》であると即座に見抜いた乱丸は、そのとおりにした。

「荒木村重は極悪人」

座がざわついた。

乱丸の声が、年少者の黄色いそれではなく、男らしい太い声だったからである。

信長は笑った。

「男になったの、お乱」

乱丸は、ちらりと後ろを見た。

伊東彦作《いとうひこさく》、飯河宮松《いいかわみやまつ》、薄田与五郎《すすきだよごろう》が慌《あわ》てて目を逸《そ》らす。

信長屋敷に入ってすぐ、同僚と会話したとき、声変わりしたことを、かれら三人に散々からかわれたのである。早々に信長の耳へ入れたに違いない。

「上様《うえさま》には、お聞き苦しいかと存じます。お赦《ゆる》し下さい」

と乱丸は信長に詫《わ》びた。

「男になったからには、そちも安土山内に屋敷を構えねばなるまい」

一同、息を呑んだ。上様は万見屋敷を乱丸にお与えあそばすおつもりなのか、と思い込んだのである。

「津田七兵衛《つだしちべえ》の屋敷の上に普請《ふしん》せよ」

列座からどよめきが起こった。

琵琶湖《びわこ》の伊庭《いば》内湖へ半島状に突き出す安土山は、山裾の東西と北を湖水に洗わせているので、岬が幾つもあって、それぞれに名が付けられている。

そのひとつである七曲ケ鼻《ななまがりがはな》へは、主郭西側の万見屋敷と繋《つな》ぐ道の一筋《ひとすじ》を下れば行き着く。この七曲ケ鼻道に面して、津田七兵衛信澄《のぶずみ》の屋敷は建つ。

尾張《おわり》時代の信長が、家督を争って謀殺した実弟信行《のぶゆき》の遺児《いじ》が津田信澄である。したがって、伯父・甥の間柄とはいえ、本来は相容《あいい》れぬ仲であった。だが信長は、織田一門中、子の信忠《のぶただ》・信雄《のぶかつ》・信孝《のぶたか》、弟の信包《のぶかね》に次ぐ地位を、信澄に与えている。信澄の居城の大溝城が、信長の安土城、羽柴秀吉《はしばひでよし》の長浜《ながはま》城、惟任《これとう》（明智《あけち》）光秀《みつひで》の坂本城と結ぶ湖上交通網の要《かなめ》であることからも、いかに信澄が重用されているか知れよう。信澄自身も、信長の期待を喜びとし、粉骨砕身、働いており、勇士、逸物《いつぶつ》といった評も聞こえる。

その信澄を見下ろす地へ、乱丸が屋敷を構えることを許されたのだから、列座が驚いたのも無理はない。

たしかに武将が、信頼する近習の屋敷を、一門や有力部将《ぶしょう》のそれよりも居城に近接して構えさせるのは、めずらしいことではないものの、それとて限度がある。乱丸の十五歳という年齢と、いまだ奉公三年目という経歴を思えば、破格中の破格であって、万見屋敷を与えられるのと遜色のない大出世というべきであろう。

これは乱丸が、近習衆の中で最上席の堀久太郎、菅屋九右衛門、いずれ万見屋敷を賜る者、この三名の次代を担う筆頭になったことをも意味するといって差し支えあるまい。

しかし、異論を唱える者はひとりもいなかった。

まだ短い月日の中で、年少の身ながら、当初より信長の意に適《かな》う行いをし、幾度も目立った手柄を立てている乱丸である。若さや経験の浅さを危ぶむような指摘をすれば、

「おのれはお乱ほどの手柄を立てたことがあるのか」

とかえって信長を怒らせることになるであろう。それを誰もが弁《わきま》えていた。

近習衆の束《たば》ね役で、時には信長を舌鋒《ぜっぽう》鋭く非難することも厭《いと》わぬ二位法印《にいのほういん》も、口を挟《はさ》もうとしない。

当の乱丸はといえば、茫然自失の態《てい》である。

（わたしが安土山内にお屋敷を……）

上様はほかのご近習とお間違えあそばしたのでは、とさえ疑った。

「森乱丸。上様に返答を申し上げよ」

叱りつけられ、乱丸は我に返る。

二位法印と目が合った。

（どうなされたのだろう……）

老近習の目が笑っていない。喜んでいないのは明らかであった。

（上様に返答を申し上げよ、と法印どのは言われた……）

この場合は、すでに信長の決定事だから、諾否《だくひ》の返答をする必要はない。というより、諾が当然で、否《いな》など許されない。だから二位法印は、上様に御礼を申し上げよ、と言うはずではないか。返答をせよということは、固辞せよという意味にほかならぬ。

たしかに乱丸自身、分《ぶん》を越えているとは思う。

「身に余る栄誉。恐悦至極に存じ奉ります。上様のご期待に沿えるよう、今後もなお一層の忠節を尽くす所存にございます」

乱丸は固辞しなかった。

「うむ。早々に縄張《なわば》りを始めるがよい。大工は岡部又右衛門《おかべまたえもん》の倅《せがれ》を用いよ」

と信長が勧めたので、これにも一同、思わず、近くに座す者らと顔を見合わせた。

岡部家は代々、尾張熱田《あつた》神宮の工匠だが、当代の又右衛門以言《もちとき》は、大工棟梁《とうりょう》として信長に仕え、いまは安土天主の造営を任されており、その倅の以俊《もちとし》も父を手伝いながら業を学んでいる。

信長お抱え大工の岡部家の跡継《あとつ》ぎを用いてよいとは、乱丸はどこまで果報者《かほうもの》なのか、と他の近習衆は羨《うらや》ましがった。

信長が座を立ったあと、乱丸は二位法印に命ぜられた。

「あとで、屋敷へ参れ」

近習衆の上席の者らが退出してしまうと、乱丸のもとへ、いずれも年上だが、仲の良い同僚たちが寄ってきた。

彦作、宮松、与五郎に、魚住勝七《うおずみしょうしち》、祖父江孫丸《そぶえまごまる》、小河愛平《おがわあいへい》、山田弥太郎《やまだやたろう》、今川孫二郎《いまがわまごじろう》らである。

「お乱。途方もない出世ではないか」

「われらにどれだけ差をつければ気がすむのだ」

「まことに怪《け》しからん」

「おれも屋敷に住まわせろ」

「憎まれ口ばかりたたかないで、素直におめでとうと言いなされ」

「それがしは、うれしく思います」

「めでたや、めでたや」

それぞれの表情は、明るい。大きく先を越されたことの口惜《くちお》しさや嫉妬心《しっとしん》が、まったくないといえば嘘になるであろうが、それでもかれらは乱丸を好きなのである。

同僚の輪の中で、乱丸は、照れながらも、頬を上気させていた。

そこへ、突如、割って入ってきて、乱丸の胸ぐらを摑《つか》んだ者がいる。

「何をする」

与五郎が、闖入者《ちんにゅうしゃ》の腕を摑もうとして、しかし、払いのけられた。

「井戸才介《いどさいすけ》。乱丸に含むところあっての狼藉《ろうぜき》か」

冷静に質《ただ》したのは勝七である。

「年長者として、この小僧に一言、忠告するだけよ」

闖入者の才介は、勝七らをひとわたり睨《にら》みつけてから、乱丸の躰《からだ》を乱妨《らんぼう》に引き寄せた。

「いくさ場《ば》での働きもないくせに、主君に媚《こ》び諂《へつら》うことで出世する汝《うぬ》がような輩《やから》を、佞臣《ねいしん》と申すのだ」

信長の馬廻《うままわり》である井戸才介自身は、武辺者《ぶへんもの》として知られる。

「乱丸が上様に媚び諂《へつろ》うたことなど、いちどもござらぬ」

と孫丸が言ったが、才介は対手《あいて》にしない。

「いい気になるなよ、森乱丸。上様が何と仰せられようと、おれが佞臣とみたやつは容赦せぬ」

「それはよきお心がけと存じます」

乱丸が言った。

「なに……」

才介は気色《けしき》ばむ。

「汝は、この井戸才介をからかうつもりか」

「よきお心がけと本気で思うたゆえ、そう申し上げたのです。わたしも、井戸どのが佞臣を憎むように、謀叛人を憎みます」

いましがたまで不安定な調子だった乱丸の声が、平静で聞き取りやすいそれになっている。

「荒木ならば、皆が憎んでおるわ」

「荒木どのだけのことではございませぬ。上様に叛《そむ》き奉る者すべてを憎みます」

「言わでものことを、もっともらしゅう申すでないわ、小僧ッ子めが」

膂力《りょりょく》衆に優《すぐ》れた才介は、乱丸の胸ぐらを摑んだまま、その躰をいったん高く持ち上げてから、思い切り床《ゆか》へ叩きつけた。

「おのれ」

愛平が腰挿《こしざし》の柄《つか》に手をかけると、

「やるのか」

才介も応じて、同じ動きをした。

「やめよ、愛平」

勝七が愛平の手を押さえる。

その視線の先は、近くに一塊《ひとかたまり》となって成り行きを見戍《みまも》る五人の近習を捉えていた。かれらも一斉に身構えたからである。いずれも馬廻衆で、才介の同調者たちであることは明らかであった。

信長の住居内で斬り合いなどすれば、全員切腹であろう。

乱丸が、いちど起き上がってから、あらためて端座《たんざ》し、才介に向かって少し頭を下げた。

「ご年長の井戸どのがご忠告、しかと肝に銘じましてございます。ありがとう存じました」

その清爽《せいそう》すぎる姿が、かえって健気《けなげ》に見えて、孫丸や愛平などは唇を嚙《か》んだ。

「才介。もういいだろう」

怒りを押し殺した声で、勝七が言う。

「ふん。隼人正《はやとのしょう》どのに免じて赦してやろう」

と才介は鼻で嗤《わら》った。

隼人正とは、いまは合戦に出ることはほとんどないものの、信長の若年時より馬廻として仕え、桶狭間《おけはざま》合戦で首級を挙げるなど戦功の多い魚住隼人正をさす。勝七はその一族なのである。

才介と同調者らは、せせら笑いを残して、会所を出ていった。

「お乱。よう堪《こら》えたな」

宮松が乱丸の肩に手を置いた。

「くだらぬやつよ、井戸才介ごときが」

怒りの収まらぬ彦作が、

「仙千代どのの前なら、かようなことはできまいに」

そう吐き捨てた途端、

「彦どの」

と孫丸にたしなめられる。

乱丸の表情が曇《くも》ったのを見て、彦作は、おのれの軽率さに気づく。

「すまぬ、お乱」

謝《あやま》られた乱丸は、無理に微笑《ほほえ》んで、小さくかぶりを振った。

二

乱丸が二位法印屋敷を訪れたのは、翌日の午後のことである。

「遅れるにも、ほどというものがあるぞ」

叱りつけられた乱丸だが、詫びはしない。

「お役目第一にございます」

とこたえた。

出仕した元日はそのまま宿直番《とのいばん》をつとめたので、いまのいままで信長の側《そば》を寸時も離れられなかったのである。責められるべきことではない。

「わずかな時の間《ま》のことだ。代わりがつとまる者は幾人もいよう」

「畏《おそ》れながら、二位法印どの。自分の代わりは誰でもつとまるなどという軽《かろ》き考えでは、上様の近習に相応《ふさわ》しからざると存じます」

「賢《さか》しきことを……」

二位法印は、ちょっと苦笑いをみせた。

「そなた、井戸才介と諍《いさか》いを起こしたそうじゃな」

「井戸どのはわたしを気に入らぬようすにございました」

「聡《さと》いそなたゆえ気づいておろうが、嫉妬じゃ」

もちろん乱丸は気づいている。だから、敢《あ》えて肯定も否定もせぬ。

「七曲ケ鼻道にお屋敷を賜ること、なにゆえ固辞いたさなんだ。そなたなら、すぐに才介のような者が出てくると予《あらかじ》め分かったであろう」

「わたしや余《よ》の方々の思いなど、どうでもよいことにございます」

「何を申したい」

「森乱丸に屋敷を与えると決めたのは、上様にあられます。わたしが辞退いたせば、それは上様のご決断が間違っていると抗議いたすことにて、謀叛も同然」

「謀叛とは……」

大仰《おおぎょう》な、という一言を、二位法印は呑み込んだ。こと信長に関しては、そのていどのことでも、機嫌次第で、謀叛ときめつけかねない狂気をもつのを否定できないからである。

（乱丸はあの場で、とっさに……）

近習衆の長《おさ》より、固辞せよとほのめかされたにもかかわらず、そうした場合、主君がどういう思いを湧かせるのか、とっさに察知して、乱丸は二位法印ではなく信長に服《したが》ったということにほかならぬ。信長という人間をよくよく知っていなければ、あのような瞬時の判断はできるものではない。

言い換えれば、乱丸の中に、いついかなる場合も一点の曇りもなく信長大事とする覚悟が、揺るぎなく具《そな》わったという証でもあろう。それは、どんな些細《ささい》なことでも、信長を否定する者は、たとえ二位法印であっても、さらには自分自身であっても、決して赦さないという覚悟である。

（まるで仙千代のようじゃ……）

二位法印は、かつて自身が乱丸に与えた助言を思い起こした。

（いつも万見仙千代を見ていよ。お仙のやることに間違いはない）

いつしか乱丸は、仙千代の唯一無二の弟子に、というより、それ以上の存在になっていた。もはや仙千代そのものとみるべきである。

だからこそ、信長の寵も一気に乱丸へ傾いた。

（危うい。上様はご性急すぎる）

譜代《ふだい》と新参とを問わず、また出自《しゅつじ》も身分も問わず、才ありと認めた者を大いに用いるのが、信長流である。その大胆な人材活用によって、羽柴秀吉、惟任光秀を筆頭に、幾人もの傑《すぐ》れた部将を育ててきた。

だが、かれらの中に、十代で頭角を現した者はひとりもいない。異数《いすう》の出世頭《しゅっせがしら》の秀吉でさえ、ようやく奉行人のひとりとして名を列《つら》ねることを許されたのは、三十歳前後であった。

近習衆については、その多くが出仕始めの年齢が若く、秀吉らいくさを指揮する将とは役目も異なるので、同列には論じられないものの、それでも二十歳前に重用された者を、二位法印は知らない。万見仙千代しかりであった。

乱丸の才の尋常ならざるは、二位法印も認めるところではある。しかし、何にしても若すぎる。

若者というのは、崇《あが》めてやまぬ絶対的存在から愛を受ければ、まだ汚《けが》れの少ない純粋さを持っているだけに、その存在に対して熱狂的、狂信的になりやすい。それは、他者排斥《はいせき》に直結する。

乱丸がそうなるとは限らないが、二位法印が危惧《きぐ》するのは信長である。

いま乱丸の地位を急激に引き上げたということは、年少のうちに近習衆の頂点に立たせようという思惑を、信長が抱《いだ》いているとみて間違いない。そのために、乱丸へは大きな権限を与えるであろう。

十五歳にしては分別のある乱丸だが、それは、仙千代という憧《あこが》れの師の言動を、知らず知らず踏襲《とうしゅう》していたからともいえる。

仙千代というのは、常に信長の満足のいくように事を進めながら、その過程で、信長の独裁的な暴走にそれと気づかれず歯止めをかけることが巧《たく》みであった。この信長を操《あやつ》るという、ある意味で危険な分別は、乱丸の若さと浅すぎる経験則では到底なしえない。

いまは言っても詮《せん》ないことだが、乱丸はまだまだ仙千代に教えてもらわねばならなかった。

代わりに乱丸の新しき師となったのは、思いのままの言動によって天下人へ昇りつめようとしている信長その人である。仙千代に比して未熟な乱丸が、信長の大いなる影響を受けぬはずはないではないか。

現実にいま、遅参《ちさん》したことを、たとえやむをえない事情があったとしても、以前の乱丸ならば真っ先に謝罪していたはず。それを、謝るどころか、お役目第一、という一言で済ませた。

遅参を謝れば、信長の近習として職務についていたのを下に見ることになる。謝らなかった理由は、それであろうと二位法印には察しがついている。

上長《じょうちょう》の近習たちと比較しても、学問ができて、つむりも良すぎる乱丸だけに、信長を絶対的存在とする前提で、いかなる場面でも正当な理由を与えるのは難しいことではあるまい。そして、純粋であるだけに、その理由をみずから信じてしまう。

それは少し違うのだ、と身をもって乱丸に教えることができるのは、仙千代のほかにはいない。

「乱丸。仙千代と同じようにやろうとする必要はないのだぞ。おのれの成長を急ぎすぎずともよい」

二位法印は、言わねばならぬと思ったことを、きつい表現を避けて口にした。いま信長の大いなる期待を受けて、昂揚《こうよう》感に充《み》たされている若者に、きつい言いかたをしたところで、老人の小言《こごと》ぐらいにしか聞こえまい。悪くすると、反発を買うだけである。

「わたしごとき、どうしてお仙どのと同じようにやれましょう。さように身の程知らずのことは考えておりませぬ。わたしは、お仙どののおことばを、わたしの生きかたとするのみにございます」

「仙千代はそなたに何と申したのか」

「いついかなるときも、われら近習は上様を敬い、信じ、守り奉る。ほかになすべきことはない」

「そうか……」

　小さく吐息をつく二位法印であった。

（仙千代の申したことは正しい。正しくはあるが、なれど……）

乱丸の眸子《ひとみ》は澄んでいる。怖いほどに澄んでいる。微小な汚れも見逃さない眸子である。見つけた汚れは、信長の名をもって拭《ぬぐ》い捨てるのであろう。

「乱丸。これからそなたは、近習衆の上席として、幾度も大事の役目を仰せつかる。なれど、忘れてはならぬぞ。何事につけ、どれほど鋭き心で対することができたとしても、人の痛みに心鈍《にぶ》き者は、まことの武士とは言えぬ」

「はい。おことば、しかと胸に刻《きざ》みつけて、決して忘れませぬ」

乱丸のおもては晴朗である。

しかし、二位法印の不安が消えることはなかった。

三

正月の下旬に、屋敷替えが行われた。

注目の万見屋敷を賜ったのは、

「竹《たけ》」

と信長からよばれている長谷川藤五郎《はせがわとうごろう》である。

もともと大津伝十郎《おおつでんじゅうろう》、矢部善七郎《やべぜんしちろう》らと並ぶ近習上席であったから、誰も乱丸のときのように驚きはしなかった。

藤五郎のもとの屋敷には、玉突きのように高橋虎松《たかはしとらまつ》が入って、席次《せきじ》を高めた。

乱丸は、虎松のために喜んだ。ともに仙千代に目をかけられていたことで、年上であっても仲のよいひとりなのである。

信長は、二月半ばに入京し、洛外《らくがい》で鷹狩《たかがり》に興じたあと、三月に入ると、左中将《さちゅうじょう》信忠を従えて摂津陣の状況を視察した。乱丸も随従している。

このとき、高槻《たかつき》城番をつとめていた大津伝十郎が、城中で病死してしまう。兆《きざ》しもなく、にわかのことであった。

仙千代戦死のさいにはひどく取り乱した信長だが、今回は訃報《ふほう》に接して、

「であるか」

といつもの口癖《くちぐせ》を発したにすぎない。

ただ、その翌日には鷹狩に没頭する主君を見て、乱丸には、信長が悲しみを振り払おうとしていることが痛いほど分かった。その悲しみの中で、仙千代の死を思い出していることも明らかで、胸をかきむしられずにはいられない。

（荒木村重が謀叛を起こさねば、上様はこのようにお悲しみあそばされずに済んだ……）

元日の信長の戯れ言が思い起こされた。

（荒木村重は極悪人）

戯れ言ではない。乱丸の中に、あらためて村重への憎しみが湧いた。仙千代を殺し、信長を悲しませる者が、極悪人以外の何者だというのか。

進展のない長陣《ながじん》では、思わぬ事件が起こる。伝十郎の突然死からほどなくして、信忠の小姓《こしょう》同士が喧嘩口論し、一方が他方を刺し殺した。殺したほうも、その場で切腹して果てた。

こうした凶事が相次《あいつ》ぐと、陣中に動揺が走る。譜代衆はよいとしても、信長が足利義昭《あしかがよしあき》

を奉じて上洛した後に従った者らなどは、長陣の倦怠《けんたい》の中で疑心や叛心を芽生えさせやすい。

「お乱。使いをいたせ」

信長の命令により、乱丸は摂津多田《ただ》の塩河伯耆守長満《しおかわほうきのかみながみつ》のところへ、銀子《ぎんす》百枚を届けることになった。

長満は、信長と義昭が決裂したときは後者に従ったが、その後に赦されて、村重に属した者である。村重謀叛のさいは、ただちに信長についた。

争乱の収まらぬ摂津において、多田領内からは怨嗟《えんさ》の声ひとつ上がらないというので、その仁政《じんせい》に対する褒美《ほうび》が銀子百枚である。

信長の使者を迎えた多田城では、正使《せいし》があまりに美しい若者だったので、誰もが驚き、見とれてしまった。

乱丸は、使者としての口上《こうじょう》を述べ、褒美を下賜したあとは、一段高い上座より下りて、長満に向かって告げた。

「わが陣営が伯耆守のように足許《あしもと》のたしかな将ばかりなら、有岡城を落とすのもたやすかろうに。さように上様は仰せられました」

「過分《かぶん》のおことばにござる。塩河伯耆守は今後も御為《おんため》に身命を抛《なげう》つ所存。上様にさようお伝え下され」

「必ず伝え申す」

「森どの。不躾《ぶしつけ》なことを尋ねるが、おことに許嫁《いいなずけ》はおられようか」

「妻帯など思いもよらぬこと」

「それは何故《なにゆえ》にござろう」

「わたしは上様の御馬前《ごばぜん》で死ぬる者にてございます」

にっこり、乱丸は微笑んだ。

長満の後ろに控えている塩河家の女たちは皆、陶然《とうぜん》たる面持《おもも》ちになった。床に手をつき、気遠《けどお》くなりそうなのを怺《こら》える者もいる。

乱丸が多田城を辞去するとき、門まで見送りに出た長満の姫が、白い牡丹の花を一輪、羞《は》じらいつつ差し出した。

「わたくしが育てました。わざわざのお運びに、ほかに何もお持たせするものがありませぬゆえ」

「胡蝶《こちょう》のように美しきひとのお手ずから、牡丹の花を頂戴できるとは、森乱丸は果報者」

そう言って受け取った乱丸に、姫は少し悲しげな顔をする。

「森どのは梅の花のほうが……」

早春に咲く梅花にだけ縁《えにし》がないと悲しむ胡蝶の精の女性《にょしょう》が、旅僧の読経《どきょう》によって縁を結ぶことができ、喜びの舞《まい》を舞う。

その謡曲《ようきょく》『胡蝶』を、姫が思い描いたことを、即座に察した乱丸は、微《かす》かにかぶりを振ってみせた。

「荘子《そうし》が夢の中で胡蝶となって戯《たわむ》れた花は牡丹であったかと存ずる」

中国の戦国時代の思想家荘子は、胡蝶となった夢を見て、醒《さ》めたあとも、おのれが夢の中で胡蝶となったのか、いま胡蝶が夢の中で自分になっているのか、いずれとも分からなかったという。人生の儚《はかな》さを譬《たと》えた故事《こじ》である。

「お恥ずかしゅうございます」

乱丸の最初の礼のことばの意を取り違えたことに気づいて、姫は顔を真っ赤にしてしまう。

「わたしこそ礼を失《しっ》しました。お赦し下され」

乱丸は詫びた。

居合わせた人々の中で、この両人のやりとりの意味の分かる者はほとんどいない。ただ、森乱丸とは見目《みめ》も挙措《きょそ》も凛《りん》として雅《みや》びであるばかりか、教養も深い見事な若者であるということを、誰もが感じている。それは、乱丸の主君たる信長への畏敬《いけい》につながるものであった。

乱丸は、馬上の人となると、牡丹を小袖《こそで》の衿首《えりくび》のところに挿《さ》して、長満の姫を振り返り、いちど微笑んでから、馬腹《ばふく》を蹴った。これは信長が時折見せる姿態である。

「ああ……」

姫は、身も世もあられぬ吐息を洩らして、気を失い、周囲の者に抱きとめられた。

たまに小競《こ》り《ぜ》合いは起こっても、四ヵ月もの膠着《こうちゃく》状態のつづく中、信長が塩河長満に褒美をとらせた事実は、諸将の気分を引き立たせた。有岡城攻め以外でも、それぞれに普段の行いが良ければ恩賞にあずかることができる、と。かれらの疑心や叛心は、芽生える前に摘《つ》み取られた。

また、女たちの噂話というものは、伝わるのが速《はや》い。諸将の姫君たちは、まだ見ぬ森乱丸に想《おも》いを募《つの》らせずにはいられなかった。

五月初め、信長は安土に帰城した。

安土山内、七曲ケ鼻道の森屋敷は、乱丸が信長に従い摂津へ赴《おもむ》いていた間に、完成している。

「恙《つつが》ないご帰陣、おめでとうございまする」

伊集院藤兵衛以下、奉公人一同に出迎えられて、乱丸は木の香《か》も新しい住まいに初めて入った。

主殿《しゅでん》はもとより、櫓門《やぐらもん》も厩《うまや》も台所も奥座敷も、織田信長の近習上席に相応しい立派な造りである。

「これで坊丸《ぼうまる》と力丸《りきまる》を呼べるな」

美濃金山《みのかねやま》の弟たちは、乱丸の活躍を聞いて、安土に出仕したがっている。そのことは、嫂《あによめ》の千《せん》の書状に記されていた。

「近々、頃合《ころあ》いをみて、上様に願い出るつもりだ」

「和子。ご舎弟《しゃてい》たちにはまだ早いのでは……」

藤兵衛はやんわりと反対した。

「わたしは十三歳で安土へまいった。坊丸は十四歳、力丸が十三歳。早いということはない」

「和子とお二人とでは何もかも違いましょう」

露骨に言えば、偉材《いざい》の兄と凡庸《ぼんよう》の弟たちということである。藤兵衛は、傅役だけに、こうしたところは遠慮がない。

「わたしが導く」

自信に盈《み》ちた乱丸の声音《こわね》である。

「上様の御前では、ご舎弟たちだからと申して、贔屓《ひいき》はできませぬぞ」

「分かっておる」

「さようなれば、もはや藤兵衛は何も申しませぬ」

信長によって急激に身分を引き上げられたために、乱丸は様々なことを急ぐようになるのではないか。その不安を拭いきれない藤兵衛ではあるが、あるじの聡明さを恃《たの》みとするほかないと思った。

それから幾日か経《た》った五月晴《さつきば》れの日、ついに安土城の天主閣が竣工をみる。

「いざ天下布武《てんがふぶ》の城へ」

満面に会心の笑みを広げる信長みずからの号令一下、鉦《かね》や太鼓や笛に囃《はや》し立てられながら、美々《びび》しく着飾った一団が山下より大手道《おおてみち》を上り始めた。

信長の天主閣への移徙《わたまし》である。

（極楽浄土へ往《ゆ》くときは、こんなふうなのかもしれない……）

随行の乱丸は、大手門を抜け、幅広の堂々たる石段を上りつつ、仰ぎ見る視線の先に聳《そび》える天主閣に、見とれっ放しであった。

山頂の外観五層七重の天主閣は、本丸の地表より高さ四十六米《メートル》。当時の人々は知る由もないが、世界初の木造高層建築である。

金箔瓦《きんぱくがわら》の屋根が太陽光を照り返すさまは、巨大な天主閣みずからが発光しているように見えて、そこに神が住むのでは、と乱丸は錯覚してしまう。

いや、錯覚ではない、と思い直す。

（上様こそが……）

そして、この恍惚境ともいうべき一時《ひととき》を、仙千代とともに過ごせないことが無念でならぬ乱丸であった。

この日、天主閣の最上階へ上がった信長も、波光の躍《おど》る琵琶湖を眺め下ろし、風に揺れる軒端《のきば》の風鐸《ふうたく》の妙《たえ》なる音《ね》を聞きながら、切なげに洩らした。

「お仙に見せてやりたかった」

乱丸は涙を怺えた。

（上様のお心はきっとお仙どのに届く）

その確信は、仙千代に対する思いを、信長と共有していることの喜悦を伴《ともな》った。

この頃、京である事件が起こっている。

糸屋《いとや》の七十歳の後家《ごけ》を、そのむすめが無理やり酒を呑ませて泥酔させた挙げ句、刺し殺して埋めてしまったという。口止めされていた下女が、恐ろしくなって京都所司代《しょしだい》・村井《むらい》貞勝《さだかつ》に訴え出て、事が発覚し、むすめは引回しの上、六条河原で成敗《せいばい》された。

この一件が信長を激怒させたのは、むすめが日蓮宗《にちれんしゅう》、すなわち法華《ほっけ》宗徒だったからである。

信長は、武家権力に敵対して武装する宗教集団を憎んだ。その最《さい》たるものが一向宗《いっこうしゅう》である。法華宗も、京に長く勢力を張り、政教一致を信条に政権批判を繰り返す武装宗教集団であった。

まだ大いなる力を持たなかったころの信長は、法華宗を苦々《にがにが》しく思いながらも、これを利用した。法華宗の上人《しょうにん》で、朝廷の信任の厚かった朝山日乗《あさやまにちじょう》を外交僧として用いたのは、その典型である。

だが、いまや信長は巨大な権力者で、日乗もすでに亡《な》い。機会さえ得られれば、法華宗を弾圧したいと考えていた。糸屋の事件は、信長の法華勢力への憎しみを一挙に燃え上がらせた。

折しも、安土城下でも、法華宗が激しい他宗批判によって弘《ひろ》まりつつあり、関東より下ってきた浄土宗《じょうどしゅう》の玉念《ぎょくねん》の法談に対して、織田家中の法華宗徒二名が疑義《ぎぎ》を問い、これを糾弾《きゅうだん》するという事件が持ち上がった。

「論争をさせてやろうぞ」

信長の鶴の一声により、安土城下の浄厳院《じょうごんいん》において、浄土宗と法華宗が宗論を戦わせることになった。

法華宗の側《がわ》は、京から名ある僧を幾人も呼び寄せ、都鄙《とひ》の信徒も大勢参集して、万全の他宗排撃態勢を布《し》いた。対する浄土宗の側は、玉念と安土西光寺《さいこうじ》の住職である貞安《ていあん》とで、論戦に臨んだ。判者《はんじゃ》は、信長の指名を受けた京都南禅寺《なんぜんじ》の景秀《けいしゅう》らがつとめ、津田信澄、菅屋九右衛門、堀久太郎、長谷川藤五郎らを奉行として、総勢三千の軍兵《ぐんぴょう》が警固するというものものしい雰囲気の中で宗論は行われた。

信長の目的は法華宗弾圧にある。その内意を伝えられていた玉念が、頃合いをみて、

「勝った、勝った、勝った」

と連呼するや、軍兵も勝鬨《かちどき》をあげて、一斉に法華宗の僧と関係者らを取り押さえ、袈裟《けさ》なども剝《は》ぎ取ってしまい、その混乱の中で、判者たちは浄土宗側の勝利を宣《せん》した。

「汝ら法華坊主どもは、日頃、本分《ほんぶん》たる学問に精励せず、贅沢《ぜいたく》な暮らしをしておるばかりゆえ、宗論に敗れたのだ」

騒ぎが収まってから、みずから浄厳院へ足を運んだ信長は、法華僧らを面罵《めんば》すると、負けを認めて、二度と他宗を迫害しないことを誓う起請文《きしょうもん》を差し出すよう命じ、これに応じなければ、京と織田の領国内の法華信徒を皆殺しにし、宗門を断絶せしめると恫喝《どうかつ》する。

震《ふる》え上がって屈伏した法華宗側は、あまつさえ起請文の文言に、信長が法華宗の一分《いちぶ》の面目を立ててくれたことへの謝辞も記さねばならなかった。

信長は、結果的にこの安土宗論のきっかけを作ったといえる家中の法華宗徒二名を後日、いずれも斬首に処す。

浄厳院からの帰城の道すがら、信長は乱丸に乗馬《じょうめ》を並ばせて語った。

「一筋道《ひとすじみち》に障《さわ》りとなるものがあれば、取り除かねばならぬ」

一筋道が天下布武の道をさすことは、言うまでもない。

「回り道をしている時はないのだ」

恨みを買いたくなければ、障りとなるものとの衝突を避けて、遠回りすることであろう。しかし、それでは、天下布武は到底なしえまい。

「お乱。それでも付き従うか、魔王に」

天下布武の達成のため、信長がみずから魔王たらんとしていることを、乱丸は仙千代から聞かされた。その信長を敬い、信じ、守り奉るのが、近習の使命。いま思えば、それは仙千代の遺言でもあった。

「魔王には薩陁《さった》という子がいるそうにございます」

と乱丸はこたえた。

「気持ちがよいわ」

信長の声が普段より一層、高くなる。

「打てば響く」

「勿体《もったい》なき仰せにございます」

「城まで競《きそ》え、お乱」

信長が乗馬に鞭《むち》を入れた。

すかさず、乱丸が追う。

菩薩《ぼさつ》の瞑想の邪魔をせんとする父魔王を諌《いさ》めたのが、薩陁である。だが、乱丸はそのことを告げるつもりはなかった。ただひたすら魔王の子でありたい。

乱丸のめざすところに聳える城は、極楽浄土のそれではない。禍々《まがまが》しくも甘美な天魔の宮殿であった。

第十三章　刺客《しかく》

一

信長の常の生活空間は、安土《あづち》城天主閣《てんしゅかく》の南東に隣接する本丸台地に造営された殿舎である。

内府亭《だいふてい》の大部分を移築したこの本丸御殿については、安土を訪れた大小名衆、公家、豪商などに気軽に内部を案内して、自慢をする信長であったが、天主閣ばかりは別であった。よほど特別な場合でない限り、他者を踏み入れさせない。いわば織田信長一人《いちにん》の宇宙というべき聖なる場なのである。

だから、常に信長に随行して天主閣へ入ることのできる近習《きんじゅ》衆は、誇らしかった。

「きょうもよき日和《ひより》じゃ」

安土宗論《しゅうろん》の結果、法華宗《ほっけしゅう》側を屈伏せしめることに成功した翌朝、気分よく目覚めた信長は、堀久太郎《ほりきゅうたろう》や乱丸ら八名ばかりの近習を引き連れ、天主閣へ向かった。

天主閣竣工のあと、梅雨月《つゆづき》というのに、安土では光の射《さ》す日がつづくのも、信長の気分を引き立たせている。

直前に知らせを受けた天主閣警固《けいご》衆が、登閣御門《とうかくごもん》の前に居並んで出迎えた。

外観五層七重の天主閣は、内部を階として数えれば、地階及び一階から六階までである。

不等辺八角形の一階から赤瓦と金箔《きんぱく》瓦が鮮やかな最上階まで、構造も意匠もそれまでの城とはまったく異なる。日本古来の寺社建築を基礎にしながら、中国の禅宗、インドのヒンズー教、さらにはヨーロッパのキリスト教などの寺院建築も取り入れた、間違いなく当時の世界最先端をゆく斬新な建物であった。

地階から四階までは中央を吹き抜けにし、その真ん中に宝塔が建つが、これは須彌山《しゅみせん》を表現したものである。世界の中心に聳《そび》える高山《こうざん》、すなわち安土城のあるじが天下《てんが》を治めるという意にほかならぬ。信長の構想では、天下とは日本ではなく全世界であったのかもしれない。

気早《きばや》な信長は、先頭に立って、階段を飛ぶように上がってゆく。

それで万一、信長が足を滑らせても、近習衆は、とっさに身を挺《てい》して守る準備ができている。天主閣警固衆のうち、今朝まで宿直番頭《とのいばんがしら》をつとめた者も従う。

五階内陣《ないじん》の東側から階段を昇って、最上階へ出た瞬間、信長の顔色が変わった。

（これは……）

乱丸も蒼褪《あおざ》める。

三間四方の最上階の室内は、壁も柱も眩《まばゆ》い金色《こんじき》で、東西南北それぞれには黒漆《うるし》と金箔で彩《いろど》られた戸が設けられ、東南、南西、西北、北東の脇間を絢爛《けんらん》たる金碧《きんぺき》障壁画で飾っている。画は、三皇五帝《さんこうごてい》、孔門十哲《こうもんじってつ》、商山四皓《しょうざんしこう》、七賢人《しちけんじん》で、道教、儒教で説くところの治《ち》国平天下《こくへいてんか》の思想を表現するものである。

当代一の絵師狩野永徳《かのうえいとく》の筆によるそれら障壁画に、無惨にも大きく真っ赤な文字で落書《らくしょ》がされているではないか。

東南の柱を横断して「五」、同様にして南西には「右」、西北が「衛」、北東は「門」であった。

（五右衛門《ごえもん》……）

そうに違いない、と乱丸は感じた。

文字の赤は、人間のものか、獣のそれか、いずれとも分からぬが、血のようだ。

信長が、じろりと宿直番頭を睨《にら》んだ。

「こ……このようなことが……昨夜、最後に見回りましたときは、常のとおりにございました。まことにございます」

総身をふるわせながら、黒漆塗の床にひたいをすりつける宿直番頭であった。

その後頭部を、信長は思い切り踏みつけにすると、

「場所をわきまえて、いたせ」

そう命じてから、足を離した。

宿直番頭は、一瞬、躰《からだ》を硬直させたあと、這《は》いつくばったまま尻下がりに階段を降りていく。おもてをひきつらせ、涙を流している。

久太郎に目配せされ、近習が二名、宿直番頭に付き添った。

信長の命令は、後始末が厄介でない場所で切腹せよ、という意味である。宿直番頭が万一、何か見苦しい行動を起こそうとすれば、付き添いの二名にその場で討ち取られる。

「お乱。一昨年、二条第《にじょうだい》に忍び入った賊がいたな」

と信長が訊《き》いた。

信長は記憶力がよい。その言いかたから、あのときの賊の名を憶《おぼ》えていることは明らかであった。

「石川《いしかわ》五右衛門と申す者にございました」

唇を嚙《か》みながら、乱丸はこたえた。あのとき、至難であったとはいえ、自分が五右衛門を討っていれば、こんなことは起きなかった。

「久太郎。石川五右衛門を草の根を分けても探しだせ。ただちにじゃ。予《よ》の手で、首を刎《は》ねてくれる」

「畏《おそ》れながら、上様《うえさま》……」

久太郎は賛成しかねる顔である。

「石川五右衛門なる者の望みは、おのれの名を売ること。上様があやつを捕らえるために躍起《やっき》になられては、そのことはたちまち世に伝わり、それこそ、あやつの思う壺。また、二条御新造《ごしんぞう》のときといい、こたびといい、神出鬼没の者なれば、捕らえるのは容易ならざること。ここは、お騒ぎにならぬほうがよろしゅうございましょう。さすれば、むこうのほうが焦《じ》れて動き出し、再び姿を現すに相違なしと存ずる。そこを討ちまする」

乱丸と同年の生まれながら百歳まで生きた京都の医者《くすし》、江村専斎《えむらせんさい》が晩年、戦国期の人物たちを語ったさい、

「傑出《けっしゅつ》の人」

と評したほどの堀久太郎である。冷静で思慮深いのは、若いころからであった。

乱丸も、久太郎の諫言《かんげん》は意を尽くしていると思う。が、信長は納得しないであろう。久太郎をいまにも怒鳴りつけそうな顔つきであった。

「堀どの。わたしはこれより天主閣の内をすべて検《あらた》めてまいります」

信長の怒号が響く前に、乱丸は申し出た。

「もし何も盗まれておらねば、堀どのが言われたようにいたすのがよいのやもしれませぬ。なれど、何かひとつでも盗まれたものがあったときは、上様の仰《おお》せを奉じて、ただちに石

川五右衛門捕縛《ほばく》の触《ふれ》を出すべきかと存じます」

安土城天主閣は、この建物自体が古今無双の宝のようなものだが、中に納められている信長所蔵の茶道具その他、数多《あまた》の品々も天下の名物《めいぶつ》ばかりである。そのひとつでも盗まれたのなら、五右衛門が再度現れるまで網を張って待つという、悠長なことを言ってはいられない。

「お乱の異見《いけん》はもっともじゃ」

信長の表情が少し和《やわ》らいだ。

「すべての階を、お乱の眼で検めよ」

「承知仕りました」

天主閣だけでなく、安土城内の金銀財宝や物品を、すべて記した簿帳が存在するが、照合するのは容易な作業ではない。乱丸ひとり、それらがどこにどういうふうに仕舞《しま》われているのか、何もかも完璧に把握している。いちいち書付《かきつけ》と照合するより、乱丸が見て回ったほうが速くて精確《せいかく》なのである。

「余《よ》の者は、乱丸を手伝え」

信長は、久太郎のみを従えて、階段を降り始めた。

「されば、この階より」

のこった近習たちに、乱丸はうなずいてみせた。

二

乱丸が天主閣内を二度にわたって念入りに検めたところ、盗まれたものは何ひとつなかった。落書も最上階の「五右衛門」のみで、ほかに壊されたところは見つからない。

（あいつの挨拶代わりか……）

乱丸は口惜《くちお》しく思った。

竣工したばかりの天下布武《てんがふぶ》の巨城の天主閣にもたやすく忍び込めることを、五右衛門はまずは誇示したかったのであろう。次に侵《おか》すときは信長秘蔵の品を何か盗んでいくつもりに違いない。

最上階の落書以外に被害はなかったという乱丸の報告を受けて、信長は久太郎の諫言を容《い》れた。

「何事もなかった」

ことにして、五右衛門が再度、事を起こすのを注意深く待つのである。

そのため、昨夜の宿直番頭のほかに、処分者を出さず、事件を知る者らには箝口令《かんこうれい》が布《し》かれた。

一時の激情に駆られて極端な行動に出るばかりでなく、場合によっては、長期にわたって怒りを抑えることもできたのが、信長という人である。だからこそ、乱世の頂点に立てたといえよう。

ただ、落書された障壁画は修復しなければならないので、信長は狩野永徳・光信《みつのぶ》父子はもちろん、作業に必要な職人たちも限られた人数で呼び寄せた。

狩野父子に対する迎えの使者がただちに京へ遣《つか》わされ、翌日には父子揃って安土へやってきた。

ほぼ時を同じくして、丹波《たんば》在陣中の惟任《これとう》（明智《あけち》）日向守《ひゅうがのかみ》光秀《みつひで》から戦況報告が届いた。

このころの光秀と羽柴筑前守《はしばちくぜんのかみ》秀吉《ひでよし》の出世争いは、まさしく龍虎相搏《りゅうこあいう》つの様相であり、信長より、前者は丹波・丹後《たんご》の、後者は播磨《はりま》・但馬《たじま》の制圧を一任され、どちらもあとひと息のところまできている。

光秀が最も手を焼いたのは、丹波で最大の勢力を誇り、難攻不落の八上《やがみ》城に籠《こ》もって徹底抗戦をつづける波多野秀治《はたのひではる》であった。

光秀は、三里四方に堀を巡《めぐ》らせ、毛利からの補給路を遮断すると同時に、攻城用の塀《へい》と柵《さく》を幾重《いくえ》にも付けまわし、籠城《ろうじょう》方の糧食の尽きるのを待ちながら、飢えて投降してくる者らを容赦なく斬り捨てた。

光秀の使者の報告によれば、籠城方より密書がもたらされ、城兵全員の助命を約束してくれるのなら、皆で波多野秀治とその弟らを捕らえて差し出し、全面降伏するという。その件で光秀は信長の許可を得たがっていた。

「きんか頭《あたま》がやりおる」

これで丹波は落ち、織田の版図《はんと》はまた拡《ひろ》がる。天主閣の落書の一件で不機嫌だった信長に、笑顔が戻った。

「許す」

信長はそう告げて、光秀の使者を帰した。

この日、信長に従って野駆《のが》けに出た乱丸は、帰城すると、汗まみれになった衣類を着替えるため、まずは安土山内の森《もり》屋敷へ寄った。

すると、〈なんばんや〉のアンナが来ていた。

信長が右大臣叙任で上洛したさい、供衆の中で随一の華奢《きゃしゃ》風流《ふりゅう》の出《い》で立《た》ちによって乱丸が褒美《ほうび》を賜って以来、交流がつづいている。そのときの装束《しょうぞく》はすべて、アンナに誂《あつら》えてもらったものであった。

「乱丸さまにお似合いの小袖《こそで》を持参いたしました」

「ありがとう。でも、すぐに登城《とじょう》しなければならないから」

慌《あわ》ただしく着替えを済ませる乱丸である。

「お忙しいこととお察し申し上げます。上様のご寵愛《ちょうあい》ひとかたならずと聞いておりますゆえ。ところで……」

アンナがちょっとことばを切って、上目遣《うわめづか》いに乱丸を見た。

相変わらずの凄艶《せいえん》さに、乱丸もいつものようにどぎまぎする。

「お城で何かございましたな」

アンナは何かにつけ鋭い。自身を巫女《みこ》のようなものと言ったことがある。

「なぜそう思う」

警戒しながら、乱丸は問い返した。このキリシタンの女を手放しで信用しているわけではない。

「昨日の明け方に、さるお人がふらりと、なんばんやへ立ち寄られました」

「さるお人とは」

「石川五右衛門」

「なに……」

「そのお顔は、五右衛門がらみで何かあったと言うておられまするなあ」

「アンナ。そなた、やはり五右衛門とつながっていたのだな」

「そのことは、最初に申し上げたとおり。信じる信ぜぬは、乱丸さまのお心次第にございますが」

最初に乱丸が五右衛門との関係を糾《ただ》したとき、京で一度限り出会っただけの見知らぬ男というのが、アンナの返答であった。

「ならば、なぜ五右衛門は安土のそなたの見世《みせ》を知っている」

「わたくしに行き着くぐらい、洛中南蛮寺《なんばんじ》に出入りのキリシタンより辿《たど》ればたやすいことにございましょう」

「だとしても、わざわざ会いにきたのだから、それなりの理由があるはずだ」

「一度限りの出会いであったが、好《よ》い女であったゆえ、いずれ必ず抱きたいと思うていた。

それが理由だそうにございます」

微笑《ほほえ》んだアンナだが、少し挑発的な眼色であった。

アンナならばその理由は否定できないように思える。

(五右衛門に抱かれたのだろうか……)

そこまで想像してしまった自分にうろたえて、乱丸はちょっと視線を逸《そ》らした。

「わたくしが追い返すと、常楽寺湊《じょうらくじみなと》より舟で去りましてございます」

「どこへ往くか申したか」

「さあ、そこまでは……」

「そうか……」

「なれど、数日のうちには安土城で大層な騒ぎが起こる、面白いぞ、と笑《わろ》うておりました」

あの落書のことだと思いかけて、乱丸は、いや違う、と心中で否定した。

「五右衛門が数日のうちと申したのは、間違いないのか」

「間違いございませぬ」

　やはり、数日のうちではおかしい。

　五右衛門が〈なんばんや〉を訪れたのは、落書を終えた直後に違いない昨日の明け方なのだから、ことばにするのなら、

「本日のうち」

　でなければならない。

　とすれば、大層な騒ぎとは、あの落書の発見を意味するものではないことになる。

「アンナ。そなたは勘が鋭い。五右衛門はまだ安土に留《とど》まっていると思うか」

「それはないと存じます。わたくしが拒《こば》むと、しつこくせずに引き下がりましたゆえ、早々に安土を離れたいのだと察しました。わたくしのことは行きがけの駄賃《だちん》とでも思うていたのでございましょう」

　たしかに、信長を激怒せしめる悪さをしたばかりで、そのまま幾日も安土城下に留まることは、いかに五右衛門でも避けるであろう。

　それならば、五右衛門以外の何者かが安土城でよからぬ事を起こすというのか。

「アンナ。要心《ようじん》いたせ。石川五右衛門は悪辣《あくらつ》な男だからな」

「うれしゅうございます、乱丸さまがわたくしの身を案じて下さるなんて」

「うん……」

あとのことばを呑《の》み込んで、乱丸はアンナに背を向け、森屋敷を出て、登城した。

三

乱丸が本丸御殿へ往くと、ちょうど信長が近習衆を従えて殿舎より出てくるところであった。

「お乱、まいれ。予は本日より天主閣に住す」

最上階の障壁画が復元するまで、と乱丸は解した。

信長は安土城を愛している。溺愛《できあい》、盲愛《もうあい》、偏愛《へんあい》といったことばが相応《ふさわ》しいかもしれない。普請《ふしん》中のころから、その進捗《しんちょく》状況が気になって仕方なく、京での政務や各地のいくさの合間を縫《ぬ》って、頻繁《ひんぱん》に安土へ帰っている。無理やり帰城の時間《とき》を作ることもめずらしくなかった。徹夜で馬を飛ばしたり、降雨の中を強行軍で安土に戻り、城を舐《な》めるように見て回ることもあった。

その狂的な愛情を最も注ぎ込んでいるのが、天主閣なのである。

最上階の落書は、信長にとって最愛の恋人を傷つけられたにひとしい。その傷が癒《い》えるまで、ともに過ごしたいのだ、と乱丸には分かった。

登閣御門で出迎えた天主閣の警固衆は、きょうは決死の顔つきである。昨日のようなことが再び起これば、そのときこそ、かれらは全員、処刑されるであろう。

すでに狩野父子を始め、復元に必要な職人たちは最上階に昇って仕事中だが、かれらの出入りにさいしては、そのたびに名簿で検められるという。

乱丸は名簿を見せてもらった。

怪しい者はいない。安土城普請に参加した者しか呼んでいないので、乱丸も知った名ばかりであった。

だが、何やらひっかかる。

とはいえ、アンナの話だけでは、具体的なことは何も見えていないので、ひっかかると思えば、何でもひっかかってしまう。

そういう漠然とした不安を抱《いだ》いたまま、乱丸は信長に従い、天主閣の三階へ上がった。

三階は、吹き抜けの周りに、信長の常住用の部屋が幾つも仕切られている。茶座敷もある。また、吹き抜けに面しては、勾欄《こうらん》付きの縁《えん》を巡らせ、その中央に橋を渡して、二階の張り出し舞台や地階の宝塔を眺め下ろせるという、空間利用の凝《こ》った造りになっている。

ただちに挨拶にまかり出てきた狩野父子と修復作業の職人たちを、

「無用じゃ。そのほうらは障壁画を復すことを専《もっぱ》らといたせ」

と追い返した信長だが、ひとりだけ呼びとめる。

経師《きょうじ》の太郎八である。書画の幅《ふく》、屏風《びょうぶ》や襖《ふすま》などを表装する職人が経師で、表具師《ひょうぐし》ともいう。

小肥《こぶと》りで穏《おだ》やかな顔つきの男が、平伏《へいふく》し、畏《かし》まりましてございますと返辞をした。

「太郎八《たろはち》はあとで笛を聞かせよ」

本職もさることながら、笛や謡曲《ようきょく》などの遊芸が玄人《くろうと》はだしなので、織田家中の宴席によばれることがめずらしくない。幾度かは出陣に随行を許されてもいる。

（太郎八か……）

ふと乱丸は気づいた。ひとり太郎八に限らず、安土城の普請に携《たずさ》わった人々の素生《すじょう》を、自分がほとんど知らないことに。

むろん、素生を知って、例えばその者がかつて織田に滅ぼされた人間の血縁だったと分かったところで、危険とは限らない。敗者が勝者に服するのは、この戦国の世では当たり前のことであり、たいていの者は、過去は過去として、いまを生きる道を選ぶものだ。

安土城の工事にあたって、総普請奉行の惟住《これずみ》（丹羽《にわ》）長秀《ながひで》を輔佐《ほさ》した木村《きむら》次郎左衛門尉《じろうざえもんのじょう》にしても、もとは南近江《おうみ》守護の六角《ろっかく》氏に仕えた者だが、主家を逐《お》った信長に降《くだ》って以来、織田の奉行衆として活躍すること久しい。いまでは安土の町奉行をつとめるほど、信長の信頼を得ている。

それでも乱丸は気になった。

せめて、いま最上階の障壁画の修復にあたっている者らだけでも、その素生を知りたいと思う。というのも、信長がしばらく天主閣で過ごすとなると、警固が手薄《てうす》になるからであった。

本丸殿舎ならば、信長の周囲は数多の織田武士で固められているが、信長がやたらに他者を踏み入れさせないここでは、事情が異なる。天主閣警固衆は建物そのものを守るのが任であり、信長自身の安全を期すのは、乱丸ら閣内随行の近習衆だけということになる。

万一にも、修復作業の職人の中に何か大事を引き起こさんと画策する者がいれば、はなから信用されていることでもあり、その達成は困難とはいえまい。

信長は、三階の茶座敷にひとり入って、みずから茶を点《た》て始めた。

「堀どの。しばらく席を外させていただきとう存じます」

茶座敷の外で、乱丸は堀久太郎に申し出た。

「めずらしいな、お乱が」

「町奉行の木村どのに訊《たず》ねたき儀《ぎ》がございます」

「急ぎのことか」

「いまはまだ何とも申せませぬ。わたしの取り越し苦労ということもございますゆえ」

「あの落書に関わることなのだな」

さすがに久太郎は察しがよい。

上様にはそれがしより伝えておく。お乱のいたすことなら、何であれ、上様はお許し下されよう」

「かたじけのう存じます」

その場を離れた乱丸は、天主閣の外へ出ると、真っ直ぐ木村次郎左衛門尉の屋敷へ向かった。

次郎左衛門尉は、乱丸を待たせることなく迎え入れ、座敷へ通してくれた。

「突然の訪《おとな》いに、かくも丁重《ていちょう》に遇《ぐう》していただき、感謝いたします」

「森乱丸どののご来訪なれば、必ず上様に関わる事柄にござろう」

「申し訳ないのですが、子細《しさい》は明かせませぬ」

「ならば、こちらは問いかけはいたさぬ」

「ありがとう存じます」

重ねて礼を言ってから、乱丸は本題を切り出した。

「お奉行のお手許《てもと》には、安土城普請の職人衆に関する台帳がおありと存じますが、お見せいただけましょうや」

「易《やす》きことじゃ。すぐに持ってまいろう」

いったん座を立った次郎左衛門尉は、言ったとおり、ほとんどすぐに戻ってきた。

「はい」

「相分《あいわ》かった。

渡された職人たちの台帳は、絵師、経師、大工、石工、瓦工、金工、畳刺《たたみさし》など職種ごとに分けられて、姓名、生国《しょうごく》、住所が記されている。

乱丸は、いま天主閣の最上階で仕事をする者らを、台帳と照らし合わせた。登閣御門のところで目にした名簿の名はすべて記憶している。

「お奉行。経師の太郎八の名が洩《も》れておりますが……」

「さようなはずはないと思うが」

と次郎左衛門尉は手を伸ばし、乱丸から台帳を戻してもらって、たしかめる。

「たしかに洩れておりますな……」

小首を傾《かし》げたが、稍《やや》あって、ああ、と愁眉《しゅうび》を開いた。

「太郎八は安土城普請に最初から参じていた者ではござらぬのでな」

「どういうことにございましょう」

「普請場には人足衆《にんそく》を鳴物《なりもの》で煽《あお》り立てる囃子方《はやしがた》がいたことを、森どのもご記憶であろう」

「よく憶えております」

「そこに笛で飛び入り参加をしたのが太郎八であった。これが見事な音で、皆が感じ入った。ところが、本職は経師と申すではないか。さればと、試《ため》しにやらせてみたところ、表装の技もたいしたものであったので、その場で雇《やと》い入れたという次第じゃ。それゆえ、下僚《かりょう》も書き忘れたのであろうよ」

「それは、いつのことでしょうか」

「たしか、去年の正月の半ば頃《なか》であった」

そのころ乱丸はすでに信長に仕えていた。なのに、太郎八の雇用の経緯をいま初めて知ったのは、去年の正月半ばといえば、信長に随従して十日間余り、尾張《おわり》・美濃《みの》・三河《みかわ》へ出ていたからである。その後、経師の太郎八の存在を知っても、安土城普請の当初からの参加職人と勝手に思い込んでいた。

「お奉行は太郎八の素生をご存じでしょうか」

「京都からきたと申しておったが、詳しいことは知らぬ」

「では、生国などもご存じないと」

「森どのが何をお知りになりたいのか分からぬが、太郎八はご城下に居《きょ》を構えておるゆえ、直《じか》にお訊ねになればよろしいのでは……」

「さよういたしましょう」

乱丸は木村屋敷を辞した。

いつしか日は落ちて、夕闇に包まれ、空には麦星《むぎぼし》が瞬《またた》いている。

天主閣へ戻る道すがら、思いめぐらせた。

（太郎八は何か含むところあって安土へやってきたのか……）

だが、それは自分の考えすぎと断じるのが、自然であろう。

天下布武をめざし、旭日《きょくじつ》の勢いで戦国最大の版図を拡げた織田信長が、空前の居城と町を作るという場に、仕事を求めて諸国の人々は殺到した。太郎八もそのひとりと思えば、何ら怪しむに足りない。本職の披露にこぎつけるのに、まずは玄人はだしの遊芸をもって織田武士の耳目《じもく》を引きつけたやり方は、むしろ、その他大勢を出し抜く才覚者と称《たた》えられてよい。まして、織田家御用の経師としてすでに一年間以上も仕えているのだから、なおさら疑うところはない。

（去年の正月……）

それより以前の近いところで、信長にとって何があったか、乱丸は思い出してみる。

最も大きな事件は、大和《やまと》の松永久秀《まつながひさひで》の謀叛《むほん》とその誅伐《ちゅうばつ》であろう。

久秀は将軍を弑逆《しいぎゃく》し、一時は畿内《きない》を掌握《しょうあく》した梟雄《きょうゆう》である。それほどの武将であっただけに、おのれをはるかに凌《しの》ぐ強さをもつ信長を憎悪し、嫉妬もしていた。しかし最後は、居城の信貴山《しぎさん》城を包囲され、伜《せがれ》とともに天守閣ごと自爆する。孫たちも京で処刑された。

もし太郎八が久秀の寵をうけた遺臣《いしん》ならば、亡君の強烈な自負と無念をひそかに奉じて、恨みを晴らす機会をひたすら窺《うかが》いつづけるかもしれない。

ただ、こういうこともまた、疑えばきりがないのである。

（あの落書に立ち返るべきだ）

天下の大盗《たいとう》として名を売りたいはずの石川五右衛門が、莫大な財宝の所蔵される安土城天主閣への侵入に成功しながら、落書をしただけで、何も盗《と》らなかった。おかしな話というべきである。

むろん、閣内の警固衆の目を盗んで、落書はできても、何か持ち出すことまでは不可能であったとも考えられる。

だが、五右衛門がそのつもりなら、必ず何か盗み出したに違いない。そうしなかったのは、目的がはなから落書を残すことのみだったからではないのか。数日のうちには安土城で大層な騒ぎが起こる、というアンナに残したことばは、そこにつながる。五右衛門は何者かに頼まれて落書をしたのだ。

その何者かは、落書の発見後、信長がどういう行動をとるか予想できていた。復元が完成するまで天主閣に常住する。それも、限られた人数の近習衆だけを供として。

そのとき何者かも閣内に居つづけるなら、信長を討つ機会は必ず得ることができよう。

(やはり、あの職人たちの中に……)

太郎八と断定はできないが、最も怪しいのは間違いない。

それとも、まったく違う誰かなのか。あるいは複数の者か。

幾つもの疑念を抱いたまま、乱丸はふいに思い直し、いったん森屋敷へ帰って、わずかな時を経《へ》たのち、天主閣へ戻った。

四
「誰《たれ》か、太郎八をよべ」

夕餉《ゆうげ》が済むと、信長は命じた。

「わたしがよんでまいります」

真っ先に乱丸が立って、階段を昇った。

最上階に着くと、職人たちは明かりを灯《とも》してまだ作業中であった。

「太郎八。上様が笛をご所望《しょもう》である」

「はは」

先に命ぜられているので、太郎八はすぐに笛を収めた細長い布袋《ぬのぶくろ》を手に立ち上がった。

「先に降りておれ」

と太郎八を促しておいて、乱丸は、仙斎《せんさい》という者を回廊へ手招きした。仙斎も経師だが、狩野永徳の紹介によって安土城普請に参加した者なので、身許《みもと》はたしかである。

「少し訊ねたいのだが、仙斎どのは太郎八のことはどれくらいご存じか」

「同業にございますゆえ、時々話はいたしますが、太郎八はおのれのことはあまり語りたがりませせぬ」

「京者というのは」

「それはあらしまへんな」

思わず京ことばを出してしまい、仙斎は、これはご無礼をと謝《あやま》った。

「手前《てまえ》は京者にございますから、同じなら分かりますでございます」

「では、もしや大和の者では」

松永久秀の遺臣ではないかという、自分の推理を捨てがたい乱丸である。

「あれは丹波者かと存じます。当人は気をつけておるようにございますが、丹波者の訛《なま》りは京で聞き慣れておりますゆえ」

惟任光秀が近々にも攻略完遂に至ろうかという国が、丹波である。

「皆様もご存じのように太郎八は芸達者にございますから、あれはもとは丹波七化《しちば》けではないかなどと申す者もおります。もとより、戯《ざ》れ言《ごと》にございますが」

「丹波七化け……」

乱丸も耳にしたことがある。丹波の波多野氏に仕える忍びが、そう俗称される。変装だけでなく、顔つき躰つきまで変えてしまう変相に巧《たく》みであるという。

太郎八が安土に現れて経師として雇われる一ヵ月ばかり前、丹後・但馬の国人衆《こくじん》が波多野氏を見限り、その機に乗じて光秀は八上城を包囲したはず。

そして、いまや八上城では、籠城者の大半の総意として、城主の波多野秀治と弟らの身柄を差し出すのと引き替えに、光秀から助命の約束をとりつけようとしている。

もし太郎八が波多野秀治より放たれた忍びなら、疑われることなく織田に取り入って、その動きを探るのが任であったろう。しかし、秀治が窮地に陥ったいま、目的は変わった。波多野兄弟が捕らえられる前に、一挙に形勢を逆転すべく、寸刻でも早く信長を殺そうというのではないか。

乱丸は、仙斎を突き除《の》けるようにして、回廊から階段へ入った。

最上階より二階まで一気に駆け降りる。

二階の二間四方の張り出し舞台に端座《たんざ》する太郎八が、布袋から横笛を取り出す姿が、乱丸の目に飛び込んだ。

信長は、舞台と相対《あいたい》する座敷の敷居際《ぎわ》に立て膝をして、寛《くつろ》いだようすである。久太郎ら近習衆がその左右に控える。

太郎八が両手に持った笛を口許《くちもと》まで上げた。

乱丸は、足早に座敷へと寄ってゆく。

太郎八が、信長を真正面の至近に見据《みす》え、唇を歌口《うたぐち》にあてた。

吹くときに唇をあてる穴を歌口と称すが、横笛では当然、管《くだ》の横につけられている。縦笛ならば管の上端だ。

太郎八の唇は、横笛なのに、管の上端にあてられたではないか。

（吹き矢）

とっさにそうみた乱丸は、床を蹴り、躊躇《ためら》いなく、信長の前へ五体を投げ出した。これこそが近習のなすべきことである。

矢は、乱丸の胸に命中した。

にもかかわらず、乱丸は即座に立ち上がっている。

足許《あしもと》に矢が転がった。たしかに胸へ浴びたのに刺さらなかったのは、武運によるものか。

「太郎八は丹波の波多野より放たれた忍び。皆々《みなみな》、上様をお守りなされい」

乱丸は、大音声《だいおんじょう》を発するや、太郎八めがけて飛び込み、抜き討ちの一閃《いっせん》を送りつけた。

これを後ろへとんぼをきって躱《かわ》した太郎八は、そのまま舞台の勾欄《こうらん》を越えて、吹き抜けへ飛び出した。

地階までかなりの高さがある。忍びとはいえ、うまく着地できたとしても怪我を免れぬであろう。

乱丸は、勾欄に寄って、下を覗《のぞ》き込んだ。

案の定、太郎八は地階の土間《どま》へ足から着地したものの、すぐには立ち上がれず、膝を折り、手をついて呻《うめ》いている。

この瞬間、乱丸の躰は、思考する前に動いた。勾欄を躍り越えたのである。

「お乱」

「乱丸」

近習衆の悲鳴にも似た驚きの声が、閣内の空気を切り裂いた。

太郎八の上に落ちれば何とかなる。乱丸がそう思ったのは、空中へ飛び出してからであった。

まだ動けぬ太郎八が、気配を感じて、顔を振り仰がせた。

狙いあやまたず、乱丸は太郎八の小肥りの躰の上へ、おのが身を横たえるかっこうで落ちた。が、刀を取り落とす。

悲鳴と、ぐしゃっという異様な音が、耳をうった。

人間の肉蒲団《にくぶとん》で弾《はず》んでから土間へ転がった乱丸は、落とした刀を拾い上げて、立ち上がり、倒れている太郎八の喉首《のどくび》へ切っ先《きさき》を突きつけた。

太郎八は息をしていない。

衝撃死というものであろう。臓腑《ぞうふ》も破裂したに違いない。

乱丸は、ほうっ、と大きく息を吐いた。

すると、緊張が解かれ、躰から力が抜けた。節々《ふしぶし》に痛みも感じ始める。

それでも頽《くずお》れはしない。刺客がひとりとは限らないのである。

「上様」

頭上を振り仰いだ。

目が合った魚住《うおずみ》勝七《しょうしち》は、舞台の勾欄より半身を乗り出させている。

「お乱。大事ないか」

ほかの近習衆は見えない。信長の姿も。

「勝七どの。上様はご無事におわしましょうや」

そのこたえは、信長本人の口から発せられた。

「予は大事ないぞ」

信長は、ほかの近習衆を従えて、みずから地階へ駆け降りてきたのである。勝七には、自分たちが階段を降りる間、乱丸と太郎八を見失わぬよう命じたのであろう。

乱丸は、刀を鞘《さや》に納めて、折り敷いた。

「お乱。いますぐ躰を横たえて、それなり動くでない」

「わたしは何ともありませぬ」

「あの吹き矢、久太郎が検めたところ、毒が塗ってあったのじゃ。いま医者《くすし》をよばせた」

信長は少しうろたえていた。心より乱丸の身を案じるからである。

「医者を……」

と都合の悪そうな乱丸を、信長はさらに心配する。

「いかがした、お乱。早《はや》、毒が回りはじめたのか」

「いいえ。いたって元気にございます」

乱丸は、小袖の衿《えり》を思い切り左右に寛げてみせた。

「なんと……着籠《きごみ》か」

目をまるくする信長であった。

目立たぬように下着としてつける防具が着籠で、乱丸のものは表地と裏地の間に薄い亀甲金《きっこうがね》を敷き入れてある。天主閣へ戻る前に森屋敷へ寄った理由は、これであった。

「森乱丸」

独特の甲高い声で、信長は宣する。

「武門の誉《ほま》れである」

安土城天主閣に、信長の明るい笑いが盈《み》ちた。

この数日後、丹波八上城内で味方に捕縛され、光秀に差し出された波多野秀治とその弟二人が、安土へ護送されてきた。

秀治の自白により、太郎八は波多野家に仕える丹波忍びの龍野善太郎《たつのぜんたろう》という者であることが判明した。他家の忍び衆からも一目置かれるほどの上手《じょうず》であったという。

乱丸の推察したとおり、秀治は味方の裏切りを直前に察知し、それに先んじて信長を暗殺するよう善太郎に命じていた。

信長は、安土城下の慈恩寺《じおんじ》町の外れで、波多野兄弟を磔刑《たっけい》に処した。

乱丸もしかと見届けた。

京の六条河原で松永久通《ひさみち》の子らが斬られたときは、酷《むご》すぎると思い、正視に堪《た》えず、涙のとまらなかった乱丸だが、いまはもう違う。信長の前進を阻《はば》む者らには当然の報《むく》い、と信じられる。

（誰であれ、必ず報いを受けさせる）

あらためて、乱丸は心に期した。

だが、次に報いを受けさせる対手《あいて》が徳川《とくがわ》家になろうとは、このときの乱丸はまだ知らない。

第十四章　兄弟《きょうだい》、揃《そろ》う

一

播磨三木城《はりまみき》を攻撃中の羽柴筑前守秀吉《はしばちくぜんのかみひでよし》より安土《あづち》に訃報《ふほう》が届いた。秀吉の智慧袋《ちえぶくろ》と名高い竹中半兵衛《たけなかはんべえ》が陣中で病没したという。まだまだ働き盛りの三十六歳であった。

「であるか」

信長《のぶなが》の口癖《くちぐせ》も、さすがに深い溜め息とともに吐き出された。半兵衛のことは、ひとり秀吉だけでなく、織田《おだ》にとってなくてはならぬ智将と高く評価していただけに、信長も無念なのである。

美濃《みの》の英雄というべき半兵衛の死は、同郷の乱丸にも残念でならなかった。

「久作《きゅうさく》。きょうより筑前に仕《つか》えよ」

信長は、馬廻《うままわり》の竹中久作を、ただちに播磨の秀吉のもとへ遣《つか》わした。半兵衛の弟の久作は、姉川《あねがわ》合戦で浅井《あざい》家の剛の者遠藤直経《えんどうなおつね》を討ち取った勇士である。

この頃、織田家の唯一の同盟者、徳川《とくがわ》家でも、異変が起こりつつあった。家康《いえやす》の嫡男《ちゃくなん》たる岡崎《おかざき》三郎信康《のぶやす》とその正室五徳《ごとく》の不和が、家中《かちゅう》を動揺させていたのである。

元凶は、家康の正室の築山殿《つきやまどの》であった。

名門今川《いまがわ》の出身であることに強烈な自負心を抱く築山殿にとって、徳川が織田と盟約を結んだことも、今川義元《よしもと》を討った憎き信長のむすめ五徳を愛息《あいそく》信康の妻に迎えざるをえなかったことも、屈辱以外のなにものでもなかった。徳川が共に手を携《たずさ》えるべき対手《あいて》は、甲斐《か》源氏《いげんじ》の名門武田《たけだ》でなければならぬと信じるのである。

そのうえ、異常なまでに嫉妬《しっと》深く、五年前には、家康が浜松《はままつ》城で側室に男子（於義丸《おぎまる》・のちの結城秀康《ゆうきひでやす》）を産《う》ませたと知るや、脅迫の書状《ふみ》を送りつけている。

「一念悪鬼《あっき》となり、やがて思ひしらせまゐらすべし」

現実に、築山殿のこの書状が浜松へ届いた二ヵ月後、家康が「思ひしら」されるような事件が起こった。信康の付家老《つけがろう》や奉行人《ぶぎょうにん》らが武田に内通し、岡崎に武田軍を引き入れるという謀叛《むほん》計画が事前に発覚したのである。築山殿がこれに関与したや否《いな》やは藪《やぶ》の中となったものの、家康は妻に対する疑念を払拭《ふっしょく》することができかねた。

さらに、その翌年には、三河刈屋《みかわかりや》城主の水野信元《みずののぶもと》が、当時は武田方だった美濃岩村《いわむら》城へ糧米《りょうまい》をひそかに運び入れたことが露見《ろけん》する。信元ももとは今川氏に属した者だが、家康の生母於大《おだい》の異母兄でもあるので、家康は背景を深く追及しなかった。ただ、信元の処刑は、岡崎において、信康の傅役平岩親吉《もりやくひらいわちかよし》にやらせた。築山殿に対して、良人《おっと》としてではなく、徳川家当主として暗に警告を発したのである。内々の女同士の争い事にとどまらず、徳川家そのものを脅《おびや》かす大事を引き起こしかねないとみれば、正室といえども今後は容赦しない、という。

以後、築山殿の疑わしき言動はおさまったが、姑《しゅうとめ》と嫁の確執は以前にも増して激しくなっていく。

築山殿は、おのがむすめの亀姫《かめひめ》とともに、何かにつけて五徳にいやがらせをしつづけた。五徳のほうにも、織田信長のむすめであることを鼻にかけるところが、みられたかもしれない。

そうした女たちの諍《いさか》いは、浜松にいる家康の目に触れることはなかった。岡崎の家臣たちも、主君と跡取《あとと》りの妻同士の対立だから、現実をそのまま家康に伝えることは憚《はばか》られたのであろう。

家康がある程度の事情を知ったときにはすでに、築山殿と五徳の間は恐ろしく険悪であった。そこで家康は、せめて小姑《こじゅうと》だけでも五徳から引き離そうと考え、亀姫を三河新城《しんしろ》の城主、奥平信昌《おくだいらのぶまさ》へ嫁《とつ》がせた。

この婚礼を、信長も喜んだ。奥平信昌は、長篠合戦のとき、武田の大軍の猛攻撃に堪えて長篠城を死守して以来、信長のおぼえがめでたいのである。

家康が五徳の味方をして信長に諂《へつら》ったとみた築山殿は、自分は蔑《ないがし》ろにされたあげく亀姫まで奪われたことで、腸《はらわた》を煮えくり返らせ、さらにまた五徳を憎むようになった。

肝心の信康はといえば、生母と妻の間で、中立の立場をとらず、心情的に築山殿寄りであった。それがため、五徳のほうも、いよいよ築山殿を嫌い、ついには信康への不信感も露《あら》わにするようになったのである。

憂慮した家康は、岡崎へ赴《おもむ》き、若い夫婦の仲の修復につとめた。が、不調に終わってしまう。

ここまでこじれると、実家を離れて他家に暮らす身の五徳は、被害者意識を膨《ふく》れあがらせた。自分に対する築山殿と信康の言動のすべてが悪意あるものと思われ、これに対抗するには、姑と良人の越度《おちど》を見逃さず、あるいは探り出し、最も力ある人へ訴えるほかない。すなわち、父織田信長へ、である。

五徳は、築山殿と信康の悪行《あくぎょう》十二ケ条を列挙した書状を、安土へ送った。

信長が五徳の書状を受け取ったのは、竹中半兵衛につづいて、摂津有岡《せっつありおか》城を包囲中の武《む》藤舜秀《とうきよひで》も病死した直後である。信長は、若狭《わかさ》出身の舜秀の軍才を認め、北陸へ通じる要地の越前敦賀《えちぜんつるが》郡を与えて、各地のいくさに遊軍として出撃させ、重宝していた。

良将を二人つづけて失い、心が沈んでいるときに、嫁ぎ先の愛娘《まなむすめ》から、怒りと口惜《くちお》しさと悲しみをもって姑と良人の不行状を記した書状が届いたのである。

たちまち不機嫌になった信長は、

「御長《おなが》。酒井左衛門尉《さかいさえもんのじょう》をよべ」

と菅屋九右衛門《すがやきゆうえもん》に命じた。徳川の筆頭家老が酒井左衛門尉忠次《ただつぐ》である。

五徳の書状には、信康が老臣の諫言《かんげん》にも耳を傾けず粗暴の振る舞いのやまぬことや、築山殿が唐人《とうじん》医師と淫《みだ》らな交わりを平然と行っていることなどが書かれていたが、それらは信長にとってどうでもよい。赦《ゆる》すまじきは、武田勝頼《かつより》が信康と結んで信長と家康を滅ぼし、両人で織田の領地を分け合うという内容の勝頼の誓書が、築山殿の手許《てもと》に存在するということであった。築山殿に仕える侍女の琴《こと》という者が、これを盗み読んで、五徳付きの侍女である妹に伝えたそうな。

乱丸には信じがたいことであった。

去年の正月、信長の供《とも》をして岡崎に立ち寄ったとき、織田と徳川だけでなく、家康・信康父子も、信康・五徳夫婦も、すべての関係が良好に思われたものだ。だが、五徳の書状の内容がまことであるならば、あの時点ではとうに、築山殿を火種《ひだね》とした内紛劇が進行していたということではないか。つまり、乱丸が会ったときの家康、信康、五徳は、それと気づかれぬよう、うまくうわべを取り繕《つくろ》っていたのである。

（徳川家康というは、したたかなお人と思うたのだけれど……）

妻子には甘いのかもしれない、と思い直す乱丸であった。信長ならば、おのが妻子や、子の妻が、家の大事に関わる騒動を起こすなど絶対に赦さず、外へ洩《も》れる前に躊躇《ためら》うことなく殺してしまうであろう。

徳川では、安土から酒井忠次への呼び出しがあって、五徳の書状のおおよその内容も伝わり、上を下への大騒ぎとなる。

信長を納得させられる申し開きができるものかどうか、誰もが悲観的であった。といって、五徳を責めるわけにはいかない。信長の逆鱗《げきりん》に触れたのに、その愛娘を非難するなどもってのほかといわねばならぬ。

徳川存亡の秋《とき》である。

忠次は家康のもとへ参上し、決断を迫った。

「織田どのは、それがしを名指《なざ》しされた。その意は明瞭と言わねばなり申さぬ。お覚悟のほどを」

幼少時に父を失って駿府《すんぷ》今川氏へ人質にとられた家康を、一時は供奉《ぐぶ》して励ましながら教導し、その後は主君不在の岡崎をよく守りつづけたのが、酒井忠次である。家康にとって、十五歳の年長でもあり、師父《しふ》とよぶべき存在であった。

そして、忠次の左衛門尉家は、徳川の前身の松平《まつだいら》家で最初の家人《けにん》という格別の家柄により、代々、筆頭家老の地位にある。徳川家の存続をすべてに優先させ、そのためにはどんな非情なことでも成し遂げねばならない。

信長によびつけられたのが、徳川家当主の家康でもなく、武田に内通の疑いある当事者の築山殿でも信康でもなく、ほかならぬこの忠次であることは重大な意味をもつ。

つまり、すでに信長の中で結論が出ているということであった。信長を満足させる代償を払わぬ限り、徳川家の存続は許さぬ、という。

「三郎だけは……」

家康がそこまで言ったところで、忠次はぴしゃりと遮《さえぎ》った。

「お子はおひとりではござらぬ」

このころの家康の男子には、三郎信康のほか、六歳の於義丸と生まれたばかりの長松《ちょうまつ》（秀忠《ひでただ》）がいる。

かくて忠次は、主君の悲痛な暗黙の了解を得ると、家康から信長への献上《けんじょう》馬を曳《ひ》いて、安土へ向かった。

家康は、信長に好感をもたれている奥平信昌を忠次に同行させた。何とか最悪の事態を免れたくて、少しでも信長の怒りをやわらげようと思ったのかもしれない。

忠次と信昌もそれぞれ、献上馬を用意した。織田信長の馬好きは人後《じんご》に落ちない。これもまた、機嫌取りである。忠次とて、家康に覚悟をさせたものの、できうれば信康だけでも罪一等を減じてもらいたい。

安土に到着した両名を、大手門で出迎えたのは、堀久太郎《ほりきゅうたろう》と森乱丸である。

いったん、忠次は堀邸に、信昌は森邸に旅装を解いた。

「森どの。内々に、願いの儀《ぎ》がござる」

と信昌が乱丸に申し出た。

「上様《うえさま》が酒井どのをご引見《いんけん》あそばす前に、それがしをお召し下さるよう、お頼みいただけまいか」

長篠合戦の大手柄により、信長より偏諱《へんき》を賜ったほど、その武勇を愛《め》でられている信昌が、今回の一件について情状の酌量を願い出るつもりでいることが、一目で察せられた乱丸だが、

「おやめになったほうがよろしゅうございましょう」

即座にかぶりを振ってみせた。

「上様がいかなるご裁断を下そうとなさっておられるか、わたしには分かりませぬ。なれど、もはやお心変わりをなさることは決してない、とだけ申し上げておきます。いかに奥平どのでも、どんなささいな異議も唱えたがさいご、長篠のお手柄は水泡に帰すとお思いなされよ。それでもなお、と申されるのなら、これよりただちに上様にお取り次ぎいたしますが……」

すると信昌は、返答に窮し、目を泳がせた。要《い》らざる口出しは自分の首を危うくすると分かったのだから、当然ではあろう。

「上様は常々、仰《おお》せにございます。奥平九八郎《くはちろう》ならばいつでも帰参《きさん》を叶える、と」

九八郎は信昌の通称である。

奥平家は、信昌の父貞能《さだよし》が信長に仕えて今川と戦った時期があり、その事実を重視するなら、もし信昌が徳川を離れて織田に鞍替《くらが》えすれば、帰参ということになろう。

信昌は頬を上気させた。いずれは天下人《てんがびと》とよばれるであろう織田信長に、そこまで気にかけてもらっていると明かされて、嬉しくないはずはない。

「いや、森どの。余計なご心配をかけ申した。いまそれがしの申したことは、忘れて下され」

「承知いたしました」

ほどなく、乱丸は奥平信昌を本丸殿舎の会所へ案内した。ほとんど同時に、堀久太郎も酒井忠次を連れてきた。

しかし、信長はすぐには姿を現さぬ。

代わりに、上意を奉じている菅屋九右衛門が、忠次に詰問《きつもん》を始めた。築山殿と信康の悪行十二ケ条について、ひとつひとつである。

「岡崎三郎信康は鷹野《たかの》において僧侶を馬尻《うまじり》に結びつけ、引きずり回して殺した。これは事実や否や」

事実だが、経緯がある。殺生《せっしょう》を嫌う出家《しゅっけ》に鷹野で出遇《であ》うのは縁起が悪い。獲物を一羽も挙げられないことが多いからであった。その僧侶は、鷹狩《たかがり》を終えた信康の一行に獲物がないのを見て、明らかに嗤《わら》いを怺《こら》えながら、小馬鹿にしたように合掌《がっしょう》してみせた。もともと血の気の多い信康なので、我慢がならなかったのである。

こうした粗暴な振る舞いは、若い武将にはありがちであって、勇猛ととらえることもできる。気に入らない者を手討ちにするのは、信長も同じであろう。

「畏《おそ》れながら、その儀は……」

と釈明しかけた忠次だが、九右衛門に許されなかった。

「聞こえなんだか、左衛門尉。事実か否かをこたえよと申したのだ」

「事実にござる」

そうこたえるほかなかった。

その後の十一ケ条もすべて、同様の詰問がつづいた。事実と認めざるをえない部分しか、九右衛門は口にしないのである。

それでも、さすがに、武田勝頼から築山殿宛《あ》ての誓書の存在については、

「存じ申さぬ」

とこたえた。

「焼き棄《す》てたか」

にべもない九右衛門である。

「そのような誓書、われら徳川では誰も目にしており申さぬ」

「では、三河守もそのほうも、上様の姫君があえてこの一件のみ偽《いつわ》りを仰せられたと申すのだな」

三河守とは家康をさす。

九右衛門がついに、家康を引っ張りだし、あまつさえ、五徳のことをわざわざ上様の姫君と称したところに、底意がある。もはやどんな言い訳も通らぬ、と忠次は観念するほかなかった。

「滅相《めっそう》もない。五徳さまを疑《うたご》うたことなど、わがあるじもそれがしも毛筋《けすじ》の先ほどもござらぬ」

「されば、上様と三河守に対する岡崎三郎信康と築山の叛意は瞭《あきら》かであると申すのだな、酒井左衛門尉」

上様と三河守。九右衛門は家康を信長の側《がわ》に立たせた。それは、つまり、徳川家筆頭家老の忠次が、信康と築山殿の叛意をこの場で認めれば、家康と徳川家を罪に問うことはないというほのめかしである。

忠次にとって、予想されていたことであったとはいえ、こうして真正面から現実を突きつけられてみると、身を斬り刻《きざ》まれるような痛みをおぼえた。

忠次は、それでも、ちらりと信昌を見やった。

信長その人の出座《しゅつざ》を仰《あお》いで、あらためて応答したい。それくらいのことを、信長のおぼえのめでたい信昌から言上してほしい。視線にその思いをこめた忠次であった。同行させたのは、こういうときのためである。

「左衛門尉どの。萱屋どのは上様のご名代《みょうだい》にあられる。ご返答なさるべし」

忠次にとって、あまりに意外な信昌の反応であった。

ひとり乱丸は、ほっとする。いましがた森邸で、信昌に対する信長の思いを伝えたことが功を奏したというべきであろう。

ところが、九右衛門が、

「奥平信昌、殊勝《しゅしょう》である」

そう褒《ほ》めたので、乱丸は眉をひそめた。

(それは不要のご一言《いちごん》)

名代はあくまで名代であって、越えてはならない一線がある。

かつて乱丸は、兄の森長可《ながよし》より、信長の近習《きんじゅ》の中には、虎の威《い》を借る言動をする者がいると指摘された。おのれが信長であるかのような九右衛門の一言は、そうとられても仕方がない。

信長自身に褒められたのではない信昌とて、素直には喜べないであろう。戸惑いの顔つきは、そのことを示している。また、これによって信昌は、忠次に返答を促したことを、一転して後悔するに違いない。

（お仙《せん》どのなら……）

亡くなった万見仙千代《まんみせんちよ》なら、そうした機微《きび》を心得ているから、九右衛門のように不用意な一言を絶対に口にしなかったはず。

「いかに、左衛門尉」

九右衛門がさらに高飛車《たかびしや》に返答を迫る。

「仰せの儀、相違《そうい》ござらぬ」

ついに認める忠次であった。

「追って、沙汰《さた》をいたす」

織田信長の名代、菅屋九右衛門は座を立った。

二

「信康切腹」

という信長直々《じきじき》の厳命を携えて、酒井忠次は奥平信昌ともども悄然《しょうぜん》と浜松へ帰っていった。

これとほぼ同時期、織田家中でも、ひとつの騒動が起こっている。逆臣の存在が明らかになったのである。

馬廻の井戸才介《いどさいすけ》であった。

去年の正月、安土城下の火事騒ぎから、尾張《おわり》と美濃に本貫地《ほんがんち》をもつ馬廻衆六十名、弓衆六十名が、いまだ本貫地に妻子を残したままでいたことが発覚した。安土の城下町建設の当初に信長より移転命令が出されていたにもかかわらずである。激怒した信長は、みせしめとして、命令違反の弓衆六十名の本貫地の家屋敷を悉く《ことごと》焼き払ってしまう。結果、違反者の全員が妻子を安土へ呼び寄せたはずであった。

ところが、才介だけは、その後も平然と妻子を本貫地に留《とど》め、自身は安土の自邸と尾張や美濃の知人らの家を行ったり来たりして、どこ吹く風で気ままに過ごしていた。

才介は名の知れた武辺者《ぶへんもの》で、この男の属する馬廻衆もまた武辺者の集団。だから、まわりに訴え出る人間がおらず、摘発されずにいたのである。

暴《あば》いたのは、乱丸であった。

もともと素行《そこう》がよろしくないと聞こえていた才介だったので、それとなく調べてみたところ、その妻子の姿が安土では一度も見られたことがないと判明した。

だが、信長の命令を無視するような男だから、問い詰められても、妻子は死んだとか離《り》縁《えん》したとか言って、平気でしらをきりとおしかねない。才介の妻子の存在を確《たし》かめる必要があった。

井戸家の本貫地は東美濃にある。そこで乱丸は、美濃金山《かねやま》の弟たちへ、子細《しさい》をしたためた書状を出し、井戸才介の妻子の住まいを探させた。この任を、坊丸《ぼうまる》と力丸《りきまる》が力を合わせてふたりだけで果たすことができたのなら、安土へ呼び寄せるつもりでもあった。

弟たちは期待に応《こた》えてくれた。才介の妻子の居場所を確認したのである。むろん離縁もされていない。

これを受けて、乱丸が信長へすべてを報告した。

「抜群の働きである」

馬廻という主君警固《けいご》の任につく者が、命令に背《そむ》きながら、後ろめたさもなく、好き勝手に振る舞っていたという事実を暴いた乱丸を、信長は手放しで褒めた。

「才介がような輩《やから》はいずれ予《よ》に仇《あだ》をなそう。これより、ただちに討ち取れ」

信長は、乱丸をかしらとして、腕におぼえの近習衆と百人ばかりの兵を城下の井戸屋敷へ急行させた。

ところが、かれらが井戸屋敷を包囲した途端、中から火が出た。乱丸たちがいくさ支度《じたく》をしている間に何者かが才介に急報したのか、あるいはこうしたことを才介は予期していけたのである。


たものか、いずれとも分からない。

才介も軍装を調《ととの》えて屋敷の外へ躍《おど》り出てきた。

「おれを讒訴《ざんそ》したのは、やはり森乱丸よな。意趣《いしゅ》返しか」

今年の元日に、才介は乱丸を佞臣《ねいしん》と罵《ののし》って暴行に及んだ。その復讐に違いないときめつけたのである。

「讒訴とは笑止《しょうし》。謀叛を暴いただけのこと」

乱丸は、昂然《こうぜん》とはねつけた。

「妻子を故郷《くに》に残しておるぐらいのことが謀叛か。片腹《かたはら》痛いわ」

「妻子のことはどうでもよいとお分かりにならぬのか」

「なに……」

「お手前《てまえ》は上様のご命令を蔑ろにした。それを謀叛と申す」

「小賢《こざか》しい」

才介は、得意の槍を繰り出した。

これを横合《よこあ》いから、同じく槍ではね上げたのは、魚住勝七《うおずみしょうしち》である。

「勝七。汝《うぬ》もこやつの味方か。武辺の魚住家の名が泣こうぞ」

「思い違いをするな、才介。われらがおぬしを討つのは上意《じょうい》である。見苦しき振る舞いをいたすな」

「易々《やすやす》と討たれるものか」

才介は暴れた。

わずかに二名の従者も奮戦した。

その間に、井戸屋敷は炎上を始めている。

「兵は皆、この屋敷と隣家を打ち壊《こわ》せ。隣家の方々には子細を明らかにすることを忘れるでない」

と乱丸は命じた。隣家打ち壊しは、延焼を防ぐためである。当時の当たり前の消火手段であった。

兵らが消火作業に専念し始めるや、才介はにわかに遁走《とんそう》にかかった。

才介が武辺者の意地で斬死《きりじに》を選ぶと思っていた討手《うつて》たちは、これに慌《あわ》てる。

折しも、西の山の端《は》に日が沈んで、物が見えにくい誰《た》そ彼時《かれどき》であった。

二名の従者が死に物狂いで闘《たたか》って、討手たちの才介への追走を遅らせた。

乱丸らは、その二名を斬り捨てることはできたものの、不覚にも才介の姿を見失ってしまう。

「決して逃がさぬ」

「人数を分けて探しましょうぞ」

と伊東彦作《いとうひこさく》や小河愛平《おがわあいへい》が息巻いたが、乱丸は制した。

「わたしは井戸才介をみくびっていた。いささかの策を用いる男のようです。この暗がりで小人数《こにんずう》に分けて追えば、あるいはどこかに待ち伏せて、襲ってくるかもしれない。ここは引き上げたほうがよいでしょう」

「あきらめるな、お乱」

勝七が叱咤《しった》する。

「あやつを取り逃がしては、お乱が上様のお怒りをかうぞ」

「そうだ、何がなんでも討ち取ってしまわねばならぬ」

「手分けしよう」

同行の近習衆は、乱丸のことを案じた。

「いいえ。この場の大事は、火を消すことと、いたずらに皆さまの命を危うくせぬことにございます。井戸才介なら、必ず数日のうちに討つことが叶いましょう」

乱丸は冷静である。

同行の近習衆も、乱丸のやることに間違いはない、と実感として知っているから、気を落ちつけ、その言《げん》に従った。

安土城へ戻ると、乱丸は事実のみをありのまま信長に復命した。

事実のみであるのは、ひとつひとつの行動の理由をみずから説明するのは、自己を正当化する言い訳でしかないからである。信長から問われたときは、その限りではないが。

「お乱。消火を第一としたこと、随行の者らを暗がりへ闇雲《やみくも》に放たなんだこと、いずれもよき断《だん》であった。謀叛人を取り逃がしたは、そちには不覚であろうが、才介も歴戦の士よ。死に物狂いになられては、そう易々とは討てまい」

信長が乱丸をまったく叱りつけることなく、かえって判断の的確さを褒めたので、彦作ら乱丸と仲のよい者は皆、胸を撫《な》で下ろした。

他の近習衆は、乱丸を羨《うらや》み、嫉妬の炎を燃やしたが、顔には出さぬ。

「そちのことじゃ。才介がいずれへ逃げたか、見当をつけているのであろうな」

乱丸が先行きを見越して才介を無理に追わなかったことを、信長は見抜いている。

「真っ先に妻子のもとへ向かうと存じます」

「美濃よな」

「はい。そこで、上様に願いの儀がございます」

「岐阜に急使を遣わし、才介を待ち伏せて討つよう命じよと申したいのだな」

「畏れ入り奉ります」

「承知じゃ。ただちに岐阜《ぎふ》の左中将《さちゅうじょう》へ朱印状《しゅいんじょう》を届けさせよう。副状《そえじょう》は、お乱、そちが書け」

岐阜の左中将とは、信長の嫡男信忠《のぶただ》をさす。

副状というのは、信長の朱印状発給の経緯を詳細に説明するものである。井戸才介の一件については、乱丸がその適任者であろう。

数日後、乱丸が同僚たちに告げたことは、現実となる。

急使より朱印状を受け取った岐阜の信忠は、乱丸の副状の中に記されていた才介の妻子の居所へ、前田玄以《まえだげんい》の一隊を差し向け、待機させた。そこへ、安土脱出に成功した余裕から、のこのこと無警戒で現れた才介を、前田隊が取り囲んであっさりと討ち取った。

前田玄以が、討つ前に、すべては森乱丸の計らったことであると明かすと、才介は自嘲気味に洩らしたという。

「あの小僧、ただの佞臣ではなかった」

三

この年の秋、徳川家康は、正室の築山殿を殺害してから、信長の厳命を守って、わが子信康を遠州二俣城《えんしゅうふたまた》において自刃《じじん》せしめる。

直後に、家康は小田原北条氏《おだわらほうじょう》と同盟を結び、東西より武田挟撃策戦《さくせん》を展開することを決した。今後も徳川は武田を滅ぼすために全力を傾けることを、信長に訴えた同盟でもあるといえよう。

（けれど、ただ上様を恐れておられるだけではない……）

信長の意を奉じて、みずから妻子を死に追いやったばかりなのに、さらなる忠誠心をみせる家康という武将を、乱丸は底が知れないと感じた。

（あるいは、筑前どの、日向《ひゅうが》どのと遜色《そんしょく》のないご器量かもしれない）

その羽柴筑前守秀吉と惟任《これとう》（明智《あけち》）日向守光秀《みつひで》の出世争いも、いよいよ激化し、後者が一歩先んじる大手柄を挙げた。

光秀は、武勇にすぐれた赤井《あかい》氏の丹波黒井《たんばくろい》城をついに陥落させ、これをもって丹波・丹後《たんご》両国の平定をほぼ成し遂げ、

「度々《たびたび》の高名、名誉、比類なし」

と信長より激賞されたのである。

これより少し前、丹波国山国荘《やまぐにのしょう》の御料所《ごりょうしょ》を回復したことで、光秀は天皇からも馬、鎧《よろい》、香袋を賜っている。

光秀の後塵《こうじん》を拝《はい》して焦《あせ》った秀吉は、勇み足を犯す。

一時は備前《びぜん》、美作《みまさか》に播磨の一部をも支配下に領《おさ》めたことのある備前岡山《おかやま》城の宇喜多直家《うきたなおいえ》を、毛利《もうり》方から織田方へ寝返らせることに成功したのだが、見返りとして信長の朱印状による所領安堵《あんど》を約束していた。その朱印状を頂戴《ちょうだい》すべく、秀吉は播州《ばんしゅう》三木城攻めの陣を離れて、安土へ上《のぼ》ってきた。

ところが、信長のほうは、宇喜多直家の件を、事前に秀吉から相談されていない。まし

て直家というのは、梟雄《きょうゆう》として知られ、どんな薄汚い手段を使ってでも邪魔者を消すような、まったく信用のならない男である。

「このくそたわけが」

信長は、扇《おうぎ》で秀吉のひたいを打ち、その上申を却下した。

傷心の秀吉だが、ただちに播磨へ戻らねばならない。下城《げじょう》するや、馬上の人となった。

乱丸は、これを追いかけ、秀吉の出立《しゅったつ》直前に呼びとめることができた。

「筑前どの。お力落としをなされませぬように」

「乱丸どのは相変わらずおやさしい。なれど、こたびばかりは大しくじりにござるよ」

溜め息まじりの秀吉の表情から、宇喜多直家にどう言えばよいのかを悩んでいることは、明らかであった。

「上様は必ずご翻意《ほんい》あそばされます」

と乱丸は断言した。

「なにゆえ、さように思われる」

「筑前どのがお下《さ》がりになったあと、上様はかように仰せられました」

そこで信長の口調を再現してみせる。

「猿め、予の真似ばかりしおって」

そう言って信長が苦笑したことを、乱丸は明かした。

「上様の真似……」

「梟雄を手懐《てなず》けることにございます」

信長は、宇喜多直家をはるかに凌《しの》ぐ梟雄であった松永久秀《まつながひさひで》を、謀叛を起こされるまでは、存分に使った。忠節だけが取《と》り柄《え》の者より、時と場合によってはこういう野心満々の悪漢こそ大いに役立つことを、知っているからである。

であればこそ、実は秀吉も直家を取り込むことに腐心《ふしん》し、見事にしてのけた。

「上様は筑前どののお心をしかと察しておられます。若輩者《じゃくはいもの》のうえ何ら戦功《せんこう》もなきわたしが生意気なことを申しますが、この先も宇喜多どのを用いて、一層お励みなされませ」

「ああ、乱丸どの」

感極《きわ》まった秀吉は、乱丸に抱きついた。

「励みますぞ。今生《こんじょう》の命も、後生《ごしょう》の命も懸《か》けて、励んで励んで、まずは三木城を必ず落としてごらんにいれる」

後生の命まで懸ける、と泣きながら恥ずかしげもなく口にするところが、秀吉らしい。

乱丸は、しかし、秀吉とは別の陶酔感に浸《ひた》っている。

信長が洩らした一言を、ことわりもなく、ただちに秀吉へ伝えた。自身のその判断は正しかったと確信できたことの心地よさであった。

秀吉と光秀。信長の天下布武達成に、どちらも欠くことのできない織田軍団の龍虎である。この両将には、信長を絶対の主君と仰いで、気持ちよく働きつづけてもらわねばならない。そのために、信長の近習としてなすべきことを、乱丸はしたのである。

(お仙どのがこの場におられれば、きっとわたしを褒めて下さる)

秀吉の熱い抱擁に身を委《ゆだ》ねながら、高く澄んだ秋空を見上げる乱丸であった。

実際、後日、信長は宇喜多直家へ朱印状を与えることを了承する。励んだ秀吉が三木城攻略の確実な見通しを立てたからであった。

秋の終わりには、織田軍の包囲が一年近くにも及んでいた摂津《せっつ》有岡《ありおか》城の城内で、荒木《あらき》の足軽大将らが謀叛を起こす。滝川一益《たきがわかずます》の調略が成功したのである。

実は、城主の荒木村重《むらしげ》は、いちども援軍を送ってこない毛利氏と折衝するため、この一ヵ月以上前、ひそかに城を脱して、嫡男村安《むらやす》の守る尼崎《あまがさき》城へ入っている。だが、理由はどうあれ、城主不在の籠城《ろうじょう》では士気が落ちることは否めない。一益は巧《たく》みにそこをついたのであった。

この結果、城周辺の荒木方の砦《とりで》も大騒ぎとなって、それらの兵が急ぎ城へ駆けつけたり、どこかへ逃げ去ったりしたので、織田勢はあっというまに包囲陣を狭《せば》め、有岡城をはだか城にしてしまう。もはや落城も同然であった。

信長にとって目下の最大の憂事が、これで取り除かれる。この機《き》を捉《とら》え、乱丸は弟たちの安土出仕《しゅっし》を信長に願い出て、許しを得た。

すでに坊丸と力丸には、いつでも美濃金山をあとにできるよう、支度《したく》を命じておいたので、兄からの書状を受け取るや、両人は飛ぶようにして安土へやってきた。

「すごい……」

「うん……」

坊丸と力丸は、安土山下から、山全体を利用した一大城郭と、天に向かって聳《そび》える豪壮華麗な天主《てんしゅ》閣を見上げて、ぽかんと開けた口を、そのまま閉じることができない。従者らも同様である。

「さあ、和子《わこ》たち。兄上さまがお待ちかねにござる」

出迎えの伊集院藤兵衛《いじゅういんとうべえ》が、両人を大手道へと先導した。

ほどなく森屋敷へ案内された坊丸と力丸は、ここでもその造りの立派さに目を瞠《みは》った。

「兄者《あにじゃ》はこのお屋敷を上様より賜ったのか」

「たいへんなご出世じゃ」

主殿の会所へ通されたふたりは、やがて乱丸が入ってくるや、おもてを綻《ほころ》ばせ、立ち上がって、寄っていこうとした。が、乱丸のきつい口調の一言《ひとこと》に、足を竦《すく》ませる。

「控えよ、坊丸、力丸」

乱丸があるじの座につく。

坊丸と力丸は、わけが分からないまま、もとの座に直った。

「さきごろ、わたしは、勿体《もったい》なくも上様よりご近習頭《がしら》のひとりに任じられた。坊丸も力丸も、織田家に出仕いたすからには、身分の上下をわきまえ、心易《こころやす》く兄弟の交わりをいたすことは控えねばならぬ。相分《あい》かったか」

弟たちは愕然《がくぜん》とする。

身分の上下とか、嫡庶《ちゃくしょ》の違いとか、長幼《ちょうよう》の序《じょ》とかいったことに殊更《ことさら》厳しいのは、年の離れた兄の長可ではないのか。乱丸はむしろ、そういう厳格すぎる長可とは対照的に、何の分け隔《へだ》てもせずに遊んでくれるやさしい兄であったはず。

いま目の前に座す乱丸は、金山にともに暮らしたころの兄とは別人である。

「相分かったかと訊《き》いたのだ」

と乱丸が少し声を荒らげる。

「相分かりましてございます」

坊丸と力丸は、何やら釈然としないまま、大いなる落胆といささかの恐怖をおぼえて、声を揃えて返辞をし、その場に平伏した。

「余《よ》の儀は藤兵衛に」

その一言を残して、乱丸は出ていった。

十三歳の力丸が、ぽろりと涙を流した。

「泣くな、お力」

と坊丸が小声で叱りつける。

「坊丸どの、力丸どの。いま兄上さまが厳しいことを言われたのは、おふたりの御為《おため》と思えばこそ」

諭《さと》すように藤兵衛が言った。

「どういうこと……」

唇を噛《か》み、少ししゃくりあげながら、力丸が訊いた。

「されば、お話し申し上げる」

それから藤兵衛は、信長の近習をつとめるというのが、どれほど大変なことであるのかを、出仕後の心構えも含めて、縷々《るる》、坊丸と力丸に言ってきかせた。

「……それゆえ、おふたりとも、これから上様にお仕えする者として、兄上さまのご助言を仰ぐのはよろしいが、いついかなるときも決して甘えてはなりませぬぞ。このこと、肝に銘じられよ」

半刻《はんとき》にも及んだ訓戒《くんかい》を、藤兵衛はそう結んだ。

一言も聞き洩らすまいと緊張しつづけていた坊丸と力丸は、にわかにぐったりとしたようすになった。

「ほどなく日が暮れましょう。夕餉《ゆうげ》をおとりになって、すぐに寝《やす》みなされ。上様へのご挨拶は、明朝早《はよ》うござるゆえ」

藤兵衛は、ふたりを、本日より住む続き部屋に案内してから、乱丸の居室へ行った。

「すまぬ、藤兵衛。難しい役を押しつけた」

開口一番、乱丸が謝った。

「ああいうことは、おふたりとも、和子ご本人より申し聞かせられるより、それがしのような立場の者から伝えられたほうが、心静かに聞けるもの。坊丸どのも力丸どのもお覚悟をもたれたと拝察仕った」

「そうあることを願おう」

翌早朝、本丸殿舎の庭で、乱丸は弟たちに信長の引見を賜った。

「お坊に、お力か」

天下一の武将に声をかけられて、坊丸も力丸もこちこちになってしまい、

「森坊丸にございます」

「森力丸にございます」

という返辞の声を上擦《うわず》らせる。

「お乱より聞いておるぞ。井戸才介の一件では、美濃でよう働いてくれたようじゃな」

「過分《かぶん》のご褒詞《ほうし》にございます。わたしたちは森乱丸どののお指図《さしず》に従ったばかりにて、さしたることはしておりませぬ」

そう坊丸がこたえた。信長の前で乱丸を馴《な》れ馴れしく兄者とよばなかったあたり、昨日

の藤兵衛の訓戒が効《き》いている。

「それでよい。今後も、お乱の指図に従え」

「はい。仰せのとおりにいたします」

坊丸が言い、慌てて力丸も同じことばをなぞった。

「お乱」

信長は、ふたりの兄に視線を向けた。

「はい」

「きんか頭が本日にも参ろう。あやつに鶴でも食わせてやろうぞ」

惟任光秀が丹波、丹後平定の正式な復命のため、安土に登城する予定なのである。

「鷹狩のお支度は調《ととの》うております」

当然のことのように、乱丸は告げた。

「であるか」

満面に笑みを湛《たた》えて、独特の甲高《かんだか》い声を発した信長は、袴《はかま》の裾を素早く切るがごとき足取りで歩きだした。乱丸の十全《じゅうぜん》の対応に、このうえなく機嫌がよいのである。

乱丸は、慣れた動きで信長に付き従う。

弟たちも、なぜか分からないものの、気分が昂揚《こうよう》してきて、弾《はず》むようにあとにつづいた。

第十五章　母《はは》の書状《ふみ》

一

惟任《これとう》（明智《あけち》）光秀《みつひで》の奮闘で丹波《たんば》・丹後《たんご》を平定し、摂津有岡城《せっつありおか》も降伏させた信長《のぶなが》は、これを機に朝廷へ、二条御新造《ごしんぞう》を誠仁親王《さねひと》に献上する旨《むね》を奏聞《そうもん》した。

皇位継承者を内裏《だいり》の外へ出して囲《かこ》い、以後はおのが意のままに操ろうという魂胆であることは、誰《たれ》の目にも明らかである。そう見られたところで、信長自身は痛くも痒《かゆ》くもなかった。

最終的には日本の権威の象徴たる天皇も完全に支配下に置かなければ、真の天下布武《てんがふぶ》とはいえぬ。そのための布石《ふせき》なのである。

信長はかつて、足利義昭《あしかがよしあき》を追放したさい、天皇（正親町天皇《おおぎまち》）に譲位を迫ったが、しかし、崩御《ほうぎょ》即《すなわ》ち譲位というのが過去百年の例だから、と拒否された。その後、天皇の権威を借りねばならない事態が幾度も起こったこともあって、この件については信長も慎重にならざるをえなかった。天皇家を取り込むには、拙速《せっそく》ではなく巧遅《こうち》をもって対処すべきである、と。

そこで、養女を二条昭実《あきざね》に嫁《とつ》がせ、その父で関白の晴良《はれよし》に新しい邸宅を贈り、空き家となった二条家旧宅を改築して、おのが京屋敷としたのが二条御新造である。二条家の姻戚の信長が、もともと関白邸であったものを親王へ献上するのだから、譲位ほどの重大事ではないし、天皇はこれを拒《こば》む理由を見つけにくい。まして、義昭追放時よりはるかに強大となった信長の申し出ともなれば、返辞を濁して先のばしにすることもできかねる。

天皇は誠仁親王が二条御新造を新しき住まいとする現実を受け入れた。天皇家に対する信長の深慮遠謀のひとつの勝利といえよう。

信長が自身の宿所を妙覚寺《みょうかくじ》へ移した数日後の冬晴れの日、誠仁親王は、数多《あまた》の殿上人《てんじょうびと》を従えて二条の新御所へ移徙《いし》した。有体《ありてい》に言えば、次代の天皇が信長の手に落ちた瞬間である。

美々《びび》しく容儀《ようぎ》を調《ととの》えて、誠仁親王を二条第《だい》へ導く信長の姿は、乱丸をこの上なく誇らしい気持ちにさせてくれた。

（かの平清盛も源頼朝も足利尊氏も、わが上様《うえさま》ほどではなかった）

信長は魔王であると同時に神でもある、とすら乱丸には思えた。

その信長より、厳命が下された。

「佞人懲《ねいじんこ》らしめのためである。有岡城の人質を殺せ」

信長は、はだか城《じろ》にした有岡城の荒木久左衛門《あらききゅうざえもん》以下、主立《おもだ》った者らを、荒木村重《むらしげ》の籠もる尼崎城《あまがさき》へ赴かせ、尼崎・華熊《はなくま》の両城を差し出せば人質は助命するという条件を提示したのだが、村重にこれを突っぱねられたのである。その上、説得役を申しつけた久左衛門らまで、おのれの妻子たちを有岡城に残したまま、帰城せずに逐電《ちくでん》してしまった。

佞人とは、口先だけで誠意のない、心のねじ曲がった者をいう。信長が村重をどれほど憎んだか、この一言に表されている。

（あるじがあるじなら、家来も家来だ）

と乱丸は、村重だけでなく、久左衛門らにも腹を立てた。妻子を置き去りにして、自分たちだけ命惜《お》しさに逃げるなど、武士のやることか。

信長は、荒木村重の一族を夜通しで京へ上らせ、女と幼児を妙顕寺《みょうけんじ》に造らせた大きな牢《ろう》へ押し込め、村重の弟や久左衛門の倅《せがれ》などの成人男子は京都所司代《しょしだい》の牢へ入れた。

一方で、信長の命をうけた滝川一益《たきがわかずます》、惟住《これずみ》（丹羽《にわ》）長秀《ながひで》、蜂屋頼隆《はちやよりたか》らが、尼崎に近い七松というところで、荒木方の主立つ武士の妻子百二十人余りを磔柱《はりつけばしら》にかけ、銃弾を浴びせ、槍や長刀《なぎなた》で刺し貫《つらぬ》いた。かれらの奉公人であった男女五百人以上も、四軒の家へ押し込め、生きながらに焼き殺してしまう。

「お乱。明日の成敗《せいばい》の奉行《ぶぎょう》どもにも、慈悲は無用と伝えよ」

入牢《じゅろう》の罪人は、明朝、京中引き廻しの上、六条河原で斬首ときまっている。処刑する側も、その日が近づくほどに罪人たちを憐《あわ》れと思い、ついやさしく接してしまいがちになるものだ。荒木村重の一類に対しては、それも許さないというのが信長の姿勢であった。

信長に命ぜられた乱丸は、弟の坊丸《ぼうまる》と力丸《りきまる》を従えて、妙顕寺へ足早に向かった。信長宿所の妙覚寺とは近所といえるほどの距離だ。

冬の日暮れ時である。少し風も出ている。

「牢内はさぞや寒いことにございましょうね」

そう口にした坊丸を、乱丸が立ち止まって振り返るや、睨《にら》みつけた。

「上意《じょうい》をなんと心得る」

なぜ叱られるのか、すぐには分かりかねた坊丸であったが、乱丸が怖《こわ》い視線を外さないので、その間に必死で考えて気づいた。

入牢の罪人に慈悲をかけるな。それが信長の命令である。牢内はさぞや寒いのでは、という罪人を気遣《きづか》うような坊丸の一言は、その上意に異を唱えたととられても仕方がない。

「愚かなことを申しました。お赦《ゆる》し下さいませ」

深々と頭を下げて謝る坊丸であった。

「お坊。思うたことを、そのままぐに口にしてはなるまいぞ。力丸もな」

と乱丸は釘を刺し、

「はい」

ふたりの弟も、神妙な面持《おもも》ちで返辞をした。

見方によっては些細《ささい》なことだが、信長の側近《そばちか》く仕《つか》える者は、どんな些細なことも決して軽視してはならぬ。そのことを、乱丸は弟たちにも肝《きも》に銘じてほしいのである。

妙顕寺ではものものしい警固《けいご》態勢が布《し》かれ、人の出入りが厳しく詮議《せんぎ》されている。荒木の残党が、村重一族の身柄奪還を試みないとも限らないので、これは当然であった。

ただ、妙覚寺や妙顕寺のような法華宗《ほっけしゅう》の本山寺院というのは、周囲に濠《ほり》をめぐらせ、掻《か》き上げの土塁《どるい》や土塀《どべい》も築いており、いわば要塞ともいえる造りなので、容易には侵入できない。なればこそ信長も、二条御新造を造営する以前から、上洛時の宿所として度々《たびたび》利用している。

乱丸らが寺内に入ったとき、篝火《かがりび》が焚《た》かれ始めた。

「お乱ではないか」

古武士《こぶし》という形容の似合う者に、声をかけられた。

「これは金森《かなもり》どの」

乱丸は頭を下げる。弟たちも倣《なら》う。

金森長近《ながちか》は、乱丸らの父三左衛門《さんざえもん》とは、生国《しょうごく》が同じで、年齢《とし》も近く、いくさに強いなど、共通点が多い。そのせいか、生前の三左衛門と親しく交わり、美濃金山《みのかねやま》城で乱丸が誕生したときも、わざわざみずから祝いに駆けつけてくれた。

いまの長近は、柴田勝家《しばたかついえ》に属す越前《えちぜん》衆である。明日の成敗の奉行は、長近をはじめ、前《まえ》田利家《だとしいえ》、佐々成政《さっさなりまさ》、不破光治《ふわみつはる》、原政茂《はらまさしげ》ら越前衆がつとめる。

「お坊に、お力か」

長近は、乱丸の弟たちを見て、眼《まなこ》を剝《む》く。

ふたりは、戸惑いの表情で名乗った。きっと長近のほうは幼いころの自分たちを知っているのであろうが、両人にすれば初対面である。

「ついさきごろ安土《あづち》に出仕《しゅっし》したと聞いたが、大きゅうなったものじゃ。お子らが三人も上様のお側近くに仕えるようになったとは、三左《さんざ》どのも草葉の蔭で喜んでおられよう。して、お乱、用向きは」

「お奉行衆に上意を伝えにまいりました」

すると長近は、乱丸の前を空けるや、少し腰を屈《かが》めて、門内へ向かって腕を差し伸べた。上意、の一言で立場は転じるのである。

「されば、お使者どの。案内《あない》仕《つかまつ》る」

洛中法華宗二十一本寺の中でも重きをなす妙顕寺の境内は広大である。

急拵《きゅうごしら》えの一郭《いっかく》が、幾つもの篝火の明かりに照らされていた。婦女子を押し込めた牢である。

その近くを通りながら、乱丸は長近に訊《たず》ねた。

「金森どの。牢内の者らの糞尿《ふんにょう》は、いかにしておられますか」

大事なことである。たしかな処理をしないと、不衛生であり、ひいては病気を生む因《もと》にもなる。寺に迷惑をかけてもいけない。

「大事ござらぬ。寺内の厠《かわや》を使わせており申すゆえ」

乱丸は、ちょっと眉を顰《ひそ》めた。

(上様はお気に召されぬ……)

寺内の厠を使わせるとなれば、当然ながらそのたびに罪人を牢から出す。それは、警固兵をつけるにしても、罪人にある程度の自由を与えることにほかならぬ。万一、寺に侵入した曲者《くせもの》がいて、牢と厠を往来する途次に罪人の身柄を奪われたら、どうなるか。境内が広いぶん、かえって厄介《やっかい》なことになりかねない。

(罪人には、牢内で清筥《しのはこ》を使わせるべきだ)

清筥とは、後世でいうところのおまるである。大半が武家の女だから、人目にさらされて用を足すのは恥辱ではあろうが、しかし、慈悲無用が上意。このことも奉行衆に言っておくべき、と乱丸は思った。

乱丸が、長近の案内《あんない》で、奉行衆の宿所である本堂の前まで達したとき、騒ぎが起こった。

二

物頭《ものがしら》らしき者が、走り寄ってきて、長近の前に折り敷いた。

「申し上げます。人質がひとり、逃げたとのことにございます」

「なに」

長近にすれば信じられぬことである。警固は万全のはずではないか。

「誰がいかにして逃げたと申す」

「荒木村重の側室《そくしつ》のたしという者にて、厠の前で警固の兵らを斬って逃げた、と」

「たしと申す女、武芸の心得ある者ではあるまい。何者かが逃がしたにきまっておろう」

「仰せのとおりかと存じます」

たったいま乱丸が抱いたばかりの懸念が現実のものとなったのである。

「女連れでは素早く動けまい。まだ寺内にいよう。くまなく探せ。必ず捕らえよ」

長近に命ぜられ、物頭は手配すべく走り去ってゆく。

「お使者どの。申し訳ない。それがし、これより、ほかの奉行衆にも報《しら》せにまいる」

織田《おだ》の将は、主君信長の影響であろう、家臣まかせにせず、ただちにみずから動いて事にあたることを躊躇《ためら》わぬ。

「わたしたちも、その賊《ぞく》とたしと申す女を探しましょう」

と乱丸は申し出た。

「お使者どのの身に何かあっては、上様に顔向けができ申さぬ。本堂にてお待ちあれ」

「何かあっても、わたしが勝手にしたことと申されよ」

長近にそう言ってから、弟たちを振り返る。

「坊丸も力丸もさように心得よ。よいな」

はい、とふたりが首肯《しゅこう》するや、乱丸は駆けだした。弟たちもつづく。

長近は、近くにいた兵らに、乱丸の警固につくよう命じてから、足早に本堂の中へ入った。

乱丸は、一散に山門をめざしている。

(賊は女連れで堂々と山門より出てゆく)

実は、たしのことを、伊東彦作《いとうひこさく》や薄田与五郎《すすきだよごろう》らから聞いている乱丸であった。

かねて、村重の側室たしは稀《まれ》なる美女と聞こえていたので、彦作らは昨日、この妙顕寺まで見物しにきて、妙覚寺へ戻るや、その美しさを身悶《みもだ》えしながら話した。それによれば、着物の重さすら苦しげに見えるほどの手弱女《たおやめ》であったという。その上、窶《やつ》れていたから、刑場へ引き出される前に気絶してしまうのではないか、とも。

そんな女が、数多の兵の目を逃れて、塀を乗り越え、濠を渉《わた》るなど到底なしえまい。となれば、賊は、たしかに男装をさせて何食わぬようすで、山門より出ていく。そう乱丸は推察するのであった。

これを長近に告げなかったのは、もとより絶対的な確信ではないからである。兵は充分な数なのだから、早計に選択肢を絞る必要はない。

むろん、この考えが的中していたとしても、賊には要心しなければならぬ。厳重な警戒をかいくぐってひそかに寺内へ侵入し、たしの警固兵らを斬って、その身柄を奪ったのだから、なまなかの者ではあるまい。ひとりなのか、複数なのかも分からない。

山門に達したところで、乱丸は立ちどまり、寺内へ向き直った。

坊丸と力丸、長近の命令で警固についた五人の兵も、乱丸の思惑は知る由もないが、とにかく足をとめた。

「あの……おかしら」

と坊丸が恐る恐る表情を窺《うかが》った。近習頭《がしら》という上長《じょうちょう》の乱丸を、弟たちは他者のいるところでは兄者《あにじゃ》とよばない。

「何か」

「なにゆえ、ここに留《とど》まられたのでしょう」

「そなたら、山門を出ていく者をしかと見るのだぞ。男であれ、女であれ、誰彼《たれかれ》なくだ」

理由を明かさず、乱丸はそう命じた。

「兵も、にございますか」

「誰彼なくと申した。些《いささ》かでも怪しいと思う者を見つけたら、即座にわたしに告げよ」

「はい」

まわりでは、たしの捜索で、その兵たちが慌《あわ》ただしく動いている。

（わたしの思っているとおりなら、女に変装させる時が要《い》る……）

だから、すぐには来ない。

乱丸は、待った。

「すでに寺の外へ逃げ出たのやもしれぬ。周辺の往来を見てまいれ」

どこかでその声がしたかと思うと、一隊が寺内から山門へ向かって駆けてきた。二十人ばかりの兵である。

かれらは、乱丸らの前を通過してゆく。

兵の一隊なので、門兵たちも疑うことなくそのまま通す。

「あのふたり、随分くっついて走ってるなあ……」

見送りながら、力丸が言った。

それで乱丸も注視した。

最後尾《さいこうび》のふたりが、力丸の言ったように、おかしなほどに躰《からだ》を密着させて走っているではないか。

乱丸は気づいた。一方の右足首と他方の左足首とが紐《ひも》で結ばれていることを。おのれの左足首を結んでいる者は、小柄で、もうひとりの足送りに引っ張られて飛ぶように走っている。肩を抱かれてもいた。

しかも、その小柄な兵だけ、陣笠《じんがさ》の後ろに垂らした長手拭《ながてぬぐい》を、風に靡《なび》かせず、首からけまわしてあごの下で結んであるようだ。

（髪を隠している……）

女だ。

「そこな兵ども、待て」

乱丸は、大音を発して、その一隊をよびとめた。

一隊は、濠に架けられた橋の上で、とまった。が、最後尾のふたりだけ、皆を突き除《の》けて走りつづける。

「そのふたりを捕らえよ。逃げた女と賊である」

命じながら、乱丸も門を抜け、橋へ躍り込んだ。

坊丸、力丸、警固兵らも、後れじとつづく。

逃げるふたりは、路上へ出たところで、とまった。小柄なほうが転《ころ》んだのである。

結び目が解《ほど》けて長手拭が後ろへ垂れ、その下より流れ出たものがある。長い髪だ。もはや、たしであることは間違いない。

もうひとりが陣刀《じんとう》を抜いて、互いの足首を結んでいる紐を断《た》ち切ると、たしの躰を背負った。

そのときには、乱丸が差料《さしりょう》の鞘《さや》を払って、間合《まあ》いを詰めている。

たしを背負った兵は、乱丸の突きを陣刀で撥《は》ね上げた。

追いついた坊丸と力丸が、その兵の左右へ回り込んで、逃げ道を塞《ふさ》いだ。兵の背後は濠である。

警固兵たちが松明《たいまつ》を掲げる。一隊の兵らも包囲に加わって、同じく松明で照らす。

たしを背負っている兵は、おのれの陣笠を脱ぎ捨て、不敵にもにやりと笑った。乱丸が見忘れるはずもない男。

「石川五右衛門《いしかわごえもん》」

乱丸の柄《つか》を握る両手に力が入る。

「森乱丸。汝《うぬ》とはつくづく因縁《いんねん》深きことよ」

「こたびばかりは逃げられぬぞ」

「そうかな」

この絶体絶命というべき窮地でも、五右衛門に慌《あわ》てたようすは見られぬ。ただの虚勢なのか、ほんとうにおのれに自信があるのか、乱丸にもいずれとも判断しがたい。

「女をどうするつもりだ、五右衛門。荒木村重に買い戻させようとでもいうのか」

「おお、そいつは思うてもみなかった。よきことを教えてくれたな。荒木どのはさぞや高く買《こ》うてくれよう。礼を申すぞ、乱丸」

「しらじらしい……」

怒りを沸騰《ふっとう》させかけて、しかし、乱丸は怺《こら》えると、

「たしどの」

五右衛門の背でふるえる女に声をかけた。

「ご存じないであろうが、こやつは盗人《ぬすっと》にござる。京畿《けいき》に名を馳《は》せた武人、荒木村重のご妻女ともあろうお人が、命惜しさに、盗人の手をかり、あまつさえ足軽《あしがる》に身をやつして逃げたと聞こえては、世間の嘲《あざけ》りをうけましょうぞ。みずから投降なされよ」

乱丸は、五右衛門と斬り合って、誤ってたしまで殺したくはない。

どのみち処刑される身だから問題ないといえば言えるが、それでは信長の名に傷がつこう。謀叛人《むほんにん》荒木村重の妻を六条河原において衆人環視の中で処刑してこそ、織田信長の威光を示せるのである。

すると、たしが思いがけない反応をみせた。

「命惜しさに逃げたは、荒木村重ではないか。何が京畿に名を馳せた武人じゃ」

いかにも憎々《にくにく》しげに、わめいたのである。陣笠の下の顔も朱に染まっている。

（側室とはいえ、摂津一国を統《す》べたほどの武将の妻が、このような……）

同じ境遇におかれたとしても、乱丸の知る女人《にょにん》たち、すなわち母の妙向尼《みょうこうに》や嫂《あによめ》の千《せん》なら、決して良人《おっと》を謗《そし》るようなことは口にしないであろうに、と思ってしまう。

のちに乱丸は知るのだが、たしが牢内で詠《よ》んだ和歌に次の一首があった。

木末《こずえ》よりあだにちりにし桜花
さかりもなくてあらしこそふけ

盛りを迎えないうちにむなしく嵐で散らされてしまう桜花に、若い自分を譬《たと》えて嘆いたものである。

良人村重への怨《うら》み節といえよう。たしはまだまだ人生を愉《たの》しみたかったのである。

「それに、この石川五右衛門は盗人ではない。荒木の家来じゃ」

ともたしは言った。

「家来……」

乱丸は信じない。無頼者《ぶらいもの》の五右衛門が誰かに仕えるなど、ありえないことである。

「去年の師走《しわす》だったか、織田軍が有岡城を総攻めしたさい、おれは籠城勢《ろうじょうぜい》としていささか奮戦したのよ」

何か含みのあるような五右衛門の言いかたであった。

去年の師走の有岡城総攻撃では、万見仙千代《まんみせんちよ》が戦死している。

仙千代は塀を乗り越えようとして、城内の兵に長刀で刺し殺された。その兵は兜首《かぶとくび》を討ったにもかかわらず名乗りを挙げなかったので、どこの誰とも知れなかった。

（よもや……）

総毛立《そうけだ》つ乱丸であった。

「おのれは、仙千代どのを……」

そこまで乱丸が口にしたとき、門内より大音声《だいおんじょう》が轟いた。

「前田又左衛門《またざえもん》が参るぞ。鼠賊《そぞく》と女はいずこにやある」

ちいっ、と五右衛門が舌打ちを洩らす。

〈槍の又左〉の武名で知られる前田利家と闘《たたか》うのは避けたい、という思いの舌打ちであったろう。

「たしどの」

五右衛門は背負いの女をちらりと見た。

「あんたの肌を味わってから荒木に高値で売るつもりだったが、どうやら女連れで逃げるのは難しくなった」

「なに……」

心底、驚いたようすのたしであった。

短い期間でも村重に仕えた五右衛門が、その恩義に報《むく》いるため、旧主の妻を奪還しにきたのだ、と信じていたのである。だから、五右衛門が、乱丸とのやりとりの中で、荒木どのなら高く買うてくれようと言ったときも、ただの売りことばに買いことばの冗談にすぎないと思った。

憐れなことだが、こういう素直さ、というか迂闊《うかつ》さは上級武家の女にありがちなものである。

「悪く思うな」

五右衛門は、おのれの首にかけ回されている細い両腕を解くや、上体に力を入れて、たしの華奢《きゃしゃ》な躰を後ろへ撥ねとばした。

悲鳴とともに、たしは濠へ、ざんぶと落ちた。

皆の視線がそちらへ振られる。と同時に、どこかで銃声が一発、夜気《やき》をふるわせた。

乱丸たちは一斉に、その場にしゃがんだ。

力丸の頭上を、五右衛門が軽々と飛び越えた。

五右衛門は、鉄炮《てっぽう》を警戒してすぐには反応できない他の兵らの間も抜けて、たちまち闇の中へ没し去った。

「おのれ、五右衛門」

全身を怒りの塊《かたまり》と化さしめ、地を蹴った乱丸だが、すぐに、強い力で引き戻されてしまう。

「早まるな、乱丸」

前田利家であった。

「あやつの手下《てした》が飛び道具で狙っているやもしれぬ」

たしかに、いましがたの一発の銃声は、五右衛門の手下が遠くないところに潜《ひそ》むことを示している。

「お放し下され」

振り切ろうとする乱丸を、

「ならぬ」

利家は厳しく叱りつけた。

「あやつが女連れならまだしも、この暗がりの中を身軽にひとりで逃げられては、もはや捕らえられぬ。盗人ゆえ、夜道にも馴《な》れていよう。女を取り戻しただけでも手柄《てがら》ぞ。この場はそれでよしといたせ」

若き日には血気《けっき》にまかせた行動が過ぎて、主君信長に勘当《かんどう》されるという苦い経験もした利家だからこそ、この説得には乱丸を落ちつかせる力があった。

「取り乱しました。お諫《いさ》めいただき、ありがとう存じました」

乱丸は利家に礼を言った。

そして、心に期した。

（五右衛門は必ずわたしが討つ）

翌朝、車で洛中引き廻しの上、六条河原で斬首されたたしの最期《さいご》は、乱丸にとっては思いのほかに見事なものであった。

車より降りると、帯を締め直し、髪も高々と結《ゆ》い直して、みずから小袖《こそで》の衿《えり》を後ろに引いて首を差し伸べ、ふるえず、涙も見せず、自若《じじゃく》として斬られたのである。

良人に見捨てられ、助け人《びと》と信じた者にも裏切られ、絶望の淵《ふち》へ突き落とされた無力な女人には、あるいは、死ねることだけが希望の光と思えたのであろうか。

他の婦女子も、京都所司代お預けの男たちも、囚《とら》われの荒木一族は六条河原で皆殺しとなった。

それでも乱丸は、同情などしない。村重が謀叛を起こしさえしなければ、かれらは殺されずに済んだ。責めはすべて荒木村重が負うべきなのである。

（上様の天下布武の障《さわ》りとなる者は皆、このようになるのが当然）

その障りの張本人たる村重は、一族処刑を知ってから、尼崎城を出て華熊《はなくまじょう》城へ逃れた。

前代未聞の卑怯者、と世間は村重を嘲った。

三

乱丸十六歳の元日、安土は雪景色の中にある。

有岡城を落としたとはいえ、諸将の多くは摂津方面に在陣して毛利《もうり》方を警戒中で、北陸でも柴田勝家が一向一揆《いっこういっき》に苦戦を強《し》いられており、そのため信長は、かれらに対しては年賀の出仕は無用との触《ふれ》を、旧年中に出しておいた。

ただ、石山本願寺《いしやまほんがんじ》とは水面下で講和の動きがみられ、年末に勅使《ちょくし》が大坂《おおざか》へ下っている。むろん、互いに条件の折り合いがつかねば、戦いは以前にも増して烈《はげ》しいものとなろう。

信長の近習衆は各地の戦況に関わりなく出仕する。

早朝、乱丸が、坊丸、力丸ともども、新しい直垂《ひたたれ》、袴《はかま》を着《つ》けて、安土山内の森屋敷の玄関の式台まで出たとき、なぜか高橋虎松《たかはしとらまつ》がやってきた。

「お虎どの。何か火急《かきゅう》の御用向きにございますか」

「うむ……」

深刻そうな虎松の表情である。

「実は、上様の使いでな」

「無礼をいたしました」

即座に乱丸は、式台から降りて、土間に折り敷こうとしたが、

「よいのだ、お乱」

と虎松に制せられる。

「この書状《ふみ》をそなたに渡すよう、上様より仰せつかった」

封がされておらず、剝《む》き出しの書状で、くしゃくしゃにされたのを伸ばしたように見える。

受け取った乱丸は、披《ひら》いてみて、驚いた。

信長に宛《あ》てられた女文字の書状で、差出人の名は〈妙向〉であった。

「母上が……」

その内容に、さらに驚愕する。

本願寺攻めを停止して法主《ほっす》と門徒衆の命を助けてほしい、という信長への嘆願であった。

一向宗の僧や門徒の中には、信長との永《なが》き戦いに倦《う》み、和平を望む者は決して少なくない。そういう人々から、妙向尼が信長への口利きを懇願されたことは、乱丸も知っていた。

かれらの思惑を察すれば、熱心な一向宗の帰依《きえ》者であると同時に、織田信忠《のぶただ》麾下《きか》の若き猛将森長可《ながよし》と、信長寵臣の森乱丸の生母という妙向尼は、頼み甲斐のある人ではあろう。

だが、この件に関しては、取り合わぬように、と長可が妙向尼にきつく言い聞かせている。乱丸も書状で諫《いさ》めた。織田に仕える兄弟にすれば、本願寺に関わることで、妙向尼に

限らず身内が信長に何か異見《いけん》をするなど、断じてあってはならない。

たしかに、信長と本願寺の戦いは足掛け十一年にも及んで、すでに何万人もの門徒が殺されて、信仰心の厚い妙向尼がさぞ心を痛めてきたであろうことは、乱丸にも察せられる。信長への書状は、そのやむにやまれぬ思いに押されて、とうとうしたためてしまったものには違いあるまい。

であるにしても、よほど感情を昂《たかぶ》らせて書いたものか、とりようによっては信長への怨《うら》み言《ごと》とも、下手《へた》をすれば脅迫とも思える。

妙向尼は次のように言う。

良人三左衛門と長男の伝兵衛《でんべえ》は、上様のために勇戦し、喜んで命を捧げたので、死後はその忠誠心を御仏《みほとけ》に認められて極楽へ導かれたと信じている。いまは、上様の側近く仕える乱丸、坊丸、力丸も無二の忠勤を励んでいるので、いずれは父と兄の待つ極楽浄土へ行けると思っていた。ところが、この三人は、上様が本願寺と戦いつづけるからには、いずれ御仏の教えに刃《やいば》を向けることになる。そうなれば、仏罰をうけて地獄へ落ちるのは必至。わが子が地獄へ落ちると知りながら、これを守らぬ親はいない。なれど、それでは上意に叛《そむ》いて不忠である。かくなるうえは、三人とも自害させ、みずからも命を絶《た》ち、母子四人で極楽浄土へ行きたい。

（母上は何ということを……）

子ども可愛さのあまりの繰り言《くごと》ではないか。

書状の中に、ひとり長可の名だけ記されていないのは、おそらく、すでに仏罰を免れないと諦《あきら》めたからなのであろう。長可は初陣《ういじん》の長島《ながしま》一向一揆殲滅《せんめつ》戦で、本願寺門徒を多数斬り殺している。

盲目的にわが子を愛する母親を、信長は嫌う。

これは、信長自身の生母の土田御前《どたごぜん》が、弟の信行《のぶゆき》ばかりを可愛がったことに起因する。信行謀叛のさいも、信長の苦衷《くちゅう》は思いやってもらえず、土田御前は信行の命乞いのみに全身全霊を尽くした。そうして母に甘やかされた信行は再び謀叛を画策し、今度は信長は弟を殺した。同時に土田御前を母とは思わなくなった。そう万見仙千代から聞かされたことのある乱丸であった。

そして、信長というのは、信仰心を否定するのではなく、信仰の名の下に信長を非難したり、ついには敵対する者を憎む。とすれば、一向宗に帰依する妙向尼が、その宗門の意をていして信長に異見するのなら、それは信仰を信長の上に置いて敵対する行為とみなされ、憎まれても仕方がないのである。

書状にくしゃくしゃにされた跡《あと》が強く残っているのは、信長の怒りのほどを表していよう。

（兄上は心配りが足りぬ）

妙向尼は信長宛ての書状をひそかに出したのではあろうが、それをとめられなかった長可に、乱丸は腹が立った。

しかし、起こってしまったことは取り返しがつかない。

「藤兵衛《とうべえ》」

乱丸は、書状を傅役《もりやく》の伊集院《いじゅういん》藤兵衛に渡した。

藤兵衛もまた、読みすすむうち、おもてを蒼《あお》ざめさせてゆく。乱丸に従って、同じ歳月だけ安土に暮らしてきただけに、信長の性情というものを知っているのである。

「お乱。無作法とは思うたが、書状を読ませて貰《もろ》うた」

と虎松が明かした。

「登城《とじょう》はしばし待て」

「なにゆえに」

「それがし、これより二位法印《にいのほういん》どの、楠 長諳《くすのきちょうあん》どの、堀久太郎《ほりきゅうたろう》どのらに子細《しさい》を告げにまいる」

いずれも信長の最上席の側近《そっきん》である。

「お乱には何の越度《おちど》もないのだ。二位法印どののお口添えがあれば、上様がそなたを咎《とが》めることはあるまい。むろんのこと、勝七《しょうしち》や彦作や孫丸《まごまる》たちにも伝える」

乱丸に好意的な近習衆を集めて、皆で守るというのが、虎松の考えであるらしい。つまり、そうまでしなければ、乱丸が罪に問われるのは間違いないほど重大な事件ということであった。

「よいか、お乱。いささか時を要すると思うが、それがしが戻るまで、決して登城いたすな」

「かたじけないことにございます」

乱丸が素直に礼を言って頭を下げると、虎松は、ひとつうなずいてから、身を翻《ひるがえ》して駆け去った。

「藤兵衛。坊丸。力丸。まいれ」

命じて、乱丸は屋内へ戻ってゆく。

やがて、どれほどの時が経《た》ったであろう、ふたたび奥から玄関に現れたのは、乱丸ひとりであった。具足《ぐそく》を着用し、小脇に兜を抱えるという、いくさ支度《じたく》ではないか。

雪の降る中、玄関前に、馬が曳《ひ》き出されてきた。口取《くちとり》は藤兵衛である。

外へ出てきた乱丸に、藤兵衛は轡《くつわ》を渡す。

「藤兵衛。永い間、世話になったな」

「永いなどと……和子《わこ》は十六歳におわす。まだまだお世話をいたしとうござる」

藤兵衛の声は少し乱れている。

「小四郎《こしろう》のことは、ゆるせ」

七歳の乱丸が賊に拉致《らち》されたとき、小姓としてこれを守れなかった責めを負い、切腹して果てた藤兵衛の子。当時、十二歳であった。

「小四郎は、和子のご出世を喜んでおり申そう」

「むこうで訊《き》いてみよう」

藤兵衛も乱丸も微笑《ほほえ》んだ。

「坊丸と力丸のこと、頼んだぞ」

「さすが森三左衛門の子らよ、さすが森乱丸の弟たちよ。さように褒《ほ》めそやされる武士に必ず育ててご覧に入れ申す」

「うん」

乱丸は、みずから馬を曳いて、森屋敷の門を出た。

馬に乗らないのは、まだ浅いものの雪が地を被《おお》って、滑りやすくなっているからである。急坂《きゅうはん》の多い安土山内では、地面の状態が良好でも、馬を歩ませるのは慎重を要する。人目に立ちやすい大手道《おおてみち》を使わず、七曲ケ鼻《ななまがりがはな》道で山を下りると、そこで乱丸は鞍上《あんじょう》の人となり、西の山裾から南へ迂回《うかい》して、下街道《しもかいどう》へ入った。

めざすは、美濃金山。

信長に異を唱えた妙向尼を討ち、おのれもその場で切腹する覚悟であった。それで信長への忠義を全《まっと》うし、同時に母殺しの大罪の償《つぐな》いとする。

坊丸と力丸については、生父は三左衛門であっても、生母は妙向尼ではない。あの書状に記された内容の責めを負わせるのは酷《こく》に過ぎるので、乱丸の忠義に免じて赦してもらえるよう、藤兵衛から信長に願い出る。

また、乱丸が供をひとりも従えていないのは、事が事だけに、もし後難を受けることになっては、その者が可哀相だからである。

冷たい六花《むつのはな》を顔に浴びながら、乱丸は来《こ》し方《かた》を思った。

心残りは、ふたつ。

ひとつは、信長の役に立てなかったこと。天下布武の達成まで働いてこそ、はじめて信長の役に立ったといえるのだ。

いまひとつは、仙千代の仇《かたき》と思われる石川五右衛門を討てなかったこと。

（お赦し下さい、上様。お仙どの）

安土と鳥居本《とりいもと》を結ぶ下街道を、愛知川《えちがわ》を越え、山崎の近くまで進んだあたりで、背後にただならぬ気配をおぼえた。

乱丸は、乗馬《じょうめ》の手綱《たづな》を引いて、その脚《あし》送りを休め、鞍上より振り返って、耳を澄ませながらあらためて気配を窺う。

起伏する白銀《はくぎん》の小丘陵《きゅうりょう》。その中の一筋道《ひとすじみち》に、乱丸の乗馬がつけてきた馬沓《うまぐつ》の跡が延びている。

音と振動が伝わってきた。

かと思うまに、小丘陵の頂の向こうから、青毛《あおげ》の馬が出現した。

「龍馬《りゅうめ》だ」

砂浜でも石ころだらけの道でも決して躓《つまず》くことなく疾走するこの稀代《きたい》の駿馬《しゅんめ》を、信長はそう名付けて愛馬《あいば》としている。

鞍上の颯爽《さっそう》たる風姿《ふうし》は、言うまでもなく、その信長であった。

乱丸は、下馬して、雪道に折り敷いた。

馳《は》せつけた信長も、龍馬から下りる。

「藤兵衛より聞いた」

と信長は言った。声に温《ぬく》もりがある。

「お乱。予《よ》が自慢とするものを三つ、挙げてみよ」

「は」

一瞬考えたのち、乱丸はこたえはじめた。

「それなる龍馬」

「そうじゃ」

「奥州より献上の白斑《しらふ》の御鷹《おんたか》」

「おお」

「………」

三つめが出ない。

安土城御天主《ごてんしゅ》と言いかけて、呑《の》み込んだ。馬、鷹が正解ならば、三つめも生き物であろう。

「いまひとつは」

と信長に急《せ》かされ、にわかに乱丸は閃《ひらめ》いた。だが、口にはできない。

「思いついたようじゃな。魔王の子ならば、無遠慮に申せ」

「されば、申し上げます」

「うむ」

「森乱丸」

「得《え》たり」

鞭《むち》を、びゅんっと振って、その先端を乱丸の顔へ突きつけるや、信長は明るく笑った。

心より愉快そうに。

「予の自慢のものを殺そうとするとは、何事か」

「はは」

「金山の尼《あま》は咎めぬ」

「………」

ついに返辞のできなくなった乱丸である。嗚咽《おえつ》を怺えるのが精一杯であった。

「城に帰るぞ。後《おく》れるな」

信長は、ふたたび龍馬に跨《また》がると、すぐに鞭を入れる。

乱丸も、立ち上がり、拳《こぶし》で涙を拭《ぬぐ》って、急ぎ馬上へ身を移し、馬腹《ばふく》を蹴った。

この年の閏《うるう》三月、信長は本願寺と講和を結ぶことになる。江戸期に赤穂《あこう》森家によって編まれた『森家先代実録《もりけせんだいじつろく》』では、妙向尼の信長への諫言《かんげん》が効《き》いたように記されているが、先祖自慢の作り事であろう。

乱丸は、信長にくっついて、五丁《ちょう》ばかり戻ったところで、雪煙をあげる騎馬の一団と出くわした。龍馬に大きく引き離された信長随従の近習たちである。

虎松をはじめ、馴染《なじ》んだ顔ばかりが、笑って、手を振りながら寄ってくる。とまったはずの涙がまた溢《あふ》れそうだ。

（きょうの仕合《しあ》わせを忘れてはいけない）

手を振り返す乱丸であった。

対談　「格好いい男」を書きたい！

宮本昌孝×火坂雅志

かけがえのないライバル

宮本　今から十二、三年前に、時代小説の作家の会で五人会、もしくは六人会と呼ばれていた集まりがあったんですよ。火坂さんと安部龍太郎さん、宮部みゆきさん、中村隆資さん、東郷隆さん、それから評論家の縄田一男さんが入ってらして。その会にぼくは途中から参加したんだけど、どうしてぼくが入ることになったんだろう？

火坂　縄田さんが推薦したんですよ。「宮本さんの『剣豪将軍義輝《よしてる》』が大変おもしろい、皆さん勉強になるから、読んでみてください」と六人会の席で本を紹介したんです。それなら宮本さんにもぜひ会に来てもらったらいいじゃないか、ということになって、加わっていただいたんですね。

宮本　ぼくのあとに鳴海丈さんが参加されて、縄田一男さんが監修、作家七人によるリレー小説『運命の剣　のきばしら』（PHP研究所／1997年）という本を出したんです。のきばしらと名付けられた剣を軸に、それぞれの作家が時代を変えて物語を紡いでいくという趣向なんだけど、火坂さんは、千利休の話をお書きになったんでしたよね。ぼくは明治初頭の東京を舞台に、女剣士をヒロインにした西郷四郎（姿三四郎）外伝みたいな話をやったんです。

　でも、実は（六人会に入る）その前にぼくは火坂さんとお会いしてるんですよ。「歴史ピープル」っていまはもうない雑誌の関係でお会いしたときに、火坂さんが一緒に飲みませんかって誘ってくれて。

火坂　ああ、そうだ。それで平塚にある焼き鳥屋にいったんだ。平塚に、名物焼き鳥屋があるんですよ。日本で三本の指に入るような。

宮本　火坂さんは、ぼくが六人会みたいなのにいきなり行っちゃうと、ちょっと戸惑うんじゃないかと。それで先に、ぼくに声をかけて、一緒に飲んで気持ちをほぐしてくれて。

火坂　宮本さんが当時秦野《はだの》に住んでいて私が平塚。家が近かったもので、いい焼き鳥屋さんがあるんですよ、とお声をかけて。

宮本　うまいですよね。ほんとにちっちゃなお店なんですが。火坂さんが座ると、黙って日本酒を出すっていう（笑）。

火坂　うまいし、家族経営の店で、オヤジさんがいいんです。ほんとになんともいえない、いい雰囲気で。以来、二人で飲むときはそこでと決めたんですね。

宮本　そこ以外にも、平塚のいろんなお店へ行ってしたたか飲みましたよね。何軒も何軒も、たいへんな数。

火坂　隠れ家バーみたいなのが海岸沿いにあるんですけど、そこにいくときは明け方近い。

宮本　何人かで飲んでいても、最後はいつもぼくと火坂さんの二人が残って。それがまたほっとするんですよね。ああ、やっと落ち着いて飲めるな、って。

火坂　前に文庫版の『剣豪将軍義輝』の解説にも書かせてもらいましたけど、宮本さんは私にとってまさに「気持ちのいいライバル」。こういう仕事をしていると、自分を刺激してくれる存在っていうのが必要なんです。それも、才能のあるライバルじゃないとつまらない。相手がいい作品を出してやられたなぁと思ったら、自分ももっとがんばろうという、お互いに高いレベルに行ける人がいたほうがいいんです。それが、私にとっては宮本さんだった。

宮本　ぼくも火坂さんと話しているといろいろ刺激を受けるんですよ。ぼくが（昭和）三十年生まれで火坂さんが一つ下。このジャンルのデビューは火坂さんのほうが早いんだけど、同世代なんです。だからこそ、ちょうどいい具合に刺激しあえるのかもしれない。ぼくと火坂さんって、同じ時代小説というジャンルでやっていて、時代背景も結構かぶるんだけど、書くときのスタンスがぜんぜん違うんですよね。

火坂　そうなんです。これは不思議なんだけど、扱う素材、切り取り方がお互いにまったく違うんですよ。だから、同じ人物を描いたとしても、まず重なることがない。

宮本　火坂さんだったら、仮に北条五代を書いたとしても……。

火坂　北条氏の歴史のほうからアプローチするでしょうね。

宮本　『風魔』がそうだったように、ぼくはどうしてもその裏にいた忍者や剣士を書いちゃうんです（笑）。おのれの力だけを恃《たの》みとするそういう主人公が巨大な権力に真っ向から戦いを挑む。デビュー以来、一貫してそうですね。

『格好いい男』を描きたい

火坂　ただ、骨太でスケールが大きい、大ロマンをうたい上げないと気が済まないところは、お互い似てますよね（笑）。

宮本　流行《はや》らないと言われようがなんだろうが、そういうものが好きだし、やりたいんですよね。ただ、そうした骨太なドラマって今なかなか認めてもらえないですよね。最近は江戸の市井《しせい》ものとか、ちょっとライトな感じの時代小説が多くなって。

火坂　昔だと海音寺潮五郎さんや山岡荘八さん、柴田錬三郎さんといった骨太な作品の書き手がいたんですけどね。江戸ものって、資料が豊富で考証が楽だという点ではうらやましい。ある一定の価値観のなかで生きる人たちを描くわけですから、世界を壊さないですむし。

宮本　しかも天下泰平の世ですから、主人公たちに、なにか大きなことをやらせなくてもすむ（笑）。

火坂　私たちの書くものは資料が少ないうえに、一作ごとに価値観を新たに創っていくようなところがあるんです。たとえば、宮本さん以前に足利将軍義輝という人物に注目した作家ってほとんどいなかったわけですよね。義輝といえば「松永弾正に襲撃されて、畳に足利家伝来の刀を刺して戦ったけど、結局斬られてしまった哀れな将軍」というのがそれまでの歴史認識なんですよ。

その義輝に宮本さんは魂を吹き込んで、自分なりの像を創っていったわけじゃないですか。こんな格好いい男がいたんだっていう。それは、これまでの見方を覆《くつがえ》して新たな世界を創ることでもあるわけです。なかなかできることではないですよ。

宮本　それは火坂さんも一緒ですから。やっぱりわれわれは、格好いい男を書きたいんですよね。とにかく、ちまちました主人公が嫌いなんです。

火坂　まったくそのとおりだ。ちまちました主人公、嫌いなんですよ（笑）。ただそうした主人公像を造型するために長い作品を書こうとすると、最近は出版社から「この連載、途中でやめてください。長いですから」みたいなことを言われてしまう。

宮本　最初に編集者との間で大作でOKっていう合意があればいいのでしょうけれど、たとえば伝奇的な物語は書いてみないとわからないっていうところもありますし。ただ、長さは悪だ、といった風潮はちょっと感じますよね。

火坂　昔の司馬（遼太郎）さんや山岡さんの小説なんて長かったじゃないですか。山岡さんの『徳川家康』なんて20冊以上ですよ。

宮本　全26巻でしたっけ。文庫でも、棚一列埋まっちゃう（笑）。

火坂　それをみんなワクワクしながら読み進んでたものだけど、最近は「読者は、上下巻を読むので限界ですから」って出版社から言われちゃう。短いほうが編集サイドから喜ばれる。形として出しやすいから。

宮本　われわれも、プロですからそれはわかってる。わかってるんですけど、これだけ壮大なロマンがここにあるのに、そういう事情でやめられるかって、逆に天の邪鬼《あまじゃく》になってしまうところもあって。

火坂　途中から盛り上がって、終わらないくらいのほうが、物語としてはやっぱり面白いんですよね。

宮本　その代表例が五味（康祐）さんの『柳生武芸帳』。もう広がって広がって、広がってるだけで終わっちゃったけど、そこまでがものすごく面白い。また、長い物語だからこそ描ける人物像や世界というものがあると思うんです。ぼくと火坂さんはロマンを書くんだ、というのがあるから、どうしても話が長くなりますね。

火坂　だから賞は極めて取りにくい(笑)。ただそうした状況のなか、宮本さんは長編を書き続けて、きちんとファンがついたじゃないですか。出せば、必ず増刷になる。それはすごいことですよね。

私の場合、作品のテーマ次第で買ってみようというタイプの読者の方が多いんです。たとえば『軍師の門』であれば、黒田如水、竹中半兵衛が好きとかね。だから、売れる本とそうでない本の波が激しい。大ヒット、ホームランも打つし三振もする。

ですから、作家として生き残るためにいろいろ考えたんです。いいものを書くというのはもちろんですけど、名前が広まっていかないと、読者がついてこないですよね。そう考えると、賞というのは宣伝効果が非常に高いんだけど、私の場合は初期の頃にライトなものを書いていたこともあり、賞の対象にはならないだろう。そうしたときには、もう一発大勝負しかない。そう考えて、『天地人』を描くときは、小賢《こざか》しさを一切捨てました。

故郷の風土が生み出した物語

火坂　直江兼続《なおえかねつぐ》を書くことは、私が作家になったときからの熱い夢だったんです。それを書くために何十冊もやってきて、まだまだ下手なんですけど、ある程度自分なりに満足できるだけの力がついたら、自分の故郷である越後という風土と完全に向き合ってやろうと決めてたんです。故郷っていやなものじゃないですか。親と同じで懐かしいし大変ありがたいんだけど、向き合いたくない。でも、その故郷と真剣に向き合ったときに、開くはずのない扉が開いたんでしょうね。

今でも覚えてるんですけど、あの作品の取材に行ったとき、地元の名士の方々が高田で宴会をしてくれたんですが、その席で酔っ払って「原稿料がタダでもいいから、私はこの作品を書きたいッ」って、宣言したんです。もちろん新聞社はタダでもいいってわけにもいかず、原稿料を払ってくれたんですが（笑）。

宮本　でも、そう言ってまで書きたい、という気持ちはすごくよくわかります。

火坂　そうしたら、みんなが一肌脱ごうみたいなことが起きて、どんどん波紋が広がって、とうとうNHK大河ドラマなんてところまでスーッと扉が開いちゃったんです。あれは不思議ですよね。

大河ドラマが動き出したとき、制作スタッフの方に「私は内容については一切口は出しません。ただし、雪国の心だけは忘れないでください」って言ったんです。これを外されると、自分のドラマじゃなくなると思ったもので。「苦しい冬を耐え、そのなかで力を養って、春に大きな花を咲かせるというのが、わが雪国の心。それだけは忘れないでください」と（笑）。実際、大河ドラマのスタッフは、演出、脚本から役者の方まで、ものすごく原作の心を大切にしたうえで、ドラマを大きく膨《ふく》らませてくれました。

宮本　前に火坂さんと飲んだとき、「雪が降ったら、ぼくはめちゃめちゃうれしい」って言ったら怒られちゃって（笑）。

火坂　いやぁ、私にとって雪は重くて、けっこう辛いものだったんですよ。新潟では何もしないで積もるにまかせていたら、重みで家がつぶれますから。

宮本　ぼくの生まれ故郷の浜松って、雪がぜんぜん降らないんですよ。それが小学生のときに一度だけ雪が降ってうっすらと校庭に積もったんです。それで雪合戦をしたらものすごく楽しくて、その記憶がいまだに忘れられない。生涯の思い出なんです。こういう感覚は、新潟の人にはちょっと考えられないでしょうね。

火坂　私も今は湘南に住んでるからわかるんですけど、太平洋側の海って、太陽が海側にあるんで金粉をまき散らしたようにいつも光ってるんです。まさにそれは宮本さんの作品の魅力といっしょですよね。底抜けに明るい。

宮本　ぼく自身、『青嵐の馬』という作品で凧《たこ》揚げ合戦をやるシーンを書いたんですけど、実際に浜松は空が広くて明るいし、海もキラキラ輝いてる。徳川家康はこのひろやかな空と海が好きで、東海の覇王に駆け上がる武将として最も精力的な時期の十五年間ぐらいを浜松で過ごしました。江戸時代に浜松城を居城とした譜代大名は必ず幕府重職に就くということで、出世城とよばれたのだけれど、家康が好んだ明るい風土ということと無関係ではないように思うんです。そういう土地で生まれ育ったせいか、どうしても明るいほう、明るいほうに描こうとしてしまいますね。

火坂　『海王』でも主人公の海王《ハイワン》は、ほんとうに明るくてさわやかなキャラクターですよね。私は日本海側の育ちなもんで、どちらかというと、ずっと苦難に耐えてという心象風景だし、登場人物もちょっと影を背負っているんですが、宮本さんの心象風景は、まさに海、それも黒潮の海ですね。前に徳島の人たちと会ったときも思ったんだけど、太平洋側、しかも黒潮が流れる一帯の人たちって、本当に明るいんですよ。

宮本　ただ火坂さんも、やっぱり海のちかくで育った人なんですよね。ぼく、もし火坂さんが山育ちの人だったら、ここまで仲良くならなかったかもしれない（笑）。

火坂　古町芸妓《ふるまちげいぎ》の文化が中心で「杉の木と男の子は育たない」と言われている新潟市の出身です。新潟県内でも山間部と比べるとライトで港町系の土地ですね。

日本海側って荒波ってイメージがあるんですが、夏の日本海は鏡のように静かなんですよ。だから北前船《きたまえぶね》や、上杉謙信の北国船《ほっこくぶね》とかが蝦夷《えぞ》地、松前まで行けるんです。その意味で、海って交通の場であり、さまざまな土地とつながっている。

宮本　海はそういう想像力を拡げてくれますよね。その意味では、互いに海沿いの地方都市育ちというのも、気が合う理由のひとつかもしれないですね。

時代小説だから描ける心

火坂　『海王』下巻の章タイトルが「情、愛、義」でしたよね。私が書いている直江兼続も義と愛、弱い者がいたらかばうという心の人で、ああ、おんなじだと思って嬉しかったんです。実は『天地人』の演出をしている片岡敬司さんという方がいて、宮本さんと顔も雰囲気もそっくりなんだけど、この人が最初にお会いしたとき面白いことを言っていたんです。「兼続がいう愛って、ぼくはラブ&ピースだと思うんです！」って。それを聞いたとき、あっ、宮本さんも言いそうだな、幸先いいな、って思ったんです。

宮本　そういう不思議な縁がぼくと火坂さんにはあるんですよね。実はぼく、最初に火坂さんから送っていただいた『天地人』をパッと見たときに、「あっ、大河ドラマだ！」って思ったんです。そのときはまだ大河ドラマ化は決まってない頃だったんだけど。実際、ドラマの仕上がりもよくて、視聴率もいい。心からよかったなあって思いました。

火坂　正直、私が書いた『天地人』という作品は完璧でもないし、どこか不格好なんですよ。ところが謙信、兼続という人物を通じて私が伝えたい何かが片岡さんのような制作スタッフや役者さんたちを動かし、視聴者の皆さんまで渦に巻き込んでいるというのは、現代人に足りない心が、そこにあったからだと思うんです。だからこそ、そういう不思議な現象が起きたんですね。

これを現代の評論家みたいな人が言ったって、だれも聞かない。でも、歴史上の人物にそれを語らせたときに、素直に人々の心に入っていくんですよね。

宮本　海王や義輝もそうだけど、やはり理想の存在というか、こういう人に実際にいてほしいと思って主人公を書いているところはありますね。火坂さんの場合は雪国の心でじっと我慢して義を貫くし、ぼくの場合は明るく屈しないっていう違いはありますが、大きなものに屈せずに、みずからの信念にもとづいて生きていく、そういう人間が、やっぱり好きなんですよね。

火坂　だからわれわれの書いている主人公、特に宮本作品の主人公はドラマ化したときに、さわやかで凛々《りり》しくて優しくて、キラキラした目でぶつかっていく、若い役者しかできないんですよね。タバコふかして偉そうに演劇論をぶってるような、ただれた役者には絶対にできない（笑）。

宮本　ただ、そのようにさわやかな主人公像を書いていくにも、ある種の決意のようなものは必要ですよね。

火坂　結果を出しつつ夢を語るっていうことが現代社会においては絶対に必要なんです。たとえば私たち作家だって、結果を出さなきゃ編集者は次の本を出せない。だからお互いに「売れた」という結果を出すことが、編集者と作家のあいだで絶対的に必要なんです。

そのなかでぶつかりあいつつ、互いの現実と夢をどっちも語るということが、私たちの仕事なんですよ。

宮本　現実がわかったうえで、大きな夢を描いてみせる。火坂さんが書く主人公も、いつもそういう人間像で、だから人を動かすんじゃないかな。

火坂　さらに言うと、宮本さんがさっきおっしゃっていたように、たとえ採算度外視でもこれだけは譲れないとか、これだけは語らねばというときに、意外と人の心にぐっとくるんです。われわれは食えなくなったら拠《よ》って立つところがない。野垂《のた》れ死にしかない。でも、これだけは語らなければいけないというときに、初めて言葉が重みを持って読者の胸に届くんです。そういう現実を把握しつつ、でも夢を捨てないでやるっていうことがプロの作家だってことですよ。それを、われわれは厳しいなかでやってきた。結果を出しながらね。

剣豪将軍家康、誕生？

火坂　宮本さんは「剣豪将軍徳川家康」は書かないんですか。『剣豪将軍義輝』の場合、足利義輝を将軍だけでなく剣豪として捉《とら》えたことで、いっきに宮本ワールドが広がった。ほかに歴史上にそういう人物はいないのかな、ということなんですけど。

将軍さまでえらいのにチャンバラが強いなんて、みんなが一番読みたいところじゃないですか。『海王』も、歴史的史実に貴種《きしゅ》流離《りゅうり》譚《たん》という日本人が一番好きなドラマを重ねたことが、大きな魅力になってる。そういう、これまで類型化されてきた人物や歴史に物語ならではの想像力を拡げたときに、宮本さんの筆が一番イキイキするような気がするんだけど。

宮本　いまちょうど新聞連載で、「家康、死す」って小説を書いてるんです。本当の家康が二十六歳で死ぬところから始まるドラマなんで、その小説のなかでは無理なんだけど、火坂さんがおっしゃりたいこともわかる。ぼく、家康の剣を書きたいと思ってるところがあるんですよ。家康ってちゃんと奥山急加《きゅうか》斎《さい》に剣を学んでるし。

火坂　なんでこんなことを言うかというと、実は、私は宮本さんに言われて書いた作品があるんですよ。『全宗』って三年かけて書下ろした歴史もので私の出世作になった作品があるんですが、その作品を書いたあと宮本さんと飲んでたら、宮本さんが、「どうせ秀吉の参謀を書いたんだったら家康と信長、戦国三大英雄の参謀を書いたらいいじゃないですか」って酔っ払って、ポンと言ったんですよ。

宮本　ぼくはべつに、酔っ払ってたから言ったわけじゃなくて、そういうのを書けるのが、火坂さんしかいないと思ったので。

火坂　私は完全に、ただ酔っ払って言っただけかと（笑）。

宮本　酔っ払って出た本音です。他の人に書かれるくらいなら、火坂さんにそのジャンルでのパイオニアになってほしいって。

火坂　実は、私は『全宗』一作でやめようと思ったんですよ。なぜなら戦国時代って、ペンペン草も生えないというぐらい書き尽くされていて、新しい素材はなかなかできない。ところが宮本さんのその発言があったので、なるほど、と。それで徳川家の宗教政策や外交を支えた金地院崇伝《こんちいんすうでん》の『黒衣の宰相』や、信長に天下布武の印を与え、天下というのを見せた禅僧を主人公にした『沢彦《たくげん》』を書いたんです。しかも、その一言が『天地人』へ、参謀・直江兼続へとつながっている。まさに宮本さんのその一言が、ある意味でその後の私の方向性を決めたんですよ。よくぞ、ライバルを利するような一言を言ってくれた。つまり私の参謀は、実は宮本さんなんです。

宮本　どっちにしても、ぼくは書かないしね。ぼくが沢彦を書くとしたら、たぶん、美貌の尼僧かなんかにしちゃうから（笑）。

火坂　だからこそ、かつて宮本さんが私に投げかけた、「信長に参謀はいないのか」っていう言葉をいま宮本さんにお返しするわけですが。

宮本　ちょっとしたアイデアは確かにあります。それはたぶん、火坂さんはお書きにならない方向ではないかと。

火坂　私が書くと権謀術数を遣う家康になる。年取ってからのね。

宮本　さっき火坂さんが、ぼくの一言がきっかけになったとおっしゃってくれたけど、ぼくも火坂さんから、いちばん刺激を受けてるんですよ。今日は会えてほんとうによかった。火坂さんをうならせるような格好いい剣豪の家康を、いつか書いてみたいですね。

「問題小説」２００９年４月号掲載の特別対談を再録しました。

この作品は二〇一七年一月徳間文庫より三分冊で刊行されたものを、上下巻に分冊しなおした新装版の上巻です。

徳間文庫

乱《らん》丸《まる》 上

〈新装版〉

2020年12月15日 初刷

著者 宮《みや》本《もと》昌《まさ》孝《たか》

発行者 小宮英行

発行所 株式会社徳間書店

東京都品川区上大崎三―一―一
目黒セントラルスクエア 〒141―8202

電話 編集〇三(五四〇三)四三四九
販売〇四九(二九三)五五二一

振替 〇〇一四〇―〇―四四三九二

印刷
製本 大日本印刷株式会社

ISBN978-4-19-894610-4 (乱丁、落丁本はお取りかえいたします)